W0199782

Totgespritzt

Psychothriller

Sophie Scarlett

Impressum

1. Auflage 2024

Sophie Scarlett, c/o WirFinden.Es
Naß und Hellie GbR, Kirchgasse 19, 65817 Eppstein

Lektorat: Lisa Schwerber
https://lektorat-klein-schwer.de

Korrektorat: Dr. Verena Herrmann-Philippi
http://www.lektorat-philippi.de

Covergestaltung: Buchcoverdesign.de / Chris Gilcher
https://buchcoverdesign.de
Bildmaterial: Adobe Stock ID 297808126

Buchsatz: Alexandra Mazar
https://alexandra-mazar.com

Webseite und Newsletter: www.sophie-scarlett.de
E-Mail: autorin.sophie.scarlett@gmail.com
Instagram: @autorin.sophie.scarlett
TB ISBN 9798877180765

Kapitel 1

Die Kälte hatte den Fäulnisprozess verlangsamt, trotzdem war die Verwesung bereits fortgeschritten. Wasser war in den Körper eingedrungen und hatte das Gewebe aufgedunsen, es zerstört. Allein die Fäulnisgase hielten den geschundenen Leib an der Wasseroberfläche. Die tote Frau hatte sich im Seeufer verfangen. Ihre blasse Hand steckte tief in dem hölzernen Dickicht. Scharfkantige Zweige krallten sich in ihr mürbes Fleisch und sorgten dafür, dass sie nicht abtrieb.

Wie ein vergeblicher Griff nach dem rettenden Ufer, dachte Johanna Baro. Sie betrachtete den Leichenfundort. Die Kriminalhauptkommissarin streifte sich die Latex-Handschuhe über, zupfte ihre sterile Schutzkleidung zurecht und beugte sich hinunter. Die Tote lag bäuchlings, verbarg ihr Gesicht im trüben Nass. Das eiskalte Wasser zerrte mit jeder Welle an ihrem blonden Haar und spülte vermodertes Herbstlaub an ihre schlanke Silhouette.

Unwillkürlich rümpfte Baro die Nase. Der Geruch des körperlichen Zerfalls war aggressiv wie Aceton. Theoretisch betrachtet waren es bloß chemische Verbindungen, die an die Luft abgegeben wurden. Praktisch gesehen war das Maß des für sie Erträglichen weit überschritten. Die Ermittlerin wandte den Kopf ab. Ihr Blick glitt über den Baggersee. Der glühende Morgenhimmel spiegelte sich darin. Über dem künstlichen Gewässer lag eine trügerische Stille. Alte Stromkabel, Wasserstrudel, Betonteile – die ehemalige Kiesgrube barg viele Lebensgefahren. Zu Recht herrschte hier ein absolutes Schwimmverbot. Heimliche Besucher wähnten sich im flachen Ufergebiet in Sicherheit, dabei führten plötzliche Abbruchkanten in dunkle Untiefen. Ein Schritt zu viel und man trat ins Leere. Nichtschwimmern war es dann unmöglich, sich an der Wasseroberfläche zu halten. Einflusslos sanken sie bis zum Seegrund in zwanzig Metern Tiefe, ertranken qualvoll. Für versierte Schwimmer war der See jedoch nicht weniger gefährlich. Stürmten diese überhitzt ins Wasser, konnten eisige Unterströmungen einen Kälteschock mit Herzversagen auslösen. Die unbedachten Badegäste gingen einfach unter, fanden einen leisen Tod. Nicht selten dauerte ihre Bergung Tage.

Baro richtete sich auf. Falls es sich hierbei nicht um Mord, sondern um einen Badeunfall handelte, warum war die Frau nackt? Hatte die seichte Strömung ihre Badekleidung davongetrieben? Ein bitterkalter Luftzug wehte der Ermittlerin entgegen. Sie dachte über das Wetter der vergangenen Tage nach. Selbst wenn die Leiche bereits seit zwei Wochen hier liegen sollte, dürfte es zum Zeitpunkt ihres Todes nicht wärmer als zehn Grad gewesen sein. Wer schwamm bei diesen Niedrigtemperaturen schon freiwillig in einem See? Und, gesetzt den Fall, dass die Verstorbene dem Herbstbaden etwas abgewann, wo war dann ihre Alltagskleidung abgeblieben? Sie war kaum nackt an den See gekommen.

Um keine Spuren zu vernichten, schlich Baro vorsichtig zu dem Trampelpfad zurück, der den gesamten Baggersee säumte. Sie prüfte den Pfad und die Uferböschung, entdeckte aber weder Laufspuren im hohen Gras noch abgeknicktes Schilf. Keine zerstörten Himbeersträucher und auch kein gebrochenes Geäst. An welcher Stelle also war die Frau in den See gelangt? Aufgrund des Schwimmverbots gab es keine direkten Zugangswege zu dem Gewässer. Mitnichten war eine Anlegestelle für Angler vorhanden, geschweige denn ein Strandbereich. Dementsprechend dicht war der Bewuchs außenrum. Auf eine Sitzbank hoffte man vergeblich. Im Grunde bot der See nichts außer der Möglichkeit eines tristen Spaziergangs und das auch nur am Tage. Da es keine Laternen gab, lag das Gebiet nachts in tiefer Schwärze.

Auf dem Trampelpfad kam der Ermittlerin der Polizeifotograf entgegen. Stumm nickten sie zur Begrüßung. Baro blieb stehen und drehte sich zu ihm um. Der Fotograf begab sich zu der Toten, positionierte sich, nahm Einstellungen am Apparat vor und betätigte den Auslöser. Falls es sich bei dem Baggersee um einen Tatort handelte, würde sie das Ergebnis seiner Arbeit für längere Zeit begleiten.

Die Hauptkommissarin setzte ihren Weg fort, bis die unablässigen Klickgeräusche der Kamera verhallten. Sie suchte ihren Ermittlungspartner Stefan Dresner. Gerade wenn alle Kollegen weiße Schutzanzüge trugen, bewährte es sich, nach dem größten Mann in der Umgebung Ausschau zu halten. Hinter der Fundort-Absperrung sichtete sie den Kommissar schließlich und begrüßte ihn. »Was haben die Kollegen der Schutzpolizei ausgesagt?«

Dresner überreichte ihr das Vernehmungsprotokoll. »Eine Nachtschicht mit bösem Ende. Der Försterhund hat die Leiche entdeckt. Das Tier hat so lange gebellt, bis sein Herrchen kam.«

»Ist der Förster noch vor Ort?«

»Nein, der war schon weg, als ich vor dreißig Minuten eingetroffen bin. Der Mann soll völlig unter Schock stehen. Er ist jetzt in psychologischer Betreuung.«

Baro nahm das Schriftstück entgegen und studierte es in allen Einzelheiten. Letztlich war der Leichenfund eine glückliche Fügung. Publikumsverkehr gab es kaum. Das stehende Gewässer lag im Herzen eines alten Laub- und Nadelwalds. Zufällig kam man hier nicht vorbei. Falls es sich um Mord handelte, war der Täter ortskundig und hatte sich den Idealplatz ausgesucht, um eine Leiche im Geheimen verschwinden zu lassen.

Baro zuckte zusammen, als zwei Regentropfen auf dem Protokoll in ihren Händen landeten. Erst jetzt nahm sie die aufziehende Wolkendecke wahr und den zunehmenden Wind, der gefallene Blätter vor sich hertrieb. Sorgfältig faltete sie das Papier und verstaute es unter ihrem Schutzanzug in der Jackentasche.

Dann wandte sie sich an Dresner. »Ein Ermittlungsteam soll sich in der näheren Umgebung umsehen. Jede angetroffene Person wird kontrolliert und befragt.«

»Ich verständige zwei Kollegen.«

»Wurden Ausweisdokumente gefunden oder persönliche Gegenstände?«, fragte sie mit dem Gefühl, die Antwort zu kennen.

»Bislang nicht. Wie du gesehen hast, ist sie völlig nackt. Es gibt auch keine Spuren, die auf einen möglichen Täter hinweisen.«

Baro lenkte ihre Aufmerksamkeit auf die vielköpfige Tatortgruppe, die gewissenhaft ihrer Arbeit nachging. Akribisch stocherten die Kollegen im dichten Buschwerk herum, beäugten jeden Quadratzentimeter. Jede noch so kleine Besonderheit wurde mit einer gelben Nummerntafel markiert, ausgemessen und fotografiert. Doch kaum ein Beweisstück landete in einem der Asservatenbeutel. Ratlosigkeit stand in den Mienen der erfahrenen Kollegen. Um sich vor dem einsetzenden Schauer zu schützen, zog Baro die Kapuze ihres Einmal-Overalls enger. Die Regentropfen prasselten mit zunehmendem Druck darauf ein, erzeugten dumpfe Geräusche. Sie hoffte, dass der Regen keine Beweise zerstörte, dennoch ahnte sie, dass der Niederschlag der letzten Tage das Unheil längst vollbracht hatte.

Weiter unten kam Bewegung in die Tatortgruppe. Kollegen der Spurensicherung versammelten sich an der Uferlinie. Der Teamleiter winkte das Ermittlerduo heran. »Wir haben was gefunden!«

Kapitel 2

Jahre zuvor

Die einkehrende Ruhe ist ein Warnsignal. Ertrinkende wedeln nicht mit den Armen, sie spritzen nicht mit Wasser, entsenden keine Hilfeschreie. Im Todeskampf ist alles dem Atmen untergeordnet. Menschen, die diesen Kampf verlieren, bezeichnet man im Nachhinein oft als gute Schwimmer.

Sie war eine gute Schwimmerin, glaubte sie. Das Mädchen war neugierig, kannte keine Angst. Vor ein paar Wochen erst hatte sie die Seepferdchen-Prüfung bestanden. Ihre Mutter hatte das langersehnte Abzeichen noch am selben Tag an ihren Badeanzug genäht, damit sie es all ihren Freundinnen präsentieren konnte.

Der Ausflug an den See kam dem Mädchen gerade recht. Abkühlung von der Sommerhitze klang wunderbar. Schwimmen unter freiem Himmel klang sogar noch besser. Sie konnte es kaum erwarten, ins Wasser zu springen, war schon ganz zappelig. Am liebsten hätte sie sich an Ort und Stelle umgezogen. Stattdessen folgte sie ihrer Mutter bei der Suche nach einem geeigneten Schattenplatz.

»So, hier ist es gut.« Die Mutter schenkte ihr ein liebevolles Lächeln und legte die überfüllte Badetasche ab. Essen und Trinken hatten sie mehr als genug dabei. Dennoch lockte die Achtjährige eine Duftwolke, die vom Imbiss herüberströmte. Eine Portion heißer, knuspriger Pommes frites, das wäre es jetzt. Sogar das Gewürzsalz konnte sie in ihrer Einbildung schon auf der Zunge schmecken. Essen wollte sie natürlich erst nach dem Schwimmen, denn mit vollem Magen durfte man eine halbe Stunde nicht ins Wasser. So hatte sie es gelernt.

Im Schatten einer mächtigen Eiche breitete ihre Mutter die karierte Picknickdecke aus. »Einen Moment Geduld noch«, vertröstete sie sie und packte die Tasche aus.

Das Mädchen hatte keinen Moment mehr, das Wasser war zu verführerisch. Sie warf ihren Sonnenhut beiseite und riss sich die Kleider vom Leib. Ihren Badeanzug hatte sie bereits zu Hause daruntergezogen. Beim Anblick des Seepferdchen-Abzeichens strahlte sie. Sorgfältig kontrollierte sie, ob alle Nähte festsaßen. Keinesfalls durfte sie den Aufnäher im See verlieren. Als sie Richtung Wasser sprinten wollte, hielt sie jemand am Arm zurück.

»Stehen bleiben, meine kleine Praline. Wenn wir dich nicht eincremen, schmilzt du in der Sonne.«

Ein letztes Mal geduldete sich die Zweitklässlerin, ließ sich von Kopf bis Fuß von ihrer Mutter *sonnenmilchen* – wie sie es nannte. Unterdessen beobachtete sie das bunte Treiben. Vom Säugling bis zum Senior war heute alles am See zusammengekommen. Die Menschen sammelten sich unter Sonnenschirmen oder den zahlreichen schattenspendenden Bäumen. Sie bemerkte eine vierköpfige Familie, die herzhaft miteinander lachte. Die Eltern bespaßten und umsorgten ihre blonden Zwillingsmädchen im Kindergartenalter. Die Grundschülerin seufzte kaum merklich. Sie heftete ihren Blick auf den Vater. Ein Engegefühl breitete sich in ihrer Brust aus. Wann würde der Schmerz endlich nachlassen?

»Alles gut bei dir?« Die zärtliche Stimme ihrer Mutter holte sie in die Realität zurück. »Na los, amüsier dich.«

Das wollte sie! Es war so weit. Nichts stand ihrem Badevergnügen mehr im Weg. Sie rannte los, genoss den Gegenwind. Unter ihren Füßen spürte sie, wie sich der grasige Untergrund in einen sandigen verwandelte. Zwei Atemzüge lang blieb sie stehen und wackelte mit den Zehen. Ihr gefiel das

Kratzgefühl auf der Haut. Eine Brise zog über ihr Gesicht, führte den Duft von feuchter Erde mit sich. Jetzt erinnerte sich das Mädchen an sein eigentliches Ziel: das Wasser. Achtlos stürmte sie hinein. Noch wusste sie nicht um die Gefahren, um die Lebensfeindlichkeit dieses Elements.

Kapitel 3

Die Ermittler eilten zum Team der Spurensicherung. Jeder ihrer Schritte erzeugte matschige Geräusche. Johanna Baro schob sich an einigen Kollegen vorbei. Mit einer Hand schirmte sie die Augen vor dem Regen ab. »Was habt ihr gefunden?« Sie musterte den Teamleiter, Dr. Marcus Kamau.

»Unsere einzige verheißungsvolle Spur.« Der Deutsch-Afrikaner wartete, bis der Polizeifotograf seine Arbeit beendet hatte, dann legte er das nasse Fundstück in einen Asservatenbeutel, den er beschriftete. Durch seine goldfarbene Brille beäugte er das Verwahrstück, bevor er es an Baro weiterreichte.

Sie knetete den transparenten Beutel. Das gewebte Band darin war apfelgrün, schätzungsweise drei Meter lang. An einem Ende war ein silberner Metallhaken. »Ist das ein Spanngurt?«, fragte sie.

»Du kennst dich gut aus.« Dr. Kamau nickte kaum merklich. »Spanngurte, Stahlketten, Klebeband oder Taue. All das wird gern genutzt, um Leichen an kiloschweren Steinen, Betonplatten oder Ähnlichem zu fixieren, bevor man sie ins Wasser wirft. Die Obduktion wird Aufschluss darüber geben, ob der Gurt an dem Leichnam befestigt war.«

»Wie wahrscheinlich ist es, dass sich ein Spanngurt von allein löst?«, fragte Baro.

»Wenn er ordnungsgemäß geschlossen wird, sollte das nicht passieren. Hier hat jemand unsauber gearbeitet.«

»Eventuell haftet die DNA des Täters daran.« Sie reichte ihm den Gurt zurück.

Dr. Kamau ging in die Knie und verstaute das Beweisstück in einer Box. »Gut möglich. DNA hält sich mehrere Tage unter Wasser. Je nach Temperaturen und Fließgeschwindigkeiten, denen sie ausgesetzt ist. Wir werden den Spanngurt und alle weiteren Fundstücke an die kriminaltechnische Untersuchungsstelle weiterleiten.«

»Welche Spuren habt ihr denn noch?«

Der Doktor richtete sich wieder auf. »Entlang des Sees haben wir ein Papiertaschentuch aufgelesen, einen Kaugummirest und fünf Zigarettenstummel. Die Gegenstände sehen allerdings schon älter aus und haben vermutlich nichts mit der Tat zu tun. Trotzdem testen wir sie auf DNA-Spuren. Vielleicht kommt es zu einem Treffer in der Datenbank.«

»Wie lange werdet ihr hier noch brauchen?«, fragte Baro.

»Schwer zu sagen. Das Gelände ist zwar umzäunt, aber weitläufig und dicht bewachsen. Ich muss wohl zusätzliche Unterstützung anfordern.«

»Ich beantrage, was ihr braucht. Alle Mülleimer und Container in der Umgebung müssen abgesucht werden. Möglicherweise lassen sich dort persönliche Gegenstände der Toten finden.« Baro deutete Richtung Waldrand. »Falls der Täter die Frau hier nicht umgebracht, sondern nur abgelegt hat, muss er den nächstgelegenen Parkplatz genutzt haben. Wahrscheinlich besitzt er also ein Auto, wie sonst sollte er den leblosen Körper hergeschafft haben? Vielleicht sichert ihr Fuß- oder Reifenspuren.«

Dr. Kamau deutete auf den Boden. »Leider sind alle Spuren rund um den See mehrfach überlagert oder vom Regen aufgeschwemmt.«

»Verdammt.« Frustration kam in Baro auf. »Wir nehmen trotzdem alle Autokennzeichen in Tatortnähe auf und ermitteln die Halterdaten. Auch die Geschwindigkeits- und Rotlichtüberwachungen kontrollieren wir.« Sie blinzelte gegen den Regenschleier an. »Wir schicken euch Polizeitaucher, die sich um die Spurensicherung im Wasser kümmern und beim Bergen der Leiche helfen. Bitte sorgt für einen reibungslosen Ablauf. Sobald die Frau aus dem kalten Wasser raus ist, schreitet der Verwesungsprozess rasant fort.« An Kommissar Dresner gerichtet bat sie: »Informierst du den Tauchgruppenleiter? Und kontaktierst auch die zuständige Staatsanwältin, damit sie die Obduktion anordnet?«

Dresner nickte und machte auf dem Absatz kehrt. »Wir sehen uns gleich im Auto.«

Baro verabschiedete sich von der Tatort-Gruppe. Ein letztes Mal lief sie das Ufer ab. Ihr prüfender Blick fiel auf den See. Jeder Regentropfen löste eine kleine, kreisförmige Welle aus. Die Unruhe auf der Wasseroberfläche erzeugte ein Unbehagen in ihr. Zur Selbstberuhigung fuhr sie sich mit den Fingern über die Halspartie. An Orten wie diesen, an Seen, tauchten versunkene Erinnerungen wieder auf. *Wasser spendet Leben, Wasser nimmt es*, ließ sie die Eingebung fließen. Sie verdrängte die aufkommenden Gefühle und obwohl die Kälte in ihre Glieder zog, zwang sie sich, noch ein Stück weiterzugehen.

Überall entlang des Laufwegs sammelten sich unförmige Regenpfützen. Baro missfielen die Bedingungen. Das Wetter war wie Gift für die Spurensicherung. Sie blieb stehen und hielt ein paar Minuten lang inne. Warum löste sie sich nicht vom Fundort? Immer wieder besah sie das Opfer. Niederschlag peitschte über den aufgequollenen Leib der Frau, als hätte sie nicht schon genug gelitten.

Als Baro eine Viertelstunde später den schmucklosen Parkplatz erreichte, war ihre Kleidung durchnässt. Zwischen den zahlreichen Streifenwagen entdeckte sie das Auto ihres Ermittlungspartners und marschierte darauf zu. Sie öffnete den Kofferraum und legte das Vernehmungsprotokoll hinein. Dann streifte sie den weißen Overall, die Latexhandschuhe und die Schuhüberzieher ab. Die

Einwegkleidung verstaute sie in einem Plastikmüllsack. Als sie die Beifahrertür endlich ins Schloss warf, stöhnte sie erleichtert auf. Mit den Fingern wischte sie sich über die regennassen Wangen. Ein Glück, hatte Dresner mitgedacht und schon die Sitzheizung eingeschaltet. »Hast du mit der Staatsanwältin telefoniert?«, fragte sie ihren Partner.

»Vor einer Minute. Sobald die Spurensicherung abgeschlossen ist, soll der Leichnam zur Obduktion in die Gerichtsmedizin gebracht werden.«

»Okay, dann warten wir die Bergung ab.« Sie schob ihre Hände zum Wärmen unter die Oberschenkel, wobei sie ein Gähnen unterdrückte. »Das wird eine Weile dauern.«

Dresner fasste seinen Gurt und schnallte sich an. »Ich bringe dich jetzt nach Hause und hole dich wieder ab, wenn wir in die Gerichtsmedizin können.« Er startete den Motor.

»Wie bitte?«, fragte Baro fassungslos.

Er ignorierte ihren Einwand, setzte den Wagen zurück und fuhr los. »Du hast schon richtig gehört.«

»Kommt nicht infrage. Es ist gerade mal halb acht.« Demonstrativ hielt sie die Armbanduhr in sein Sichtfeld.

Er schob ihre Hand beiseite. »Dein letzter Fall liegt keinen Tag zurück. Du bist seit sechsundzwanzig Stunden auf den Beinen. Und, bitte verzeih, du siehst aus wie ein Wrack.«

»Ach Blödsinn«, sagte sie im Wissen, dass er recht hatte.

Etwa zwanzig Minuten später öffnete Johanna Baro die Eingangstür zu dem jüngst renovierten Mehrfamilienhaus, in dem sie wohnte. Ihr gefiel der Duft nach Holz und frischer Farbe. Dass das Haus über keinen Fahrstuhl verfügte, stellte kein Problem für sie dar. Normalerweise. Heute schlurfte sie die Treppen hoch, bis sie ihre Mietwohnung in der zweiten Etage erreichte.

Ehe sie die Drei-Zimmer-Wohnung betrat, zog sie die durchnässten Schuhe samt Socken aus. Die helle Jeans krempelte sie hoch. Barfuß begab sie sich ins Badezimmer, um ihre tropfnassen

Sachen in der Badewanne zu deponieren. Sie stockte kurz, als sie die immer noch feuchte Kleidung vom Vortag darin ausmachte. Der übervolle Wäschekorb kam ihr in den Sinn, doch sie kappte sämtliche Gedanken daran. Bis auf BH und Slip zog sie sich aus und warf alles auf den vorhandenen Haufen. Nun war sie sich wieder darüber im Klaren, warum sie allein lebte. Ihr Beruf erschwerte schon oft genug die Selbstfürsorge.

Mit letzter Kraft putzte sie sich die Zähne und erschrak über ihr eigenes Spiegelbild. Stefan Dresner hatte recht. Der vorherige Fall saß ihr tief in den Knochen. Die Urlaubsreife zerrte an ihr. Wie ein Zombie schlurfte sie ins Schlafzimmer und ließ die Außenrollos herab. Dann kuschelte sie sich in das Doppelbett. Den drängenden Wunsch, die Identität der Frau zu klären, ihre Todesumstände, schob sie mit aller Macht von sich, um in den längst überfälligen Schlaf zu sinken.

Kapitel 4

Jahre zuvor

Der Ausflug an den See war eine grandiose Idee gewesen. An diesem Ort gab es keine Trauer, keinen Herzschmerz. Hier war die Welt noch in Ordnung. Die schlimmen Gefühle der letzten Wochen schienen in weiter Ferne. So viel Spaß hatte das Mädchen lange nicht gehabt. Es rannte durch das seichte Wasser, war fasziniert von dem Widerstand, den das kühle Nass bei jedem Schritt leistete. *Kein Problem*, dachte sie. *Ich bin groß. Ich bin stark.* Mit kickenden Bewegungen beförderte sie das Seewasser in die Luft. Hunderte Tröpfchen flogen hoch und ergossen sich wieder in einem glimmernden Regenschauer. Sie liebte das Blubbern, das Plätschern, das Gurgeln – alle erdenklichen Wassergeräusche.

Das ausgelassene Spiel kostete Kraft. Ein paarmal atmete sie tief in den Bauch. Mit dem Unterarm wischte sie über die feuchte Stirn, damit keine Wassertropfen in ihre Augen perlten. Sie versuchte, die Aufmerksamkeit ihrer Mama zu erregen, indem sie wild winkte. Diese bemerkte es nicht, war in ein Buch vertieft. Schon lange hatte sie ihre Mutter nicht mehr lesen sehen. Meist arbeitete sie von zu Hause aus, kümmerte sich um den Haushalt oder weinte leise im Schlafzimmer. Gerne hätte das Mädchen Trost gespendet oder sie bei all den Erwachsenendingen unterstützt. So wie es ihr Vater getan hatte, ehe er starb. Zur Belohnung für den Fleiß sollte ihre Mama wenigstens in Ruhe lesen.

Die Achtjährige schob die Gedanken beiseite. Jetzt war sie bereit für das volle Schwimmvergnügen und nach dem Wasserspiel brauchte sie die Abkühlung umso dringender. Sie stapfte weiter in den See, bis sie hüfttief drinstand. Dann löste sie sich vom Boden und schwamm. Wie sie es im Kurs gelernt hatte, machte sie ausladende Arm- und Beinbewegungen, atmete gleichmäßig. Nach ein paar Zügen hatte sie ihren Rhythmus gefunden. *Schwimmen bedeutet Großsein, bedeutet Freiheit*, dachte sie. Ein letztes Mal guckte sie sich um. Leider sah ihre Mutter nicht, wie toll sie sich machte – vielleicht später.

Kraftvoll drückte sie das Wasser weg, erzeugte hörbare Wellen. Sie genoss das kühle Gefühl auf der Haut und wie das Wasser an ihrem Körper entlang strömte. Als sie sich umsah, schien das Ufer mit einem Mal unendlich weit entfernt. Sie hatte gar nicht bemerkt, so weit hinausgetrieben zu sein. »Zeit zurückzuschwimmen. Das schaffe ich. Ich bin schnell«, spornte sie sich an. Wendig drehte sie um und freute sich auf den Rückweg.

In der Ferne tauchten Enten hinab, fischten. Der Gedanke daran, dass sie von Fischen umgeben war, ließ das Mädchen erschaudern. Darüber hatte sie nicht nachgedacht. Ob sie ihr gefährlich werden konnten? Flott verdrängte sie die Vorstellung, konzentrierte sich wieder aufs Schwimmen.

Mit der Zeit fielen ihr die Bewegungen immer schwerer. Das Ufer schien kein Stück näherzukommen. Obwohl sie sich wirklich anstrengte, kam sie kaum voran. Sie benötigte eine Pause. Eine solche Strecke war sie nie am Stück geschwommen. »Armzug ... Beine anziehen ... Armzug ... Beine anziehen.« Das Sprechen kostete zu viel Energie. Sie entschied zu schweigen. Laut und scharf sog sie die Luft jetzt ein.

Wenn sie doch nur endlich wieder festen Boden unter den Füßen hätte. Hatte sie schon Stehtiefe erreicht? Sie hielt inne, schwamm auf der Stelle und lugte ins Wasser. Eigentlich war der See kristallklar, doch der Grund war kaum auszumachen. Spontan entschied sie, zu testen, ob es trotzdem reichte. Immerhin maß sie einen Meter und dreißig, das hatte ihr der Kinderarzt letztens erst verraten. Ein paarmal holte sie Luft, dann hielt sie den Atem an. Sie schloss die Augen, glitt hinab in die Tiefe. Wie erholsam es war, Arme und Beine für kurze Zeit ruhen zu lassen.

Immer tiefer sank sie, an Stehen war nicht zu denken. Etwas streifte ihren Fuß. Was war das? Ein Fisch? Unkontrolliert strampelte sie. *Haut ab*, flehte sie innerlich. Mit hektischen Schwimmbewegungen probierte sie, an die Oberfläche zurückzugelangen. Doch etwas hielt sie fest, packte sie. Ruckartig zog sie ihr Bein nach oben. Es tat sich nichts. Sie schaute zum Grund. Ein schwankendes Meer aus grünen Unterwasserpflanzen lag zu ihren Füßen. Eine davon hatte sich um ihr Fußgelenk geschlungen. Sie versuchte, Ruhe zu bewahren, die Pflanze abzustreifen, doch es wurde schlimmer. Beinahe blieb auch ihre Hand in dem Gestrüpp hängen.

Sie sah nach oben. Fast beruhigend schaukelte die Wasseroberfläche. Sie reckte eine Hand danach aus. Nur wenige Zentimeter trennten sie davon, trennten sie vom Leben. Nein, sie wollte nicht sterben. Kampflos würde sie sich nicht ergeben. Mit letzter Kraft versuchte sie, dem grünen Gefängnis zu entkommen. Ihre zügigen Schwimmbewegungen erzeugten eine leichte Strömung, wirbelten ihre Haare durch. Kostbare Luftbläschen entwichen ihrem Mund, kitzelten beim Aufsteigen ihr Gesicht. Wie gern würde sie mit den Luftbläschen nach oben gleiten. Angst flutete ihren Körper. Der Luftmangel zehrte an ihr. Alles war vergebens. Die Pflanze gab sie nicht frei.

Panisch schaute sie sich um. Der Teppich aus Wasserpflanzen lag wie eine schwarze Masse vor ihr und schluckte das Licht. Links von ihr blitzte etwas auf. Ein Fischschwarm, der silbrig im diffusen Licht glänzte. In diesem Moment verstand sie, dass die Fische keine Bedrohung darstellten. Nein, es war das Wasser. Wasser bedeutete kein Großsein, keine Freiheit. Wasser bedeutete Tod.

Ein letztes Mal schoss ihr Blick zur rettenden Wasseroberfläche. Sonnenlicht drang schemenhaft durch sie hindurch. Strahlend wie das Himmelstor. Wartete ihr Vater dahinter auf sie? Wären sie bald wieder vereint?

Plötzlich ein dumpfer Schlag.

War Rettung in Sicht?

Nein.

Es war zu spät!

Der Trieb zu atmen wurde übermächtig ...

Kapitel 5

Johanna Baro schoss mit dem Oberkörper hoch, hyperventilierte. Sie schlug die Bettdecke von ihrem verschwitzten Leib. Bilder brachen über sie herein. Erinnerungen an jenen Sommertag am See, als Wasser in ihre Lungen eindrang. Erinnerungen an den erlösenden Moment, als sich die Ohnmacht wie ein Schleier über ihre Sinne legte, sie endlich von den zerreißenden Schmerzen befreite.

Sie stürmte in die Küche, riss die Kühlschranktür auf. Durch den Ruck klirrten die Glasflaschen im Seitenfach, doch sie hatte nur Augen für die Ammoniakampullen in der hintersten Ecke des Kühlschranks. Sie zog den Pappkarton hervor, entnahm eine Ampulle und brach den Kopf ab. Während sie den Ammoniakgeruch tief inhalierte, ließ sie sich schwerfällig zu Boden sinken. Harsch wischte sie über ihren Fuß, als wäre er noch in den Fängen einer Schlingpflanze. Dann konzentrierte sie sich wieder auf die Atmung.

»Du wurdest gerettet. Du wurdest wiederbelebt. Du bist in Sicherheit«, wiederholte sie laut, bis sie die Worte glaubte, fühlte. Ihr Pulsschlag stabilisierte sich. Sie legte die Riechampulle beiseite. Der stechende Geruch nach Ammoniak und Lavendel wirkte noch nach. Dieser Reiz war stärker als ihre belastenden Erinnerungen, verortete sie im Hier und Jetzt und bewahrte sie so vor einem

Kontrollverlust. Normalerweise kam sie gut mit den traumatischen Erfahrungen ihrer Kindheit zurecht. Seit ewigen Zeiten hatte sie nicht mehr auf die Ampullen zurückgegriffen. Sie überprüfte den Aufdruck auf der Verpackung. Beruhigt stellte sie fest, dass das Verfallsdatum nicht überschritten war.

Im Geiste ließ sie den Morgen Revue passieren. Wasserleichen waren keine Besonderheit in ihrem Beruf, dennoch hielten sie die grauenvollen Impressionen gefangen. Wieso war das so? Sobald sie die Augen schloss, sah sie die fäulnisveränderte Haut. Sie roch die Verwesungssüße in der Luft. Sie hörte die schäumenden Wellen, die mitleidlos an der Toten zerrten, als trachteten sie nach ihrer völligen Vernichtung. *Wasser spendet Leben, Wasser nimmt es*, hallte das Echo ihrer Vergangenheit. Und jetzt raubte es ihr sogar den Schlaf. Vermutlich war diese Reaktion ihrer Erschöpfung und der düsteren Herbstzeit geschuldet. Beides nagte an ihrem Gemüt.

Mit geballten Fäusten rieb sie die brennenden Augen. Eine Weile saß sie einfach nur da, bis sie die Kraft fand, sich wieder aufzurichten. Mit der flachen Hand schlug sie die Kühlschranktür zu. Die Unterbrechung der Kühlkette stellte kein Problem dar. Bis auf die Notfallampullen enthielt der Kühlschrank nur Überreste chinesischer Imbissnudeln, die man bereits roch, bevor man sie sah. Baro verzog das Gesicht. Im Zweifel hätte dieser Gestank die Ammoniakampullen ersetzen können.

Ihr Diensthandy vibrierte auf dem Küchentresen. »Hauptkommissarin Baro. Guten Morgen«, nahm sie den Anruf entgegen.

»Guten Morgen? Es ist sechzehn Uhr«, sagte ihr Ermittlungspartner belustigt.

Prompt kehrte wieder Leben in sie ein. »Wie lautet der Ermittlungsstand?«

»Danke der Nachfrage. Mir geht's gut. Gegen siebzehn Uhr können wir in die Gerichtsmedizin. In dreißig Minuten hole ich dich ab.«

»Perfekt.«

Baro schlüpfte unter die Dusche und stellte das Wasser heiß.

Sie schloss die Augen. Ihr Gedankenfluss führte in die Vergangenheit. Es hatte lange Zeit gedauert, bis sie wieder ertrug, dass Wasser über ihren Körper lief oder ihn gar vollständig umschloss. Sämtliche Vermeidungsstrategien hatte sie erst nach einer selbstauferlegten Konfrontationstherapie hinter sich gelassen.

Sie nahm eine ordentliche Portion Haarshampoo und verteilte sie in den Locken. Ihr Haar war nur im nassen Zustand kämmbar. Nach jedem Bürstenstrich kringelte es sich unverzüglich. Der herrliche Orangenduft ihrer Spülung mischte sich unter die hohe Luftfeuchtigkeit. Sie genoss noch ein paar Atemzüge lang, wie die Wärme in ihren Körper Einzug hielt, dann stellte sie das Wasser ab.

Die vertrödelte Zeit machte sie beim Abtrocknen wieder wett. Schnell föhnte sie das Haar und knotete sich einen unordentlichen Dutt auf dem Oberkopf. Sie bildete sich ein, dass sie dadurch zwei Zentimeter größer wirkte. Nachdem sie ein leichtes Make-up aufgelegt hatte, hastete sie ins Schlafzimmer. Es war wie ein Sechser im Lotto, dass sie in ihrem Kleiderschrank auf etwas Gebügeltes stieß. Die weiße Bluse steckte sie locker in die dunkle Jeans und ging in die Küche. Da sie zu den seltenen Exemplaren Mensch gehörte, die Kaffee verabscheuten, bereitete sie sich frischen Pfirsichtee zu, den sie in einen Thermobecher abfüllte. Etwas von dem kochenden Wasser goss sie in einen Plastikbecher mit chinesischen Fertignudeln. *Endlich mal wieder eine warme Mahlzeit*, dachte sie, griff nach einem Löffel und verließ die Wohnung.

Auf dem Weg in den Obduktionssaal passierten sie mehrere Sicherheitsschleusen und ellenlange Flure mit zahlreichen Büroräumen. Baros Atem setzte aus, als sie am Leichenabschiedsraum vorbeigingen. Elendiges Schluchzen drang daraus hervor. Ihr Blick heftete an der Tür, bis sie außer Sichtweite war. In Momenten wie diesen wusste sie wieder, warum sie diesen Job machte. Warum er gemacht werden musste. Damit Täter entlarvt, gefasst, bestraft wurden. Damit unbekannte Opfer einen

Namen bekamen und Angehörige sich von ihren Liebsten verabschieden konnten.

Neben den stählernen Leichenkühlkammern lagen die Umkleideräume. Baro und Dresner streiften sich Schutzkleidung über, bevor sie den angrenzenden Obduktionssaal betraten. Die Hauptkommissarin verzog die Mundwinkel, als ihr der beißende Geruch nach faulendem Fisch und Algen entgegenstieß. Sie widerstand dem Impuls, den Atem anzuhalten, und stellte auf Mundatmung um. Dadurch ließen sich die Ausdünstungen der Wasserleiche besser ertragen. Es verhinderte aber nicht, dass sich ein süß-säuerlicher Geschmack auf ihre Zunge legte.

Baro und Dresner traten an den grellbeleuchteten Obduktionstisch. Der Sektionsassistent nickte knapp und verließ mit Untersuchungsproben den Saal. Eine Obduzentin schloss mit letzten Nähten den Körperlängsschnitt am Leichnam. Dann verabschiedete auch sie sich lautlos. Diese Wortkargheit entsprang keiner Unhöflichkeit. Vielmehr war sie der Rücksichtnahme gegenüber ihrem Kollegen geschuldet. Prof. Dr. Carstens protokollierte gerade abschließende Befunde mit dem Diktiergerät. Der Mann mit den langen Koteletten und dem wasserstoffblonden Hufeisenbart erinnerte Baro an die untersetzte Ausgabe des ehemaligen Wrestlers Hulk Hogan. Konzentriert spazierte der Rechtsmediziner in seiner weißen Gummischürze auf und ab.

Baros Blick wanderte derweil über den Leichnam. Das Wasser hatte eine Welle der Verwüstung auf dem Körper der jungen Frau hinterlassen. Auf ihrer Kopfhaut zeichneten sich Sandkörnchen ab. Das Haar war durchsetzt von modrigen Blättern und feinen Zweigen. Die Haut war faltig, wies unregelmäßige grüne und schwarze Verfärbungen auf. Dennoch ließ sich unter den Verwesungsspuren die einstige Schönheit der Toten erahnen.

»Guten Tag Frau Baro, hallo Herr Dresner.« Prof. Dr. Castens begutachtete die beiden Gäste seines Obduktionssaals. »Wie Sie sehen, sind wir gerade fertig, und ich kann Ihnen das vorläufige Obduktionsergebnis mitteilen.« Ohne eine Rückmeldung abzuwarten, trug er vor: »Zunächst einmal, was der

Identifikation dienlich ist.« Castens räusperte sich. »Weibliche Person, circa sechzehn bis zwanzig Jahre alt, einen Meter und siebzig groß, achtundfünfzig Kilogramm schwer. Die Augenfarbe ist Blau, das Kopfhaar blond und schulterlang.«

»Vielen Dank, das ist hilfreich.« Hastig zog Baro ein Notizbuch hervor und schrieb die genannten Eckdaten nieder. Dann stierte sie wieder zum Professor. »Weist der Leichnam markante Narben, Pigmentstörungen, Tätowierungen oder Piercings auf?«

»Nichts, was einer Identifizierung zweckdienlich wäre.« Anscheinend in Erwartung der nächsten Frage taxierte er Baro.

»Können Sie den Todeszeitpunkt eingrenzen? Und wie lange sie im See war, bevor sie gefunden wurde?«

»Aufgrund des Verwesungsgrads und der Waschhautbildung vermute ich eine Liegezeit von fünf bis zehn Tagen. Die Algenbesiedlung ist nur gering ausgeprägt. Auch lassen sich Haare, Nägel und Haut nicht einfach abziehen. Dies wäre der Fall gewesen, wenn der Leichnam vierzehn Tage oder länger im Wasser gelegen hätte.«

Abziehbare Fingernägel. Baro benötigte einen Wimpernschlag lang, bis sie sich wieder auf ihre Arbeit besann. Sie warf einen Kontrollblick auf den Leichnam. Das rechte Augenlid war nicht mehr vorhanden, der Augapfel praktisch zerstört. Das Gesicht wies an Stirn und Kinn starke Abschürfungen auf. Der Nasenknorpel lag frei. Auch an Handrücken und Knien zeigten sich Hautabschürfungen, an den Fußspitzen sogar bis auf die Knochen.

Klassische Treibverletzungen, dachte sie. Wahrscheinlich hatte sich der Leichnam unter Wasser in Bauchlage ausgerichtet. Über Stunden oder gar Tage waren dann die Extremitäten am Grund oder an Steinen entlanggeschürft. Erbarmungslos wurden so Haut und Muskulatur abgetragen, bis das Skelett frei lag. »Sind alle Blessuren nach dem Tod entstanden?«, vergewisserte sie sich.

»Ja, die äußerlichen Verletzungen sind post mortem entstanden.« Der Rechtsmediziner trat näher an den Obduktionstisch.

»Wissen Sie, der menschliche Organismus beginnt nach jeder Verletzung mit der Wundheilung. In diesem Fall stellten wir aber weder Unterblutungen der Wundränder fest noch zelluläre Reaktionen.« Fast künstlerisch ließ er die Hände über den verschiedenen Körperpartien des Leichnams schweben, um die Befunde zu verdeutlichen. »Zum einen rührt das Verletzungsbild von Treibverletzungen, zum anderen gibt es minimale Knabberspuren. Wahrscheinlich stammen sie von kleinen Unterwassertieren, wie Fischen oder Krebsen. Es bestehen jedoch zwei Auffälligkeiten, die vom Gesamtverletzungsbild abweichen.« Er nahm eine Lupe auf und vergrößerte eine Hautpartie am Fußgelenk der Toten. »Ich vermute, dass es sich hierbei um Abdrücke von Fesseln handelt.«

»Das deckt sich mit einer Spur am Fundort.« Baro trat näher heran und erforschte das feine Muster auf der geschädigten Haut. Unverzüglich dachte sie an den apfelgrünen Spanngurt. Sie wechselte einen vielsagenden Blick mit Dresner. Dann wandte sie sich wieder an den Rechtsmediziner: »Gibt es denn Hinweise auf eine sexuell motivierte Tat? Das Mädchen wurde nackt aufgefunden.«

»Es gibt keine genitalen oder extragenitalen Verletzungen«, fachsimpelte Castens und deutete auf ein Mikroskop. »Die Körperabstriche enthalten kein Ejakulat.«

Keine Verletzungen im Intimbereich. Kein Sperma. Das macht eine Vergewaltigung unwahrscheinlich, kombinierte Baro. »Und was ist die zweite Auffälligkeit im Verletzungsbild?«, fragte sie den Professor.

Castens positionierte sich neu und deutete jetzt von der Brust bis hinunter zum Intimbereich des Opfers. Dort verliefen drei Schnittwunden parallel zueinander. Es wirkte, als hätte sich die Pranke eines Tigers in das Fleisch gegraben. »Dieses Verletzungsbild ist durch einen scharfen Gegenstand entstanden. Ich gehe von drei gebogenen Krallen aus. Vermutlich handelt es sich dabei um eine Art ... dreizackige Harke. Ich spreche von diesen kleinen Handharken, wissen Sie?«

»Sie wurde also mit einem Grubber aufgeschlitzt?«

»Ja, mit einem Grubber. Korrekt. Davon ist auszugehen. Die Schnitttiefe von zehn Zentimetern erforderte einen hohen Kraftaufwand.«

»Sie wurde demnach erstochen.«

Castens schüttelte den Kopf. »Nein, die Wunde war nicht todesursächlich. Auch sie ist post mortem entstanden.«

»Das Mädchen ist also nicht durch körperliche Gewalt ums Leben gekommen.« Baro schluckte schwer. Wieso gelang es ihr nicht, die innere Distanz zu wahren? Es kostete sie alle Kraftanstrengung, nicht sich selbst in der jungen Frau zu sehen. Nicht darüber nachzusinnen, dass sie ebenfalls einmal fast auf dem Seziertisch gelandet wäre. Nur zufällig hatte jemand ihren Tauchgang ohne Wiederkehr beobachtet. Nicht auszudenken, was sonst passiert wäre. Wahrscheinlich wäre sie, wenn überhaupt, erst Tage später vom Grund des Sees geborgen worden. Hatte das Mädchen die gleichen Qualen durchgestanden, wie sie selbst einst? Hatte es die Übermacht des Wassers zu spüren bekommen? Baro sammelte sich, besann sich auf ihre Professionalität, stellte die Frage, die stetig emportauchte: »Wie lautet die Todesursache? Ist sie ... ertrunken?«

»Weit gefehlt.«

Kapitel 6

Jahre zuvor

»Komm zu uns«, sagte seine Mutter und bedeutete ihm mit der Hand, am Küchentisch Platz zu nehmen.

»Was ist los?«, fragte er und rückte den Stuhl nur langsam ab. Der Gesichtsausdruck seiner Mutter verriet, dass es Ärger geben würde. Hatte er was ausgefressen?

»Deine Eltern müssen mit dir reden. Hinsetzen«, befahl sie jetzt in wütendem Tonfall.

»Ich mach ja schon.« Der Junge setzte sich seinem Vater gegenüber. Der sah zum Glück gar nicht sauer aus, so schlimm konnte es also nicht werden.

Seine Mutter stand auf und sah böse auf seinen Vater hinab. »Na, dann leg mal los.«

»Mama und ich haben eine schwierige Entscheidung getroffen. Ich will nicht lange drumherum reden. Wir werden uns trennen. Nächste Woche ziehe ich aus.«

Seine Mutter lief in der Küche herum. Bei jedem Schritt knarrte der Boden unter ihren Füßen. Darüber stritten seine Eltern öfter. Sein Vater sollte sich darum kümmern, die Dielen zu reparieren. Überall standen Nägel raus, und passte man nicht auf, riss man sich die Füße auf. Immer wieder versprach sein Vater, dass er das bald erledigen würde, machte es aber nie.

»Wir glauben, dass es das Beste für die Familie ist«, sagte sein Vater schließlich.

»Das Beste für die Familie. Na klar«, wiederholte seine Mutter.

Sein Vater biss sich auf die Unterlippe und strich in seinem Bart herum. War er wütend? Der Junge ertrug die komische Stimmung nicht länger. Um seine Eltern nicht mehr ansehen zu müssen, fixierte er eine Kerbe im Holztisch.

Erneut setzte sein Vater an: »Sohnemann, du sollst wissen, dass die Trennung nicht deine Schuld ist. Im Gegenteil. Du bist das Beste, was wir je zustande gebracht haben. Hörst du? Und ich bin und bleibe dein Papa. Ich werde für dich da sein. Ruf an oder komm mich besuchen, jederzeit.«

Seine Mutter lachte freudlos. »Hast du das in einem Elternratgeber gelesen? Der Junge wird sechs Jahre alt. Der schnallt kein Wort.«

Sein Vater sprach ruhig weiter. »Hast du noch Fragen, mein Sohn?«

Es folgte Stille. Der Junge konnte nicht mehr denken und wollte auch nichts mehr hören. Aber ständig war da dieses Tropfen vom Wasserhahn. Tropf, tropf, tropf – es machte ihn verrückt! Wie den Boden wollte sein Vater auch den Hahn längst repariert haben. War dies der Grund dafür, dass seine Eltern nicht mehr zusammen sein wollten? Weil sein Vater nicht die Sachen machte, die er versprach?

Seine Mutter hämmerte mit der Faust auf den Tisch. »Schluss jetzt! Deine Eltern haben einiges zu besprechen. Geh zurück auf dein Zimmer.«

Der Junge sagte nichts, fühlte sich, als würde er schlafen. Er hörte auf seine Mutter, erhob sich wie eine Marionette vom Stuhl. Jeder Schritt fiel ihm unendlich schwer. Er schleppte sich über den Flur, die Treppe hoch und in sein Zimmer. Die Tür fiel ins Schloss, er lehnte sich mit dem Rücken dagegen. Sollte er zurück nach unten gehen, um seine Eltern zu umarmen? Sie darum bitten, sich wieder zu vertragen? Er würde auch immer ein braver Junge sein. Niemals würden sie sich über ihn ärgern müssen. Alle würden sich wunderbar verstehen. Seine Augen wurden feucht, denn er wusste, dass es nichts bringen würde.

»Papa zieht aus, trotzdem ist er für mich da«, versuchte er sich selbst zu beruhigen. »Er bleibt mein Papa.«

Schreie aus dem Erdgeschoss! Die genauen Worte waren nicht zu verstehen. Die Stimmen seiner Eltern verwickelten sich ineinander wie Fruchtgummi-Schnüre. Der Junge wirbelte herum, drückte die Klinke und öffnete die Tür einen Spalt breit. So konnten seine Eltern ihn nicht sehen, er sie aber besser hören.

»Verpiss dich aus meinem Haus!«, schrie seine Mutter. »Na wird's bald?«

Der Junge schreckte zusammen. Etwas schepperte laut, als wäre ein Glas runtergefallen. Schließlich krachte die Haustür ins Schloss. Er sprintete ans Zimmerfenster. Sein Vater eilte quer über den Vorgarten und auf sein Auto zu. Er stieg ein, setzte zurück und fuhr davon. Ohne Verabschiedung. Ohne einen letzten Blick hoch zum Fenster seines einzigen Sohnes.

»Bitte bleib«, flüsterte der Junge. Dann hörte er, wie seine Mutter die Treppe heraufgeschossen kam. Sofort stürzte er zur Zimmertür und linste mit einem Auge durch den Türspalt.

»Hoffentlich fährt der gegen den nächsten Baum«, wünschte sie und stürmte ins nebengelegene Elternschlafzimmer. Ihre Wut verwandelte sich in bitterliches Schreien und Weinen. Sollte er zu ihr gehen und versuchen, sie zu trösten? Aber was sagte man zu jemandem, der so wütend und so traurig zugleich war? *Lieber nichts sagen als etwas Falsches*, entschied er. Stattdessen legte er sich aufs Bett. Stundenlang lauschte er dem Weinen seiner Mutter, bis er einschlief.

Als der Junge erwachte, war es bereits dunkel draußen. Die sternenförmigen Aufkleber an seiner Zimmerdecke leuchteten. Normalerweise luden sie zum Weiterträumen ein, doch nicht in dieser Nacht. Sein Körper schlug Alarm. Etwas stimmte nicht. Er schaute zum Fenster. Der Mond stand am wolkenlosen Nachthimmel, tauchte sein Zimmer in trübes Licht. Nach und nach gewöhnten sich seine Augen an die neuen Lichtverhältnisse. Er machte eine Gestalt in der Dunkelheit aus. Ein gruseliges Wesen saß an seinem Schreibtisch und beobachtete ihn. Erschrocken fuhr er hoch. Schützend zog er sich die Bettdecke bis über die Nasenspitze, hoffte, dass das Monster ihn nicht entdeckte.

Seine Angst wich einer riesigen Erleichterung, als sich die Konturen seiner Mutter von der Schwärze absetzten. »Mama?«, sagte er. Doch sie antwortete nicht. Sie nahm keinen Blickkontakt auf, murmelte nur Unverständliches vor sich her. »Mama?«, fragte er lauter. »Ich hab dich vorhin allein gelassen. Ich wusste nicht, ob ich zu dir kommen soll. Bist du mir jetzt böse?«

»Schscht, schscht, schscht.« Sie drückte einen Finger auf ihre Lippen, bedeutete ihm, still zu sein. »Ich hab nachgedacht. Du verdienst es, zu wissen, warum deine Eltern sich trennen.« Einige Male atmete sie hörbar ein und aus. »Die Wahrheit ist, Papa hat uns betrogen. Er hat eine andere Frau. Deshalb will er sich nicht mehr um uns kümmern.«

»Aber Papa hat gesagt, er will für mich da sein.«

»Dummer Junge, verstehst du es nicht?« Sie schnaubte erzürnt. »Papa lebt jetzt mit einer ehebrecherischen Hure zusammen. Er braucht dich nicht mehr.«

Der Junge fühlte sich, als hätte er einen Brocken Knete im Hals, der ihn am Atmen hinderte. Am liebsten hätte er sich verkrochen und wäre nie wieder hervorgekommen. »Ich will jetzt mit meinem Papa reden«, presste er hervor. Erst jetzt bemerkte er das Küchenmesser in ihrer Hand und ihm blieben die Worte weg. Seine Mutter hielt den Griff fest umschlossen. Die frisch geschärfte Klinge spiegelte sich im einfallenden Mondlicht.

Ruhig erhob sich seine Mutter vom Schreibtischstuhl, schlich auf ihn zu, setzte sich an die Bettkante. »Nur um sicherzugehen, dass du mich verstehst. Du wirst Papa nicht wiedersehen. Wenn ich herausfinde, dass du ihn doch siehst, ... dann ... bringe ... ich ... mich ... um.«

Sie legte den Kopf in den Nacken, schloss die Augen, führte die Klinge über ihre Kehle. Blutperlen entwuchsen dem feinen Hautschnitt, rannen ihren Hals hinab. Schmerzerfüllt stöhnte sie auf. Dann starrte sie ihren Sohn mit aufgerissenen Augen an. »Verstehst du? Ich werde mich umbringen. Wenn du mich verlässt, hab ich keinen Grund mehr zu leben.«

Ihre Finger glitten über den Hals, nahmen etwas Blut auf. Sie schmierte die warme Flüssigkeit in die Handinnenflächen des Jungen. »Dann klebt mein Blut an deinen Händen. Also überlege dir gut, ob du für den Tod deiner eigenen Mutter verantwortlich sein willst. Dafür, dass ich in einem bitterkalten Grab verwese. Es gibt nichts Schlimmeres, was du tun könntest.« Ihr rechtes Augenlid zuckte. »Dafür schmorst du auf ewig in der Hölle!«

Kapitel 7

Prof. Dr. Castens schüttelte den Kopf. »Nein, das Mädchen weist keinerlei Merkmale eines Ertrinkungstods auf.« Er deutete auf die Mundpartie der Toten. »Charakteristisch wäre etwa ein Schaumpilz vor dem Mund, nur um ein Beispiel zu nennen.«

Sie ist nicht ertrunken, dachte Baro und ermahnte sich innerlich zur Konzentration. »Das Mädchen war also tot, als es in den See gelangt ist ... ein Unfall im Wasser ist demnach ausgeschlossen. Körperliche Gewalt ebenso. Dann kommt eine natürliche Todesursache infrage?«

»Dafür haben wir keine Belege gefunden. Sie war kerngesund.« Der Rechtsmediziner wirkte unkonzentriert. Immer wieder schweifte sein Blick hoch zur Wanduhr.

»Professor, ich merke, Ihre Zeit ist begrenzt. Lassen Sie es mich abkürzen. Wenn ich Ihre Aussagen zusammennehme, bleibt eine Frage offen. Handelt es sich um Suizid oder um Mord?« Sie deutete auf die Fußgelenke der Toten. »Die Fesselspuren sprechen eine eindeutige Sprache, denke ich. Ebenso die Wunden auf dem Bauch. Diese müssen ihr durch Dritte beigebracht worden sein.«

»Korrekt, Frau Baro. Es ist davon auszugehen, dass die Staatsanwaltschaft weitergehende blut- und toxikologische Untersuchungen einleiten wird. Zu diesem Zweck haben wir

Proben aller Körperflüssigkeiten entnommen. Meiner Einschätzung nach werden diese Analysen eine Überdosierung von Arzneimitteln, Drogen oder sonstigen biologisch aktiven Substanzen aufzeigen. Dies würde erklären, warum die Tote keinerlei Abwehrverletzungen aufweist. Sie war betäubt.« Ein weiteres Mal griff er nach der Lupe und führte sie über die rechte Armbeuge des Leichnams. »Sehen Sie? Es ist mit bloßem Auge kaum erkennbar, aber die Armvene wurde mit einer Spritze punktiert. Ich vermute, die verabreichte Substanz hat letztlich zum Stillstand des Herz-Kreislauf-Systems geführt. Dies zu untermauern, liegt aber nunmehr im Aufgabenbereich der chemischen Forensiker.«

»Richtig.« Baro steckte ihr Notizbuch in die Kitteltasche. »Danke für Ihre Zeit, Professor.« Sie guckte hinüber zu Dresner, der sich ungewohnt wortkarg gab. Wie angewurzelt stand ihr Kollege da. Ihm schien sich der Magen umzudrehen. Eigentlich wusste er, wie er sich im Obduktionssaal zu verhalten hatte, um die Zeit ohne Übelkeit zu überstehen. Wahrscheinlich konnte er einfach die Leichensüße nicht länger auf der Zunge ertragen. Auch Baro gestand sich ein, dass ihr Durchhaltevermögen im Obduktionssaal tagesformabhängig war – egal wie viele Berufsjahre sie auch zählte.

Professor Castens riss die Augen auf, als er Dresners Zustand bemerkte. »Setzen Sie sich.« Er kippte ein kleines Fenster und schob einen Stuhl daneben zurecht. »Weitere Informationen entnehmen Sie dann bitte dem Obduktionsbericht. Diesen werden wir zeitnah an die zuständige Staatsanwältin übermitteln. Und jetzt entschuldigen Sie mich. Ich werde in einer Stunde vor Gericht erwartet. Den Ausgang finden Sie ja selbst.«

Johanna lehnte sich entspannt im Bürostuhl zurück und faltete die Hände vor dem Bauch. Sie wartete darauf, dass der Arbeitsrechner hochfuhr. Derweil schaute sie aus dem Fenster. Ein unbarmherziger Ostwind peitschte Regen und herabgefallene Blätter dagegen.

Das Wetter trübte weiterhin ihre Stimmung. Sie nahm ein paar Schlucke Pfirsichtee und genoss den Geschmack nach Sommerwärme. Stefan Dresner betrat das gemeinsame Büro. Besorgt musterte sie ihn. »Der Besuch im Obduktionssaal scheint dir schwer zugesetzt zu haben. Bist du sicher, dass es dir gutgeht? Du wirkst blass um die Nase.«

»Ich bin einsatzbereit. Alles bestens.« Er blockte mit einer Hand ab. »Die Hundestaffel ist angefordert. Sie wird das umliegende Waldgebiet nach weiteren Spuren durchkämmen. Unter Umständen findet sich eine Spritze oder der Grubber, mit dem das Opfer ... aufgeschlitzt wurde.« Dresner gab einen verächtlichen Laut von sich, dann fasste er sich wieder. »Ich war außerdem beim Polizeifotografen und habe Porträtaufnahmen der Wasserleiche organisiert. Vielleicht helfen sie bei der Suche nach der Identität des Mädchens.« Er legte die Fotos auf Baros Schreibtisch ab und taxierte ihren Monitor.

Auf dem Bildschirm erschien das Fenster zur Anmeldung. Baro tippte das Passwort ein, öffnete die Vermissten-Datenbank und wählte die Suchmaske an. »Der Baggersee liegt weit draußen. Ich gehe also von einem Täter mit Ortskenntnis und kleinem Aktionsradius aus. Die Suche werde ich entsprechend regional stark begrenzen. Außerdem lag das Mädchen nur fünf bis zehn Tage im Wasser. Wir konzentrieren uns daher zunächst auf Meldungen der letzten zwei Wochen.« Sie fütterte das System abschließend mit den biometrischen Daten des Opfers und drückte auf Enter. »Na, dann schauen wir mal.« Ihr Kollege lehnte sich nach vorn. Sein Parfum hing in der Luft. Nach den Geruchseindrücken in der Gerichtsmedizin empfand sie den würzig-aromatischen Duft als reine Wohltat.

»Elf Suchergebnisse. Das ist überschaubar«, befand Dresner und setzte ihrem Genussmoment ein jähes Ende.

»Dann gehen wir jede Anzeige durch.« Baro besah das erste Profil. Sie vergrößerte das Lichtbild, analysierte die blauen Augen der jungen Frau. »Das ist sie nicht«, folgerte sie und verließ die Seite. Dann scrollte sie zu den nächsten Vermisstenanzeigen.

Minutiös prüfte sie die Fotos und verglich die Eckdaten. »Alles Fehlanzeige. Nur noch eine Person übrig.« Sie wählte den Eintrag aus.

»Volltreffer!« Dresner schnappte sich die Polizeifotografie zum Abgleich.

»Ja, das ist sie.« Baro lächelte schwach. Doch in Sekundenschnelle schwand ihre Euphorie. Sie wich dem Entsetzen darüber, wie extrem sich das Mädchen innerhalb kürzester Zeit verändert hatte. Ihre vergissmeinnichtblauen Augen waren tot, das Gesicht entstellt. Von Kopf bis Fuß war ihr Körper gezeichnet von den Spuren der Verwesung.

Baro druckte die Vermisstenanzeige in zweifacher Ausführung aus. Ein Exemplar überreichte sie Dresner, der sich damit an seinen Schreibtisch begab. In aller Ruhe studierten sie das Stück Papier.

»Carlotta Reinhardt. Achtzehn Jahre alt«, fasste Dresner zusammen. »Sie hatte Sonntag ein Date. Davon ist sie nicht zurückgekehrt. Irgendwann war ihr Handy ausgeschaltet. Wahrscheinlich war sie schon tot, als ihre Eltern sie am Montagmorgen als vermisst meldeten.«

»Und heute, gerade einmal zwei Tage später, ist es ihnen nicht mehr zuzumuten, Carlotta persönlich zu identifizieren. Das lässt der Zustand ihrer Leiche keinesfalls zu«, sagte Baro.

»Ich werde die aufnehmende Beamtin bitten, zahnärztliche Unterlagen nachzufordern. Gegebenenfalls gibt es Röntgenaufnahmen von dem Gebiss des Mädchens, sodass der forensische Zahnmediziner die Identität zweifelsfrei feststellen kann.«

Baro legte die Vermisstenanzeige beiseite. »Wir unternehmen alles, um den Vorgang zu beschleunigen. Sobald uns die Untersuchungsergebnisse vorliegen, informieren wir die Eltern und beenden ihre quälende Ungewissheit.«

„Und dann finden wir das Schwein, das ihr das angetan hat!“

Kapitel 8

Jahre zuvor

Der Junge hatte sich in sein Bett verkrochen, dabei war es mitten am Tag. Er rieb sich die trockenen Augen, gähnte ständig. Immer fühlte er sich müde, egal wie viel er schlief. Der fiese Gedankenwurm raubte ihm seine ganze Energie.

Ich bin und bleibe dein Papa. Ich will für dich da sein. Sein Vater hatte es versprochen. Wieso hatte er gelogen? Unendlich viel Zeit war seit der Trennung seiner Eltern vergangen. Nur selten tauchte sein Papa auf und wenn, dann endete es meist schlimm. Aus diesem Grund fühlte er sich hin- und hergerissen. Einerseits vermisste er seinen Vater bis zum Mond und zurück. Andererseits hasste er diese Gefühle, diese Steine in der Brust, wenn seine Eltern aufeinandertrafen. Bei jedem Wort, das sie miteinander wechselten, hörte er den Hass heraus.

Der Junge vergrub sein Gesicht im Kopfkissen. Schuldgefühle rieben ihn auf. Er war der Grund dafür, dass seine Eltern gezwungen waren, miteinander auszukommen. Wäre er nicht auf der Welt, gäbe es keinen Grund für Streitereien. Womöglich wären seine Eltern ohne ihn sogar glücklich zusammen.

Er fischte die Fernbedienung aus der Nachttischschublade und schaltete den Röhrenfernseher ein. Wie so häufig versuchte er Ablenkung durch seine Lieblingsserie, Ghostbusters, zu finden.

Der Junge summte gerade den Vorspann mit, als die Türklingel ertönte. Rasch stellte er den Fernseher stumm und machte lange Ohren. Er hörte die Schritte seiner Mutter, das Aufschließen der Haustür. Dann schnappte er die Stimme seines Vaters auf.

»Papa?«, rief er und schlug die Bettdecke zurück. Stracks stürzte er aus dem Zimmer, weiter die Treppe hinunter ins Erdgeschoss. Seine Mutter stand an der geöffneten Eingangstür. Sie bedeutete ihm mit einer Handbewegung fernzubleiben. Für ihn kam das nicht infrage. Unauffällig setzte er sich auf den Treppenabsatz. Von hier aus hatte er eine gute Sicht auf alles.

Seine Mutter schien kurz durcheinander, fing sich aber schnell wieder. Die Hände in die Hüften gestemmt, stellte sie sich breitbeinig hin und versperrte seinem Vater den Weg ins Haus.

»Ich hab das Hausrecht, also runter von meinem Grundstück«, verlangte sie von ihm. »Ansonsten ruf ich die Polizei.«

»Mir steht es zu, meinen Sohn zu sehen«, erklärte er ruhig. »Ich habe ein Umgangsrecht.«

»Du hast das Recht, wieder abzudampfen.«

Ein paarmal atmete sein Vater tief ein und wieder aus, bevor er weitersprach: »Jeden vereinbarten Umgangstermin sagst du kurzfristig ab oder ...«

»Oder wir sind nicht zu Hause, und das bleibt auch so.« Seine Mutter versuchte, die Tür zuzuknallen, doch sein Vater drückte rechtzeitig eine Hand gegen das Türblatt.

»Du benutzt ihn doch nur, um dich an mir zu rächen. Er hat dir noch nie was bedeutet. Wann hast du ihm mal was Nettes gesagt? Ihn mal in den Arm genommen? Ein Lächeln geschenkt? In deiner Obhut entwickelt er sich noch zu einem emotionalen Krüppel!«

»Ja und? Dann wird er wenigstens nicht so ein Schlappschwanz wie sein Vater.«

Schlappschwanz, dachte der Junge. Ständig sagte seine Mutter dieses Wort zu ihm. Er wusste nicht genau, was es bedeutete, aber er konnte es einfach nicht mehr hören. Eigentlich wollte er überhaupt kein Wort mehr hören. Am liebsten hätte er sich einfach Kaugummi in die Ohren gestopft. Gleichzeitig wollte er aber alles verstehen, wovon seine Eltern sprachen. Er musste die Sache klären, sich zwischen seine Eltern stellen, beide beruhigen, damit sie sich wieder mochten. Doch er schaffte es einfach nicht. Seine Lippen waren wie zusammengewachsen. Seine Beine fühlten sich an wie ein Klumpen Keksteig.

Sein Vater atmete tief durch, so wie er es immer tat, wenn es Streit gab. »Ich habe meinen Sohn nur einmal gesehen seit unserer Trennung.«

»Herrgott nochmal, ich kann halt nicht zulassen, dass du ihn weiterhin verprügelst.«

»*Verprügeln?* Wie bitte? Der Junge ist mit dem Fahrrad gestürzt!«

»Ups, da hatte ich wohl was missverstanden. Natürlich ist das Jugendamt bereits informiert. Ich meine, dass unser Sachbearbeiter in diesem Zusammenhang irgendetwas sagte von ... *Kindeswohlgefährdung*. Darauf werde ich mich übrigens auch berufen, wenn ich demnächst das alleinige Sorgerecht beantrage.«

»Dem stimme ich niemals zu!«, sagte sein Vater.

»Ich weiß gar nicht, was du hast«, fuhr seine Mutter fort. »Du hast dich schließlich von unserer Familie getrennt. Außerdem will *sie* deinen Sohn garantiert nicht um euch haben.«

»Erstens habe ich mich von dir getrennt und nicht von meinem Sohn. Und zweitens sehen wir uns vor Gericht, wenn du weiterhin den Kontakt verhinderst!« Mahnend streckte er ihr den Zeigefinger entgegen.

Seine Mutter schlug nach seiner Hand. »Sehr gern. Ich lass mich vom besten Anwalt verteidigen, den ich mir von deinem Unterhalt leisten kann! Und ja, die folgenden Worte sind eine Drohung, also hör jetzt besser ganz genau zu: Selbst wenn du das Jugendamt noch mal auf deine Seite ziehen kannst, schwöre ich dir, dass ich nach jedem Treffen von dir und deinem Sohn seinen Hintern bearbeiten werde. Dann fahren wir zum Kinderarzt, weil mein armes Kind ständig über Arschschmerzen klagt, nachdem es bei dir war.«

Der Gesichtsausdruck des Vaters gefror. Doch seine Gegnerin kam jetzt erst in Fahrt: »Ich ruf deinen Chef an, all deine Freunde, jeden gottverdammten Menschen, dem du jemals begegnet bist.« Sie zeigte mit der Hand nach draußen in die Nachbarschaft. »Ich erstelle Plakate, um alle vor dem freilaufenden Kinderschänder zu warnen. Dein Foto wird an jedem Laternenpfahl hängen, den ich in dieser gottverdammten Stadt finde.«

Sie machte einen großen Schritt auf den Vater zu. Nur wenige Zentimeter trennten ihre hasserfüllten Gesichter. »Selbst wenn du am Ende vom höchsten Gericht dieser Welt freigesprochen wirst – diesen Ruf wirst du nie wieder los!«

Der Kopf seines Vaters sah aus wie ein roter Ballon, der jeden Moment platzen könnte. Er verpasste seiner Endgegnerin einen Stoß in Richtung Flur, trat ein. Die Haustür schepperte hinter ihm ins Schloss. Mit voller Wucht schleuderte er die Mutter des Jungen zu Boden, fixierte sie mit seinem Gewicht. »Ich bring dich um, du Schlampe«, zischte er, legte seine Hände um ihren Hals, würgte sie, bis das Blut aus seinen Fingern wich.

Der Junge zuckte zusammen. Seine Mutter versuchte zu beißen, zu kneifen, zu schlagen, zu treten. Japste sie dabei seinen Namen? Der Junge stand von der Treppe auf, blickte auf seine Mutter herab, deren Gesicht jetzt rot wurde und schließlich blau. »Papa, nicht«, sagte er zögerlich. Wollte er wirklich, dass sein Vater aufhörte? Wenn diese Frau nicht wäre, könnte er bei seinem Vater leben. Aber dürfte er das überhaupt?

Sein Vater nahm ihm die Entscheidung ab. Erschrocken sah er auf und entließ sein hustendes Opfer aus dem Würgegriff. »Das ... das solltest du nicht mit ansehen«, sagte er mit zitternder Stimme. »Es tut mir so leid. Ich war völlig ... von Sinnen. Solch ein Mensch bin ich überhaupt nicht.« Tränen schossen aus seinen Augen, er zeigte auf die Mutter. »Das hast du aus mir gemacht. Du bist doch psychisch krank. Du machst *mich* krank!« Er stand auf, ging zu seinem Sohn, umarmte ihn fest.

Der Junge genoss den Moment – den schönsten seit langem. Für ihn gab es auf der Welt nichts Besseres, als in den Armen seines Lieblingsmenschen zu sein. Sein Vater duftete nach Liebe, Aufmerksamkeit, Kindheit. Nach allem, was ihm so unendlich fehlte. *Lass mich nie wieder los*, dachte er.

Seine Mutter hustete schlimm, berappelte sich aber wieder. Sie rannte zur Kommode, griff zum Haustelefon. »Ich ruf die Polizei«, sagte sie atemlos. »Das gibt 'ne Anzeige wegen häuslicher Gewalt! Das war dein Sargnagel, kapierst du? Heute hast du deinen Sohn das letzte Mal gesehen, so wahr ich hier stehe!«

Sein Vater löste die Umarmung. »Ich wünsche dir alles Gute zum Geburtstag. Unglaublich, dass du schon sechs Jahre alt geworden bist.« Er sah aus, als hätte er schlimme Schmerzen. »Ich werde niemals gegen deine Mutter ankommen. Verzeih mir bitte. Mir fehlt die Kraft, um weiter zu kämpfen.« Ohne Verabschiedung schlurfte er zur Tür hinaus. Er kam nie wieder.

Kapitel 9

Abnutzung, Defekt, Inlay, Teilkrone, Füllung, Fehlstellung – das Gebiss weist eine Einzigartigkeit auf, die mit menschlicher DNA vergleichbar und dementsprechend zuverlässig ist. Die Ergebnisse der forensischen Zahnmedizin bestätigten also zweifelsfrei die Identität des Opfers. Gemäß Obduktionsergebnis war Carlotta Reinhardt kerngesund. Warum wurde sie nur achtzehn Jahre alt? Wer oder was hatte das Mädchen so früh aus dem Leben gerissen? Hoffentlich gaben die toxikologischen Untersuchungen zeitnah Aufschluss darüber. Obwohl erst ein Tag seit dem Leichenfund vergangen war, arbeitete die Zeit bereits gegen sie.

Johanna Baro schielte zu ihrem Kollegen Stefan Dresner auf dem Beifahrersitz. Andächtig sah er aus dem Fenster. Das Überbringen von Todesnachrichten gehörte zu ihren schwierigsten Aufgaben. Baro hatte schon alle erdenklichen Reaktionen von Familienmitgliedern erlebt. Manche fielen ihr in die Arme, andere brachen schreiend zusammen. Aber nicht nur Niedergeschlagenheit war ihr begegnet. Auch Aggressivität, Gleichgültigkeit oder sogar Erleichterung. Aus dem Konzept brachten sie jedoch Menschen, die sich über das Ableben des Angehörigen freuten, hemmungslos lachten.

Laut Navigationssystem trennten sie acht Minuten Fahrzeit

von der Zieladresse, die sie gegen acht Uhr morgens erreichen würden. Baro warf einen flüchtigen Blick in den Rückspiegel. Gabriele Kruse, die auf der Rückbank saß, schwieg. Die knapp sechzigjährige Notfallseelsorgerin strahlte absolute Souveränität und Ruhe aus. Sie würde den verwaisten Eltern in den nächsten Stunden und Tagen beistehen und ihnen alle offenen Fragen beantworten, sofern es Antworten darauf gab.

Baro fuhr von der Autobahn ab. Sie fanden sich in einem noblen Stadtteil im Ellastädter Osten wieder. Hier waren exklusive Villen auf dicht bewachsenen Grundstücken zu bewundern. Durch unsäglich hohe Kauf- und Mietpreise schotteten sich die Erfolgreichen und Privilegierten vom gemeinen Volk ab. Doch was nützte einem all der Reichtum, wenn man ihm den Verlust einer Tochter gegenüberstellte? In der Trauer, im Seelenschmerz, waren alle Menschen gleichgestellt.

Die Adresse von Carlotta Reinhards Familie lag in einer gepflegten Allee. Johanna fand auf Anhieb eine freie Parklücke und stellte den Wagen ab. Das Team stieg aus und schritt auf das repräsentative Einfamilienhaus zu. Die Hauszuwegung beeindruckte durch aufwändige Pflasterarbeiten. Allein der Vorgarten maß mehr Quadratmeter als Baros gesamte Wohnung.

Stefan Dresner öffnete die ersten Knöpfe seines edlen Kurzmantels und richtete seine obligatorische Krawatte, bevor er die Türklingel betätigte. Baros Herz machte einen Satz, als sie Geräusche aus dem Hausinneren vernahm. Sekunden zogen sich wie Minuten. Eine topgepflegte Geschäftsfrau, um die fünfzig Jahre, sperrte die Haustür auf. Baro erkannte den markanten Blauton ihrer Augen. Offenbar handelte es sich um die Mutter des Opfers.

Die Hausherrin musterte den unangekündigten Besuch. Dann schlug sie die Hand vor den Mund. »Sie sind wegen meiner Tochter hier.«

Die Hauptkommissarin sammelte sich. »Mein Name ist Johanna Baro.« Sie wies auf ihre Kollegen. »Das sind Gabriele Kruse und Stefan Dresner. Wir kommen von der

Kriminalpolizei.« Sie reichte der Frau die Hand, die den Händedruck kraftlos erwiderte. »Sind Sie Maike Reinhardt, die Mutter von Carlotta Reinhardt?«

»Ja, das bin ich.« Die Frau sah wirr zwischen den Gästen umher.

Baro kannte diesen Ausdruck in den Augen. Es war die Suche nach einem Lächeln, einem positiven Wink, der ihr zu verstehen gab, dass ihre Tochter noch lebte. Jetzt galt es, sich zusammenzureißen, um der Frau keinen Anlass für einen Hoffnungsschimmer zu bieten. Dies wäre ein zusätzlicher Schlag. »Dürfen wir hereinkommen?«, fragte sie.

Hinter Frau Reinhardt erschien ein Mann. Schwarzgefärbte Haare rahmten ein chirurgisch konserviertes Gesicht. »Wir haben Besuch?«, fragte er und sah in die Runde. Begrüßend reichte er allen die Hand. »Ich bin Uwe Reinhardt.«

»Sie kommen von der Kripo«, erklärte Frau Reinhardt geistesabwesend.

»Lass sie eintreten, Schatz.« Sachte schob er sie beiseite.

Über einen langen Flur erreichten sie einen ausladenden Raum, der in Wohnzimmer und Küche unterteilt war. Eine zweigeschossige Fensterfront sorgte für die Lichtdurchflutung und gab den Panoramablick auf einen parkähnlichen Garten preis. Der Hausherr deutete auf die lederne Couchlandschaft und dazugehörige Sessel. »Setzen Sie sich.«

Das Kripo-Team wählte die Ledersessel. Das Ehepaar nahm Platz auf der Couch. Beide schienen zu ahnen, was jetzt kam. Ohne Umschweife ergriff Baro das Wort. »Ich überbringe Ihnen eine schlimme Nachricht. Ihre Tochter ist tot. Wir haben ihren Leichnam am örtlichen Baggersee gefunden.«

»Das ist nicht wahr«, flüsterte Frau Reinhardt. Einen Atemzug lang saß sie einfach nur da, verarbeitete die fürchterliche Information. Dann versank sie in den Armen ihres Mannes und verfiel in untröstliches Weinen. Herr Reinhardt hielt seine Frau und starrte entsetzt ins Leere.

Baro zwang sich, einen Augenblick zu schweigen. Es gab

nichts, das sie tun oder sagen konnte. Floskeln wie *Es muss weitergehen* oder *Alles wird wieder gut* wären zutiefst verletzend und zudem unwahr. Es würde nicht wieder gut werden. Diese Menschen hatten ihre Tochter verloren. Sie war durch nichts zu ersetzen. Wie sollten gut gemeinte Worte da Trost spenden? Nein. Man saß nur da, hielt der bedrückenden Atmosphäre stand und wartete, bis der allererste Schock vorüber war.

Frau Kruse versuchte schließlich, Augenkontakt zu den Eltern aufzubauen. »Was für ein Mensch war Ihre Tochter? Mögen Sie uns etwas erzählen?« Die Notfallseelsorgerin reichte der aufgelösten Mutter ein Papiertaschentuch.

Frau Reinhardt nahm es dankend entgegen, tupfte sich die Tränen der Hoffnungslosigkeit von den Wangen. Mit zitternder Stimme sagte sie: »Carlotta war ... sie war eine wunderbare Tochter. Ich ... ich kann nur Gutes über sie sagen.« Wieder verschlug es ihr die Sprache und sie vergrub sich noch tiefer in den Armen ihres Mannes, als könne er sie vor der Trauer schützen. Ein Schmerz, der vermutlich der schlimmsten Körperverletzung gleichkam, einer seelischen Vernichtung.

Herr Reinhardt löste sich aus seiner Schockstarre. Er wirkte, als würde ihn eine Schmerzwelle überrollen. Dann wandte er sich an die Ermittler: »Was ist mit meinem Mädchen passiert? Wer hat ihr das angetan?«

»Uns war es wichtig, Sie nicht länger im Ungewissen zu lassen«, sagte Baro. »Antworten auf Ihre Fragen haben wir noch keine. Wir stehen noch ganz am Anfang der Ermittlungen. Ich versichere Ihnen, wir arbeiten mit Hochdruck daran, die Todesumstände zu klären.« Sie pausierte. Die Eltern mit Informationen zu fluten, wäre sinnlos. Aus eigener Erfahrung wusste sie, dass die Aufnahmefähigkeit in Extremsituationen gering war. Baro ließ den beiden etwas Zeit, um ihre Antwort zu verarbeiten, bevor sie schließlich fragte: »Wann haben Sie Ihre Tochter zuletzt gesehen? Wie war die Begegnung?«

Frau Reinhardt löste sich langsam aus den Armen ihres Mannes und sah die Ermittlerin aus geröteten Augen an. Es fiel ihr sichtlich schwer, die Frage zu beantworten. Der Schrecken der Situation hinderte sie wahrscheinlich daran, klar zu denken. Baro griff freimütig nach einer Glaskaraffe auf dem Couchtisch, nahm eines der Gläser an sich und schenkte etwas Wasser ein. Mit zittrigen Händen nahm Frau Reinhardt das Glas entgegen und trank einige Schlucke davon. »Ich ... ich habe Carlotta ... das letzte Mal ... am Donnerstagnachmittag getroffen«, sagte sie schließlich mit schwacher Stimme. »Carlotta war ... gestresst ... stand unter ... Prüfungsdruck.« Eine Träne perlte über ihre Wange und weiter in ihren Mund. Sie kniff die Lippen zusammen, nahm noch einen Schluck Wasser, bevor sie fortfuhr. Mittlerweile hatte sie sich etwas gefangen. »Freitag und Samstag war ich den ganzen Tag ... auf Fortbildung in München. Am Sonntag hatte Carlotta Bescheid gegeben, dass sie nicht zu Hause wäre, wenn ich abends ankäme. Sie wolle sich mit einem ... Till Wißmann treffen.«

Baro zückte ihr Notizbuch und notierte den Namen. »Was können Sie mir über ihn erzählen?«

»Im Prinzip weiß ich nichts über Till«, sagte Herr Reinhardt und rieb die feuchten Augen. »Aber mein Mädchen hatte das ganze Wochenende fleißig gelernt. Die Verabredung mit ihm wollte ich ihr nicht verbieten und ...« Seine Stimme brach.

Sofort sprang seine Frau für ihn ein. »Ich persönlich hätte einem Treffen am Sonntag nie zugestimmt. Am nächsten Tag war Schule!« Die Mutter tippte sich mit dem Finger auf die Brust. »Mir blieb jedoch keine andere Wahl. Mein Mann hatte bereits zugesagt.«

Baro dachte über das Gehörte nach – eine Verabredung verbieten? Carlotta war volljährig und hatte das Recht, selbst zu entscheiden, ob sie an einem Sonntagnachmittag ausging. Aber warum sprachen ihre Eltern dann über sie, als wäre sie ein vierzehnjähriges Mädchen? Schnell fokussierte sich Baro wieder auf die Reinhardts. »Wann hat sich Ihre Tochter das letzte Mal gemeldet?«

Die Augen des Vaters schwammen in Tränen. »Wir hatten ausgemacht, dass sie spätestens um Mitternacht zurück ist.

Carlotta war unpünktlich, da haben wir ihr geschrieben, aber laufend hat sie uns vertröstet. Text- und Sprachnachrichten gesendet. *Ich komme später. Ich bin in einer Stunde da.* Irgendwann war das Handy aus. Zu diesem Zeitpunkt habe ich mich sofort ins Auto gesetzt, während meine Frau zu Hause gewartet hat, falls Carlotta zurückgekommen wäre.« Die ersten Tränen flossen über seine Wangen. »Ich bin die halbe Nacht herumgefahren. Habe mir Tills Handynummer und Adresse besorgt. Glücklicherweise konnte mir da Carlottas beste Freundin weiterhelfen. In seiner Wohnung war Till aber nicht anzutreffen. Sein Mobiltelefon war ausgeschaltet. Immer wieder habe ich versucht, ihn zu erreichen, und zahllose Nachrichten auf seiner Mailbox hinterlassen.«

Herr Reinhardt hielt inne, schien nachzudenken. »Am Montag, eine Stunde vor Unterrichtsbeginn, bin ich zu Carlottas Schule gefahren. Sie tauchte nicht auf. Meine Frau und ich sind dann direkt zur Polizei.« Die Stimmungslage des Vaters wurde harscher. »Ich habe Ihrer Kollegin von der Wache gesagt, dass ganz sicher keine Drogen, Alkohol oder Medikamente im Spiel sind. Ein rebellischer Teenager war sie nicht. Mein Mädchen war auch nicht bedrückt, erst recht nicht suizidgefährdet. Sie liebte das Leben und …«

»Erhebe nicht die Stimme!«, unterbrach Frau Reinhardt ihn. Sie rückte von ihrem Mann ab. Alle Verletztheit war aus ihrem Gesicht gewichen. »Wieso hast du Carlotta überhaupt ausgehen lassen? Wir kennen diesen Jungen nicht.«

Herr Reinhardt riss die Augen auf. »Dich konnte ich schlecht fragen. Du bist nie da. Arbeitest immer. Bist ständig auf Fortbildung.« Seine Hände ballten sich zu Fäusten, doch seine Frau schien nicht abgeschreckt.

»Von deinem lächerlichen Gehalt ernährt man eben keine Familie.«

»Geld, Geld, Geld! Das ist alles, was dich interessiert.«

»Nur meine beiden Töchter interessieren mich«, widersprach sie. »Wieso hast du Carlotta nicht ausgefragt? Wolltest du gar nicht wissen, woher sie Till kennt und was die beiden vorhaben?«

»Wieso hast du sie nicht ausgefragt? Du bist doch so interessiert. Ihr hattet auch miteinander geschrieben.« Sein Antlitz verdunkelte sich. »Du überlässt alle Entscheidungen mir und ...«

»Ja, und jetzt sieh das Ergebnis.«

Baro blickte hinüber zu Herrn Reinhardt. Sie suchte noch nach beschwichtigenden Worten, als er sich erhob. Wortlos und mit hochrotem Kopf verließ er den Raum. Der Ermittlungsstart verlief ja wunderbar.

Kapitel 10

Jahre zuvor

Als der Sechsjährige morgens in seinem Bett erwachte, spürte er, dass etwas nicht stimmte. Mit der Hand tastete er seine Schlafanzughose ab. Feuchtigkeit. Fix nahm er die Bettdecke beiseite. Kühle Luft traf auf den Pipifleck zwischen seinen Beinen. Er erschauderte. Der Junge erhob sich von der nassen Fläche. »Oh nein«, hauchte er. »Was mache ich jetzt?« Das Missgeschick gehörte beseitigt, bevor seine Mutter aufwachte. Ansonsten würde ein weiteres Unglück passieren.

Er tapste in den Flur. Die Schlafzimmertür seiner Mutter war geschlossen. Sie schien zu schlafen. Zum Glück. So leise er konnte, schlich er ins Bad. Wieso hatte er bloß ins Bett gemacht? Beim letzten Mal hatte sie ihm erklärt, dass nur gestörte Kinder mit fast sieben Jahren noch ins Bett strullerten. War er nicht normal? Der Junge schnaufte. Diesmal würde es sicher nicht bei Beschimpfungen bleiben, es würde Prügel setzen.

Schnell schnappte er sich eine Klopapierrolle und schlich zurück ins Kinderzimmer. Er rollte etwas Toilettenpapier ab und drückte es tief in die vollgesogene Fläche. Doch das Papier nahm kaum Feuchtigkeit auf, zersetzte sich bei jedem Wischen. Mit den Fingernägeln pickte er einige grobe Papierfetzen auf und warf sie in den Mülleimer.

Wenn Mama das nächste Mal das Haus verlässt, um sich Schnaps oder Zigaretten zu holen, klügelte er, *werde ich die Matratze mit dem Föhn trocknen.* Dann breitete er die Bettdecke aus, als wäre nichts geschehen.

Geräusche aus dem Erdgeschoss verrieten ihm, dass seine Mutter doch bereits wach war. Zügig befreite er sich von dem nassen Schlafanzug und packte ihn unter die übrige Schmutzwäsche auf den Boden des Wäschekorbs. Dann schlüpfte er in seine Alltagskleidung. Nach dem Zähneputzen ging er nach unten. Heute war ein besonderer Tag. Nichts würde seine Laune weiter trüben. Seine Mutter setzte gerade frischen Kaffee in der Küche auf. Er lehnte sich an den Türrahmen und beobachtete sie.

»Du siehst so hässlich aus, wenn du grinst«, begrüßte sie ihn. »Und außerdem, was glotzt du so?« Sie zupfte einige Katzenhaare von ihrem Bademantel.

»Zehnmal Schlafen noch, hast du gesagt. Ich habe jeden Tag mit dem Stift abgestrichen. Siehst du?« Er deutete auf den Wandkalender, der über dem Küchentisch hing. »Heute wollen wir die Sachen für die Einschulung kaufen.« Ein weiteres Lächeln stahl sich auf sein Gesicht. Er lief hinüber zum Kühlschrank. Dort hatte er den Schulbrief mit einem Ghostbusters-Magneten befestigt. »Hier steht alles drauf, was man braucht, wenn man ein Schulkind wird.«

Seine Mutter riss ihm die Liste aus der Hand. »Zeig mal her den Scheiß.« Sie las laut vor. »Liebe Eltern, wir freuen uns ... bla, bla, bla ... die Einschulung Ihres Kindes ... bla, bla, bla.« Sie zerknüllte das Begrüßungsschreiben und warf es auf den Küchenfußboden.

Der Junge fixierte den Papierknäuel auf den Holzdielen. Dann wanderte sein Blick weiter zu dem Berg Altglas in der Ecke, weiter zu der Spüle voll mit verkrustetem Geschirr und schließlich zu einem Stapel ungeöffneter Briefe.

»Kommen wir zur Einkaufsliste«, holte sich seine Mutter seine Aufmerksamkeit zurück. Kritisch verzog sie das Gesicht. »Pfff. Absurd, das kaufe ich nicht alles.«

»Aber ich brauche die Sachen«, widersprach er.

»Pass auf, in welchem Ton du mit mir redest. Wenn du andere Dinge so gut könntest wie mich zu nerven, wärst du echt 'n talentiertes Kind. Mitkommen!« Sie stampfte voraus in den Flur und entriegelte den Garderobenschrank.

Der Sechsjährige stand auf Zehenspitzen hinter ihr, versuchte mal links, mal rechts an ihr vorbeizuschauen. »Was suchst du, Mama?«

»Da ist er ja!« Sie hielt einen verschmutzen Turnbeutel in die Luft. »Das wird dein Rucksack.« Stumm folgte der Junge seiner Mutter zurück in die Küche. Sie öffnete eine Schublade, wühlte darin herum. »So, hier haben wir Papier und Schere, Stifte in allen Formen und Farben.« Sie warf eine Auswahl in den Beutel und verschloss ihn, indem sie kräftig an den ausgefransten Flechtkordeln zog. Sie reichte den Turnbeutel an ihn weiter. »Bitteschön. Ab jetzt bist du ein Grundschulkind. Alles Gute für dich.«

Der Junge blinzelte gegen die aufsteigenden Tränen an. »Und was ist mit der Einschulungsfeier morgen? Du wolltest meine Kleider waschen und bügeln.«

Sie schüttelte den Kopf. »Zu der Feier können wir nicht.«

»Wieso nicht?«

»Weil dein Vater den Termin kennt.«

»Aber er war schon so lange nicht mehr hier.«

»Trotzdem könnte er morgen bei der Einschulungsfeier aufkreuzen.« Sie tauschten einen langen Blick. »Guck nicht so ekelhaft.« Sie beendete den Augenkontakt, holte eine Porzellantasse aus dem Hängeschrank und schüttete frisch gebrühten Kaffee hinein. Genüsslich schlürfte sie davon, bevor sie wieder zu ihrem Sohn sah. »Ich weiß genau, was du denkst. Du bist so durchschaubar wie Glas.« Sie schnipste gegen seine Stirn. »Ich erklär es dir gern nochmal. Dein Vater verbringt seine Zeit lieber mit *ihr*. Er hat kein Interesse mehr an dir. Nur an dem Kindergeld, das er für dich bekommen würde. Aber keine Sorge, ich pass auf dich auf. Ich lasse nicht zu, dass er dich ausnutzt.«

Der Junge wandte sich ab und schlurfte die Treppe hoch. Er hätte kein einziges Wort mehr sagen können, ohne dass seine Stimme gebebt hätte wie Wackelpudding. Das Atmen fiel ihm schwer. Es fühlte sich an, als würde er jeden Moment ersticken. Er ging ins Bad, zog sich aus, stellte sich in die Duschwanne. Seit sein Vater nicht mehr bei ihnen wohnte, war dies sein wichtigster Schutzort. Er zog den Duschvorhang zu und drehte das Wasser auf. Nun weinte er unbemerkt. Seine körperwarmen Tränen mischten sich unter das heiße Wasser. Dann brach alles aus ihm heraus. »Ich hasse sie, ich will zu meinem Papa. Geh ich eben allein zu der Feier.«

Plötzlich flog der Duschvorhang zur Seite. »Was hast du gesagt?«, brüllte seine Mutter. »Dir werd ich's zeigen. Du undankbares Stück Scheiße!« Sie zerrte ihn aus der Duschwanne, beförderte ihn auf die verdreckten Fliesen. »Du kommst mit!« Am Arm schleifte sie ihn in Richtung Kinderzimmer. Nur mit Mühe schaffte er es, auf die Beine zu kommen.

Seine Mutter schmiss die Bettdecke zu Boden. »Du hast schon wieder ins Bett gepisst? Du widerst mich an. Noch mal wasche ich den Scheiß nicht. Darin kannst du schlafen, bis du zum Himmel stinkst! Aber gut, mein Fehler. Ich bin davon ausgegangen, dass du ein Mensch bist. Hätte ich dich mal lieber behandelt wie unsere Katzen.« Am Ohr zerrte sie ihn dicht an den Urinfleck. »Pfui, pfui ... nicht mehr ins Bett pinkeln ... Aus!«

Kapitel 11

Stefan Dresner hatte das Elternhaus des Opfers verlassen, um die Staatsanwältin auf den aktuellen Stand zu bringen und erste Ermittlungsschritte einzuleiten. Johanna Baro hingegen war geblieben. Nach dem Streit der Eltern hatte die Notfallseelsorgerin jedoch angezeigt, dass die Befragung fürs Erste beendet sei. Carlottas Vater war nicht wieder zum Gespräch aufgetaucht. Die Mutter war kaum ansprechbar. Baro hatte ihr für die kommende Zeit viel Kraft gewünscht. Sie hatten vereinbart, dass sie Carlottas Zimmer besichtigte, bevor sie aufbrach.

Sie öffnete die deckenhohe Tür. Das Reich des Mädchens lag im ersten Stock der Villa. Es bestand aus einem Schlafzimmer, einem großzügigen Bad sowie einem begehbaren Kleiderschrank. Alle Räume waren hochmodern und hygienisch rein. Ob die Familie selbst den Putzlappen schwang? Unwahrscheinlich.

Baro widmete sich zuerst dem Schlafbereich, einem Barbie-Traum in Gold und Rosa. Decken, viele Kissen und fruchtige Duftkerzen sorgten für eine wohlige Atmosphäre. Das Boxspringbett verfügte über eine bestickte Überdecke, die fein säuberlich ausgelegt war. Auf dem Nachttisch fand Baro ein Skizzenbuch mit eindrucksvollen Modeentwürfen. Eine Weile durchblätterte sie das Buch mit ihren behandschuhten Händen, bis sie auf eine Bleistiftzeichnung stieß, ein Selbstporträt der Achtzehnjährigen. Das modelschöne Mädchen hatte sicher eine Reihe von Verehrern gehabt. In diesem Augenblick kreisten Baros Gedanken aber nur um den einen. Till Wißmann. Hatte sich Carlotta am Sonntag wirklich nur mit ihm getroffen? Die Tat sprach nicht gerade für einen Einzeltäter. Einen Leichnam allein über so eine weite Strecke zum See zu tragen, kaum denkbar. Dies erforderte ein hohes Maß an Körperkraft. Baro spielte mit der Idee, dass Till an jenem Abend nicht allein aufgetaucht war, einen netten Abend zu dritt versprach. Ganz ohne Hintergedanken, natürlich.

Sie klappte das Buch wieder zu und legte es zurück. Anschließend durchwühlte sie die Nachttischschublade. Darin lagen nur Nachtmasken, Ohropax und Pflegeprodukte. *Leider kein Tagebuch*, bedauerte sie. Wenn Carlotta eines geführt hatte, wo würde sie es verstecken?

Mit den Händen fuhr Baro durch die Ritzen des Dreisitzer-Sofas. Sie hob alle Kissen an und schaute auch unter das Sofa. Nicht ein Staubkorn. Keine Auffälligkeit. Gleiches galt für das Bad und das Ankleidezimmer. Hier bot das offene Schranksystem Kleidungsstücke jeglicher Art. Unsystematisch wühlte Baro durch einen Stapel bunter Pullover, die auf einem Schrankbrett auslagen. Sonnengelb, Neongrün – von einer gewöhnlichen Farbauswahl konnte man hier nicht sprechen. Das Mädchen schien zudem ein Faible für Mäntel zu haben. Feuerrot, Knallpink und Königsblau waren noch die schlichtesten Stücke.

Auf dem Schreibtisch lagen einige Schulbücher und ein Schulblock. Baro durchblätterte den Block, als ihr ein ungewöhnlicher Eintrag inmitten der Unterrichtsnotizen ins Auge stieß. Das Wort *Patze*, vermutlich ein Spitzname, war mit drei Ausrufezeichen versehen. Darunter war eine Handynummer gekritzelt, die Baro spontan mit ihrem Diensthandy anwählte. Sie ließ es klingeln, bis eine standardisierte Mailboxnachricht ansprang. Dann legte sie auf. In dieser Sekunde bemerkte sie zwei prall gefüllte Karteikästen auf dem Schreibtisch. Offenbar hatte das Mädchen die Prüfungsvorbereitungen ernst genommen.

Ein leises Wimmern drang an Baros Ohren. Sie schreckte auf. Erst jetzt nahm sie Herrn Reinhardt in ihrem Rücken zur Kenntnis. Er visierte eine Porträtaufnahme seiner Tochter, die großformatig an der Wand hing.

»Ich wollte Sie nicht erschrecken«, entschuldigte er sich.

»Alles gut.« Sie stieß zu ihm, nahm Carlottas Porträt ebenfalls in Augenschein. Blumenkranz im Haar. Naturgrüner, unscharfer Hintergrund. Schulterfreies Sommerkleid. Schließlich fiel Baros Blick auf die nackte Armbeuge des Mädchens. Zusammen mit den Bildern der Obduktion formte sich eine Theorie in ihr: Was war, wenn Carlotta sich an jenem Abend selbst die Injektion gesetzt hatte? Versprach man ihr den Rausch ihres Lebens? Denn Fakt war, dass sie keinerlei Abwehrverletzungen aufwies. Auch wurde die Spritze nur ein einziges Mal angesetzt. Kaum möglich bei einem Opfer, das sich wehrte.

»Herr Reinhardt, war Ihre Tochter Linkshänderin?«, fragte Baro.

»Wie kommen Sie darauf? Nein.«

Damit war das Ideenspiel beendet. Als Rechtshänderin hätte das Mädchen kaum ihre rechte Armvene punktiert. Sie hatte sich die Spritze nicht selbst gesetzt. Carlotta Reinhardt wurde ... totgespritzt. Aber wieso ließ sie ohne Gegenwehr zu, dass man ihr eine Spritze setzte? Dazu kamen Baro zahlreiche Ideen in den Sinn. Vielleicht stand Carlotta unter Alkoholeinfluss oder dem Einfluss anderer betäubender Substanzen. Dann wäre es ein Leichtes gewesen, ihr den goldenen Schuss zu injizieren. Denkbar wäre aber auch, dass sie bei klarem Verstand war, aber massiv bedroht wurde. So sehr, dass sie keinen anderen Ausweg mehr sah, als sich die Spritze setzen zu lassen. Baro schüttelte den Kopf. Denn genauso gut könnte auch das Gegenteil der Fall gewesen sein. Carlotta vertraute ihrem Gegenüber. Blind nahm sie das Angebot an, sich ein Rauschmittel einspritzen zu lassen. Ein kleines Drogenexperiment unter Freunden. Ihr Tod müsste nicht einmal in böser Absicht herbeigeführt worden sein. Auch Unfallopfer legte man zur Verschleierung des Unglücks im Wasser ab. Dazu passten allerdings die Verletzungen durch den Grubber wiederum nicht.

Uwe Reinhardt suchte Augenkontakt. »Sie wollten Carlottas Handynummer für die Ortung. Ich habe sie auf einem Zettel notiert. Um die Einzelverbindungsnachweise wird sich meine Frau kümmern. Der Handyvertrag läuft über ihren Namen.«

»Das wäre sehr hilfreich.«

»Ich habe auch die Kontaktdaten von Familienmitgliedern und Carlottas engsten Freunden für Sie aufgeschrieben. Ebenso die Adresse ihrer Schule.« Herr Reinhardt übergab ihr das Stück Papier mit den Auskünften. Dann zeigte er auf Till Wißmanns Namen, den er rot unterstrichen hatte. »Auch seine Telefonnummer und Anschrift habe ich notiert.«

»Sie haben wirklich an alles gedacht.« Baro lächelte puderzart und verstaute die Notizen in ihrer Arbeitstasche. »Eine Arbeitsstelle hatte Carlotta nicht, bei der wir Informationen einholen könnten?«

»Nein, das hätte meine Frau nie erlaubt. Ihre Tochter sollte sich nur auf die Schule konzentrieren, auf ihre ... Zukunft.«

»Herr Reinhardt, ich werde nichts ankündigen, was nicht zu halten ist, aber ich verspreche Ihnen, dass ich alles gebe, um Carlottas Todesumstände zu klären und den oder die Verantwortlichen zur Rechenschaft zu ziehen. Ich werde dafür Sorge tragen, dass rund um die Uhr eine Vielzahl von Beamten mit dem Fall betraut ist.«

Uwe Reinhardt sackte in sich zusammen. »Darauf vertraue ich.«

Baro nickte ihm entschlossen zu. »Bei unserer Ankunft ist mir aufgefallen, dass Sie Außenkameras haben. Sind die Aufnahmen vom Wochenende noch gespeichert?«

»Ich suche sie raus und sende Ihnen eine Kopie.«

»Vielen Dank. Ich benötige auch die gesamte Kommunikation, die mit Ihrer Tochter am Wochenende stattgefunden hat.« Sie deutete auf sein Smartphone, das ihm halb aus der Hosentasche lugte. »Dürfte ich das Handy an unsere EDV-Abteilung geben? Die Analyse erfolgt zeitnah und Sie erhalten es direkt zurück.«

»Alles, was hilft. Das Handy meiner Frau dürfen Sie sicher auch mitnehmen«, sagte er. Das Angebot, Leihgeräte zu bekommen, lehnte er ab.

Sie reichte dem trauernden Vater ihre Visitenkarte. »Ich belästige Sie heute nicht länger als nötig.« Baro deutete auf den rosafarbenen Laptop auf dem Schreibtisch. »Darf ich noch kurz?«

»Selbstverständlich.«

Sie nahm sich des Laptops an. Der Name des Mädchens und ein Blumenmuster zierten seine Hülle. Dem Gewöhnlichen hatte Carlotta Reinhardt anscheinend nichts abgewonnen. Baro fuhr den Rechner hoch. Zu ihrer Begeisterung entdeckte sie einen grellgelben Klebezettel an dem Gerät. Sie gab die Zahlen- und Buchstabenkombination in die Passwortmaske ein und erhielt Zugang. Diese Sorglosigkeit des Mädchens ersparte der EDV-Abteilung jede Menge Arbeit. Sie öffnete den Browser und checkte den Verlauf. Dann wählte sie Carlottas Instagramprofil an. Knapp zweitausend Menschen folgten ihrem Account, der sich hauptsächlich um das Thema Mode drehte. Baro las die unzähligen Kommentare unter den Selbstaufnahmen. Die meisten waren wohlwollend. Nur die Posts von einem User namens *Ich_kenne_dich* stachen heraus:

> Ich folge deinem Profil schon länger. Anfangs hast du nett gewirkt, aber jetzt komme ich zu dem Schluss: Deine Selbstverliebtheit ist widerwärtig!

Baro scrollte nach unten und registrierte einen weiteren Hasskommentar des Users:

Du bist hässlich, abstoßend, wertlos. Geh sterben, du Schlampe!

Eilends verschob Baro den Bildausschnitt, damit Herr Reinhardt die Beleidigungen nicht las. Dies war ihm heute nicht zuzumuten. Dennoch fragte sie: »Hatte Ihre Tochter von Problemen mit Leuten berichtet, die sie aus dem Internet kennt?«

»Nein, Carlotta hatte keine Feinde.« Er wehrte mit einer Hand ab. »Sie war allseits beliebt. Das habe ich schon bei ihrer Vermisstenmeldung auf der Polizeiwache ausgesagt.«

Baro deutete auf den Laptop. »Darf ich das Gerät ebenfalls an unsere EDV-Abteilung weiterreichen? Vielleicht finden wir darauf etwas, das uns bei den Ermittlungen weiterhilft.«

Herr Reinhardt zögerte, schien nachzudenken. »Na gut. Solange nichts gelöscht wird.«

Anstandslos unterschrieb er die schriftliche Mitnahme-Erlaubnis für die technischen Geräte.

»Ich danke Ihnen. Wir gehen sorgsam mit den Daten um.« Schnell flogen Baros Finger über die Laptoptastatur, um alle Programme zu schließen. Das Hintergrundbild des Rechners kam zum Vorschein. Es zeigte ein Foto der Familie Reinhardt. Auf der Studioaufnahme waren zwei Mädchen, eines davon Carlotta, und die Eltern zu sehen. Baro deutete auf die Unbekannte. »Ist das Ihre zweite Tochter?«

Ein flüchtiges Lächeln huschte über seine Lippen. »Das ist meine Älteste, Isabell.«

»Wie alt ist sie? Wohnt sie noch zu Hause?«

»Sie ist gerade neunzehn geworden und vor Kurzem ausgezogen. Nach Bremen. Ihr Studium fängt nächste Woche an. Jetzt läuft die Orientierungswoche für die Erstsemester. Ich habe sie schon am Samstag hingebracht. Eine Nacht, bevor ihre Schwester verschwunden ist.«

»Wir würden sie gerne aufsuchen und befragen.«

»Nein, wir werden Isabell herbitten. Wir werden … es … ihr persönlich sagen. Sie muss es durch uns erfahren. Nicht über Dritte oder durch die Medien.« Er holte tief Luft und atmete geräuschvoll aus. »Wie erkläre ich ihr nur, dass ihre kleine Schwester …« Er klappte den Laptop zu, schien den Anblick des Familienglücks nicht länger zu ertragen. »… dass ihr Leben vorbei ist, dass unser aller Leben vorbei ist.«

Kapitel 12

Jahre zuvor

Was war ein richtiger Mann? Er kannte keine Antwort auf diese Frage. Seit sechs Jahren hatte er seinen Vater nicht gesehen, und kein anderer Mann diente ihm als Vorbild. Wahrscheinlich war dies auch gut so, denn seine Mutter hatte ihm alles beigebracht, was es über Männer zu wissen gab. Immer wieder kreisten ihre Sätze in seinem Kopf.

Männer, diese triebgesteuerten Viecher. Wollen nur Sex. Sind auch nur dafür zu gebrauchen. Jedem Mann, der es im Bett nicht bringt, sollte man den Schwanz abschneiden.

Und ja, seine Mutter hatte recht. Er war der lebende Beweis für ihre Aussagen, denn auch in ihm wuchs der Wunsch, seine Sexualität auszuleben. Er war ein *triebgesteuertes Viech*! Aber selbst wenn er die Gelegenheit zum Sex bekäme, war es fraglich, ob er körperlich dazu überhaupt imstande war. Und was passierte, wenn nicht? Was würde seine Sexpartnerin von ihm denken? Was würde sie dann tun? Allein bei dem Gedanken daran geriet er in Panik.

Auf Zehenspitzen schlich der Zwölfjährige ins Wohnzimmer und schaltete den Fernseher aus. Seine Mutter war, wie allabendlich, während ihrer Lieblingssendung eingeschlafen. Er löschte die glimmende Zigarette im Aschenbecher und nahm ihr die halbleere Whiskeyflasche aus der Hand. Der Alkoholgeruch stieß ihm übel auf. Leise stellte er die Flasche auf dem Couchtisch ab. Er setzte sich neben seine Mutter aufs Sofa, betrachtete sie.

Vor drei Tagen hatte sie ihn mit heruntergelassener Hose vor seinem ganz besonderen Notizbuch erwischt. Am liebsten hätte er sich augenblicklich in Luft aufgelöst. Er seufzte. Auch ohne diesen peinlichen Moment hätte seine Selbstbefriedigung mit entsetzlichen Schamgefühlen geendet, mit dem Bewusstsein, schmutzig zu sein. Dass seine Mutter ihn auf frischer Tat ertappt hatte, machte das Ganze umso schlimmer. Damit hatte sie die Bestätigung, dass er ein *testosterongesteuertes Tier* war, wie sie ihn gerne nannte.

Seit dem Vorfall herrschte Funkstille zwischen den beiden. Jetzt fühlte er, dass es an der Zeit war, sich mit ihr zu versöhnen. Er rückte näher an sie heran, bis sich ihre Oberschenkel berührten. Wäre sie wach, würde sie zurückschrecken, ihn für den Körperkontakt strafen. Im alkoholgetränkten Schlaf war seine Mutter jedoch engelssanft. Wenn sie schlief, kehrte sich seine persönliche Hölle um. In diesen Momenten hatte er die Macht. Sie fügte ihm kein körperliches Leid zu, demütigte ihn nicht. Er hatte die volle Kontrolle über sie.

»Vertragen wir uns wieder, Mami?«, fragte er flüsterleise. Er hob ihren Arm und platzierte sich darunter. »Super, dass wir einer Meinung sind. Ich werde mich auch nicht mehr *unsittlich berühren*, wie du immer sagst. Nur deine Berührung brauche ich, Mami. Hier Arm in Arm zu sitzen oder im Bett zu kuscheln. Das habe ich so sehr vermisst.«

Hauchzart fuhr er mit der Hand über ihren Bauch. Er stellte sich vor, wie es wohl wäre, dort wieder hineinzukriechen. Dort war es immer warm und sicher. Hunger und Durst gab es nicht. Nur im Mutterleib erlebte man durchgängige Zufriedenheit. Den Tag seiner Geburt verfluchte er.

Der Zwölfjährige legte ein Ohr auf dem Busen seiner Mutter ab, lauschte ihrem Herzschlag. Dieser Rhythmus hatte ihn in der schönsten Zeit seines Lebens durchgängig begleitet. Aber wie lang würde dieses Herz noch schlagen? Und wie würde es sich anfühlen, wenn er die Kontrolle darüber hätte? Wenn er die Möglichkeit hätte, Leben zu schenken oder es beliebig zu nehmen? Lieber Kontrolle über den Tod als über gar nichts. Denn das war aktuell seine Realität. Er war ein machtloses Nichts.

Der Junge nahm die freie Hand seiner Mutter, streichelte sich damit über den Oberschenkel. Dann hauchte er: »Du bist so friedlich, wenn du schläfst. Wieso kannst du nicht für immer schlafen?« *Was war das gerade?* Plötzlich beschlich ihn eine düstere Vorahnung. Er schaute auf.

Seine Mutter stierte ihn aus wachen Augen an. Für einen Wimpernschlag schien sie in Schockstarre. Dann jagte sie vom Sofa hoch. Sie klopfte ihren Körper mit flachen Händen ab, als würden Giftspinnen darüber krabbeln. »Ich muss sofort duschen! Was hast du da gemacht? Bist du krank?«, spuckte sie ihm entgegen.

Sein Herz hämmerte gegen die Brust. »Ich … ich …«

»Ich … ich«, äffte sie ihn nach. »Halt's Maul! Geilst du dich an mir auf, du kleiner Ödipus?« Sie packte den Jungen am Kragen, zog ihn zu sich hoch. »Glaubst du etwa, dass ich für deine kranken Fantasien herhalte? Ja, genau! Ich weiß alles über dich, hab mir dein gestörtes Notizbuch genau angesehen. Du sollst hochbegabt sein? Höchstens hochkrank!« Sie verpasste ihm einen kräftigen Stoß nach hinten. Er kam kurz aus dem Gleichgewicht. »Aber nicht nur deswegen wirst du ein Problem haben, ein anständiges Mädchen kennenzulernen. Du bist schließlich der Sohn deines Vaters. Das heißt, du bist impotent. Und welches Mädchen will schon einen Schlappschwanz, der sie nicht befriedigen kann?« Die Adern an ihrem Hals traten hervor. »Was meinst du, wie schnell sich das herumspricht? Ich hör die Leute schon rufen: Würstchen, Niete, Schlaffi!«

Kapitel 13

Johanna Baro ließ den Eltern den nötigen Freiraum, um die Hiobsbotschaft zu verarbeiten. Nach einer respektvollen, aber kurzen Verabschiedung von Herrn Reinhardt verließ sie Carlottas Zimmer und trat in den Flur. Geräuschlos schloss sie die Tür hinter sich. Bis in die erste Etage hinauf war zu hören, wie die verwaiste Mutter ihre Tochter beweinte. Doch als Baro die beruhigende Stimme der Seelsorgerin vernahm, war ihr wieder bewusst, dass sie die Familie in besten Händen zurückließ.

Zwanzig Minuten später betrat die Hauptkommissarin den großen Besprechungsraum im Präsidium. Noch immer lag das Weinen der Mutter als Widerhall in ihren Ohren. Es würde sie zu Maximalleistungen antreiben.

Mechanisch legte sie den Mantel ab und lüftete den Raum. In Gedanken war sie bereits in die Arbeit vertieft. Die Kommissionsleitung würde sie selbst übernehmen, dennoch wusste sie, dass der Mordfall nur als Teamleistung zu lösen war. Sie benötigte die Kompetenzen sämtlicher Kollegen und Abteilungen, um Gerechtigkeit herbeizuführen. Ihr blieb eine Stunde Zeit, bis die Mitglieder der eigens gegründeten Mordkommission den

Raum einnehmen würden. Schon jetzt imaginierte sie die erwartungsvollen Augenpaare, hörte die kritischen Nachfragen, die sie nach gründlicher Überlegung beantwortete. Auch die zuständige Staatsanwältin würde bei der ersten Lagebesprechung anwesend sein, und so galt es für Baro, eine Ermittlungstaktik vorzulegen, die möglichst viele Erkenntnisse in kurzer Zeit versprach. Denn folgte man den Statistiken, stand eines fest: Je mehr Zeit verging, desto höher wurde die Wahrscheinlichkeit, dass der Mörder von Carlotta Reinhardt davonkam. Und dass ihm damit umso mehr Zeit blieb, weitere Unschuldige mit ins Verderben zu ziehen.

Johanna Baro lächelte Stefan Dresner zum Gruß zu, der soeben den Raum betrat. Mit ihm würde sie die Vorbesprechung abhalten, bei der sie zusammentrugen, welche Ergebnisse und Ansätze sie bereits hatten. Auf unnützen Smalltalk verzichtete sie. Stattdessen drehte sie ihm den Rücken zu und beschaute das leere Whiteboard, das vor ihr aufragte. »Also, ich fasse zusammen. Gestern wurde ein weiblicher, unbekleideter Leichnam im Baggersee in Greven, einem Ortsteil von Ellastadt, aufgefunden.«

Baro griff einen schwarzen Whiteboard-Marker und notierte Fundort, -zeit und -datum. Mit Magneten heftete sie Bilder der Leiche und der Umgebung dazu.

Hochkonzentriert fuhr sie fort. »Weder die Kleidung noch andere Besitztümer wurden am Fundort ausgemacht. Identifiziert wurde das Mädchen allein anhand des Zahnstatus. Es handelt sich um die achtzehnjährige Carlotta Reinhardt.«

Baro ergänzte die persönlichen Angaben zu der Toten an der Wandtafel. Carlottas Porträt zu Lebzeiten, das sie der Vermisstenmeldung entnommen hatte, brachte sie daneben an. »Der Rechtsmediziner Prof. Dr. Castens hat die Obduktion vorgenommen. Er vermutet als Todesursache eine Überdosis an Medikamenten oder Drogen. Die toxikologischen Untersuchungsergebnisse stehen noch aus. Wir wissen also bisher nicht genau, woran sie starb. Klar ist, dass ihr nach Todeseintritt Verletzungen auf dem Bauch zugefügt wurden. Vermutlich mit einer kleinen Handharke – einem Grubber.«

Baro notierte die wichtigsten Stichpunkte, dann nahm sie sich etwas Bedenkzeit. »Es liegen kaum Informationen über das Opfer vor. Wir machen eine Umfeldanalyse und starten mit einer Vernehmung des Familien- und Freundeskreises, um Carlotta besser kennenzulernen. Wie jemand lebte, enthält oft Hinweise darauf, weshalb er starb.«

»Der Laptop sollte uns dabei auch weiterhelfen«, warf Dresner ein. »Ich habe das Gerät an die EDV-Abteilung weitergereicht. Die Kollegen durchforsten Carlottas Profile in den sozialen Netzwerken, E-Mails, Fotos, den Browserverlauf, gelöschte Daten. Alles, was hilfreich sein kann.«

Baro balancierte den Stift zwischen Zeige- und Mittelfinger, während sie grübelte. Dann zeichnete sie eine Zeitleiste und markierte den Startpunkt. »Am Sonntag, um sechzehn Uhr, bricht Carlotta auf zu einer Verabredung mit Till Wißmann.« Sie kreiste seinen Namen ein. »Er ist potentiell der Letzte, der Carlotta lebendig gesehen hat. Till wird also unsere erste Anlaufstelle sein.«

»Die Kollegen lassen gerade seinen Namen durch alle Datenbanken laufen. Dann sind wir nachher informiert, wenn wir ihn aufsuchen.«

»Sehr gut. Wir sollten uns aber nicht zu früh auf ihn einschießen, sondern in alle Richtungen ermitteln. Nur dann werden wir seine Aussagen später auch bestätigen oder widerlegen können.« Baro sammelte sich kurz, bevor sie den roten Faden wiederfand: »Also, erste Frage: Wie kommt Carlotta zu dem Treffen? Zu Fuß?«

»Eine Haus-zu-Haus-Befragung in Carlottas Nachbarschaft läuft. Möglicherweise hat sie jemand am Sonntag gesehen oder etwas Auffälliges gehört. Wir überprüfen auch, ob sie öffentliche Verkehrsmittel genutzt hat. Wenn wir Glück haben, wurden sie und ihr Mörder auf Video gebannt.«

»Wir sollten auch das Videomaterial der nächstgelegenen Tankstelle einbeziehen, falls Carlotta in einem Privatwagen mitgenommen wurde. Darüber hinaus checken wir ihr Konto. Vielleicht hat sie Bargeld an einem Automaten abgehoben oder etwas mit EC-Karte bezahlt – ein Essen im Restaurant, eine Eintrittskarte, einen Fahrschein. Irgendetwas, das uns ihre Aufenthaltsorte verrät.«

Dresner nickte stumm. »Ihr Handy war zu diesem Zeitpunkt noch eingeschaltet. Wir lassen uns die Standortdaten vom Mobilfunkanbieter aushändigen, um ihren letzten Aufenthaltsort zu bestimmen.«

»Sehr gut, also halten wir uns an das übliche Prozedere. Identifizierung und Befragung potentieller Zeugen, Überprüfung öffentlicher Kameraaufnahmen, Funkzellenabfragen, Einholen richterlicher Beschlüsse. Davon werden wir einige benötigen.«

Über Minuten ergänzte Baro die Aufgabenliste bis ins letzte Detail. Dann markierte sie einen weiteren Punkt auf der erstellten Zeitleiste. »Carlotta ist ab sechzehn Uhr unterwegs. Um Mitternacht soll sie zu Hause sein. Einige Male vertröstet sie ihre Eltern, schließlich ist ihr Handy aus. Vermutlich hat der Täter das Gerät an sich genommen.«

Dresner zuckte die Achseln. »Klar ist, dass sie in den folgenden Stunden ums Leben kommt. Nach dem Mord wird ihr Leichnam im Baggersee versenkt.«

»Gehen wir zunächst einmal von einem Einzeltäter aus, auch wenn ich nicht so recht daran glaube. Was sagt die Vorgehensweise über den Gesuchten aus?«, fragte Baro mehr sich selbst und trat einen Schritt zurück, um ihre Notizen auf dem Whiteboard zu betrachten. »Ich denke, wir haben es mit einem organisierten Täter zu tun. Betäubungsmittel, Spritze, Spanngurt. Das wird er nicht zufällig dabeihaben. Er benötigte zudem ein Auto, um an den See zu gelangen. Für die Leichenablage hat er diesen einsamen, abgelegenen Ort sorgfältig ausgewählt. Die Tat erscheint mir von Anfang bis Ende durchgeplant. Außerdem hat er alles verschwinden lassen, was sein Opfer an dem Abend bei sich trug. Hat er die Sachen als Trophäen einkassiert?«

»Wäre eine Möglichkeit. Oder ihm war klar, dass es mögliche Beweismittel sind, die er endgültig verschwinden lassen muss.

Immerhin hat er die Sachen nicht wahllos im nächsten Mülleimer entsorgt. Vielleicht war ihm bewusst, dass wir sie dort finden würden. Allzu dumm wäre er dann nicht«, führte Dresner an. »Bleibt die Frage offen, ob Carlotta ein Zufallsopfer war.«

Baro deutete auf das makellose Porträt des Mädchens. »Carlotta Reinhardt stammte aus einer wohlhabenden Familie. Sie zeigte ihr Leben im Internet, präsentierte, was sie besaß. Darüber hinaus war sie eine Schönheit. Kommentare unter ihren sozialen Netzwerkprofilen sprechen allerdings dafür, dass dies nicht jedem gefiel. Neid als Mordmotiv?«

Dresner wirkte wenig überzeugt. »Die Verwendung von Betäubungsmitteln ist eher eine passive Art des Tötens. Spricht nicht gerade für eine Tat aus Hass. Auch die Wunden auf ihrem Bauch wurden ihr erst nach dem Tod zugefügt. Anscheinend ging es ihm nicht darum, körperliche Gewalt auszuüben, bei der sie möglichst viel leidet.«

»Nur mal so in den Raum hineingeworfen: Der Mörder injiziert Carlotta eine Überdosis. Sie verliert die Kontrolle über ihren Körper, schläft langsam ein. Der Mörder verfügt über ein vollkommen wehrloses Opfer, sieht ihr beim Sterben zu. Genießt er vielleicht genau das? Was empfindet er wohl dabei? Ich denke, es wird das ultimative Machtgefühl sein.«

Dresner musterte die Fotos der Toten. »Tja, alles nur Theorie. Falls du aber den Kern triffst, wird unser Täter noch mal zuschlagen. Aus der heutigen Pressemitteilung über den gestrigen Leichenfund dürfte er erfahren haben, dass der Leichnam wieder aufgetaucht ist. Kontrolle und Macht erlangt er nur zurück, wenn er den perfekten Plan schmiedet und in aller Vollendung umsetzt.«

»Das gilt es, um jeden Preis zu verhindern.« Sie ergänzte das Wandbild um weitere Fotos der Toten und um eine Nahaufnahme des grünen Spanngurts. »Wir werten die Daten der Mobilfunkmasten aus. Ich will wissen, wer zum Tatzeitpunkt dort eingeloggt war.«

»Wir kontaktieren auch die Taxizentrale. Unter Umständen hat sich jemand zum See hin- oder von dort wegbringen lassen.«

Dresners Diensthandy klingelte und er nahm das Gespräch entgegen.

Baro nutzte die Zeit, um die anstehenden Aufgaben den verschiedenen Ermittlungseinheiten zuzuordnen. Nachdem sie die Personalplanung abgeschlossen hatte, wandte sie sich ihrem Kollegen zu. Einige Male gab er ein verstehendes »Mhm« von sich, dann folgte ein enttäuschtes »Oh«. Daraufhin beendete er das Gespräch.

»Es gibt gute und schlechte Nachrichten.« Dresner legte das Telefon beiseite. »Die Polizeitaucher haben nichts im Baggersee gefunden. Die Hundestaffel hat das kleine Waldgebiet erfolglos durchkämmt. Auch die Tatortgruppe hat keine tatrelevanten Hinweise oder Beweismittel mehr entdeckt. Das Untersuchungsgutachten wird uns gleich per Mail zugesandt«, sagte er resigniert.

»Wieso sagt mir mein Bauchgefühl, dass es weitere schlechte Nachrichten gibt?«

Dresner wirkte ertappt. »Die Kriminaltechnik hat zwar den Spanngurt untersucht, aber wie soll ich sagen? Der Gurt wurde in Deutschland hergestellt und wird europaweit an Großhändler und in jedem üblichen Baumarkt vertrieben. Dabei handelt es sich um keine besondere Produktionsreihe. Genau in dieser Form ist der Gurt seit fünf Jahren in den Farben grün, rot und blau im Handel. Etwa neuntausend Stück werden davon jährlich verkauft. Er liefert also keine neuen Ermittlungsansätze.«

»Das waren drei schlechte Nachrichten. Was sind die guten?«

»Carlottas DNA wurde am Spanngurt gefunden. Er wurde definitiv benutzt, um sie unter Wasser zu fixieren. In dem Baggersee gibt es aber eine Menge schwerer Steine und sogar Betonteile. Wir werden leider nicht feststellen können, woran genau er sie mit dem Spanngurt gebunden hat.«

Baro erlaubte sich einen kurzen Moment der Hoffnung, bevor sie fragte: »Und wurde wenigstens Fremd-DNA an dem Spanngurt festgestellt oder gibt es Fingerabdrücke?«

»Leider nicht. Auch der Schmutz unter Carlottas Fingernägeln enthielt keine Fremd-DNA. Sofern der Täter keine vollumfängliche Schutzkleidung getragen hat, gehen wir davon aus, dass das Wasser alle weiteren Spuren vernichtet hat. Das heißt, bis auf eine.« Er hob den Zeigefinger. »Das Haar einer Perserkatze befand sich an dem Gurt. Die Katzenrasse zählt zu den beliebtesten in Deutschland.«

»Wunderbar. Das engt den Täterkreis auf ein paar Millionen Katzenbesitzer ein.«

Kapitel 14

Jahre zuvor

Leuchtend gelber Raps, bis zum Horizont. Der Zwölfjährige sog den angenehmen Kohlgeruch in sich ein. Er schloss die Augen, neigte sich Richtung Sonne und breitete die Arme aus, als könnte er eins mit der Natur werden. Ein sanftes Rascheln in der Ferne riss ihn aus seinem meditativen Zustand. Er sah sich um und entdeckte eine Gruppe Rehe, die ebenfalls durch das blühende Rapsfeld streifte. Wohlüberlegt setzte er einen Fuß vor den anderen, um die Tiere nicht aufzuschrecken. Doch sein Anschleichen blieb nicht unbemerkt. Mit jedem Schritt von ihm wichen die Gruppentiere weiter zurück. Kurzerhand beschloss er, seine Taktik zu ändern und den Rehen einen gehörigen Schrecken einzujagen. Wild schreiend sprintete er auf die Horde zu, die sich stracks in Bewegung setzte. Alle Tiere flüchteten Richtung Wald. Nur ein Jungtier folgte der Gruppe nicht. In seiner Panik nahm es die entgegengesetzte Route, floh auf die angrenzende Landstraße.

Quietschende Bremsen verkündeten das Unglück. Ein dröhnender Knall ließ einige Vögel aufgeschreckt emporsteigen. Eine schwarze Limousine hatte der Flucht des Tieres ein jähes Ende bereitet. Der Kiefer des Jungen klappte hinunter. Er duckte sich ins Rapsfeld, beobachtete das Geschehen aus sicherer Entfernung. Wenn herauskäme, dass er an allem schuld war, fing er sich

Dresche ein. Seine blauen Flecken von der letzten Tracht Prügel waren gerade erst verblasst.

Der Fahrzeughalter verließ das Auto und betrachtete die Motorhaube. Der muskulöse Mann gestikulierte wild, fluchte. Nach einigen Minuten schien er sich gefangen zu haben. Er inspizierte die Umgebung. Erhoffte er sich Hilfe? Die Frage wurde beantwortet, als sich der Unbekannte zurück ins Auto setzte und davonfuhr.

Erst als die Limousine außer Sichtweite war, wagte der Junge es, sich aufzurichten. Seine Gefahren-Antenne riet ihm, davonzulaufen, doch seine Neugierde überwog. War das Auto wirklich mit dem Reh zusammengestoßen? Falls ja, hatte das Tier überlebt? Er begab sich zur Unfallstelle. Dabei behielt er stets die Umgebung im Auge. Nur für den Fall, dass der Limousinenfahrer zurückkehrte.

Als der Junge aus dem Rapsmeer trat, sog er scharf die Luft ein. Das verwundete Reh lag am Feldrand. Kopf und Hals waren unnatürlich nach hinten verbogen. Die Beine waren dahin. Sachte näherte er sich dem bewegungslosen Jungtier, kniete davor nieder und musterte es genau. Erst jetzt bemerkte er die blutende Kopfwunde. Nach kurzem Zögern legte er die Hand auf den warmen Brustkorb des Tieres. Dezente Auf- und Abbewegungen waren zu spüren. Leises Atmen war zu hören. Eindeutig, das Rehkitz lebte noch.

»Schscht, schscht, schscht, sei friedlich«, gab der Junge beruhigend von sich und streichelte das weiche Fell. Das Tier gab fiepende Laute von sich, die Atemfrequenz schnellte hoch. Der Junge hingegen war völlig entspannt. Ein letztes Mal zuckte der Tierkörper auf. Dann erstarb jede Regung. Die gepeinigten Rehaugen füllten sich mit endgültiger Leere. Wie fühlte sich diese Leere wohl an? Wie war es zu sterben? Was erwartete einen im Tod? War es wirklich das Nichts, wie vor der eigenen Geburt? Ja, er glaubte daran. Er stellte sich keinen Himmel vor, keine Engel, die ein goldenes Tor öffneten. Für ihn war da bloß die schwarze Ewigkeit.

Sein Blick schweifte über den zerstörten Tierkörper.

»Wunderschön«, wisperte er. »Eben warst du noch in dieser Welt. Jetzt bist du für immer fort, wirst nie wieder zurückkehren.« Doch schnell wich die Faszination der Langeweile. Ihm kam eine Idee. Sorgfältig kontrollierte der Junge seine Umgebung. Dann tastete er die Taschen seiner zerschlissenen Jeanshose ab. Ja, da war es. Wusste er doch, dass er es irgendwann mal gebrauchen könnte, deshalb schleppte er es immer mit sich herum, wenn er draußen unterwegs war. Er griff in die Hosentasche und zog das Taschenmesser hervor. Geübt ließ er die Messerklinge hervorschnellen und holte weit aus. Mit einem schmatzenden Geräusch stieß die Klinge in das tote Fleisch. Lustvoll drehte er das Messer in der Bauchdecke, zog es heraus und stach erneut zu. Dann setzte er einen Schnitt hoch bis zum Brustbein. Sein Atem ging ruckartig vor Anstrengung. »Das hätte ich mir einfacher vorgestellt.« Enttäuschung überkam ihn. »Nicht so blutig wie gedacht.« Er grub die freie Hand unter die schmierige Bauchdecke des toten Tieres. Wie lange es wohl dauerte, bis sämtliche Körperwärme entwich?

Angelockt durch den Geruch des Todes, ließen sich erste Insekten nieder, machten ihm die Eroberung streitig. Die Penetranz der Fliegen beantwortete er mit gezielten Hieben. Keinesfalls ließe er sich davon abbringen, die inneren Organe des Rehs in aller Ruhe zu studieren. Nicht ausgeschlossen, dass sich eine solche Gelegenheit nie wieder ergab. Gleich morgen früh käme er mit seinem uralten Fotoapparat zurück, um den Anblick auf ewig zu bannen.

Zum krönenden Abschluss stieß der Junge das Messer einige Male willkürlich in den Leib des Tieres, dann wandte er sich gelangweilt ab. Er schlenderte zu dem nahegelegenen Baggersee. Durch ein Dornengeflecht kämpfte er sich an den Uferstreifen, um seine Hände und das Taschenmesser im seichten Wasser zu reinigen. Ihn faszinierte die Vorstellung, dass sich Bestandteile des Rehs in dem Gewässer auflösten, von der schwachen Strömung hinfort getragen wurden.

Alles geht wieder in den Kreislauf des Lebens über, sinnierte er und steckte das Messer ein. Er wischte seine Hände an der blauen Jeans ab und versenkte sie in den Taschen. Ob heute etwas Gutes im Fernsehen lief? Gemütlich spazierte er nach Hause, die Schönheit des Todes noch immer im Sinn.

Kapitel 15

Eineinhalb Stunden hatte die erste Lagebesprechung der Mordkommission in Anspruch genommen. Die Ermittlungstaktik war ausgearbeitet, alle Teammitglieder instruiert. Das Vorgehen erforderte es, einige richterliche Beschlüsse einzuholen. Die Staatsanwältin würde sich darum bemühen.

Johanna Baro verabschiedete die letzten Kollegen. Auch Stefan Dresner wollte einige Erkundungen einholen, also blieb sie allein im Besprechungsraum zurück. Sie öffnete das Fenster und genoss ein paar Minuten lang die Frischluft. Dann protokollierte sie die heutige Sitzung an ihrem Dienstlaptop. Ihren knurrenden Magen hielt sie währenddessen mit Tee bei Laune. Sie wollte gerade den Besprechungsraum verlassen, als ihr Ermittlungspartner zur Tür hereinkam.

»Johanna, willst du Pause machen? Oder willst du hören, was die Überprüfung von Till Wißmann ergab?«

Baro zog die Augenbrauen hoch. »Er ist aktenkundig?«

Dresner beantwortete die Frage mit einem triumphierenden Nicken. »Gleich mehrere Treffer. Heute ist er einundzwanzig Jahre alt. Das erste Mal ist er mit vierzehn Jahren vernommen worden, als Unfallzeuge. Seine Mutter war als Geisterfahrerin auf einer Landstraße unterwegs. Sie blieb unter der

Richtgeschwindigkeit. Dennoch hat sie einen schweren Autounfall verursacht, bei dem sie ums Leben kam. Der Junge saß mit im Auto. Die Mutter ist vor seinen Augen gestorben. Die spätere Obduktion ergab, dass sie stark alkoholisiert war.«

»Sind noch mehr Menschen zu Schaden gekommen?«

»Leider. In dem entgegenkommenden Auto saß eine vierköpfige Familie. Die Eltern waren auf der Stelle tot. Die Zwillingsschwestern hätten vielleicht eine Chance gehabt, waren aber nicht angeschnallt. Beide Teenager starben im Krankenhaus an ihren schweren Verletzungen«, bedauerte Dresner.

»Ein Autounfall, bei dem alle sterben. Nur Till Wißmann überlebt. Was ist mit ihm passiert?«

»Er war mehrere Wochen im Krankenhaus und wurde dann in die Obhut seines Vaters gegeben, wo er noch gemeldet ist. Dort wurde er auch regelmäßig von Streifenpolizisten abgeliefert. Weil er entweder Gras mit sich führte oder direkt beim Kiffen erwischt wurde. Das letzte Mal wurde Till vor zwei Wochen aktenkundig. Zeugen haben die Polizei verständigt, nachdem er mit einem Patrick Paulsen in eine Schlägerei geraten ist. Auch da ging es um Drogen.«

»Till Wißmann ist also kein unbeschriebenes Blatt«, folgerte Baro. »Gibt's Hinweise auf seinen Aufenthaltsort?«

»Sein Handy ist ausgeschaltet, wir können ihn nicht orten. Uns liegt aber seine Anschrift vor.«

»Wir suchen ihn auf der Stelle auf.«

»Sie haben Ihr Ziel erreicht«, ertönte dreißig Minuten später die mechanische Stimme des Navigationssystems. Dresner und Baro verließen im Norden von Ellastadt das Fahrzeug. »Da geht's lang«, sagte sie und wies ihrem Kollegen mit einer Handbewegung den Weg. Ein hoher Betonblock reihte sich an den nächsten. Vereinzelt gab es Bäume, doch insgesamt entsprach die Wohngegend dem Wetter: grau und ungemütlich.

Das Gefühl, beobachtet zu werden, stieg in Baro auf, und

schnell wusste sie auch, woher es rührte. Ein junger Mann saß in einem geparkten Auto am Straßenrand und schien sie nicht aus den Augen zu lassen. So, als wären sie in sein ganz persönliches Revier eingedrungen. Sie schüttelte den Kopf und ging unbeeindruckt weiter. In welchem klischeehaften Gangsterfilm war sie hier nur gelandet?

An der Klingelanlage des Hochhauses prangte ein Pappschild mit der Aufschrift *Defekt*. Da der Haupteingang des Wohnhauses offenstand, fühlten sich die Ermittler frei, es zu betreten. Um Till Wißmann nicht vorzuwarnen, hätten sie sich ohnehin über einen Nachbarn Zutritt zum Haus verschafft. Mit dem Fahrstuhl fuhren sie bis zum fünften Stock. Drei Mietparteien wohnten auf dieser Ebene. Nach kurzer Kontrolle erspähte Baro die gesuchte Wohnung und klingelte.

Ein Mann sperrte die Tür auf. Der Mittsechziger war korpulent, trug ein Muskelshirt und Hawaii-Shorts. »Und ihr seid?«, fragte der Unbekannte, der sich dem Outfit nach im Sommerurlaub wähnte.

»Mein Name ist Johanna Baro.« Sie deutete auf ihren Partner. »Das ist mein Kollege Stefan Dresner. Wir kommen von der Kriminalpolizei. Sind Sie Robert Wißmann, der Vater von Till Wißmann?«

»Ja, der bin ich wohl. Mein Sohn is' aber nich' zu Hause, falls ihr den sucht.«

Baro versuchte, ihre Enttäuschung zu verbergen. »Dürfen wir hereinkommen?«

»Meinetwegen. Macht die Tür hinter euch zu.« Herr Wißmann humpelte unter der Last seines Gewichts. Der Wohnzimmersessel ächzte, als er sich hineinplumpsen ließ. Er fischte eine Literflasche Brause aus der Getränkekiste neben sich. Einen großen Teil der Flasche leerte er in einem Zug. »Nehmt euch ruhig«, sagte er.

Baro setzte sich neben ihren Kollegen auf das buntgemusterte Sofa. »Danke für das Angebot. Ich habe einen Thermobecher Tee dabei.« Sie sah zu Dresner. »Brause?«

»Keinen Durst. Danke«, sagte er eindringlich. Dann richtete er sich an den Gastgeber: »Können Sie uns sagen, wo sich Till aufhält?«

»Keine Ahnung, wo der Junge is'.« Wißmann rülpste frei raus und machte eine wegwischende Handbewegung vor dem Mund. »Die Kohlensäure ... 'tschuldigt.«

»Das kann nicht Ihr Ernst sein«, sagte Dresner. »Nein, wir entschuldigen nicht. Das nächste Mal halten Sie sich gefälligst die Hand vor den ...«

Baro räusperte sich lauthals.

Dresner schloss ein paar Sekunden lang die Augen. »Also schön, Herr Wißmann. Wann haben Sie Ihren Sohn das letzte Mal gesehen? Und haben Sie irgendeine Idee, wo er sich jetzt aufhalten könnte?«

»Keine Ahnung.« Herr Wißmann setzte die Flasche erneut an, um davon zu trinken.

»Sie wissen es nicht?«, verschärfte Dresner wieder den Ton. »Sie wohnen doch mit Ihrem Sohn zusammen. Jedenfalls ist er unter dieser Adresse gemeldet. Kommunizieren Sie gar nicht miteinander? Verabschiedet sich Till nicht, wenn er die Wohnung verlässt?«

»Tut er nich'. Der Junge is' einundzwanzig Jahre alt. Der kommt und geht, wanner will.« Wißmann zuckte mit den Schultern. »Und meistens isser halt unterwegs.«

»Mit dem Auto?«

»'nen Führerschein hat er, aber kein Auto.«

»Kein Auto also«, wiederholte Dresner und zog sein Notizbuch hervor. »Er besucht keine Schule, macht keine Ausbildung, arbeitet nicht?«

»Der Junge is' nich' dumm, im Gegenteil. Er is' bloß grottenfaul. Tja, deswegen bekomm ich leider kein Kindergeld mehr für ihn.« Wißmann rieb den Daumen an Zeige- und Mittelfingerspitzen.

»Kein Kindergeld mehr! Ein Jammer!«

Wißmann rülpste in seine Faust. »Tut mir leid, Freunde. Da

kann ich nichts gegen machen. Ihr wisst ja – alles, was keine Miete zahlt, muss raus.«

»Nein, wissen wir nicht.« Dresner warf Baro seinen *Übernimm-du-die-Befragung-bevor-ich-ausflippe-Blick* zu.

»Herr Wißmann, wie beschäftigt sich ihr Sohn den ganzen Tag?«, sprang sie sofort ein.

»Er macht Party. Vertickt Drogen. Was die Kids in dem Alter so machen halt.«

»Wissen Sie, was für Drogen Till verkauft?«

Wißmann vollzog eine beschwichtigende Geste mit den Händen. »Der Junge vertickt nur kleine Mengen und nichts Hartes«, relativierte er. »Wär's anders, hätt ich euch kaum inne Wohnung gelassen.«

»Sagt Ihnen der Name Carlotta Reinhardt etwas?«

»Ja, sicher. Das Mädchen war 'n paar Ma' hier. Hat s'e mein' Sohn wegen irgendwas angeschwärzt? Seid ihr deswegen hier?«

Interessiert lehnte Baro sich vor. »Wo waren Sie in der Nacht von Sonntag auf Montag? Und wo war Ihr Sohn?«

Wißmann machte ein nachdenkliches Gesicht. »Da war ich an meiner Stamm-Tankstelle. Hab 'n paar Feierabendbierchen gezischt.«

»Die ganze Nacht lang?«

»Bin da der beste Kunde, bin ich wohl. Die Tanke hat übrigens Außenkameras, weil so oft Benzin gezockt wird und wegen den vielen Wildpinklern. Soll abschreckend wirken. Erzählt mir gern, ob der Kamerawinkel noch ausreicht, um mich pissen zu sehn«, bat er schroff.

»Wir brauchen Namen und Adresse der Tankstelle«, erwiderte Baro trocken. »Und wenn Sie schon dabei sind, wir hätten auch gerne die Daten von Verwandten und Tills engsten Freunden. Vielleicht wissen die ja, wo er sich aufhält.«

»Sein einziger Onkel sitzt im Knast. Zu den Töchtern ham wir kein' Kontakt mehr. Die ham schonma' von nichts 'ne Ahnung. Und Tills Freunde? Glaubt ihr, der führt 'n Freundschaftsbuch, in dem ich die Namen ma' eben schnell nachschlag? Ne. Sowas weiß ich nich'. Bin doch kein Kontrolletti.«

»Tja«, sagte Dresner mit vernichtendem Tonfall. »Ihr Erziehungskonzept scheint ja wunderbar aufzugehen!«

Herr Wißmann schraubte die Brauseflasche zu und klemmte sie zwischen die Oberschenkel. »Ich weiß nich' genau, worauf ihr hinauswollt, Leute. Ja, ich kenn das Mädel. Ja, sie war manchma' hier. Hab ich ma' an ihrem Mantel geschnuppert? Schuldig! Hab ich ma' durchs Schlüsselloch gegafft? Schuldig! Und trotzdem. Nie hätt ich mich an dem Mädchen vergang'. Mein Sohn übrigens auch nich'.« Er lachte spitz. »Geht ruhig in sein Zimmer. Ihr werdet feststellen, dass er 'ne Menge Pflegeprodukte hat, für 'n Kerl.«

»Das Angebot nehmen wir gerne an«, warf Dresner schnell ein.

Baro nutzte die kurze Pause, um das Wort an sich zu nehmen. »Herr Wißmann, wollen Sie damit sagen, dass Ihr Sohn homosexuell ist?«

»Er weiß 's noch nich', schätz ich. Früher oder später wird ihn 'n peinliches Betterlebnis darauf bring'.« Herr Wißmann pfiff durch die Zähne und krümmte demonstrativ einen Finger. Als die Reaktionen ausblieben, räusperte er sich. »Hört ma'. Nein, mein Junge is' nich' perfekt, aber er hatte 's nich' leicht. Er is' bei seiner Mutter aufgewachsen, bis sie sich im Suff totgefahrn hat. Danach isser zu mir gekommen. Vielleicht red ich nich' mehr so hochgestochen wie früher. Bin auch nich' mehr so scheiße freundlich und vorzeigbar, wie ich 's ma' war, und nein, ich war nich' immer der Vater des Jahres. Trotzdem steh ich hinter mei'm Sohn. Ja, er vertickt 'n büschen Gras an Bonzenkinder. Das macht ihn aber nich' zum Gewalttäter. Was auch immer diesem Mädchen zugestoßen is', mein Sohn war 's nich'.«

Baro hörte aufmerksam zu. »Verstehe, Sie haben also nichts zu verbergen. Dann schicken wir Ihnen die Spurensicherung vorbei?«

»Solang die mir nich' die Bude auf'n Kopf stellen.«

»Ganz bestimmt nicht. Einiges werden Sie schon noch wiedererkennen.« Sie zwinkerte. »Haben Sie ein aktuelles Foto Ihres Sohnes?«

Wißmann packte die Flasche beiseite und hievte sich mit beiden Armen aus dem Sessel. »Bin in ’ner Minute zurück.« Wie eine Ente watschelte er in Richtung Hausflur.

Baro guckte sich derweil im Wohnzimmer um. Egal ob Tapete, Teppichboden oder Tischdecke, es dominierten Zickzack, Kreise, Streifen, Karos. Offensichtlich war der Hausherr angetan von Textilmustern aller Art. In ihr hingegen erzeugten die gegenläufigen Muster nichts als Ruhelosigkeit.

Laut schnaubend kehrte Herr Wißmann zurück ins Wohnzimmer. »Hier sind die Adressdaten der Tankstelle, außerdem ’ne Kopie von Tills Lebenslauf mit Foto. Der Junge wollt sich für irgendwas bewerben, demnächst.« Schweißperlen wuchsen auf seiner Stirn. Er schien an sein konditionelles Ende gelangt zu sein.

»Perfekt.« Baro lächelte. Sie betrachtete das gereichte Bewerbungsfoto. Schief gelegter Kopf. Frech gestyltes Haupthaar. Gekürzte Seiten. Leichter Schmollmund. Vom äußeren Eindruck her hatte Till das Potential eines Mädchenschwarms. Baro verstaute den Lebenslauf und die übrigen Papiere. »Dürften wir jetzt Tills Zimmer sehen?«

»Aber sicher.« Herr Wißmann führte sie in den Raum, dann entschuldigte er sich für einen Toilettengang.

* * *

Robert Wißmann wackelte den Flur entlang. Das Ermittlerteam störte ihn in seiner Privatsphäre. Schwerer jedoch wog das Gefühl der Bedrohung. Er wollte sie dringend aus der Wohnung haben, aber welche Möglichkeiten blieben ihm? Es könnte verdächtig wirken, wenn er die Ermittler vor die Tür setzte. Außerdem würden sie seine Bude früher oder später sowieso auseinandernehmen.

Wißmann zog die Badezimmertür hinter sich zu und schloss ab. Testweise drückte er die Türklinke hinunter. Die beiden sollten ihn auf keinen Fall erwischen. Die Situation trieb ihm die Nässe auf die Stirn. Sein Sohn käme jede Minute heim. Er wusste das, weil Till am Wochenende einen Zettel in der Wohnung hinterlassen hatte. Heute bis mittags wäre er zurück. Wißmann atmete durch. Zum Glück hatte er schnell geschaltet und die Nachricht seines Sohnes um sein altes Minzkaugummi gewickelt. Wenn seine ungeladenen Gäste die Notiz entdeckt hätten, würde er sie nicht mehr los.

Er zog ein paar Blätter Toilettenpapier ab. Den Chromdeckel des Papierrollenhalters nutzte er als Spiegel, um sich den Schweiß von der Stirn zu tupfen. Augenblicklich arbeiteten sich neue Schweißperlen an die Oberfläche. Gefrustet entsorgte er das feuchte Papier im Mülleimer.

Der Mittsechziger schlug den Toilettendeckel hoch. Das sollten die Ermittler ruhig hören. Anstatt aufs Klo zu gehen, nahm er sein Mobiltelefon aus der Hosentasche und hoffte darauf, dass das Handy seines Sohnes mittlerweile wieder an und empfangsbereit war.

Gedanken stürmten seine Gehirnzellen. Wie verhielt sich ein guter Vater? Diese Frage überforderte ihn komplett. Er hatte nie gelernt, einer zu sein. Sein eigener Erzeuger hatte der Familie früh den Rücken gekehrt. Sicherheit, Zuverlässigkeit, Liebe – all das kannte er nur in der Theorie. War Till deshalb auf die schiefe Bahn geraten? Weil er es in seiner Vaterrolle versäumt hatte, seinem Sohn all dies mit auf den Weg zu geben? Es würde sein Versagen nicht wettmachen, aber wenigstens jetzt wollte er die richtige Entscheidung treffen.

Sein Herz geriet ins Flackern. Mit einer Hand stützte er sich am Waschbecken ab. Einige Male atmete er tief ein und aus, bis sich sein Kreislauf stabilisierte. Er schielte auf sein Handy. Ihm rannte die Zeit davon. Sollte er Till warnen, dass nach ihm gesucht wurde? Musste er bedingungslos hinter seinem Sohn stehen? Und falls ja, bedeutete dies, ihm zur Flucht zu verhelfen oder ihn ans

Messer zu liefern, damit er Hilfe bekam? Er rieb die feuchte Stirn. War dem Jungen überhaupt noch zu helfen?

Kapitel 16

Jahre zuvor

Ihm war nicht mehr zu helfen, darüber war er im Bilde. Seine Natur sprengte jede Vorstellung von Normalität. Defekt, psychische Störung, bösartige Systemerkrankung – wie man es auch nannte. Im Grunde ging es darum, dass seine Seele nicht viel mehr war als ein schwarzer Fleck. Ein Krebsgeschwür, das unaufhörlich wucherte und alles um sich herum vergiftete. Von innen war er abstoßend wie flüssiger Eiter. Von außen hingegen war er fast absurd schön. Sein optischer Optimalzustand heizte die Frauen an, aber seine Wesenszüge blieben ihnen nie lange verborgen. Sie registrierten das Abnormale in seiner Persönlichkeit, sahen den Wahnsinn in seinen Augen. Immer wieder erfanden sie schlechte Ausreden, damit sie sich abwenden konnten, ergriffen regelrecht die Flucht. Für die Frauen war es überlebenswichtig, dass sie auf ihre innere Stimme hörten. Aber was war mit seiner inneren Stimme? Mit dem teuflischen Geschrei in seinem Kopf, das herrisch verlangte: *Nimm sie dir einfach! Du brauchst kein Einverständnis von ihr – für nichts!*

Er atmete die frische Friedhofsluft und fuhr mit den Fingern über den Grabstein seiner Mutter. Der Stein war ebenso hart und rau wie seine Erzeugerin zu Lebzeiten. Jahre war ihre Beerdigung her. Er hatte nicht einen Cent in ein Blumengesteck investiert, keinen Trauerkranz organisiert und auf eine Grabrede verzichtet. Was hätte er auch über sie sagen können? Dass sie eine miese Schlampe gewesen war? Dass sie hoffentlich im Fegefeuer schmorte, bis ihr die Haut von den Knochen platzte?

Trotz seines Hasses suchte er diesen Ort beinahe zwanghaft auf. Warum war das so? Wahrscheinlich war es die trostreiche Vorstellung ihres Todes. Wie sich ihre Darmbakterien über die Blutgefäße im gesamten Körper ausbreiteten, das tote Fleisch verstoffwechselten. Vermutlich war es der Gedanke daran, wie sich ihre Weichteile und inneren Organe verflüssigten, sich entsetzlich stinkende Leichengifte bildeten. Ja, am liebsten hätte er sich tagtäglich am offenen Grab persönlich davon überzeugt, dass dieses Weibsstück endlich verfaulte, skelettierte, unschädlich war. Doch im Grunde war sie nicht einmal die Aufmerksamkeit einer Grabschändung wert.

Eine Blondine betrat das Friedhofsgelände. Enge Jeans, weiße Sneakers, knallrotes Top – sie sah lecker aus. Schnell wandte er den lüsternen Blick ab, um sie nicht bereits jetzt zu verschrecken. Im Modelgang zog das schöne Ding schließlich an ihm vorbei, grüßte freundlich. Ihr beeriges Parfum wisperte ihm verlockend. Er folgte der Duftspur, folgte ihr. Grab um Grab ließ er hinter sich. Er wählte seine Schritte mit Bedacht, wollte nicht auffallen. Die junge Frau blieb an einem Grabstein stehen. Schnell suchte er Deckung hinter einem privaten Mausoleum. Er lehnte mit dem Rücken gegen das gebäudeförmige Grabmal und kontrollierte die Umgebung. Ja, er war sich sicher. Auf dem alten Waldfriedhof gab es nur zwei untote Seelen.

Er schlich an der Betonwand entlang. Mit einem Auge lugte er um die Ecke, bis er die Fremde, dieses liebliche Wesen, erblickte. Wollüstig scannte er ihre Silhouette. Ihre Körpergröße schätzte er auf einen Meter und siebzig. Groß für eine Frau, aber deutlich kleiner als er. Das wallende Haar reichte ihr bis zum Po. Obwohl sie gertenschlank war, hatte sie dicke Brüste. Modelproportionierte Neunzig-sechzig-neunzig, vermutete er. *Zu schön, um lebendig zu sein,* dachte er.

Regungslos starrte sie auf das Grab vor sich. Wen sie wohl verloren hatte? Und stellte sie sich diesen Menschen ebenso oft in den verschiedenen Verwesungsstadien vor, wie er es bei seiner Mutter tat? Äußerlich waren er und die Fremde wie füreinander geschaffen, aber waren sie dies auch innerlich? Ihm fehlte schlicht die Geduld, es herauszufinden, und selbst wenn, sie würde sich ohnehin nicht auf ihn einlassen. Da konnte er noch so gutaussehend sein. Er forderte sie daher einfach ein, sofort!

Unerwartet sah sich die Schönheit um. Womöglich hatte sie seine bohrenden Blicke gespürt. Bald würde er noch etwas ganz anderes in sie bohren. Ihre letzten Minuten waren angebrochen. Ein kurzer Augenkontakt verband die beiden, dann lag es auf der Hand: Sie hatte ihn bemerkt. Das Unwohlsein war ihrer gesamten Körpersprache zu entnehmen. Ihm war jetzt alles egal. Er trat aus seinem Versteck hervor und lief ohne Umwege auf sie zu. Sicher realisierte sie, was die Stunde geschlagen hatte – sie las es in seinem gierigen Blick.

Laub stob auf, als er ihr zwischen den Grabsteinen hinterherjagte. Ihr Atem lag schwer in der Luft. Schreien war aussichtslos, sie waren mutterseelenallein. Entweder war sie sich dessen gewahr oder sie sparte ihre Energie, legte alles in die lebenserhaltende Flucht.

Erfolglos.

Er bekam sie zu greifen, presste ihr die Hand auf den Mund. Meter für Meter zerrte er sie zurück zu dem privaten Mausoleum. Mit einem Fußtritt brach er die Holztür auf. Er fühlte sich wie ein Tier, das seine gerissene Beute in die Höhle verschleppte. Doch noch war sie am Leben, wehrte sich unablässig. Mit ihren geschätzten fünfundfünfzig Kilogramm waren ihre Chancen jedoch aussichtslos. Gegen seine durchtrainierten Muskeln käme kaum ein anderer Mann an.

Kraftvoll schleuderte er sie zu Boden, nagelte sie kinderleicht unter dem Gewicht seines Körpers fest. Jetzt konnte er mit ihr machen, was er wollte. Er hatte die volle Kontrolle über sie. Doch seine Allmacht währte nur kurz. Eine körpergroße Hand ergriff ihn, zog ihn von der Frau, katapultierte ihn aus dem Fenster. Mit einem Schallen zerbrach das Glas in zahllose Splitter.

Der Dreizehnjährige fokussierte die gebrochene Scheibe des Gartenhäuschens, aus dem sein Protagonist aus Plastik, Ken, so eben geflogen war. Dann sah er zu seiner Mutter, die ihn jähzornig anschaute.

»Junge, ich hatte dir verboten, dich in der Laube aufzuhalten. Also was zum Henker machst du hier?« Jetzt jagte sie ihm auch Barbie ab, die zweite Akteurin seiner Geschichte. »Verflucht, du bist dreizehn Jahre alt und spielst mit den Puppen deiner Cousinen?« Sie zog ihm die Plastikblondine über den Schädel. »Den Scheiß hätte ich längst entsorgen sollen, aber wer hätte denn geahnt, dass du so eine verdammte Schwuchtel bist? Ich schäme mich in Grund und Boden für dich!« Sie deutete zur blassgelben Holztür. »Und jetzt raus hier, bevor ich dich grün und blau schlage!«

Kapitel 17

Die Ermittler warteten, bis Robert Wißmann außer Hörweite war. »Den Vater werden wir polizeilich überprüfen«, sagte Baro. »Gegebenenfalls ist er selbst kein unbeschriebenes Blatt.«

»Ach, der Typ erzählt uns Scheiße ... Pisse. Der kotzt uns Lügen entgegen, wenn er den Mund aufmacht.«

»Kannst du das auch anders ausdrücken?«

»Fäkalien ... Urin ... Erbrochenes, Johanna«. Er imitierte ein Würgen. »Ich versuche ja schon, mich zusammenzureißen, aber ich kaufe ihm nicht ab, dass er keine Hinweise auf den Verbleib seines Sohnes geben kann. Unter Umständen hängt er sogar selbst mit drin.«

»Mag sein, aber wenn du den Leuten immer so unverblümt zeigst, was du von ihnen hältst, machen sie nur irgendwann dicht. Hör zu, du weißt, dass ich dich als Menschen sehr schätze. Du bist mir gegenüber immer ehrlich, respektvoll und ein wahrer Gentleman. Ich will mit keinem anderen Kollegen zusammenarbeiten als mit dir und das, obwohl du die Frustrationstoleranz eines Fünfjährigen hast. Persönlich kann ich wunderbar damit umgehen, aber beruflich erschwerst du mir mit diesem Verhalten leider die Arbeit.«

»Komm schon! Du musst zugeben, dass ich mich mittlerweile

echt gut im Griff habe. Aber schon gut, schon gut«, blockte er ab. »Ich setz mir den Maulkorb wieder auf. Kommen wir also zurück zu *Till* Wißmann.« Dresners Blick schweifte über das Jugendzimmer des Gesuchten. »Sollen wir ihn zur Fahndung ausschreiben?«

»Die würde der Chef wahrscheinlich wieder einkassieren, schließlich gibt's noch keine stichfesten Beweise gegen ihn. Wir können nicht mal belegen, dass es tatsächlich zu dem Treffen mit Carlotta kam ... trotzdem sollen alle Kollegen die Augen offenhalten.«

Das Ermittlerteam streifte sich Latexhandschuhe über und konzentrierte sich auf die Arbeit. Tills Jugendzimmer war unerwartet aufgeräumt. Neben einem Einzelbett war es mit einem Kleiderschrank, zwei Kommoden sowie einem Schreibtisch ausgestattet. Letzterer war mit zahllosen Stickern beklebt. Spiderman, Ghostbusters, Batman. Offenbar hatte Till eine Schwäche für Superhelden, was doch etwas widersprüchlich wirkte, angesichts seines Lebenswandels.

Nach wenigen Minuten hielt Dresner ein Tütchen hoch, das er in einer Schreibtischschublade entdeckt hatte. »Ich habe Gras gefunden. Allerdings in verschwindend geringer Menge. Das würde kaum für einen Joint reichen.«

»Greifst du auf Erfahrungswerte zurück?«

»Heute geht's nicht um mich«, lenkte Dresner ab. »Das ist Tills Eigenbedarf, schätze ich.«

»Till, wo bewahrst du deine Verkaufsware auf?« Baro linste in den Flur hinaus. »Die Spurensicherung muss einen Drogenspürhund mitbringen«, entschied sie und tätigte den entsprechenden Anruf. Zu gern hätte sie die ganze Wohnung hochgenommen, aber sie durfte den Bogen nicht überspannen. Schlimmstenfalls würde Robert Wißmann sie vor die Tür setzen. Es wäre sein gutes Recht. Auch der Spurensicherung musste er ohne Durchsuchungsbeschluss keinen Einlass gewähren. Erhärtete sich der Tatverdacht jedoch, würde ein Richter ohnehin vollumfängliche Beschlüsse erlassen.

Im Anschluss an das kurze Telefonat begab sich Baro zum Kleiderschrank und durchsuchte den Inhalt. An einigen Kleidungsstücken hingen noch die Preisschilder. »Eine statthafte Garderobe für einen Arbeitslosen.« Sie deutete auf die kostspieligen Markenklamotten und Sneakers. »Ein Indiz dafür, dass Till doch größer im Drogengeschäft ist?«

»Vielleicht.« Dresner stieß auf ein Handyladegerät. »Ein Jugendlicher ohne Ladegerät auf der Flucht? Wahrscheinlich liegt er mit medialen Entzugserscheinungen unter irgendeiner Brücke.« Er legte das Akkuladegerät zurück und drückte alle geöffneten Schreibtischschubladen zu. Danach kämpfte er sich durch eine Flut an Pflegeprodukten, die auf einer Kommode ausgestellt waren. »Hier ist jeder Quadratzentimeter belegt. Es wirkt nicht so, als würde etwas fehlen.« Er zeigte auf einen Uhrenkasten, der drei Armbanduhren enthielt und zwei Ketten. »Und würde er seinen Schmuck zurücklassen?«

»Leider wird der Vater kaum zugeben, dass sein Sohn mit gepackten Koffern auf und davon ist.« Baro registrierte unverhüllte Frauenhaut. Zwischen ein paar T-Shirts blitzte ein Nacktmagazin hervor, das sie herauszog. »Nach der Andeutung des Vaters hätte ich damit nicht gerechnet.« Sie blätterte in der Zeitschrift. »Wirkt auch nicht so, als hätte er besonders viel darin gelesen.«

Dresner schaute kurz auf. »Ja, Männer kaufen sich diese Magazine aufgrund der lesenswerten Fachartikel.« Er nahm sich der zweiten Kommode an, da er in den Schubladen der ersten offenbar nichts von Interesse gefunden hatte.

Baro reagierte nicht auf die Spitze ihres Kollegen. Sie legte die Zeitschrift zurück an den Fundort. »Oder der Vater hat doch recht. Folgende Mutmaßung: Sein Sohn ist homosexuell, will es sich nicht eingestehen. Carlotta und er wollen Sex haben, er kriegt keinen hoch. Sie lacht ihn aus, macht ihn fertig, will es überall herumerzählen. Gekränkter Stolz ist seit jeher ein Mordmotiv.«

* * *

Ob die Ermittler schon skeptisch wurden? Robert Wißmann zuckte die Achseln. Sie hatten kaum das Recht, ihn fürs Dauer-Scheißen zu verhaften. »Denk nach, Robert, denk nach«, motivierte er sich zu geistigen Ergüssen. Schließlich war seine Entscheidung gefallen. Er entsperrte das Smartphone. Ja, sein Sohn war auf die schiefe Bahn geraten, aber seine Mitschuld als Vater leugnete er nicht. Er musste tun, was sich richtig anfühlte.

Nachdem er alibimäßig die Klospülung betätigt hatte, ließ er den Wasserhahn laufen. Er formulierte eine Nachricht und sendete sie in der Sekunde ab, als es an der Wohnungstür klopfte. War Till bereits zurück? Prompt stellte Wißmann das Wasser ab und steckte das Handy ein. Er entriegelte die Klotür. Dann stürmte er, soweit es seine schmerzenden Gelenke zuließen, Richtung Diele. Schritte näherten sich in seinem Rücken. Die Ermittler waren ihm auf den Fersen. Natürlich interessierte es diese Parasiten brennend, wer da nach Hause kam. In seiner Fantasie hörte er schon die Handschellen klicken, stellte sich seinen Sohn in orangefarbener Gefängniskluft hinter Schloss und Riegel vor.

Scheiße, ballerte es ihm wie eine Kanonenkugel durch den Kopf. *Ich hab mir zu viel Zeit gelassen. Wie ich mich auch bemüh, ich bin 'n beschissener Vater.* Er umfasste die Türklinke, dann hielt er inne. Schwungvoll drehte er sich zu seinen Gästen um. »Kann ich Ihnen helfen?«

Dresner applaudierte ihm. »Sie beherrschen also doch das Siezen, prima!« Er zeigte auf die Tür. »Aber genug der Höflichkeiten. Da wartet jemand.«

»Sind Sie denn schon fertich mit der Zimmerdurchsuchung? Bestimmt haben Sie noch einiges zu tun. Gern beantworte ich weitere Fragen.« Die Person vor der Tür klopfte erneut, dieses Mal harscher.

»Öffnen. Los«, herrschte Dresner ihn an.

* * *

Das Handy von Till Wißmann vibrierte in seiner Hosentasche. Das Telefon war erst wenige Minuten eingeschaltet. Eine Nachricht seines Vaters war eingegangen.

Papa Handy:

Junge, bleib weg. Die Bullen sind hier. Die suchen dich!

Sofort nahm er die SIM-Karte aus dem Handy und brach sie durch. Ohne einen weiteren Gedanken daran zu verschwenden, warf er sie auf den Waldboden und bedeckte sie mit Laub. Er entfernte den Akku und steckte das Smartphone wieder ein. Dann beschleunigte er seinen Schritt. Trockene Äste knackten unter seinem Körpergewicht. Seine Hände waren von der Kälte ganz taub, und er versenkte sie in der Vordertasche des Sweatshirts, um sie vor dem einsetzenden Regen zu schützen. Er sah durch die kahlen Baumkronen in Richtung Himmel. Ein übler Sturm zog auf.

Till rollte den Kopf von einer Schulter über die Brust zur anderen Schulter. Sein Nacken schmerzte bereits unter der anhaltenden Belastung seines schwer beladenen Rucksacks. Endlich erreichte er den Trampelpfad, der um den Baggersee führte. Der Plan war aufgegangen. Er hatte sich abseits des Parkplatzes und der befestigten Waldwege gehalten, sodass er niemandem begegnete.

Wachsam positionierte er sich an einem Baum und scannte die Umgebung. Ein letztes Mal hatte er an den See kommen wollen. Früher war dies ein wichtiger Zufluchtsort für ihn gewesen vor all dem Scheiß in seinem Leben. Der Duft des Wassers und der Nadelbäume hatte in seinem brodelnden Kopf immer für Ruhe gesorgt. Aber heute war das anders.

Er stand auf der gegenüberliegenden Seite des Leichenfundorts. Seine Gedanken schweiften zu der Toten. Dieses Miststück hatte ihm ordentlichen Ärger eingebrockt. Er legte eine Hand auf den Baum und krallte seine Fingernägel schmerzhaft in die feuchte Rinde. Einmal in seinem Leben hatte sein Vater recht gehabt. Hätte er sich bloß nie auf diese Schlampe eingelassen.

Tills ganzer Körper verkrampfte sich. Er ließ sich die letzten Tage durch den Kopf gehen. An irgendeinem Punkt hatte er die Kontrolle verloren, doch ihm wollte verdammt noch mal nicht einfallen, wann genau das gewesen war. Sein Hirn war einfach ein schwarzes Loch. Jetzt suchten sie ihn wegen Mordes. Sie suchten ihn nicht mehr nur, weil er ein kleiner Dealer war, den sie mit ein paar Sozialstunden davonkommen ließen, damit er sich direkt nach der Verhandlung wieder mit Gras versorgen konnte. Dieses Mal würde er in den Knast kommen und da wäre er das Letzte. Selbst unter Kriminellen waren Frauen- und Kindermörder Abschaum, die von den anderen als Boxsack benutzt wurden.

In der Ferne machte er eine Bewegung aus. Waren noch Ermittler vor Ort? *Wieso, zur Hölle, bist du nur hergekommen? Bist du völlig irre geworden?* Er nahm die Beine in die Hand. So schnell wie möglich ließ er diesen verfluchten Ort hinter sich, für immer.

* * *

Robert Wißmann riss die Tür auf. Nie war er glücklicher darüber gewesen, nicht seinen Sohn zu sehen. Er begrüßte den Postboten. Routiniert unterschrieb er den Rückschein des zugestellten Einschreibens. Es war ein roter Brief. Die letzte Mahnung vor der Zwangsvollstreckung. Ungeniert hielt er das Schreiben hoch.

»Ups.« Als er in die Gesichter der Ermittler sah, die ein Pokerface aufgesetzt hatten, zuckte er nur die Schultern. »Als hätten Sie noch nie über Ihre Verhältnisse gelebt.«

Die Kommissarin ging nicht weiter auf seine Anmerkung ein, sondern verkündete überheblich: »Gute Nachrichten, die Spurensicherung wird in zehn Minuten hier eintreffen. Das Team war sowieso gerade in der Nähe. Sie werden auch einen Drogenspürhund dabeihaben. Machen Sie sich keinen Kopf darüber. Das ist quasi eine Routinemaßnahme.«

»Kaum vorstellbar«, sagte er stutzig. »Die betreten aber nur Tills Zimmer.«

»Nehmen Sie Ihr Handy immer mit auf die Toilette?« Sie deutete auf seine ausgebeulte Hosentasche, aus der das Gerät zur Hälfte lugte.

»Kommt drauf an, wie lang die Sitzung dauert, falls Sie versteh'n.«

Sie streckte ihm die Handinnenfläche entgegen. »Dürfte ich mal sehen? Sie haben doch keine Geheimnisse, oder?« Sie zauberte ein charmantes Lächeln auf ihre Lippen.

»Ich hab nichts zu verbergen.« Robert Wißmann übergab das entsperrte Handy mit einem unterdrückten Stöhnen. *Wann verpisst ihr euch endlich aus meiner Wohnung?*, durchblitzte es ihn.

* * *

Johanna Baro nahm das Smartphone entgegen. Zuerst sichtete sie die Anrufliste. Seit dem Verschwinden von Carlotta Reinhardt hatte es keinen telefonischen Kontakt mehr zu Till gegeben. Grundsätzlich fanden Telefonate zwischen Vater und Sohn nur sporadisch statt. Es war zweifelsohne möglich, dass Herr Wißmann nicht wusste, wo sich Till aufhielt. Der Kalender gab keine relevanten Eintragungen her, also rief Baro das Fotoalbum auf. Es waren fünf Aufnahmen auf dem Gerät gespeichert. Jede Einzelne davon wollte sie wieder aus ihrem Gedächtnis verdrängen. Eine Altersfreigabe als Vorwarnung schien ihr angemessen. Peinlich berührt, switchte Baro zu den Nachrichten. Da seine Messenger-App keinen kurzfristigen Kontakt zu seinem Sohn bezeugte, wechselte sie zu den SMS-Nachrichten. »Sie haben auf der Toilette doch keine SMS an Ihren Sohn geschrieben und direkt wieder aus dem Postausgang gelöscht?«

»Quatsch!« Herr Wißmann lachte gekünstelt.

Stefan Dresner übertönte das Lachen. »Ihnen muss bloß klar sein, dass unsere EDV-Abteilung das herausfinden kann.« Er deutete auf ein gerahmtes Foto an der Wand. »Ist das Ihr Sohn?«

»Ja, da war er noch 'n Grundschüler. Aufm Bauernhof hat er regelmäßig ausgeholfen. Der Landwirt war immer zufrieden«, ergänzte er sichtlich stolz. »Glauben Sie mir. Till is' 'n Guter. Viel besser, als ich's je war. Bis heute.«

Baro musterte die gestellte Aufnahme, die den Jungen am Steuer eines Traktors zeigte. »Gibt es den Betrieb noch?«

»Der Hof wurd vor Jahren aufgegeben. Ich glaub nich, dass das Gebäude überhaupt noch steht.«

Also da bist du schon mal nicht, Till. Wo steckst du nur?

Kapitel 18

Johanna Baro beobachtete den Tankstellenbesitzer, den sie um seine hochglänzende, goldbraune Mähne beneidete. Konzentriert sichtete der Haarschönling die Videoaufnahmen. Zu gern hätte sie sich ein paar Haarpflegetipps bei ihm abgeholt, aber allein den Gedanken daran empfand sie als unangebracht.

Dresner schien weniger beeindruckt. Immer wieder schaute er auf die Armbanduhr und stöhnte genervt. »Das ist doch hoffentlich der Schnelldurchlauf, oder nicht?«

»Jup, doppelte Geschwindigkeit«, sagte der Tankstellenbesitzer.

Dresner schlug die Hände über dem Kopf zusammen. »Nur die doppelte Geschwindigkeit? Ihr Ernst? Dann rechnen Sie mal aus, wie es lange es dauern wird, bis Sie alles gesichtet haben. Falls Sie die Grundschule besucht haben, sollte das kein Problem sein oder ...«

Baro räusperte sich und taxierte ihren Kollegen.

»Also schön«, fuhr dieser fort. »Würden Sie bitte die Nettigkeit besitzen, die Geschwindigkeit zu erhöhen?«

»Meinetwegen«, sagte der Tankstellenbesitzer ungerührt und fuhr sich mit den Fingern durch die seidene Haarpracht. »Mh ... nein, da ist niemand zu sehen ... Moment mal ... oh hier!« Seine

Augen verengten sich. »Nein, da kommt doch niemand ... da tut sich nichts.«

»Kleiner Vorschlag!«, sagte Dresner. »Sagen Sie uns doch einfach nur Bescheid, wenn Sie jemanden sehen.«

»Bescheid! Das ist der Kerl«, sagte er und winkte die beiden Beamten an seine Seite. In normaler Geschwindigkeit spielte er die Videosequenz ab. Ein Mann eierte durchs Bild und urinierte an die Hauswand neben der Toilettentür. Erleichterung war im Gesicht des Wildpinklers zu lesen. Der Tankwart stemmte die Fäuste in die schmalen Hüften. »Wenn ich diesem Schwein persönlich begegne, dann ...«

»Ein Schwein, aber ein Glücksschwein«, schnitt Stefan Dresner ihm das Wort ab. Er nahm ihm die Maus ab, spulte selbst in den Aufnahmen herum und sagte schließlich: »Dieses Filmchen beweist, dass Robert Wißmann die Wahrheit gesagt hat. Im fraglichen Zeitraum war er hier.«

Ungläubig schüttelte Baro den Kopf. »Wie kann man bei dem Herbstwetter stundenlang im Außengelände einer Tankstelle verbringen?«

Der Besitzer stoppte die Aufnahme. »Mit hohem Promillewert und jahrelanger Übung.«

Baro schob ein Porträtfoto des Sohnes über den Ladentresen. »Das ist Till Wißmann. Auch ein Kunde von Ihnen?«

Er warf einen prüfenden Blick darauf und reichte die Aufnahme zurück. Dann zog er einen schwarzen Ordner unter dem Tresen hervor. Auf dem Ordnerrücken prangte in roter Schrift das Wort *Hausverbote*. Nach kurzem Blättern zeigte der Mann einen bebilderten Eintrag vor. »Der Typ hat seit einem Jahr Hausverbot. Klar, ich betreibe mein Geschäft in einem sozialen Brennpunkt und grundsätzlich verzichte ich ungern auf zahlende Kundschaft, aber Drogenverkauf dulde ich nicht auf diesem Grund und Boden.«

»Verständlich«, pflichtete Dresner ihm bei. »Wissen Sie, welche Drogen er verkaufte?«

»Also mir persönlich hat er Cannabis angeboten.

Offensichtlich wusste er nicht, wen er vor sich hatte. Ich glaube, zu dem Zeitpunkt war er selbst bekifft oder hatte Schlimmeres eingeworfen.«

In Windeseile fertigte der Besitzer erbetene Kopien des Hausverbots sowie der Videoaufnahmen an. Dresner nahm sie dankend entgegen. »Wann haben Sie Till das letzte Mal gesehen?«

»Seit er hier Betretungsverbot hat, macht er einen großen Bogen um die Tankstelle. Zumindest während meiner Schichten. Klar, den würde ich ruckzuck des Grundstücks verweisen. Das weiß er auch.«

»Wissen Sie sonst irgendwas über Till Wißmann?«

»Wir hatten eine reine Geschäftsbeziehung. Bier. Zigaretten. Schokoriegel.«

»Sie haben also keinen Tipp, wo er sich aufhalten könnte?«

»Na ja, die Stadt ist klein. Hin und wieder hab ich ihn am Busbahnhof in der Körnerstraße gesehen. Da hing er mit dubiosen Gestalten in den Wartehäuschen ab. Manchmal war er zum Essen in der Dönerbude. Mehr kann ich zu dem Kerl wirklich nicht sagen.«

»Ich bedanke mich für die Mithilfe.« Dresner reichte ihm eine Visitenkarte. »Falls Ihnen noch etwas Wichtiges einfällt oder Sie ihn hier sehen sollten, melden Sie sich.«

Zehn Minuten später studierte Baro die bunte Anzeigetafel der besagten Dönerbude. Ihr lief das Wasser im Mund zusammen. Unter Heißhunger klang alles hervorragend.

»Ich hätte gerne einen Dönerteller mit Hähnchenfleisch und Cocktailsoße.« Sie holte eine Wasserflasche aus dem ausgestellten Kühlschrank. »Das Mineralwasser kommt dazu.«

Dresner bestellte einen extrascharfen Megadöner und nahm sich einen Becher Ayran. Sie wählten einen Platz, der eine gute Sicht auf den außenliegenden Busbahnhof bot.

Ihr Kollege sah aus dem Fenster. »Hier treibt sich Till Wißmann also gerne rum.«

»Derzeit nicht.« Baro beobachtete die an- und abfahrenden

Busse. Jeden Fahrgast, der ein- oder ausstieg, glich sie mit dem Gesuchten ab.

»Wir sind erst seit fünf Minuten hier, vielleicht taucht er noch auf.« Er trat an einen Rolltisch mit schwarzem Tee und befüllte zwei türkische Teegläser. »Ein Stück Zucker?«

»Gerne.« Baro nahm das Glas entgegen und legte ihre Hände darum. Sie genoss die Wärme und den Anblick, wie das Zuckerstück im Teewasser schmolz. Mit einem Löffel verteilte sie die herrliche Süße und trank ein paar Schlucke. Kurz darauf servierte ein Kellner das Essen. Zuerst stürzte sie sich auf die knackige Salatbeilage. Sie hatte einen Bärenhunger.

»Inhalier nicht versehentlich die Gabel«, schäkerte Dresner.

Anstelle einer Antwort tunkte sie ein paar Pommes frites in Soße. »Unsere Ermittlungsfortschritte sind mager. Wäre auch zu schön gewesen, Till Wißmann direkt zu Hause anzutreffen.«

Dresner kaute zu Ende, bevor er antwortete. »Möglicherweise waren die anderen erfolgreicher.« Er griff den Salzstreuer und würzte kräftig nach.

»Bestell nächstes Mal ’ne Portion Salz mit Fleischbeilage. Macht das Ganze einfacher.« Kritisch nahm sie das Essen ihres Kollegen unter die Lupe. Dann fuhr sie fort: »Wir sollten den Bauernhof auf Tills Kinderfoto ausfindig machen. Kann sein, dass er sich dort aufhält.«

»Falls der stillgelegte Hof nicht einem Neubaugebiet weichen musste.« Dresner öffnete den Becher Ayran und trank davon. »Till war zwar am Tag ihres Verschwindens mit ihr verabredet, aber das macht ihn nicht automatisch zum Mörder.«

»Nein, aber zum wichtigen Informanten. Wir müssen ihn dringend aufspüren.« Erneut schweifte ihr Blick über den Busbahnhof.

Nachdenklich verzog Dresner die Mundwinkel. »Till und Carlotta. Gegensätzlicher könnte ein Pärchen kaum sein.«

»High-Society-Girl und Bad Boy. Kommt vor.« Sie zuckte mit den Schultern. »Kann auch sein, dass sie nur was Lockeres hatten.«

»Das vermute ich. Er vertickt Drogen. Sie steckt voller Ambitionen. Wahrscheinlich hat Carlotta erkannt, dass er ihr nicht guttut.«

Baros Augenbrauen wanderten hoch. »Oder Till hat die Beziehung beendet, weil sie ihm zu brav war.«

»War sie brav? Ihre Eltern hatten praktisch keine Informationen über Till. Wozu die Geheimnistuerei?«

Baro griff eine Papierserviette und wischte sich den Mund ab. »Die Mutter wirkte nicht gerade locker. Kaum vorstellbar, dass Carlotta gerne Frauengespräche mit ihr führte, aber ihre Schwester und der Freundeskreis wissen sicher mehr über ihr Liebesleben.«

Sie tauschten noch einige Überlegungen aus, während sie bei Schwarztee entspannten. Dann bezahlte Baro die Rechnung und legte ein Bild von Till Wißmann auf den Bestelltresen. »Kennen Sie ihn?«

Der Mitarbeiter musterte das Foto. »Ja, der schuldet mir Geld für drei Döner. Hat jedes Mal anschreiben lassen.«

»War er allein hier?«

»Meistens mit dem Kerl da.« Der Mann zeigte nach draußen.

Baros Blick folgte seinem Zeigefinger zu einer Bushaltestelle. Dort saß ein junger Kerl im Wartehäuschen. »Roter Trainingsanzug, blauer Ziegenbart, schwarze Mütze?«, fragte sie nach. Der Mitarbeiter nickte. »Alles klar, den schnappen wir uns.«

Kapitel 19

Die Ermittler näherten sich dem Unbekannten von zwei Seiten. Baro linste hinüber zu Dresner. Der top gestylte Hemdenträger war auffällig. In der Menschenmenge stach er heraus. Sie behielt recht. Als der Jugendliche ihren Kollegen erspähte, rannte er los. Rücksichtslos stieß der Flüchtige einige Passanten beiseite und stürzte beinahe selbst. Ohne zu ahnen, dass er die falsche Richtung gewählt hatte, stürmte er Baro entgegen. Sie nutzte die Körperkraft des jungen Mannes und beförderte ihn mit gezielten Griffen zu Boden. In solchen Situationen zahlte sich ihr regelmäßiges Krav Maga-Training aus. Wie ein Kaninchen in Schockstarre blieb der Jugendliche rücklings liegen.

Dresner türmte sich vor ihm auf. »Lebst du noch oder soll ich deine Körperumrisse mit Kreide nachziehen?« Als eine Reaktion ausblieb, zog er den Gefassten am Kragen hoch und drückte ihn gegen eine Hauswand. »Also schön, kommen wir zur Sache. Wieso haust du vor uns ab?«

»Wer seid ihr? Kommt ihr vonner DEA?«, fragte der junge Mann atemlos.

Baro bemerkte die geweiteten Pupillen des knapp Zwanzigjährigen. Der Typ war high bis in den Spitzbart. »Ob wir von der amerikanischen Drogenbehörde sind?«

Dresner setzte einen amerikanischen Akzent auf. »Ja klar, wir beobachten dich schon seit langem.« Er verdrehte die Augen. »Du siehst zu viel fern! Dreh dich mit dem Gesicht zur Wand, Arme nach oben, Beine breit.« Kurz ließ Dresner von ihm ab, um sich Schutzhandschuhe überzuziehen. »Hast du Waffen bei dir?«

»Nur mein' Schwanz.« Der junge Mann lächelte breit und gab dabei den Blick auf einen abgebrochenen Schneidezahn preis.

»Für das kleine Ding brauchst du keinen Waffenschein.« Dresner tastete die Hosentaschen des Trainingsanzugs ab und zog ein transparentes Tütchen hervor.

»Das sin' Brausebonbons. Woll'n Sie ma' probieren?« Er leckte die spröden Lippen.

»Wenn du so weitermachst, verhafte ich dich wegen Dummheit!« Dresner beäugte die kleine Tüte mit den weißen Pillen.

»Ey, die kost'n fünfzig Euro, yo.« Er schnappte nach dem Tütchen.

Dresner schlug die Hand des Dealers weg und hob drohend den Zeigefinger. »Treib es nicht zu weit. Zeig mir deinen Personalausweis!«

Zögerlich griff der Festgesetzte nach seinem Portemonnaie und zog seinen Ausweis hervor. Baro nahm ihn entgegen und checkte die Daten. »Patrick Paulsen«, stellte sie seine Identität fest. »Woher kenne ich deinen Namen?«

»Da kann ich weiterhelfen«, sagte Dresner. »Patrick Paulsen hat sich vor zwei Wochen mit Till Wißmann geprügelt. Das hat unsere Überprüfung ergeben.« Jetzt wandte er sich direkt an Paulsen. »Du kommst mit.«

Nur widerwillig folgte dieser den Ermittlern und setzte sich zu ihnen in den Dienstwagen. Wahrscheinlich ahnte er, dass jeder weitere Fluchtversuch aussichtslos war. Dresner verriegelte das Auto, bevor er mit der Befragung fortfuhr. »Dann erzähl mal. Wieso hast du dich mit Till geschlagen?«

»Der schuldet mir Kohle, yo.«

»Wofür?«

Der Befragte vermied jeden Augenkontakt. »Ich muss mich nich' selbst belasten.«

»Ach, auf einmal so klar im Kopf?«, fragte Dresner. »Wo steckt Till Wißmann jetzt?«

»Sag ihm, ich will meine Kohle«, lallte Paulsen.

»Gerne, wenn du mir verrätst, wo ich ihn finde«, bot Dresner an.

»Null Idee.« Ein paarmal zog er die Nase hoch. »Und wenn er kommt, besser mit Kohle, yo.«

»Ihr seid also keine Freunde? Du kannst mir nichts über ihn erzählen?«

»Nix. Ich geb mich nich' mit Menschen ab, die Döner anschreiben lassen.«

»Nein, das glaube ich dir. Du bist offensichtlich was ganz Besonderes.« Dresner zeigte ihm ein Bild von Carlotta Reinhardt. »Kennst du sie?«

Paulsen sah sich das Foto flüchtig an. »Nö, aber für 'ne Nacht mit der sin' Tills Schulden vergessen. Wissen Sie, yo?« Er brach in Gelächter aus.

»Weiß ich, *yo.*« Dresner lachte falsch auf. »Mann, war das lustig. Ich hoffe, das gibt keinen Muskelkater im Gesicht.« Er hielt die Aufnahme jetzt direkt in Paulsens Sichtfeld. »Variante eins: Du kooperierst weiterhin nicht, dann beschlagnahme ich dein Handy, deine Drogen, selbst die Bremsspuren in deiner Unterhose. Oder Variante zwei: Du arbeitest mit. Du erzählst uns alles, was du über Carlotta Reinhardt weißt, und im Gegenzug setze ich deine Visage wieder vor die Tür. Wofür entscheidest du dich?«

Paulsen beantwortete die Frage, indem er einen genaueren Blick auf das Foto warf. »Weiß nich' genau.«

»Patrick Paulsen«, murmelte Baro nachdenklich. Sie entsperrte ihr Diensthandy und blätterte ihre Anrufliste durch, bis sie den gesuchten Eintrag fand. Dann wählte sie die Mobilfunknummer an.

Das Handy des Gefassten klingelte. Er nahm den Anruf entgegen. »Wer is' 'n da?«

»Du bist also Patze«, folgerte Baro.

»Moment.« Patrick Paulsen bedeutete ihr mit dem Zeigefinger, zu warten. »Mann, wer is' 'n dran?«

Dresner stöhnte entnervt. »Fehlt eigentlich nur noch, dass du anfängst zu sabbern.«

»Soll das heißen, ich bin dumm? Wieso?«

»Willst du die Antworten in Listenform oder tabellarisch?«

Baro legte ihre Hand beschwichtigend auf Dresners Knie und unterbrach die Telefonverbindung wieder. Dann schnippte sie mit den Fingern vor Paulsens Gesicht herum, um sich Aufmerksamkeit zu verschaffen. »Ich habe deine Handynummer in Carlottas Unterrichtsnotizen entdeckt. Wie ist das möglich, wenn ihr euch nicht kennt?«

»Scheiße.« Mürrisch verzog er das Gesicht. »Also gut, ich hab Carlotta einma' am Bahnhof getroffen«, erklärte er stockend. »Till hat den Kontakt klargemacht. Sie wollte Hirndoping.«

»Hirndoping? Klär mich auf«, bat Dresner.

»Das nehm' alle Bonzenkinder an ihrer Schule. Für gute Noten und so.«

»Verschreibungspflichtiges Methylphenidat«, erklärte Baro. »Das sogenannte Ritalin sorgt für erhöhte Wachsamkeit, Konzentration und Merkfähigkeit beim Lernen.« Sie neigte sich zu Paulsen. »Einmal hat Carlotta das Medikament bei dir bestellt?«

»Ne, mehrmals. Beim ersten Ma' war sie dabei. Danach hab ich das Zeug immer Till mitgegeben, aber anstatt mir mein Geld dafür zu bring', hat er die Kohle einfach selbst abkassiert. Tja, dafür hat er sich Schläge eingehandelt.«

»Waren Till und Carlotta in einer Beziehung?«, fragte Baro.

»Null Ahnung.«

»Angeblich weißt du also nichts. Dann sag mir wenigstens, was du von Sonntag auf Montag gemacht hast.«

»Da war ich im Krankenhaus Ellastadt, yo.« Er zog die Sporthose hoch und zeigte ein bandagiertes Knie. »Nur deswegen habt ihr mich geschnappt.«

»Weißt du, was das Verrückte ist?«, fragte Dresner. »Dass ich dir jedes einzelne Wort abkaufe. Du wärst nicht in der Lage, uns hinters Licht zu führen. Trotzdem werde ich deine Angaben überprüfen. Vorerst ist die Befragung aber beendet.« Er schwenkte das Drogentütchen. »Und nur, damit wir uns richtig verstehen. Dein Stoff ist konfisziert. Beim nächsten Mal buchte ich dich dafür ein.«

»Ey, das is' meins«, begehrte Paulsen auf. »Woher haben Sie das?«

Dresner schüttelte den Kopf. »Du schnüffelst zu viel an deiner Ware.«

Der Weg zurück zum Präsidium dauerte durch den dichten Stadtverkehr beinahe eine Stunde. Im großen Besprechungsraum schaltete Baro ihren dienstlichen Tablet-PC ein. Nacheinander jagte sie die Namen Robert Wißmann und Patrick Paulsen durch die Polizei-Datenbanken. Wißmann entpuppte sich als vorbestrafter Voyeur und Patrick alias Patze als kleiner Bahnhofsdealer. Leider stellte sich dessen Geschichte mit dem Krankenhausaufenthalt als wahr heraus. Ein Anruf in der Klinik hatte die Gewissheit gebracht. Damit hatten sowohl er als auch Wißmann ein Alibi für den fraglichen Sonntag vorzuweisen. Baro erstellte Personenkarten zu den bislang Befragten, befestigte sie auf dem Whiteboard und zeichnete deren Verbindungen untereinander und zum Mordopfer auf. Leider hatte keiner etwas dazu beigetragen, Till Wißmann zu finden, aber zumindest hatten sie einige Informationen über Carlotta Reinhardt preisgegeben. Baro setzte die Stiftkappe auf und legte den Marker beiseite. Ihre Augen studierten die hinzugekommenen Gesichter.

Mit einem Piepton signalisierte das Tablet, dass eine E-Mail eingegangen war. Erfreulicherweise fand sie eine Nachricht von Uwe Reinhardt in ihrem Posteingang vor. Er hatte ihr das Material seiner Außenkameras zukommen lassen. Die Aufnahmen umfassten das gesamte Wochenende, an dem die Tochter verschwunden war. Baro spulte zu den wenigen Stellen, in denen sich etwas bewegte. Am Freitag verließen die Schwestern morgens das Haus, kamen nachmittags wieder. Gleiches galt für den Familienvater.

Am frühen Samstagabend war Uwe Reinhardt dann mit Tochter Isabell fortgegangen. Das schlanke, aber wohlproportionierte Mädchen wirkte aufgekratzt. Sie hatten zwei beigefarbene Rollkoffer dabei. Zusätzlich trug der Vater eine Reisetasche bei sich. Das musste der Aufbruch zum Studienort gewesen sein. Etwa dreißig Minuten später war Carlotta in Sportkleidung losgezogen – womöglich, um zu joggen. Jedenfalls hatte sie keine Sporttasche dabei und war bereits eine halbe Stunde später zurück. Herr Reinhardt kam an diesem Abend nicht mehr heim. Vermutlich hatte er die Nacht über in Bremen verbracht, bevor er am Sonntagmorgen allein zurückkehrte.

Sie spulte erneut vor. Am frühen Abend war Carlotta dann zum Date aufgebrochen, offensichtlich, denn sie hatte sich zurechtgemacht. Baro hielt die Aufnahme an und betrachtete das Mädchen in dem pinken Kurzmantel. Ihre Waden lagen frei, sie trug also etwas Kurzes darunter. Baro tippte auf ein Minikleid. Sie positionierte zwei Finger auf dem Touch-Screen und zog sie auseinander, um den Bildausschnitt zu vergrößern. Anthrazitfarbene Lackpumps. Carlottas Bobfrisur saß perfekt. Baro spulte noch weiter vor, bis die Mutter nach Hause kam, bevor die Videoaufnahme endete. Sie leitete die Mail samt Anhang an die EDV-Abteilung weiter. Vielleicht stießen die Kollegen auf etwas, für das sie derzeit blind war.

Mit wenigen Klicks wechselte sie auf den Server und öffnete die EDV-Berichte zur Auswertung der elterlichen Handys. Aufmerksam las sie die Chatverläufe zwischen Carlotta und den Reinhardts vom Sonntag und hörte die Sprachnachrichten ab, in denen sie ihre Eltern vertröstete. Sie gewann daraus keine neuen Erkenntnisse. Alles stimmte mit dem Bericht des Familienvaters überein. Die Hauptkommissarin lehnte sich auf dem Stuhl zurück. Sie fixierte Paulsens Personenkarte auf dem Whiteboard und tüftelte über seinen Aussagen. Prinzipiell war es eine Tragödie, wie hoch der gesellschaftliche Druck auf die Jugend heute war. So immens, dass Mädchen wie Carlotta nicht nur das Gesetz übertraten, sondern sich ernsthaften körperlichen Risiken aussetzten, um dem Leistungsdruck standzuhalten. Wo sollte das Ganze noch hinführen?

Stefan Dresner trat mit Dokumenten in den Besprechungsraum und nahm den Platz gegenüber ein. Sie nickte ihm zum Gruß. »Gibt's was Neues?«, fragte sie mit hoffnungsvoller Miene.

»Ich habe gerade den aktuellen Ermittlungsstand abgerufen«, erklärte er. »Die Befragung in der Nachbarschaft brachte wenig Hilfreiches. Familie Reinhardt ist unter den Nachbarn gut bekannt und sehr geschätzt. Am Sonntag hat aber niemand etwas Auffälliges gesehen oder gehört. Kein Wunder bei der Weitläufigkeit der Grundstücke. Zudem waren die direkten Nachbarn im Urlaub.«

»Wie weit ist die Umfeldanalyse?«

»Die Befragung von Familienmitgliedern läuft. Es fehlen noch die Schwester Isabell und ein Onkel väterlicherseits. Ein weiteres Team wird morgen Carlottas Gymnasium aufsuchen. Da der Schulbetrieb freitags nur bis zum Mittag geht, werden sie gleich zur ersten Schulstunde dort sein.«

»Dann lass uns nicht tatenlos rumsitzen«, schlug Baro vor. »Wir sollten die Kollegen bei der Befragung in der Schule unterstützen. Umso schneller sind wir damit durch. Wir müssen dringend mehr über Carlotta erfahren. Wer waren ihre Lehrer, Mitschüler, Freunde? Was hat sie ausgemacht? Stimmt es, was Paulsen über sie ausgesagt hat? Ich möchte mir gerne einen persönlichen Eindruck von Carlottas Lebenswelt machen, aber mein Gefühl sagt mir schon jetzt, dass stille Wasser tief sind.«

»Da könntest du recht behalten.« Dresner hielt ein Dokument in die Luft. »Das Ergebnis der toxikologischen Untersuchung. Paulsen hat uns nicht belogen. In Carlottas Körper wurde Ritalin nachgewiesen. Wahrscheinlich hat sie sich damit über Prüfungsphasen hinweggeholfen.«

Baro riss die Augen auf. »War das Ritalin todesursächlich?«

»Nein, dafür war die Dosis zu gering.« Er warf das Gutachten auf ihre Tischseite. »Drogen oder Medikamente führten nicht zum Tod.«

Mit den Fingerspitzen zog Baro den Bericht zu sich. »Das ergibt keinen Sinn. Ein junges, kerngesundes Mädchen erleidet nicht grundlos einen Kreislaufstillstand.« Argwöhnisch blätterte sie in den Papieren. »Und wenn der Täter sie mit K.O.-Tropfen ruhiggestellt hat? Bei zu hoher Dosierung wäre dies tödlich, aber im Labor nur kurzzeitig nachweisbar. Da muss ich sofort wieder an Till Wißmann denken. Er hat schließlich Kontakte in der Drogenszene. K.O.-Tropfen wären leicht zu organisieren. Schließlich wusste er ja auch, woher er Ritalin bekommt.«

»Andererseits lässt er sein Imbissessen anschreiben. Dick im Geschäft scheint er nicht zu sein.« Dresner deutete leere Hosentaschen an.

»Das eine schließt das andere nicht aus. Vielleicht verschleudert er das Drogengeld bloß schneller, als er es verdient. Denk nur mal an seine Markenklamotten. Aber gut, wir müssen ihn unbedingt aufspüren. Bis dahin werden wir tiefer in Carlottas Welt vordringen, die Menschen durchleuchten, mit denen sie sich umgeben hat. Irgendjemand muss doch was wissen, das uns weiterbringt.«

Kapitel 20

Jahre zuvor

Er beugte sich über die Katze, die friedlich im Weidenkorb ruhte. Das schwarze Tier war eingekuschelt in ein Plüschkissen. Der Junge streichelte die Katze, massierte den Kopf ein wenig, tätschelte die Öhrchen. »So, jetzt siehst du wieder gut aus«, sagte er, dann sah er sich um. Seine Mutter käme jede Sekunde nach Hause.

Der Vierzehnjährige presste sein Ohr an den flauschigen Bauch der Katze und horchte. Kein Grummeln. Keine Regung. Kein Herzschlag. Das Tier war mausetot. Er richtete sich wieder auf und betrachtete die Katze, die nur drei Wochen bei ihnen gelebt hatte. Eine uralte Streunerin aus der Nachbarschaft, die seine Mutter angeschleppt hatte. Wie ein Neugeborenes hatte sie das Vieh versorgt, gepflegt, liebkost. So kannte er seine Mutter nicht – als liebenden Menschen. Wie würde sie auf den Tod des Tieres reagieren?

Erneut betastete er den leblosen Körper. Mit Zeigefinger und Daumen öffnete er ein Augenlid. Das Auge darunter war starr. Er pustete dagegen, um zu sehen, ob die Katze noch blinzeln würde. Fehlanzeige. »Eigentlich schade, dass du tot bist«, bedauerte er. »Jetzt bin ich wieder das Ende der Nahrungskette.«

Mit spitzen Fingern wählte er eines der Schnurrhaare und

zupfte es aus. Dann schnappte er den flauschigen Katzenschwanz und riss ruckartig daran. Ob es möglich war, den Schwanz mit bloßen Händen auszureißen? Er grinste bei der Vorstellung. Am liebsten hätte er sich stundenlang mit dem Tier beschäftigt, doch jeden Moment konnte die Tür aufgehen und seine Mutter erscheinen. Er legte die Hand auf den totkalten Körper und beschloss, im Wohlfühlmoment zu schwelgen, bis man ihm sein Spielzeug wieder wegnahm.

Im Grunde war dies seine einzige Möglichkeit, mit einem anderen Wesen in Kontakt zu sein, Nähe zu spüren. Zu Lebzeiten wäre die Katze sicher geflüchtet, hätte ihn gekratzt oder ihm drohend die Zähne gezeigt. Selbst Tiere hatten anscheinend ein Gespür für seine giftige Seele. Instinktiv blieben sie ihm fern. Und so war es die eine Wahrheit, die sich in seinem Leben immer wieder bestätigte: Alles Lebendige hasste ihn und im Gegenzug hasste er alles Lebendige.

Das Schloss knackte und seine Mutter trat durch die Haustür. Stocksteif blieb sie stehen. »Was ist hier los? Was hast du angestellt?« Sofort lief sie zu dem Weidenkorb, kniete nieder und schubste ihren Sohn beiseite.

»Die Katze war schon tot, als ich nach Hause kam«, verteidigte sich der Junge. Er stand auf, blieb aber in Deckung.

»Mein armes Baby«, betrauerte seine Mutter das Haustier. »Was ist mit dir passiert?« Mit rauchvergilbten Fingernägeln fuhr sie über das Köpfchen. Unvermittelt sah sie zu ihrem Sohn auf. »Wenn ich herausfinde, dass du deine dreckigen Hände dabei im Spiel hattest …«

»Du siehst doch, dass sie friedlich eingeschlafen ist. Das Tier war uralt. Auch sieben Leben haben mal ein Ende.« Der Junge zog die Nase kraus. Er konnte sich nicht entscheiden, was abscheulicher roch – die Katze oder seine Erzeugerin. Beiden haftete eine Mischung aus Fisch und Nassfutter an. Seine Riechzellen drohten mit Selbsttötung. Am liebsten hätte er seine Mutter unter die Dusche gezwungen.

»Ich hoffe für dich, dass du die Wahrheit sagst«, drohte sie.

»Ich lüge nicht. Wieso glaubst du mir nicht?«

Seine Mutter stand auf und stieß ihn mit der flachen Hand gegen die Stirn. Kurz geriet er ins Straucheln, fing sich aber schnell. Früher hätte ihn dieser Stoß zu Fall gebracht, doch als Vierzehnjähriger hatte er seiner Mutter einiges entgegenzusetzen. Bald wäre er mit ihr auf Augenhöhe und somit nicht länger ihr Prügelknabe.

Durch die körperliche Anstrengung an der rauen Winterluft schmerzte seine Lunge. »Endlich fertig«, beglückwünschte er sich und rieb den Schweiß von der Stirn. Wahrscheinlich würde er sich erkälten. Eine Stunde lang hatte er mit Axt und Spaten auf den gefrorenen Boden eingeschlagen. Vorsätzlich hatte er das Grab nicht zu tief ausgehoben. So hatte er jederzeit Zugriff darauf. Aufgrund der arktischen Temperaturen, würde es einige Zeit dauern, bis der Kadaver vollständig verwest war. Er würde lange etwas von dem Tier haben.

Seine Mutter kam mit dem toten Haustier in den Garten gelaufen. Ihre rotgeweinten Augen sagten alles – sie war fertig mit den Nerven. Der Junge unterdrückte ein Lächeln. Er genoss den Anblick in vollen Zügen. Sie kam neben ihm zum Stehen. Mit der einen Hand presste sie sich das Tier an die Brust. Mit der anderen streichelte sie liebevoll das Köpfchen, als wäre die Katze noch dazu in der Lage, irgendetwas zu spüren.

Wieso bedeutete dieser Frau ein Tier mehr als ihr eigenes Kind? Purer Hass knallte wie ein Stromschlag durch sein System, ließ alle Sicherungen durchbrennen. Was hielt ihn überhaupt noch davon ab, dieser Schlampe noch an Ort und Stelle den Spaten in den Hals zu rammen? Einer Mutter, die eine Katze an sich drückte, aber ihren eigenen Sohn nur berührte, um ihn zu schlagen?

Er krallte seine Hand fester um den Spaten in seiner Hand. Wie leicht er die ganze Sache doch beenden könnte. *Tu es! Tu es!*, trieb er sich innerlich an und dennoch fühlte er sich dazu nicht in der Lage. Was für eine krankhafte Verbindung bestand doch zwischen Mutter und Kind. In welcher anderen Beziehung konnten Hass und Liebe so eng nebeneinander existieren?

Seine Mutter legte ihr Baby in die letzte Ruhestätte. »Schütte das Grab zu«, befahl sie. Dann blies sie sich warme Atemluft in die geballten Fäuste und latschte zurück ins Haus.

Die Kälte, die sie ihrem Sohn seit einer Stunde zumutete, hielt sie selbst keine fünf Minuten aus. *Hoffentlich fährt sie gegen den nächsten Baum*, sehnte er ihr Sterben herbei. So, wie sie einst seinem Vater den Unfalltod herbeigewünscht hatte.

Nachdem der Junge seinen Dienst verrichtet hatte, trottete er in die Küche und ließ heißes Wasser über seine tauben Finger laufen. Seine Mutter saß unaufgeregt am Esstisch, rauchte, beobachtete ihn. »Was gibt's heute zu essen?«, fragte er.

»Was auch immer du dir zubereitest.«

Also wie jeden Tag, wäre ihm beinahe über die Lippen gekommen. Er stellte den Wasserhahn ab. Mit einem Küchenhandtuch trocknete er die Hände.

Seine Mutter zerdrückte ihre Zigarette im Aschenbecher. »Weißt du eigentlich, warum ich deine Anwesenheit in meinem Haus nicht ertrage?« Sie machte eine bedeutungsvolle Pause. »Weil du genauso aussiehst wie dein Vater. Jeden gottverdammten Tag erinnerst du mich an den größten Fehler meines Lebens und dass daraus der zweitgrößte Fehler meines Lebens entstanden ist.«

»Warum durfte ich dann nicht bei ihm leben? Dann wärst du uns beide losgewesen.« Er verschränkte die Arme.

»Weil er dich genauso wenig will wie ich, aber irgendjemand muss sich ja um dich kümmern.« Pfeilschnell packte sie den Aschenbecher und warf den schweren Gegenstand nach ihm.

Reflexartig wich der Junge aus. Das massive Glas zerschellte wenige Zentimeter neben ihm an der Küchentheke. Ein Meer aus feinen und groben Glasscherben landete bei seinen Füßen.

»Mach den Saustall hier sauber und dann ab auf dein Zimmer. Wage es nicht, mir heute noch mal unter die Augen zu treten, capito? Wage es nicht!«

Kapitel 21

Stefan Dresner versuchte, sich zusammenzureißen. Doch die verbrauchte Luft des Klassenzimmers lastete schwer auf seinen Geruchsnerven. Die Horde Teenager starrte ihn fortwährend an. Ungläubigkeit und Verunsicherung schlugen ihm entgegen. Zwei Mitschülerinnen weinten leise. Ein Schüler visierte unentwegt die Kerze an, die die Klassenlehrerin auf Carlottas Schulschreibtisch entzündet hatte.

Dresner hatte die Todesnachricht schonend überbracht, offene Fragen beantwortet. Die Befragung im Klassenverbund hatte wenig Relevantes zutage gebracht. Jetzt herrschte Ruhe im Raum, und er fand, dass es an der Zeit war, in die Einzelbefragungen zu gehen.

»In zehn Minuten werden zwei weitere Kollegen eintreffen«, kündigte er an. Dann öffnete er die Klassentür und deutete in den Flur hinaus. »Auf eurem Gang liegen noch drei Klassenräume. In jedem dieser Räume wird ein Kollege sitzen. Wir werden euch nach und nach aus dem Unterricht ziehen und bitten, ein paar Fragen zu beantworten.«

Mit einem Kopfnicken signalisierte er der besten Freundin von Carlotta Reinhardt, Luise Petermann, mit ihm vor die Tür zu kommen. Sie erhob sich, doch ein Mitschüler zeigte auf. »Darf ich zuerst?«

Luise setzte sich wieder. »Klar«, gab sie ihr Einverständnis.

Dresner machte eine einladende Geste und lotste den Freiwilligen hinaus. Dessen harziger Duft begleitete ihn in den nebengelegenen Klassenraum. Gegen den roten Rasierbrand am Hals vermochte das dick aufgetragene Aftershave jedoch nichts auszurichten. Dresner bedeutete dem adretten Jugendlichen, an der Tischgruppe Platz zu nehmen. »Wie ist dein Name?«

»Maximilian Kaiser. Meinem Vater gehören die Kaiser-Autohäuser«, sagte er mit stolzgeschwellter Brust.

Dresner gab sich unbeeindruckt. »Also Maximilian, was kannst du mir über Carlotta erzählen?«

»Nicht viel. Wir hatten wenig miteinander zu schaffen.« Der Gymnasiast lehnte sich lässig zurück und strich mit den gepflegten Händen das braune Jeanshemd einer Nobelmarke glatt.

»Warum wolltest du dann zuerst mit mir sprechen?«

»Carlotta hat mir noch zehn Euro geschuldet.«

»Okay. Wofür?« Dresner sah ihn fragend an.

»Sie musste tanken, hatte aber kein Portmonee dabei.« Maximilian seufzte theatralisch.

»Ich verstehe nicht. Hilft uns das irgendwie weiter, ihren Tod aufzuklären?«

»Na, ich möchte das Geld zurück. Sagen Sie das den Eltern?«

»Dafür verschwendest du meine Zeit?«, erhob Dresner die Stimme. »Sehe ich aus wie dein persönlicher Schuldeneintreiber?« Entsetzt schüttelte er den Kopf.

»Geben Sie mir einfach die Kontaktdaten der Eltern«, schlug Maximilian vor. »Dann übernehme ich das selbst.«

»Du willst trauernde Menschen wegen zehn Euro belästigen?«

Der Schüler guckte perplex. »Ich benötige das Geld.«

»Du brauchst Geld? Frag Papi oder verkaufe dein fünfhundert Euro-Nobelhemd.«

»Fünfhundert Euro? In dem Preissegment, in dem ich kaufe, kommen Sie mit fünfhundert Euro nicht weit. Außerdem geht's hier nicht um die Summe, sondern um das Prinzip. Haben kommt von Behalten«, belehrte er.

»Behalten klingt gut. Das solltest du mal mit deinen Ansichten probieren. Das macht zumindest die Menschen in deiner Umgebung reicher.« Dresner lehnte sich vor, pfählte den Schüler mit Blicken. »Hau ab oder ich vergesse mich. Und schick Luise Petermann rein. Danke.«

Der junge Mann machte große Augen, bevor er wortlos den Raum verließ. Dresner versuchte, sich wieder zu fangen. *Der nächste psychopathische Großunternehmer,* schoss es ihm durch den Kopf. Gleichzeitig kam in ihm die Frage auf, ob Carlotta öfter Beträge schuldig geblieben war. Lebte sie auch nach dem Motto *Haben kommt von Behalten*? Schulden bei den falschen Leuten verursachten massive Probleme. Der Drogendealer Paulsen vermutete zwar, dass Till Wißmann Carlottas Ritalingeld für sich eingesteckt hatte, aber was war, wenn Till die Bezahlung nie erhalten hatte? Er selbst war knapp bei Kasse und nicht imstande, das Geld vorzustrecken. Letztlich kassierte er sogar Schläge von Paulsen für die ausstehende Summe. Nochmals könnte Till dort nicht auf Kommission kaufen. Damit hätte Carlotta ihm zukünftige Geschäfte vermiest. Ein plausibles Mordmotiv? Dresner dachte noch über die verschiedenen Möglichkeiten nach, als er eine betörende Satzmelodie wahrnam.

»Sie wollten mich sprechen?«

Volljährig. Vollschlank. Vollbusig. Die kurvige Brünette mit tiefem Ausschnitt lehnte im Türrahmen. Dresner fühlte sich wie im falschen Film. *Wo bin ich hier nur gelandet?* »Setz dich doch, Luise.« Mit kristallklarer Sprechweise überspielte er seine Irritation.

Sie stolzierte los, setzte sich ihm gegenüber und nahm eine offene Körperhaltung ein. »Also, was wollen Sie wissen?«

»Ich würde gerne mehr über deine Freundin Carlotta erfahren. Wie war eure Freundschaft?«, fragte er interessiert.

Luise schien sich ihre Worte zurechtzulegen. »Na ja, wir kannten uns von klein auf, haben viel Zeit miteinander verbracht.

Meistens waren wir in unserer eigenen Welt. Sprachen und lachten über Dinge, die nur wir verstanden. Wissen Sie, es gibt Freunde, die ziehen einen nur runter. Bringen einen dazu, Mist zu bauen. Mit Carlotta und mir war das anders. Wir haben uns gegenseitig motiviert. Trotzdem gab es Phasen, in denen sie nicht ... sie selbst war.«

»Was für Phasen?« Dresner nahm sein Notizbuch zur Hand und fuhr die Mine seines Kugelschreibers aus.

»Ich meine damit Prüfungsphasen. Da war sie von Ehrgeiz zerfressen. Unerträglich. Ich denke, sie wollte es vor allem ihren Eltern recht machen.« Luise lehnte sich vor und fixierte Dresners Lippen. »Ich meine, wollen wir nicht alle gefallen?«

»Prüfungsphasen gibt es mehrmals im Jahr«, überging er ihre Frage. »Wie ist Carlotta mit dem Druck umgegangen?«

»Ich denke, ihr half der Sport. Sie war regelmäßig schwimmen und joggen.«

Dresner machte eine erwartungsvolle Pause, doch es kam nichts mehr. »Leistungssteigernde Medikamente waren nicht im Spiel?«, fragte er jetzt unverblümt.

Die Schülerin lachte auf. »Niemals. Glauben Sie mir, das hatte sie nicht nötig. Carlotta war von Natur aus eine Überfliegerin.«

Er forschte Luises Mimik aus. Das Lachen schien echt, die Aussagen wahrheitsgemäß. Zumindest nach ihrem Wissensstand. Die Mädchen hatten sich beste Freundinnen genannt, trotzdem hatte Carlotta so einen wichtigen Punkt vor Luise verschwiegen. Welchen Grund gab es dafür? »Wann hast du sie das letzte Mal gesehen?«, fuhr Dresner mit der Befragung fort.

»Am Samstag, eine Woche vor ihrem Verschwinden. Wir waren feiern. Leider sind mir die meisten Details des Abends verloren gegangen. Wenn Sie mich fragen, wurde mir was ins Getränk gekippt. Wahrscheinlich von Till Wißmann. Eine meiner letzten Erinnerungen ist, wie er mir eine Cola gibt.«

»Wieso sollte er das tun?«

»Wir haben Till vor einigen Wochen beim Feiern kennen gelernt. Carlotta war vom Fleck weg verknallt und er wusste, dass sie ihm verfallen ist. Er spürte aber auch meine Verachtung. Wenn ich jemanden nicht ausstehen kann, verstecke ich das nicht. Ich wollte ihn nicht in unserer Nähe. Meine Theorie ist, dass Till mich an dem Abend außer Gefecht setzte, um Carlotta in Ruhe abzuschleppen. Na ja, sein Plan ist aufgegangen.«

»Du denkst also, dass er K.O.-Tropfen in Getränke kippt. Traust du ihm auch zu, Carlotta etwas anzutun?«

»Sie fragen mich, ob Till fähig wäre, einen Mord zu planen? Ich glaube, der Typ trägt Schuhe mit Klettverschluss, weil er zu blöd ist, um Schnürsenkel zu binden. Reicht das als Antwort?«

»Du hältst wenig von ihm.«

»Bingo. Till hat nur Ärger bedeutet. Allein die dubiosen Gestalten, mit denen er sich rumtrieb. Mir läuft ein Schauer über den Rücken, wenn ich daran denke. Wieso hat sich Carlotta bloß auf diese Welt eingelassen?« Luise isolierte eine einzelne Haarsträhne und zwirbelte sie um den Finger. »Ich weiß schon, warum mir die guten Jungs gefallen.«

»Dubiose Gestalten also. Kannst du mir irgendwelche Namen nennen?«

»Leider nein, da müssen sie Till schon selbst fragen.«

»Zu gerne. Gab es denn noch andere Männer in Carlottas Leben? Zurückgewiesene Verehrer, Ex-Freunde?«

»Nein, sie war die Heilige Jungfrau Carlotta. Zumindest bevor sie Till kennenlernte.«

»Wieso verfasste dann jemand Hass-Kommentare unter ihren Posts auf Instagram?« Dresner schob einen ausgedruckten Screenshot über den Tisch.

Luise befasste sich mit dem Ausdruck, dann gab sie ihn zurück. »Die größere Herausforderung wäre es doch, ein Profil ohne fiese Bemerkungen zu finden.«

»Traurig genug.« Dresner nahm das Dokument wieder an sich. »Habt ihr mal am Baggersee abgehangen?«

Ablehnend wedelte sie mit dem Zeigefinger. »Ich arbeite als Übergrößen-Model. Kratzer oder einen gebrochenen Fuß kann ich mir nicht erlauben.«

Dresner stellte tiefergehende Fragen zu Carlottas Lebenswandel, musterte die junge Frau dabei eingehend. Trotz ihrer Offenheit, ihrer Redseligkeit, war sie für ihn nicht greifbar. Etwas stimmte hier nicht, doch er konnte nicht festmachen, was es war. Er reichte ihr seine Visitenkarte und beendete das Gespräch.

Nachdem die Schülerin den Klassenraum verlassen hatte, befragte er noch weitere Mitschüler. Carlotta und Luise schienen tatsächlich sehr isoliert von der restlichen Klassengemeinschaft gewesen zu sein. Mehrmals hatte er sich Stichworte wie *anders* oder *nur zu zweit* notiert. Dresner war gespannt auf die Befragungsergebnisse seiner beiden Kollegen. Eine Weile blätterte er in seinen Notizen. Das Gehörte zirkulierte in ihm. Erst das Vibrieren seines Handys stoppte das Gedankenkarussell. Er öffnete den Posteingang. Baro erwartete ihn in der Schulaula. Postwendend machte er sich auf den Weg. Als er den Schulflur betrat, läutete die Pausenklingel. Überall auf dem Gang schwangen Türen auf und schnell herrschte reger Betrieb. Um die Jugendgruppen schlängelnd begab er sich zu seiner Kollegin, die auf einer der Sitzbänke Platz genommen hatte. Ihr Gesichtsausdruck war nicht gerade vielversprechend. »Wie sieht es aus?«, fragte er dennoch.

»Ich habe mit der Direktorin, Frau Bredekamp, gesprochen. Sie kannte Carlotta nicht persönlich, war aber mit ihren Eltern vertraut. Das Ehepaar Reinhardt hatte wohl öfter Spenden an das Gymnasium geleistet.«

»Durftest du Einsicht in die Personalakten nehmen?«

»Nicht ohne richterlichen Beschluss. Frau Bredekamp kennt sich gut aus.« Unzufrieden verzog sie das Gesicht. »Bedauerlicherweise.«

»Wie sieht es mit den übrigen Lehrkräften von Carlottas Klasse aus?«

»Zum Glück waren alle vor Ort. Ich habe mit vier von ihnen gesprochen.« Baro zog ihren Notizblock hervor und las darin. »Allesamt beschreiben Carlotta als sehr strebsam. Höflich. Ruhig. Engagiert. Wenige Freunde, aber auch nicht unbeliebt.«

Kapitulierend klappte sie den Block zu. »Dieses Profil trifft wahrscheinlich auf die Hälfte aller Gymnasiasten zu.« Sie schnaufte. »Hast du mehr?«

Dresner berichtete, was er herausgefunden hatte. Über die Befragungsergebnisse der anderen Kollegen müssten sie sich später informieren. Unter Umständen ergaben sich daraus wichtige Erkenntnisse. Er verstummte, als er im Augenwinkel etwas registrierte, das Unbehagen in ihm auslöste. Etwa fünfzehn Meter entfernt lehnte Luise Petermann gegen eine Säule und beobachtete ihn penetrant. »Was stimmt nicht mit ihr?«

Baro folgte dem Blick ihres Kollegen. »Wie meinst du das?«

»Ihre Freundin ist gestorben, aber sie zeigt keinerlei emotionale Reaktion darauf. Keine Wut, keine Trauer. Nichts. Sie war mehr beschäftigt mit …«

»Flirten? Sie reißt dir mit ihren Blicken die Kleider vom Leib.«

Dresner legte genervt den Kopf schief. »Sie war mehr mit sich selbst beschäftigt, wollte ich sagen.«

»Menschen verarbeiten Trauernachrichten unterschiedlich. Vielleicht schafft Luise es noch, sich den Tag über abzulenken, eine Mauer, um sich herum aufzubauen. Was aber passiert, wenn sie allein ist, zur Ruhe kommt, ist eine andere Frage.« Das Klingeln ihres Diensthandys mischte sich unter den Stimmenwirrwarr der Aula. »Johanna Baro hier«, meldete sie sich. Kurz nahm sie das Handy beiseite. »Der Vater von Carlotta Reinhardt ist dran.« Dann lauschte sie wieder gespannt. »Bitte beruhigen Sie sich, Herr Reinhardt. Erzählen Sie mir genau, was vorgefallen ist.«

Kapitel 22

Bitte, Frau Baro, finden Sie meine Tochter Isabell. Ich habe sie zwei Tage lang nicht erreicht. Das passt überhaupt nicht zu ihr. Das inständige Flehen von Uwe Reinhardt hatte in ihrem Gedächtnis Wurzeln geschlagen. Dabei waren es nicht die Worte des Familienvaters, sondern die abgrundtiefe Trauer in seiner Stimme, die sich in ihr festsetzte.

Einmal hatte sich die Schwester des Mordopfers am Samstagabend bei ihrer Mutter gemeldet. Sie hatte geschrieben, dass sie gut in Bremen angekommen sei und sich auf die erste Woche ihres Studentenlebens freue. Auf dem mitgeschickten Selfie strahlte Isabell Reinhardt vor Glück. Die Sprachnachrichten ihrer Eltern am Montag, ob sie wisse, wo Carlotta sei, hatte sie abgehört und auch beantwortet. Am Dienstag gab es ein Telefonat mit dem Vater. Ab Mittwoch gab es dann kein Lebenszeichen mehr von ihr. Auch das Ermittlungsteam, das mit der Umfeldanalyse betraut war, hatte es nicht geschafft, in Kontakt zu der Neunzehnjährigen zu treten.

Unmittelbar nach dem Telefonat mit Uwe Reinhardt waren Baro und Dresner aufgebrochen, um das Studentenwohnheim aufzusuchen, in dem Isabell ein Zimmer mietete. Jetzt folgten die beiden dem mondbleichen Hausmeister, der sie auf Zahnstocherbeinen souverän durch das vertrackte Gebäude führte.

»Sie sind telefonisch schlecht erreichbar, andernfalls hätten wir uns angekündigt«, monierte Baro.

Der Hausmeister sah kritisch drein. »Die meiste Arbeitszeit verbringe ich nich' im Büro, sondern im Gehen. Hier entlang, bitte.« Er wies mit dem Daumen den Weg. »Feueralarm, geöffnete Notausgänge, Müll in den Fluren, verstopfte Toiletten. Ständig gibt's Ärger.« Er rollte die Augen. »Hinzu kommt eine allgemeine Lebensunfähigkeit der heutigen Generation. Die Studenten brauchen wirklich bei allem Hilfe. Nicht mal 'ne Glühbirne können die wechseln. Einigen ist zuzutrauen, dass sie jedes Mal den Laptop inne Tonne kloppen, sobald der Akku leer ist.«

»Was können Sie uns über Isabell Reinhardt erzählen?«, lenkte Baro das Gespräch in eine andere Richtung.

Offensichtlich kramte er in seinem Gedächtnis. »Ich erinnere mich an die Zimmerbesichtigung. Ihr Vater war dabei. Sie schien eine wohlerzogene, junge Dame zu sein. Hat sich auch gut mit den anderen Studenten verstanden. Aber ich dachte, ich werd nich' mehr, als Papilein ihr beim Einzug die Koffer schleppte. Er hat ihr sogar das Zimmer eingeräumt. Genau wegen solcher Helikoptereltern sind die Blagen heute so verweichlicht. Meine Generation hat zum Auszug nur 'n Arschtritt hinterher bekommen. Und die Kids von heute brauchen erstma' 'ne Einweisung, wie die Toilettenspülung dann zukünftig zu bedienen ist. Das Ergebnis können sie gleich höchst persönlich erschnüffeln.«

»Wie meinen Sie das?«, fragte Baro nach.

»Nun ja, eins muss ich klarstellen«, holte er aus. »Eigentlich darf ich Sie überhaupt nich' in das Zimmer von Isabell Reinhardt lassen. Ich erlaub' es nur, weil es schon Beschwerden gab.« Er nahm die letzten Bissen eines dickbelegten Matjesbrötchens zu sich.

»Beschwerden worüber?«

»Na, aus dem Zimmer stinkt's wie Hund! Das brauchen wir

hier wirklich nich'. Und dann macht sie nich' mal auf, wenn ich versuche, mit ihr zu reden!«

Mechanisch folgte Baro ihm in den Fahrstuhl nach. Mental war sie ganz woanders. Von einem Gestank hatte der Hausmeister geredet. Meinte er damit die süßsäuerlichen Ausdünstungen von verwesendem Fleisch? Fänden sie sich gleich einer zweiten Leiche gegenüber? Eine böse Vorahnung legte sich auf ihre Brust, ließ sie schwerfälliger atmen. Im bekritzelten Aufzugspiegel studierte sie die düstere Mimik ihres Arbeitskollegen. Dunkle Schatten unter seinen Augen zeugten von ähnlichen Visionen. Plötzlich beugte sich Dresner zu ihr herunter.

»Ich fürchte, das wird Ärger geben«, sagte er im Flüsterton. »Dass wir persönlich nach Bremen gefahren sind, wird unserem Chef nicht gefallen.«

»Isabell Reinhardt ist nicht erreichbar«, beschwichtigte Baro ebenso leise. »Ihr Vater klang verzweifelt am Telefon.«

»Dennoch sind wir rund einhundert Kilometer von unserem Zuständigkeitsbereich entfernt. Die Kollegen vor Ort wären in der Pflicht gewesen«, argumentierte Dresner dagegen.

Johanna Baro spürte, dass mehr hinter der Zurückhaltung ihres Ermittlungspartners steckte als der bloße Unwille, dienstliche Vorschriften zu überschreiten. Es war sein Tonfall, der ihn verriet, und der von Befürchtungen zeugte. Als wäre er nicht bereit, dem Tod erneut zu begegnen. Als bräuchte er eine emotionale Pause. Baro ging es wie ihm. Weder sie noch Dresner hatte Gefühlskälte zu diesem Job gebracht. Vielmehr war es der naive Wunsch, dem Unrecht in dieser Welt etwas entgegenzusetzen.

Sie verließen den Fahrstuhl in der vierten Etage und setzten den Weg fort, bis der Hausmeister abrupt stehen blieb. »So, hier ist es«, sagte er und klopfte gegen die Tür.

Baro lauschte auf Geräusche im Studentenzimmer. Sie war getrieben von dem Wunsch, den Eltern eine gute Nachricht zu verkünden. Sie wollte auf Isabell Reinhardt treffen, die verbliebene Tochter der Familie nach Hause bringen. Mutter und Vater sollten sie in die Arme schließen und zumindest für diesen Augenblick etwas wie einen schwachen Trost in ihrem grausamen Dasein erfahren.

Der Hausmeister klopfte harscher an die Tür. »Frau Reinhardt, machen Sie bitte die Tür auf!«

Baros Puls wechselte in einen höheren Takt. *Isabell, öffne bitte*, beschwor sie Carlottas Schwester innerlich. Doch was war, wenn sie die Studentin nicht gesund und munter antrafen? Wenn statt einer guten Nachricht eine weitere Trauerbotschaft zu überbringen war? Für Baro war es schlimm genug, dass sich Carlottas Mörder noch auf freiem Fuß befand. Im Falle eines Doppelmordes würde der Ermittlungsdruck betonschwer auf ihr lasten. Dennoch war sie hier nicht die Leidtragende, es waren die Eltern. Noch ein Kind zu verlieren, ihren Lebenssinn, würde die Reinhardts in die emotionale Apokalypse stürzen.

Der Hausmeister schob die Ärmel seines Blaumannes hoch. Sein überfüllter Schlüsselbund rasselte, als er ihn hervorzog. »Dann eben so.« Mit knochigen Fingern wählte er den passenden Schlüssel und versuchte, die Zimmertür zu öffnen. Sie hakte.

Baro fantasierte das Sondereinsatzkommando herbei, das die Tür mit dem Rammbock in alle Einzelteile zerlegte. Sie musste in dieses Zimmer. Sofort. Ungeduldig verfolgte sie die Bemühungen des Hausmeisters. Er rüttelte den Schlüssel im Türschloss hin und her. Mit der Schulter stemmte er sich gegen das Türblatt. Endlich klackte das Schloss und gab den Weg frei in die Räumlichkeiten. Sie traten ein, schauten sich suchend um. Das Zimmer bestand nur aus einem Hauptraum und einem Bad.

Keine.

Leiche.

Isabell ist nicht hier. Ihr wurde leicht ums Herz. Dann belegte ein synthetischer Kirschduft ihr Riechorgan.

»Da haben wir ja den Übeltäter. Ein Lufterfrischer.« Der Hausmeister nahm den Duft-Diffusor an sich. »Und dann noch auf höchster Stufe.« Seine Mundwinkel wanderten eine Etage tiefer. Es klickte, als er das Gerät abschaltete. »So, jetzt hat die Geruchsbelästigung ein Ende.«

Sofort überreichte Baro dem Mann ein Paar Latexhandschuhe. Auf seine Irritation reagierte sie mit einem harschen: »Falls Sie vorhaben, noch etwas in diesem Zimmer anzufassen.« Er wehrte mit beiden Händen ab und stellte sich in den Vorflur. Baro wandte sich an ihren Kollegen. »Wie wäre es, wenn du schon mal die Zimmernachbarn befragst?« Dresner nickte zustimmend und verließ das Studentenzimmer.

Baro atmete einige Male bewusst ein und aus, um innerlich herunterzufahren. Dann streifte sie sich Schutzhandschuhe über und machte sich an die Arbeit. Der Raum war etwa fünfzehn Quadratmeter groß und komplett möbliert. Die Einrichtung beschränkte sich dabei auf das Nötigste: eine Kommode, ein Schreibtisch, ein Kleiderschrank, ein Bett samt Nachtschrank. Es war offensichtlich, dass die Erstsemesterin erst kürzlich eingezogen war. Es fehlte dem Zimmer an Persönlichkeit. Bei flüchtiger Betrachtung gab es keine Hinweise auf einen Kampf. Es waren auch keine Mitbringsel, Weingläser oder Ähnliches auszumachen, die auf Besucher hindeuteten. Alles schien an Ort und Stelle.

Sie öffnete den Kleiderschrank. Von den Socken bis zu den Oberteilen war alles vorbildlich sortiert. Baros Unterlippe schnellte hervor, als sie an ihr eigenes häusliches Chaos dachte. Die beigefarbenen Rollkoffer von dem Überwachungsvideo fielen ihr auf dem Schrankboden auf. Beide waren leer und damit uninteressant. Sie ging weiter ins Badezimmer und beschaute einen fein gezackten Haarkamm. Vorsichtig zupfte sie dunkelblonde Härchen ab und legte sie in einen Asservatenbeutel. Auch die Zahnbürste sicherte sie für die Kriminaltechnik, wobei sie sich wünschte, dass diese Vergleichsproben niemals zum Einsatz kommen mussten. Sie liftete den Deckel des Wäschekorbs. Nach einer Woche hätte sie darin Kleiderstücke erwartet, doch er war leer. Auch nirgends sonst fand sich getragene Kleidung. Dennoch war nicht auszuschließen, dass Isabell kürzlich alles gewaschen und direkt einsortiert hatte.

Baro widmete sich dem Schreibtisch, auf dem ein paar Einführungswerke zum wissenschaftlichen Arbeiten ausgebreitet waren. Kurz blätterte sie in der Fachliteratur, dann guckte sie unter den Schreibtisch. Sie entdeckte einen Mülleimer und erhoffte sich, darin irgendetwas zu finden. Ein Kinoticket, eine Postsendung, vertrocknete Essensreste oder einen Kassenbon aus dem Supermarkt, all dies lieferte Kalenderdaten, Uhrzeiten, Aufenthaltsorte, Hinweise auf einen möglichen Verbleib von Isabell. Baro zog den Abfalleimer hervor. Nichts. Eventuell hatte die Erstsemesterin den vollen Sack bereits in einem Container entsorgt.

Sie befasste sich mit dem Laptop, der akkurat auf der Schreibtischfläche platziert worden war. Das Gerät war passwortgeschützt. Sie gab ein paar Kombinationen ein, doch das Glück blieb aus. Leider war auch keine Haftnotiz oder Ähnliches zu finden. Isabell behandelte ihre Kennwörter offenbar sorgsamer als ihre jüngere Schwester Carlotta.

Noch einmal inspizierte Baro den Hauptraum. Hatte Isabell Reinhardt hier in der letzten Nacht geschlafen? Die grauen Gardinen standen offen. Das Bett wirkte zerwühlt. Sie trat näher an das hölzerne Bettgestell und hob das Kopfkissen an. Erstaunt stieß sie auf ein ausgeschaltetes Mobiltelefon. Sie entnahm der Nachttischschublade ein Akkuladegerät und verband es mit dem Strom. Nach einigen Minuten schaltete sie das Gerät ein. Als sie realisierte, dass das Handy mittels Gesichtserkennung geschützt war, entfuhr ihr ein »Mistverdammt«. Dennoch erfreute sie, dass Handy und Laptop überhaupt vorlagen. Sie griff zum Diensthandy und rief Uwe Reinhardt an.

Der Familienvater war aufgelöst, als er erfuhr, dass seine Tochter weiterhin verschwunden blieb. Nachdem Baro beruhigend auf ihn eingeredet hatte, erfragte sie die Zugangsdaten zu Isabells Notebook. Da ihm diese unbekannt waren, holte sie sich die Erlaubnis ein, Laptop und Handy zur weiteren Analyse an die EDV-Abteilung weiterzureichen. Dort würden die Experten die Zugangsdaten knacken. Sie beendete das Telefonat mit dem Vater zügig und verstaute die technischen Geräte in ihrer Arbeitstasche. Für den glücklichen Fall, dass Isabell wieder auftauchte, würde sie ihr die Sachen persönlich zurückbringen. Es war ohne Weiteres möglich, dass die Studentin unterwegs war und ihr Handy bloß in der Studentenbude vergessen hatte. Dafür sprach, dass sie offenbar ihre Handtasche samt Portemonnaie bei sich trug. Zumindest war beides nicht im Zimmer aufzufinden. So lange aber diese Unklarheiten bestanden, nahm Baro einen Vermisstenfall an und würde alles daransetzen, weitere Informationen zu sammeln.

Einige Atemzüge lang ging Baro in sich. *Wo steckst du, Isabell? Hast du aus den sozialen Medien oder der Presse von dem Tod deiner Schwester erfahren, bevor es dir deine Eltern schonend beibringen konnten? Wolltest du für dich allein sein, untertauchen, oder hast du dir aus Verzweiflung etwas angetan? Oder aber bist du in einer hilflosen Lage, womöglich selbst ein Opfer?*

Stefan Dresner lugte ins Zimmer. »Du siehst unzufrieden aus. Nichts gefunden?«

»Nichts, worauf ich Zugriff hätte. Was haben die Befragungen ergeben?«

»Ihre Zimmernachbarn kennen sie bloß oberflächlich. Die Studenten in den Gemeinschaftsräumen habe ich gleich mitbefragt. Auch die sind nur flüchtig mit Isabell bekannt. War eigentlich klar. Das Wintersemester hat gerade erst angefangen. Außerdem wohnen hier an die einhundertfünfzig Studenten. Das hat eher anonymen Charakter. Zumal alle Zimmer auf dieser Ebene über eigene Bäder verfügen. Noch ein Begegnungsort weniger.« Nachdenklich rieb Dresner sich das Kinn.

»Keiner hat etwas Auffälliges gehört oder beobachtet?«, hakte sie nach.

»Nichts Erwähnenswertes. Nur der intensive Duft nach ... Waldbeeren?«

»Kirschen«, korrigierte Baro und wandte sich an den Hausmeister: »Verfügt das Studentenwohnheim über Kameras oder gibt es irgendwelche in der näheren Umgebung?«

»Wir haben eine Vierundzwanzig-Stunden-Videoüberwachung am Haupteingang.«

Hoffnung flammte in Baro auf. »Dürfen wir die Aufzeichnungen sehen?«

Die Flamme erlosch, als er den Kopf schüttelte. »Hör'n Sie«, tuschelte er. »Es ist möglich, dass ich meinen Job verliere. Die Zimmertür hab ich Ihnen geöffnet, weil es ja auch irgendwie in meinem Interesse war. Aber Sie ohne Beschluss in unseren Videoaufnahmen rumschnuppern zu lassen, ginge zu weit.«

Beschwichtigend hob Dresner die Hände. »Erstens handelt es sich um einen Vermisstenfall. Der richterliche Beschluss ist also nur reine Formsache. Und zweitens haben Sie doch nichts zu verbergen, nicht wahr?«

Der Hausmeister setzte eine abgeklärte Fratze auf. »Das hab ich nich'! Es ist besser, wenn Sie jetzt verschwinden.«

Kapitel 23

Nachträglich versuchte Baro den Gesichtsausdruck des Hausmeisters zu entschlüsseln. Wieso hatte er sich so quergestellt? Lag es wirklich an seiner Angst vor einem Jobverlust oder gab es andere Gründe dafür, dass er ihnen die Videoaufnahmen des Studentenwohnheims nicht zur Verfügung stellte? Sobald der richterliche Durchsuchungsbeschluss vorlag, würden sie die Aufnahmen ohnehin sichten und die Fakten enthüllen. Durch seine Verweigerung hatte er maximal etwas Zeit gewonnen. Doch falls es nichts zu verschleiern gab, woher rührte dann sein scharfer Unterton?

Zumindest hatte ihnen die Sekretärin im Studiensekretariat mitteilen können, dass Isabell an keinem Angebot der studentischen Orientierungswoche teilgenommen hatte – nicht einmal an einem kostenpflichtigen Ausflug, für den sie angemeldet war. Noch immer krampfte sich Baros Magengegend zusammen, wenn sie über diese Tatsache nachdachte.

Sie stierte auf das Whiteboard im Besprechungsraum und ließ die vergangenen Stunden Revue passieren. Noch vor Ort hatten Dresner und sie den Vermisstenfall an die zuständige Polizeiinspektion abgegeben. Alle Hoffnung ruhte nun auf den Bremer Kollegen. Diese leiteten die weiteren Suchmaßnahmen ein und übermittelten regelmäßig die Ermittlungsfortschritte. Eine enge Kooperation war in diesem Fall unumgänglich. Doch gegebenenfalls hatten sie gar keinen neuen Fall. Baro erlaubte sich einen Funken Zuversicht. Noch gab es keine schwerwiegenden Anhaltspunkte dafür, dass der Gesuchten etwas zugestoßen war. So stand bereits fest, dass Isabell Reinhardt in kein Krankenhaus in der näheren Umgebung eingeliefert wurde. Ihr Name wurde in keiner Leichenhalle verzeichnet. Zudem hatte es seit längerem keinen unbekannten Leichenfund in Bremen gegeben. Doch bei allem Optimismus bohrte sich ein Gedanke tief in Baros Schädel: Was war, wenn der Mörder dieses Mal gründlicher gearbeitet hatte und Isabell nicht mehr auftauchte?

Baro schüttelte sich. Sie erstellte eine Personenkarte für Isabell Reinhardt und befestigte sie auf dem Whiteboard. Ein Foto der jungen Frau hängte sie dazu und notierte einige Eckdaten. Dann zeichnete sie mit einem Schwarzstift eine Verbindung zum Mordopfer Carlotta Reinhardt. Noch behandelte sie Isabell wie ein Puzzleteil in Carlottas Leben. Hoffentlich würde sie umhinkommen, ein eigenes Whiteboard für die Vermisste anzulegen.

Sie legte den Stift beiseite. Ihr Magen knurrte. Beschwichtigend massierte sie den Bauch. Für ein ausgedehntes Abendessen blieb keine Zeit, dennoch suchte sie den Pausenraum auf. Sie goss sich einen Pflaume-Zimttee auf und griff in die Etagere mit dem ersten Gewürzspekulatius des Jahres. Einen Moment genoss sie achtsam den Geschmack der knusprigen Kekse nach Kardamom und Nelke. Dann begab sie sich zu Dresner ins Büro. Sie lächelte ihm zur Begrüßung zu und nahm ihren Arbeitsplatz gegenüber ein. Draußen dämmerte es bereits, also knipste sie die Schreibtischlampe an. Baro loggte sich in ihren Dienstrechner ein und brachte die digitale Ermittlungsakte von Carlotta Reinhardt auf den neuesten Stand. Dabei beschäftigten sie auch die Ermittlungsergebnisse der übrigen Mordkommission. Die Funkzellenauswertung zum Tatzeitraum, die Geschwindigkeits- und Rotlichtüberwachung, die Anfrage bei der

Taxizentrale, alle Ermittlungsansätze führten bislang ins Leere. An Feierabend war nicht zu denken.

Baro recherchierte im Internet zu dem Baggersee, in dem der Leichnam entdeckt worden war. Sie explorierte die Landkarte, um einen genaueren Überblick zu bekommen. Die nächste Bushaltestelle – und damit die Zivilisation – lag fünf Kilometer entfernt. Nur eine Straße führte in den ehemaligen Kiestagebau. Ansonsten war der knapp fünfzig Jahre alte See von Waldgebiet umgeben. Daran schlossen sich nur weitläufige Felder an. Baro klickte hin und her, studierte die Karte minutiös, vergrößerte einzelne Bildausschnitte, bis ihr etwas auffiel. »Schau mal hier.«

»Hast du was Interessantes entdeckt?« Dresner stand auf, um seiner Kollegin über die Schulter zu sehen.

»Die Spurensicherung hat den See und das umläufige Waldstück geprüft. Wir erweitern jetzt den Suchradius. Ich schlage vor, dass wir uns jetzt gleich die umliegenden Felder genauer ansehen.« Sie deutete auf die Landkarte. »Besonders interessiert mich dieses Gebäude. Vielleicht haben die Besitzer etwas mitbekommen.« Dresner schaute auf seine Armbanduhr, schien zu überlegen. »Du hättest dir deinen Feierabend verdient«, bot sie ihm einen Ausweg.

Ihr Partner zog seinen Mantel über, griff die Autoschlüssel und wedelte damit. »Kommt nicht in Frage.«

* * *

Stefan Dresner nahm den letzten Schluck seines Energy-Drinks. Normalerweise verabscheute er das künstliche Zeug, doch jetzt brauchte er den Koffeinschub und das belebende Prickeln der Kohlensäure in Mund und Rachen. Er stellte die leere Dose im Getränkehalter der Mittelkonsole ab und starrte auf die Fahrbahn. Mit jedem Blinzeln schienen seine Augenlider schwerer.

»Ich wäre auch allein rausgefahren.« Baro lächelte verlegen.

Er sah zu ihr hinüber. »Im Dunkeln über Wiesen und Felder zu rennen, klingt fantastisch, das lasse ich mir doch nicht entgehen. Außerdem kommt ein Alleingang für dich nicht in Frage. Du bist ein laufender Meter.«

»Der sich zu verteidigen weiß«, sagte sie erhobenen Hauptes.

Im Grunde hatte sie recht. Das wusste Dresner. Er hätte nicht zwangsläufig mitfahren müssen, aber was wäre die andere Option gewesen? Ihn erwartete kein frischgekochtes Abendessen, kein netter Filmabend oder ein vorgewärmtes Bett. Nichts und niemand erwartete ihn zu Hause. Nur seine eigenen kalten vier Wände. Der einzige Mensch, der mit seiner niedrigen Zündschnur umgehen konnte, der ihn überhaupt langfristig ertrug, saß gerade neben ihm. Nur sie und seine Arbeit schafften es, ihn über seine schwerwiegende Einsamkeit hinwegzutäuschen.

Dresner bog auf die Landstraße ab und fuhr unentwegt geradeaus. Nur mit Mühe machte er die gesuchte Abzweigung aus. Der unbeleuchtete Feldweg führte zwischen zwei Gräben entlang. Er reduzierte das Fahrtempo und aktivierte das Fernlicht. Nach einigen hundert Metern zeichnete sich im Lichtkegel seiner Scheinwerfer ein Gebäudekomplex ab. Er parkte auf dem großflächigen Vorhof. Zusammen mit seiner Kollegin verließ er das Fahrzeug. Es dauerte einige Sekunden, bis sich Dresners Augen an die Dunkelheit gewöhnten. Als einzige Lichtquelle diente der Vollmond. Er überprüfte die Umgebung. Offensichtlich handelte es sich um einen verwaisten, landwirtschaftlichen Betrieb. Zu befragen war hier niemand mehr. Dresner lief zum Kofferraum und nahm zwei Taschenlampen heraus. Eine davon reichte er seiner Kollegin.

* * *

Immer wieder zog es Till an diesen Ort, obwohl er nicht mehr viel mit seinen Kindheitserinnerungen gemein hatte. Einst lag der Duft nach frischem Heu in der Luft, fuhren Traktoren über die saftigen Wiesen. Damals lebten hier unzählige Kühe und Rinder, doch jetzt gab es keine Tiere mehr. Die Landwirte waren verzogen, der stadtbekannte Hof war verfallen. Morsche Balken hielten das brüchige

Fachwerk des Wohngebäudes, die Fenster waren undicht oder gebrochen. Jeder Windstoß rauschte erbarmungslos durch das alte Bauwerk. Till Wißmann erschauderte. Kälte war in das Gemäuer eingezogen. Buchstäblich und im übertragenen Sinne.

Der Einundzwanzigjährige lag auf einer verschmutzten Matratze, die er notdürftig mit einem Plastiksack überzogen hatte. Die modrigen Gerüche wurden dadurch nicht vermindert, aber zumindest sein Widerwillen. Er guckte aus dem Fenster. Die ersten Sterne waren zwischen rauchfarbenen Wolken auszumachen. Es sah nach Gewitter aus. Wie viel Regenschutz das löchrige Reetdach wohl noch bot?

Er zog die Beine an, machte sich klein, um den Wärmeverlust gering zu halten. Seine Augen fielen zu, aber der Hunger verhinderte, dass er in den heiß ersehnten Schlaf glitt. Die letzten Tage hatten ihn ausgelaugt. Sicher war es keine brillante Idee gewesen, an diesen Ort zurückzukehren, aber der Gedanke an ein Dach über dem Kopf – zu verlockend. Eine Nacht würde er hier verbringen und danach untertauchen, alles hinter sich lassen. Doch wo sollte er hin? Es gab niemanden, der sich um ihn sorgte. Er war auf sich allein gestellt. Ein letztes Mal flammte der Hass auf Carlotta Reinhardt auf, dann sank er in einen Dämmerschlaf.

* * *

Dresner zog die Stirn kraus, als der erste Nieselregen sein Gesicht benetzte. Der Wetterumschwung hatte ihm gerade noch gefehlt. Jetzt musste er nicht nur im Dunkeln hier herumlungern, sondern wurde auch noch nass dabei. Er wischte sich über die nebelfeuchte Haut und besann sich wieder auf seine Aufgabe. Baro und er hatten sich zunächst einen Gesamtüberblick verschafft. Fuß- oder Reifenspuren waren ihnen nicht ins Auge gefallen. Jetzt fanden sie sich einem Reetdach-Bungalow und zwei Nebengebäuden gegenüber. Alles wirkte wie ausgestorben.

»Bringen wir es hinter uns«, schlug Dresner vor. »Ich überprüfe das Haus und die beiden Stallungen. Du erkundest das Außengelände?«

»Mit Blick auf die Uhr, ein guter Plan.« Baro lief unverzüglich los.

Dresner nahm sich zuerst den leerstehenden Bungalow vor. Wohl war ihm nicht dabei, das marode Objekt zu betreten. *Aber wenn es bislang nicht eingestürzt ist …*, tröstete er sich. Zu seiner Verwunderung war die Haustür nicht verschlossen. Mit einem ohrenfälligen Knarren ließ sie sich öffnen. Er leuchtete den Eingangsbereich aus, bevor er eintrat. Dann arbeitete er sich von Raum zu Raum. Die niedrigen Türzargen zeugten vom Alter des Gebäudes. Bei jedem Durchschreiten duckte er sich, um sich den Kopf nicht zu stoßen. Er spitzte die Ohren und scannte sämtliche Details. Kaum ein Möbelstück existierte noch im Haus. Mäuse und Insekten aller Art hatten die Herrschaft übernommen. Leichte Schuhabdrücke waren auf dem staubigen Boden auszumachen. Sie mochten Jahre alt sein. Wie ein frischer Tatort mutete die Szenerie nicht an. Ernüchtert fuhr er mit der Besichtigung fort. Noch zwei Zimmer fehlten ihm, außerdem das Bad, das er sich zuerst vornahm. Rote Kacheln empfingen ihn und die eingerissenen Bodenfliesen brachen unter seinen Füßen.

* * *

Till sperrte die Augen auf. Stresshormone versetzten seinen Körper in Alarmbereitschaft. Er richtete den Oberkörper auf und guckte sich um. Die Plastiktüte unter ihm knisterte bei jeder Bewegung. Er versuchte stillzuhalten, um zu horchen. Doch da war nur das rhythmische Blutrauschen in seinen Ohren – synchron zu seinem rasenden Puls.

Nur zögerlich stand er auf. Entferntes Donnergrollen ließ ihn zusammenzucken. Hatte ihn das Wetter aus dem Dämmerschlaf gerissen? Er schlich zur Tür und erstarrte. Eine Lichtquelle im Flur! Es war tatsächlich jemand im Haus! In diesem Schockmoment setzte sein Atem aus.

Eine Sekunde lang.

Zwei Sekunden lang.

Drei Sekunden lang.

Luft! Befahl ihm sein Körper. Doch er kämpfte gegen das Verlangen an. Stattdessen füllte er seine Lungen nur langsam und geräuschlos mit Sauerstoff.

Fuck!

Trotzdem kam ihm sein eigener Atem so laut vor, dass auch der Eindringling ihn hören musste. Was sollte er jetzt tun? Versuchen, das Zimmer zu verschließen? Er schüttelte den Kopf. Dafür müsste er zunächst die Tür ins Schloss ziehen. Zudem war das Risiko hoch, dass der Schlüssel in dem rostigen Türschloss hakte. Bei einer solchen Geräuschkulisse bliebe seine Anwesenheit nicht verborgen, außerdem bestand noch Hoffnung, dass die Person nicht in jedes Zimmer trat.

Rückwärts tastete Till sich in Richtung Fenster, drehte sich geräuscharm um. Der Boden unter seinen Füßen hätte jeden Augenblick verräterisch knatschen können. Als er einen zweiten Lampenschein im Hof wahrnahm, hockte er sich instinktiv hin. Das Licht traf auf sein Fenster, wanderte zügig hin und her. Eine dunkle Gestalt näherte sich. Doch sie verharrte nicht, zog kurz darauf weiter.

Verdammt, verdammt, verdammt!, explodierte es in seinem Kopf. Das ganze Gelände schien abgesucht zu werden. Er blieb in der Hocke, wartete, bis der Lichtschein im Hof versiegte. Sein ganzer Körper kam ihm jetzt steif und tonnenschwer vor. Nur schwerfällig richtete er sich auf und linste aus dem Fenster. Die Gestalt war außer Sichtweite. Er wandte sich wieder zur Tür. Knackende Geräusche kamen vom Flur aus näher. Für ihn gab es keinen Ausweg. Mit der Hand tastete er nach dem Taschenmesser in seiner Jackentasche.

Na, dann holt mich doch!

Mit einem Klacken schnellte die scharfe Klinge heraus.

Kapitel 24

Stefan Dresner blieb stehen und horchte. Kamen Geräusche aus einem der Nebenräume? Er verharrte eine Weile, doch es herrschte Grabesstille. Wahrscheinlich waren es nur Ratten, die durch das Haus wuselten. Also fuhr er mit der Begehung des Badezimmers fort. Schwarzglänzende Augenpaare funkelten ihn aus allen Ecken an. Dicke Spinnen lauerten in feingewebten Netzen auf fette Beute. Jederzeit waren sie dazu bereit, die Kieferklauen in ihre Opfer zu schlagen, diese zu betäuben, gierig alles Leben auszusaugen. Und kaum entfernten sie die leeren Körperhüllen aus ihren Netzen, ging es wieder von vorn los. In diesem Haus war der Nachschub an Insekten schier unerschöpflich.

Mit dem Zeigefinger fuhr Dresner über die wollige Staubschicht auf dem Wandspiegel. Den entstandenen Wollknäuel beförderte er in das gerissene Keramikwaschbecken. Unter großem Krafteinsatz drehte er den Wasserhahn auf. Das jahrzehntealte Messing quietschte ausgedehnt bei der ungewohnten Belastung. Ein letzter Rest braungefärbten Wassers lief ab, versickerte im Ablauf. Angewidert verzog Dresner das Gesicht. Ein miefiger Geruch penetrierte seine Nase. Nachdenklich schüttelte er den Kopf. Nein, dieser Ort eignete sich kaum als Unterschlupf für Till Wißmann. Er tappte in den Flur zurück, ließ das Licht seiner

Taschenlampe auf und ab schweifen. Wer käme schon freiwillig zu dieser abgelegenen Ruine?

Donnerschläge grollten bedrohlich in der Ferne, Wind pfiff durch den porösen Bau. Zwei Räume standen noch aus. Dresner beeilte sich, er wollte schleunigst nach Hause kommen, in die Wärme seines Bettes. Er visierte die nächste Tür an, die leicht geöffnet stand. Ein letztes Mal kontrollierte er die Umgebung, bevor er zur Klinke griff. Schlagartig flog die Tür auf. Etwas kam ihm entgegen, flüchtete.

Sein Herz stolperte.

Seine Atemfrequenz schoss in die Höhe.

Offenkundig hatte er das Versteck eines Marders aufgespürt. Er war froh, dass es sich nicht um ein aggressives Tier handelte. Fühlten Marder sich in die Ecke gedrängt, griffen sie durchaus an. Ihre Bisse konnten schwerwiegende Krankheiten übertragen. Erleichtert atmete Dresner auf. Ab jetzt wäre er mehr auf der Hut. Kurz leuchtete er in der kleinen Abstellkammer umher, in der leere Holzregale standen. Das Licht seiner Lampe fiel auf einen toten Feldhasen. Das blutige Tier war wohl die letzte Beute des Marders. Mehr war in der Kammer nicht zu entdecken.

Mit wenigen Schritten erreichte Dresner das letzte Zimmer. Ein Klacken war darin zu hören. Intuitiv legte er eine Hand auf die Pistole in seinem Holster. Noch einmal konzentrierte er sich auf seinen Hörsinn. *Ein Geräusch.* Ja, er war sicher. Mit einem Klicken entsicherte er seine Waffe, griff sie zusammen mit der Taschenlampe, wie er es in seiner Ausbildung gelernt hatte. Mit einem Ruck stieß er die Tür auf.

Der Raum war leer. Nur eine versiffte Matratze lag auf dem Boden, darum verteilt Unrat. Er fokussierte das offenstehende Fenster, eines der wenigen intakten in diesem Bungalow. Getrieben durch den Wind schwang es auf und zu, schlug immer wieder gegen den Fensterrahmen. Dresner trat an das Fenster, öffnete es weit und sah hinaus. Er bildete sich ein, Schritte zu hören.

»Johanna, bist du das?«, rief er nach seiner

Ermittlungspartnerin. Eine Reaktion blieb aus. Zur Sicherheit behielt er seine Waffe in der Hand. Dann zog er los, um die restlichen Gebäude zu erkunden.

* * *

In letzter Sekunde hatte Till die Geräuschkulisse im Flur genutzt, um aus dem Fenster zu fliehen. Er war bis zur Hausecke gesprintet. Jetzt presste er seinen Körper an die Hauswand, atmete flach, erzeugte keinen Laut. Ein Mann hatte etwas gerufen. Seitdem wagte er es nicht, sich zu rühren. Was war zu tun? Sollte er versuchen, über die angrenzenden Felder zu entkommen?

Verflucht, ich hab meinen Rucksack unter den Planen liegen lassen. Es durchzuckte ihn, als er eine Gestalt über die Wiese laufen sah. Handelte es sich um einen bewaffneten Bullen, wäre er auf freiem Feld in perfekter Schusslinie. In den Gebäuden auszuharren, schien sinnvoller. Regen brach über ihn ein, mischte sich mit seinem Stressschweiß. Mit dem Handballen wischte er sich die Feuchtigkeit von den Augen, dann rannte er in die Stallungen.

Till postierte sich am Stalleingang und tastete nach dem Taschenmesser. Seine Stirn verkrampfte sich. *Scheiße, es ist weg!* Vermutlich war es ihm bei dem Sprung aus dem Fenster aus der Tasche gefallen. Sobald er aus dem Stall herauskam, würde er sich seine Waffe zurückholen. Doch jetzt war das Risiko zu hoch, entdeckt zu werden.

Er checkte seine Umgebung und stieß auf eine verschlissene Holzlatte. Mit dem gesplitterten Holz würde er auf seine Gegner einprügeln. Till nickte resolut. Es reichte ihm. Er hatte ja versucht, den Unbekannten auszuweichen. Wenn sie ihm aber weiter auf die Pelle rückten, würde er sich verteidigen wie ein in die Ecke gedrängtes Tier. Mit geballten Fäusten umklammerte er seine Waffe, suchte sich ein Versteck und wartete. Er würde auf jeden eindreschen, der ihm zu nahekam. Scheißegal, ob Mann oder Frau. Nein, einen Kampf scheute er nicht, im Gegenteil. Ein Lächeln stahl sich auf seine Lippen.

* * *

Dresner hatte das erste Nebengebäude erreicht. Er schob ein schwergängiges Tor beiseite, dann zog er Taschenlampe und Waffe. Aus dem Regen trat er ins Trockene. Abgestandene Luft schlug ihm entgegen. Die mehrere hundert Quadratmeter große Halle war wie leergefegt. An brüchigen Stellen in der Überdachung fielen Regentropfen ein. Bis auf den Lichtkegel seiner Lampe herrschte Schwärze. Dresner schritt durch die Halle und erforschte sie mit Blicken. Auf sein Gehör konnte er sich nicht verlassen, zu unerbittlich hämmerte der Regen auf das Hallendach ein.

Er achtete auf Hinweise für einen Tatort, doch alles schien seit Längerem seelenverlassen. Schließlich stieß er auf einen rostzerfressenen, unbereiften Traktor. Ein Relikt vergangener Zeiten. *Mehr gibt es hier nicht zu entdecken*, dämmerte es ihm. Vielleicht war es an der Zeit, Johanna aufzuspüren und die Suche abzubrechen. Das hier führte zu nichts. Die Tiefschwärze verschlang alles. Im Zweifel müssten sie ohnehin tagsüber wiederkommen. Andererseits war es kaum verlockend, an diesen Ort zurückzukehren. Er beschloss, einen flüchtigen Blick in die Stallungen zu werfen, um die Sache noch heute zu Ende zu bringen. Widerwillig trat er aus der Halle in den Regen, lief hinüber. Dort angekommen stieß er die Tür auf und leuchtete nach allen Seiten. Mit seiner Waffe im Anschlag ging er hinein.

Der ehemalige Kuhstall hatte eine gewölbte Decke. Die stützenden Säulen hatten höchstens noch einen dekorativen Zweck. Schritt für Schritt arbeitete Dresner sich vor. Das Licht seiner Lampe fiel auf Tränkebecken, Futtertröge und Liegeboxen. Die wenigen schmalen Fenster waren mit Holzbrettern vernagelt. Unter dem gebrochenen Putz an den Wänden schielten Backsteine hervor. Dresner fühlte sich wie bei der Besichtigung eines Museums.

Eine Schrecksekunde lang blieb er stehen.

Ein Schatten?

Schritte?

War er nicht allein?

Er schüttelte den Kopf. Die Müdigkeit machte ihn langsam paranoid. Vorsichtig bewegte er sich weiter über die Spaltenböden, durch die einst der Mist und Urin der Kühe gesickert war. In diesem Bereich des Stalls gab es nichts weiter zu entdecken, also begab er sich in einen der abgehenden Räume. Hierin befand sich eine Melkanlage, die Dresner nur dürftig ausleuchtete. Er war es leid, seine Zeit zu verschwenden. Schnell noch den letzten Raum checken, dann war das auch erledigt. Er drückte die Klinke, es war nicht abgeschlossen. Dennoch ließ sich die Tür nicht öffnen. Irgendetwas blockierte den Eingang. Kurz war er versucht, einfach wegzugehen und es sein zu lassen, doch die Neugierde übermannte ihn. Mehrmals stemmte er mit dem Schulterblatt gegen die Tür, die sich Zentimeter für Zentimeter öffnete. Dann aber krachte sie auf einmal zurück ins Schloss. Was war denn jetzt passiert?

Erneut konzentrierte sich Dresner auf seinen Hörsinn, doch der Regen übertönte noch immer alles. Ein paarmal atmete er ein, dann traf er eine Entscheidung. Er ging zwei Schritte zurück. Mit einem gezielten Tritt zerstörte er die alte Holztür und räumte damit auch das dahinterliegende Hindernis mit aus dem Weg. Jetzt sah er auch, was ihm den Eintritt versperrt hatte. Er richtete seine Taschenlampe darauf und verharrte. *Einfach nur schrecklich*, dachte er, als er sich in einem Gerümpel aus Arbeitsgeräten, Holz und Schutt wiederfand. Der Müll stapelte sich an einigen Stellen bis hoch zur Decke. Eine Staubwolke stieß ihm entgegen. *Den Scheiß will ich nicht einatmen. Das war's. Ich bin raus hier.*

Zielstrebig steuerte er auf den Ausgang des Kuhstalls zu. Nur wenige Schritte trennten ihn von der Tür, dann war er sicher.

Er hielt an.

Geräusche!

Dieses Mal aber wirklich!

Aber aus welcher Richtung kamen sie? Dieser verfluchte Regen!

Er wollte sich gerade umdrehen, als ihm etwas auf den Hinterkopf prallte. Ein dumpfer Knall hallte durch die feuchte

Luft. Ein tiefdringender Schmerz lähmte ihn. Er verlor das Gleichgewicht, schlug vornüber auf den Betonboden. Eine Gestalt trat in sein Sichtfeld und auch wenn er sie nicht genau erkennen konnte, wusste er instinktiv, mit wem er es zu tun hatte. *Till Wißmann.* Holte er gleich erneut aus? Beendete er, was er begonnen hatte? Dresner vermochte sich nicht dagegen zu wehren. Eine Flüssigkeit rann über seine Stirn. Warmes Blut. Alles verfinsterte sich.

* * *

Johanna Baro seufzte entnervt. Warum hatte sie nicht das Haus und die Nebengebäude gewählt? Stattdessen streifte sie im Dauerregen herum. Ihre Erkundung hatte bislang nichts ergeben. Jetzt verlagerte sie ihre Suche auf die Felder. Schwerfällig stapfte sie durch das hohe Gras. Einige Unebenheiten erschwerten ihr Vorankommen. Der schlammige Untergrund schmatzte unter ihren Schuhen. Sie sehnte sich Gummistiefel herbei. Mit der Taschenlampe strahlte sie mal in die Nähe, mal in die Ferne. Insgesamt war das Sichtfeld extrem klein. Was tat sie hier eigentlich? Was wollte sie finden, wenn sie nicht einmal etwas sehen konnte?

Plötzlich nahm sie ein Geräusch in ihrem Rücken wahr. Ad hoc fuhr sie herum. »Stefan?« Anscheinend huschte jemand übers Feld. Sie nahm ihre Dienstwaffe zur Hand, brachte die Taschenlampe in Position, machte einen großen Ausfallschritt zurück. Ihr Fuß trat ins Leere. Sie verlor das Gleichgewicht, kippte nach hinten. Bevor sie realisierte, was geschah, stürzte sie hinab in dunkle Tiefe. Mit einem schallenden Platschen landete sie im Wasser. Unwillkürlich hielt sie den Atem an, als sie vollumfänglich darin eintauchte. Die Kälte zog ihr bis ins Mark. Mit unkontrollierten Bewegungen arbeitete sie sich bis an die Wasseroberfläche vor. Scharf sog sie die Luft ein, dann rief sie um Hilfe. Doch sie verschluckte sich. Kraftvoll protestierten ihre Lungen gegen das aufgenommene Wasser. Der Husten blockierte kurzzeitig ihre

Atmung. Sofort erwartete sie eine Schlinge um ihren Fuß, die sie nicht wieder freigab, hinab in die Tiefe zerrte. Wie von Sinnen strampelte sie dagegen an, bis sie erneut unter Wasser tauchte. Dann endlich ordnete sie Arme und Beine, bis sie wieder die Wasseroberfläche erreichte. Noch im selben Moment schwamm sie los. Sie musste hier raus!

Nach einigen unkoordinierten Schwimmzügen stieß sie auf ein Hindernis. Eine glatte Wand! Panisch versuchte sie, Halt daran zu finden. Es war unmöglich. Also arbeitete sie sich weiter daran entlang, ließ ihre Hände über die rutschige Wand gleiten. Sie hoffte auf eine Leiter, einen Griff, eine Einkerbung – irgendetwas, das ihr Leben retten konnte. Immer wieder ging sie dabei unter und musste sich erneut nach oben kämpfen. Sie durfte nicht aufgeben. Anders als damals würde niemand herbeieilen, um sie aus dem Wasser zu ziehen. Sie musste sich selbst retten. Doch dann zerrte etwas an ihr. Ein Sog! Sie wusste nicht, wohin die Strömung sie treiben würde. Jedoch mit tödlicher Sicherheit unter Wasser. Sie musste umkehren! Gerade als sie der Wasserströmung entkam, spürte sie etwas an ihrem Bein.

Nein, an ihrem Fuß!

Eine Schlingpflanze?

Nein, nein, nein. Da ist nichts!

Beruhige dich endlich, Johanna!

Luftbläschen tänzelten an die Wasseroberfläche. Es war die verbliebene Luft aus ihrer Kleidung. Jetzt zog sie der durchnässte Mantel vollends nach unten, so sehr sie auch dagegen ankämpfte. In einem quälenden Kraftakt befreite sie sich von dem Kleidungsstück, tauchte dabei immer wieder unter die Wasserlinie. Das kurze Gefühl der Erleichterung wich der Panik, als sie sich zum ersten Mal richtig umsah. Erst jetzt realisierte sie, dass sie in einen Wasserspeicher gefallen sein musste. Der finstere Tank war sicher einige Meter tief und breit. Sie registrierte den kreisförmigen Ausgang, schwamm direkt darunter, reckte ihre zitternde Hand danach. Vergebens. Den etwa einen Meter tiefen Eingangsschacht konnte sie ohne Hilfe nicht überwinden. Mit dem Kopf im

Nacken schaute sie auf, sah Wolkenschleier am Himmel vorüberziehen, einfallenden Regen. Die brutale Kälte lähmte sie, schnürte ihre Stimmbänder zu. Doch sie musste sich bemerkbar machen, sonst wäre sie verloren. Sie kniff die Augen zusammen, holte tief Luft, schrie aus vollem Leib, bis sich ein dicker Wassertropfen in ihre Lunge verirrte. Gequält hustete sie auf. *Ich kann schreien oder atmen.* Sie verstummte. Keiner würde sie hier unten hören. Todesangst umfing sie, als das Wasser lärmend gegen die Tankwände schwappte.

Kapitel 25

Wasser spendet Leben, Wasser nimmt es. Ihre Schwimmstöße wurden schwächer. Einmal war sie dem Ertrinkungstod entkommen – ein zweites Mal sicher nicht. Damals, mit acht Jahren, hatte sie nicht geahnt, was sie erwartete. Als erwachsene Frau aber war für sie begreiflich, was ihr gleich bevorstand. Ihr Körper würde durch die Kälte langsam steif werden. Mit aller Macht würde sie versuchen, den Mund über der Wasseroberfläche zu halten. Immer öfter würde ihr Kopf unter die Wasserlinie sinken. Sie würde hyperventilieren. Nicht einmal mehr nach Hilfe könnte sie rufen, da ihr nicht genügend Atem bliebe. Wenn alle Kraft aus ihren Gliedern wich, würde sie hinabsinken in die bodenlose Tiefe.

Wie lange war sie imstande, die Luft anzuhalten? Eine Minute? Dann müsste sie zwangsweise atmen. Keinen Sauerstoff. Nein. Eiskaltes Wasser würde sich den Weg in ihren Körper bahnen, mit zerstörerischen Folgen. Aus leidvoller Erfahrung war sie sich dessen bewusst. Danach aber würde jede Gefühlsregung aus ihrem Leib, ihrer Seele weichen. Sie wäre fort. Endgültig. Denn dieses Mal würde sie nicht an einem Strand erwachen, die Augen aufreißen, Wasser aushusten. Dieses Mal würde sie nicht von einem Rettungsteam betreut werden, das zärtliche Händestreicheln ihrer

Mutter spüren. Sie versuchte sich an jenes warme Gefühl der Liebe zu klammern. Wenigstens ihrem Geist war es so vergönnt, der todbringenden Situation zu entkommen.

* * *

Hochgradiger Schmerz zerfetzte seinen Schädel. Stefan Dresner kniff die Augen zusammen und tastete vorsichtig nach seinem Kopf. Die Wunde brannte. Er betrachtete die Hand. Eine dunkle Flüssigkeit. Blut. Es war Blut. Ein paarmal atmete er durch, bevor er sich auf die Beine hievte. Ihm wurde schwarz vor Augen. Mit der Schulter stützte er sich an der Stalltür ab. Das Flimmern in seinem Sehfeld verschwand. Nur langsam setzten sich die verschiedenen Schwarznuancen voneinander ab und ergaben ein Umgebungsbild. Er schaute gen Himmel. Gewitterwolken verschlangen das meiste Mondlicht. Doch als ein Blitz den Hof erhellte, entdeckte er die Taschenlampe zu seinen Füßen. Er hob sie auf und versuchte, sie einzuschalten. Mit der flachen Hand schlug er dagegen, doch sie war defekt. Wutentbrannt warf er sie in die Düsternis.

Dresner zog sein Handy aus dem Mantel und wählte mit zittrigen Fingern Johannas Rufnummer. Prompt sprang die Mobilbox an. Sein Handyakku war nahezu leer, dennoch wählte er den Notruf an. Zweimal klingelte es durch, dann fuhr sein Gerät herunter. »Verdammt nochmal«, schimpfte er und widerstand dem Bedürfnis, das Handy ebenfalls mit einem gezielten Wurf zu entsorgen.

Seine Hand wanderte weiter zum Holster. Die Dienstwaffe war nicht an ihrem Platz. *Er hat meine Waffe,* traf es Dresner wie ein weiterer Kopfschlag. Sogleich begab er sich in Hab-Acht-Stellung. Lauerte sein Angreifer bereits in der Dunkelheit auf ihn oder auf seine Kollegin? *Johanna. Wo steckst du nur?*

Er taumelte los. Nach einigen Metern kehrte Stabilität in seine Glieder ein. »Johanna?«, rief er ausdauernd, auch wenn er damit auf sich aufmerksam machte. Wahrscheinlich wurde er ohnehin beobachtet. Seinem Gegner hatte er nichts mehr entgegenzusetzen.

* * *

Alle erdenklichen Möglichkeiten war sie im Geiste durchgegangen. Es gab keine Chance darauf, sich selbst zu befreien. Jetzt schaltete ihr Verstand allmählich ab. Sie witterte, wieso. Es war die Gnade der Natur, den eigenen Tod nicht im vollen Bewusstsein erleben zu müssen. Auch der Körper stimmte in diesen Plan mit ein. Der Kälteschmerz ebbte ab. Gefühllosigkeit zog in die steifen Glieder. Ein Krampf erfasste ihr Bein. Der höllische Schmerz behinderte das Schwimmen, machte es schließlich unmöglich. Ein letztes Mal sah sie auf. Kontinuierlich fraßen sich Blitze durch die Wolkenmasse. Sie war am Ende, sank hinab in die Tiefe. Unter Wasser öffnete sie die Augen. Immer wieder erhellte Gewitterlicht die düstere Szenerie. Kurz nahm sie eine Hand im Wasser wahr. Dann fiel die Lichtlosigkeit wieder ein.

Ja, eine Hand.

Hoffnung durchkreuzte ihre Todessicherheit. Sie wollte, sie musste die Hand erreichen. Krampfhaft reckte sie die Finger. Ein Greifen war unmöglich. Ihre eigenen Hände funktionierten nicht mehr. Erneut durchschlug Gewitterlicht die Finsternis. Die rettende Hand. Sie war fort. Hilfe war fern, das begriff Johanna jetzt. Es waren Halluzinationen, die ihren Geist umfingen.

Sauerstoffmangel. Sie musste atmen. Atmen. Ging es jetzt zu Ende? Mit aller Energie spannte sie ihren Beinmuskel an, bis sich der Krampf schmerzhaft löste. Die Beweglichkeit kehrte in der Hundertstelsekunde zurück, als sie mit ihren Schuhen den Tankboden berührte. Leicht ging sie in die Knie, riss ihre Arme hoch und stieß sich ab.

Es kann nicht das Ende sein.

Ihre Hand erreichte die Wasseroberfläche. Sie erschrak, als

jemand danach packte, sie nach oben zog. Ihr Kopf durchbrach die Oberfläche. Sekundenlang atmete sie ein. Jemand hatte sie fest im Griff, hievte sie mit kraftvollem Stöhnen aus dem Eiswasser.

* * *

Stefan Dresner griff seiner Kollegin unter die Achseln. Er schleifte sie einige Meter weg von der Zisterne. Sorgsam befreite er sie von ihrer nassen Kleidung und wickelte sie in seinen Mantel. *Was war das für ein Geräusch?* Schützend beugte er sich über das wehrlose Bündel Mensch. Ein Rascheln in der Ferne. Kam der Angreifer auf sie zu? Seine Augen schafften es nicht, das schwarzgraue Umgebungspuzzle zusammenzusetzen.

»Wir müssen hier weg«, hauchte er seiner Kollegin zu, als könne sie ihn hören, als wäre sie noch in der Lage, irgendetwas wahrzunehmen. Er wollte den Gedanken nicht zulassen, dass sie womöglich nicht überlebte, dass das Auftauchen ihre letzte Lebenskraft gekostet hatte. Sie sollte nicht die zweite Frau in seinem Leben werden, die er nicht retten konnte, deren Tod er zu verantworten hatte. Auch wenn er selbst noch nie jemanden umgebracht hatte, war er doch ein Mörder. Nur Wut und Hass überlagerten noch jenes Gefühl, das er in jeder Sekunde seines Lebens mit sich trug: Schuld. Dieses unsägliche Schuldgefühl, das ihn immer wieder als Sog erfasste, ihn in die Tiefe zog und am Grund eines Ozeans zerschmettern ließ.

Nein.

Er durfte nicht zu spät sein.

Nicht noch einmal.

Johanna musste er retten.

Beide Unterarme schob Dresner unter ihren Körper und richtete sich taumelnd auf. Schmerzen bombardierten seinen Kopf. Ein feines Rinnsal von Blut floss warm in seinen Nacken. Wankend trug er seine Kollegin über das Feld und erreichte schließlich den Rundweg, der um den Hof führte. Er stolperte, doch hielt sein Gleichgewicht.

Ein Klacken.

Das Entsichern einer Schusswaffe? Lauerte Till Wißmann hinter der nächsten Hauswand? Oder neben dem Auto? Zielte er aus der Sicherheit eines Fensters heraus auf sie? Dresner drehte dem Klackgeräusch den Rücken zu. Er musste die Gefahr von seiner Kollegin abwenden. In Erwartung eines Schusses kniff er die Augen zu, hielt den Atem an.

Es folgte nichts. Sein Scharfsinn setzte wieder ein. Erst jetzt merkte Dresner, dass er mit dem Fuß gegen die Taschenlampe gestoßen war, die er vorhin so freimütig ins Schattenreich befördert hatte. *Es war nur die Lampe. Ich bin nur gegen die Lampe getreten*, beruhigte er sich.

Mit Bedacht näherte er sich dem Auto. Einige Sekunden lang legte er das Menschenbündel ab, um das Fahrzeug zu entriegeln. Dann bugsierte er seine Kollegin auf die Rückbank des Autos. Er öffnete den Kofferraum, zog eine Rettungsdecke aus dem Verbandskasten und legte sie um den regungsarmen Körper. Die Körpertemperatur durfte nicht zu schnell ansteigen, sonst drohten lebensgefährliche Herzrhythmusstörungen.

Bilder tauchten vor seinem geistigen Auge auf. Auf Johannas Standort hatte nur ein feines Licht auf dem Feld hingewiesen. Wie verlassen hatte er ihre Taschenlampe vorgefunden. Sie musste seiner Kollegin bei dem Sturz in die Zisterne aus der Hand gefallen sein, aber wo war ihr Mantel abgeblieben, und viel wichtiger, wo ihre Dienstwaffe?

Kurz spielte er mit dem Gedanken, einfach loszufahren, doch zu groß wäre das Unfallrisiko. Er war zu lädiert. Dresner begab sich in die Fahrerkabine und setzte über den Bordcomputer einen Notruf ab. Zur Sicherheit verriegelte er die Türen. Nicht ausgeschlossen, dass Till sie beobachtete. »Ich pass auf dich auf. Dir wird nichts geschehen«, versprach er und streichelte die Hand seiner Kollegin.

Kapitel 26

Dresner sah dem Rettungswagen hinterher, bis das pulsierende Blaulicht in der Ferne entschwand. Sein Chef hatte darauf bestanden, dass er im Krankenwagen mitfuhr, aber durch gezieltes Herunterspielen seiner Verfassung hatte er am Tatort verbleiben dürfen. Zuvor hatte ein Rettungssanitäter seinen körperlichen und geistigen Zustand untersucht und die Platzwunde am Hinterkopf geklebt. Seine Ohnmacht, den hämmernden Kopfschmerz und die Übelkeit hatte Dresner verschwiegen. Er begriff, dass er seine Gesundheit aufs Spiel setzte, aber der innere Antrieb war größer als irgendwelche Befindlichkeiten. Sein Ziel stand fest und davon war er nicht abzubringen. Zu viel hatte seine Kollegin auf sich genommen. Er kehrte nicht mit leeren Händen zu ihr zurück, trat ihr nicht unter die Augen, ohne etwas erreicht zu haben. Zuerst wollte er Till Wißmann fassen. Denn dieser Mensch war gefährlich, zu allem bereit – Dresner aber auch.

Er streifte die blutverschmutzte Kleidung ab und reinigte Hände, Hals und Nacken dürftig mit einer Flasche Wasser. Wie die übrigen Kollegen legte er Tarnkleidung an und eine kugelsichere Weste. Er rüstete sich neu aus, denn seine Dienstwaffe blieb verschwunden. Sie vermuteten, dass Wißmann die Pistole bei sich trug, und ein bewaffneter Täter bedeutete potentiell Lebensgefahr für sämtliche Einsatzkräfte. Höchste Konzentration war gefordert, aber Dresner erfasste ein kurzer Schwall der Benommenheit. Er atmete tief ein und aus, ein und wieder aus. Dann begab er sich zur Einsatzbesprechung an einen der Streifenwagen. Dort hatte sein Chef und Dezernatsleiter, Heinz-Hermann Krüger, das Team um sich herum versammelt. Der Mann mit den Locken eines Engels und dem Charme eines Teufels machte ein paar Ansagen. Dresner hörte ihm zu.

»Die Tatortbereichsfahndung war erfolglos. Till Wißmann hält sich hier nicht mehr auf.« Krüger breitete eine Landkarte auf der Motorhaube aus und markierte den aktuellen Standort. Dann zog er einen Ring um den Tatort, bevor er sich wieder aufrichtete und fortfuhr. »Ich löse jetzt eine Ringalarmfahndung aus. Diese konzentriert sich auf einen Radius von fünfzig Kilometern um den Bauernhof. Da der Flüchtige zu Fuß unterwegs ist, gehe ich nicht davon aus, dass er weit gekommen ist. Möglich ist aber, dass er als Anhalter mitfährt. Sämtliche Zufahrtsstraßen werde ich vorsorglich sperren lassen.« Der Chef warf antreibende Blicke in die Runde. »Ich habe alle relevanten Dienststellen zur Unterstützung hinzugebeten. Auch Spürhunde werden im Einsatz sein.« Krüger deutete auf den schwarzen Himmel. Ein Polizeihubschrauber brauste über die Gruppe hinweg. Er grinste. »Aus der Luft unterstützen uns die Piloten mit Wärmebildkameras.«

Nachdem abschließende Details besprochen waren und Fragen Klärung gefunden hatten, strömten die Polizisten in alle vier Himmelsrichtungen aus. Dresner lief mit einigen Kollegen in nördliche Richtung. Bevor er das weite Feld betrat, sah er sich ein letztes Mal zu dem Gebäudekomplex um. Unzählige Fahrzeuge belegten den Hof. Dr. Kamau leitete die Tatortgruppe an. Sie pflückten bereits das gesamte Areal auseinander. Zu diesem Zweck hatten sie Scheinwerfer aufgestellt, die das Grundstück taghell ausleuchteten. Dresner packte sich an den lädierten Kopf, als ihn die Erkenntnis traf. Erst in der Helligkeit erkannte er den Bauernhof wieder. Es war der Hof auf dem Foto, das Tills Vater ihnen vorgelegt hatte. Anscheinend war auf dem korrosiven

Traktor aus der Halle damals das Kindheitsfoto entstanden. Was war nur aus dem glücklichen Jungen geworden? *Ein Scheißkerl.* Nur Millisekunden lang hatte Dresner ihn wahrgenommen, doch er hatte Till Wißmann identifiziert, ehe die Ohnmacht ihm die Sinne raubte. Das Gesicht des Angreifers hatte sich in sein Gehirn gebrannt. Dieses Feuer würde erst erlöschen, wenn er in einer Zelle saß.

»Konzentriert euch nicht nur auf Täterspuren«, appellierte Dresner an seine Kollegen. »Achtet genau darauf, wo ihr hintretet. Der landwirtschaftliche Betrieb war groß. Gut möglich, dass sich mehrere Zisternen auf dem Gelände befinden. Es bleibt nur zu hoffen, dass diese ordnungsgemäß verschlossen sind.« Er trat ins Feld, trat ins Ungewisse.

* * *

Nur der Duft der regenbenetzten Feldgräser deutete darauf hin, dass es über eine Stunde hinweg geregnet hatte. Mittlerweile hatte der Niederschlag ein Ende gefunden. Der Himmel war aufgeklart. In der hellen Vollmondnacht erfolgte die erste Ringalarmfahndung, die Daniel Möller in seiner kurzen Polizeikarriere mitmachte. Während der junge Polizeianwärter seine Schritte durch das Feld lenkte, kam ihm seine Schulzeit in den Sinn. Früher war er viel durch Rapsfelder gestapft. Er hatte sie gerne als Rückzugsort wahrgenommen, wenn es zu Hause Stress gab. Vor allem aber hatte er sie als Versteck vor seinen Klassenkameraden genutzt. Nicht nur Erwachsene waren grausam, auch Kinder. Anderssein wurde bestraft.

Gedankenverloren strich er sich über die aknevernarbten Wangen. Sein makelhaftes Hautbild hatte ihn ab dem Zeitpunkt seiner Pubertät dazu verdammt, anhaltend als Mobbingopfer herzuhalten. Die preisgünstige Kleidung und die längeren Haare taten ihr Übriges. Zugegebenermaßen entsprach Möller damit dem Klischee eines Gemobbten, der zur Polizei ging, um diejenigen zu strafen, die anderen Leid zufügten. Es war ihm egal. Es war sein

Wille, genau dies zu tun, auch wenn der familiäre Rückhalt schwankte.

Immer wieder spähte Möller unauffällig nach Stefan Dresner. Nicht ohne Hintergedanken hatte er sich dem Suchtrupp des Kommissars angeschlossen. Diesem Mann galt seine heimliche Bewunderung. Dresner strahlte Erfahrung aus, Autorität. All das, wonach Möller strebte. Bis dahin hatte er sich zu beweisen und jetzt ergab sich eine Möglichkeit. Mit vollem Einsatz trat er durch das unwegsame Gelände, suchte nach Hinweisen auf den Täter. *Ist er hier vorbeigekommen?* Möller bezweifelte es. Selbst die hechelnden Spürhunde schlugen nicht an. Der Polizeifunk ertönte und Möller zuckte zusammen. Kommissar Dresner sprach ins Funkgerät. Möller trat näher heran, um mitzuhören.

Dresner deutete mit dem Finger auf ein Waldstück gen Westen, etwa zweihundert Meter weit entfernt. »Die Kameras haben eine Wärmequelle gezeigt. In diesem Waldabschnitt hält sich eine unbekannte Person auf. Wahrscheinlich handelt es sich dabei um den Flüchtigen. Jetzt kesseln wir ihn ein.« Er wies das Team an, ihm zu folgen. Motivierend klopfte er Möller auf die Schulter. Ein Ehrgefühl überlief den Anwärter.

* * *

Stefan Dresner zögerte, bevor er in das düstere Waldstück trat. Schwindel ergriff ihn. Die Tanne, die meterhoch vor ihm aufragte, teilte sich wie von Geisterhand in zwei, dann drei. Er kniff die Augen mehrmals zusammen, bis sich die Tanne wieder zu einem Gesamtbild zusammenfügte. Dresner hatte das drängende Bedürfnis, sich zu setzen, aber es galt durchzuhalten. Till Wißmann baute seinen Vorsprung mit jeder Minute aus. Dieser Mensch gehörte schnellstmöglich aus dem Verkehr gezogen. Wenn er sogar Polizisten angriff, war er eine potentielle Gefahr für jeden Bürger, der ihm in die Quere kam. Wie sollte Dresner damit zurechtkommen, wenn mit seiner Dienstwaffe ein Unschuldiger verletzt wurde? Dass Till dies vorhatte, stand für ihn außer Frage. Warum sonst sollte er die Schusswaffe an sich genommen haben? Für jedes weitere Gewaltopfer, für alle, die starben, würde Dresner sich persönlich verantwortlich fühlen. Denn es wäre seine Aufgabe gewesen, diese Bedrohung vorzeitig abzuwenden.

Erneut meldeten sich die Piloten über Funk und gaben schlechte Nachrichten durch. Dresner rief das Team zusammen und verkündete: »Die Kollegen aus der Luft haben den Flüchtigen aus den Augen verloren. Seine Wärmesignatur war plötzlich verschwunden. Wir bleiben eng zusammen. Geben uns gegenseitig Rückendeckung. Till Wißmann ist bewaffnet, und ihm ist alles zuzutrauen.«

Mühselig schritt Dresner durch das dichte Waldgebiet. Die aromatische Waldluft wirkte belebend auf ihn. Sein Gehörsinn schärfte sich. Er versuchte, das Ästeknacken und Zweigebrechen unter den Füßen des Einsatztrupps auszublenden, und horchte in den Wald hinein. Lief der Gesuchte davon? Oder im Gegenteil, wurden sie beobachtet? Dass Wißmann sich gerne strategisch positionierte und auflauerte, hatte Dresner leidvoll am eigenen Leib erfahren müssen.

* * *

Daniel Möller wurde paranoid. Waren die Umgebungsgeräusche nah oder fern? Wurden sie durch Kollegen erzeugt, den Wind oder durch Tiere? Er schwenkte das Licht seiner Taschenlampe in alle Richtungen. Till Wißmann konnte sich nicht in Luft aufgelöst haben. Mit hoher Wahrscheinlichkeit harrte er in einem Versteck irgendwo im Erdreich aus. Das erklärte zumindest, warum seine Wärmesignatur verschwunden war. Vorsorglich erhellte Möller mit seiner Taschenlampe größere Steine und umgefallene Tannen. Er beleuchtete jedwedes Knistern im Gestrüpp und jeden Waldkauz, der in den Baumkronen rief. So bemerkte er zu spät, dass er geradewegs in einen pilzüberwucherten Baumstamm latschte. Möller stöhnte vor Schreck auf, als er vornüber auf dem Waldboden landete. Sämtliche Taschenlampen der Kollegen machten einen Schwenk auf ihn.

Wie peinlich, dachte Möller, als er sich wieder hochrappelte. Mit der flachen Hand klopfte er Blätter und Schmutz von der Hose. Er hielt einen Augenblick inne und beobachtete, wie seine Kollegen voranschritten. Hoffentlich machte sich keiner im Nachhinein über ihn lustig. Schließlich war er zur Polizei gegangen, um dem Mobbing zu entgehen. Auch wenn sein älterer Bruder diese Entscheidung für dumm und gefährlich hielt.

Möller wollte sich wieder in die Suchkette einreihen, als ihm etwas ins Auge fiel. Kein Mensch, keine Bewegung, aber ein Erdhügel. Angesichts der eher flachen Umgebung eine Auffälligkeit, die er überprüfen wollte. Nur einige Meter entfernte er sich von seinen Kollegen, nahm seine Entdeckung in Augenschein. Unter Erde, Humus und Baumwurzeln begraben tat sich eine Betondecke auf. Offensichtlich hatte er ein Munitionslager aus dem Zweiten Weltkrieg entdeckt. In solchen Lagern hatte er als Kind gerne gespielt. Unwillkürlich lächelte er. Diese geschichtlichen Mahnmale faszinierten ihn bis heute. Er trat etwas näher heran. Die Natur hatte sich ihren Wirkungsraum zurückerobert. Der Eingang war praktisch eingestürzt. Schlagartig löste sich ein Schatten daraus. Bevor er zu einer Reaktion fähig war, stürmte das Unbekannte auf ihn zu, versetzte ihm einen Schlag gegen die Brust. Er fiel nach hinten auf den Rücken, blieb regungslos liegen.

* * *

Dresner schreckte das Bersten der Äste auf. Dichtgefolgt von seinen Kollegen stürzte er los. Kurz darauf erreichte er den Polizeianwärter Daniel Möller, der rücklings auf dem Boden lag. Eine schemenhafte Gestalt bewegte sich im Wald.

»Polizei! Stehen bleiben oder ich schieße«, rief Dresner und zückte seine Waffe. Unmittelbar danach gab er einen Warnschuss in die Luft ab. Doch die menschliche Silhouette stahl sich weiter davon. Er folgte ihr auf dem Fuß, hatte einen Tunnelblick. Sein Atem ging stoßweise. Zweige schlugen ihm ins Gesicht. Sein Kopf malträtierte ihn bei jedem Schritt, doch das Adrenalin peitschte ihn vorwärts. Er musste rennen, weiter rennen, aber seine verschwommene Sicht hinderte ihn. Schützend reckte er eine Hand vor sich. Mehr hatte er dem Doppelsehen nicht entgegenzusetzen. Unter diesen Voraussetzungen konnte er unmöglich auf Wißmann schießen. Einen Tod auf der Flucht gönnte er dem Fliehenden ohnehin nicht. Er gehörte unermesslich bestraft.

Beinahe kollidierte Dresner mit einem Baum. Das Ausweichmanöver kostete ihn sein Gleichgewicht. Kurz blieb er stehen, erblickte eine Waldlichtung. Jemand türmte über die freie Fläche. Dann endlich sah er wieder klar und nahm erneut die Verfolgung auf. Das Licht seiner Taschenlampe streifte seine Beute. Ja, er war es. Eindeutig. *Till Wißmann.* Gleich würde er ihn haben. Dresner hörte ihn bereits keuchen. Er war am Ende.

Dresner hielt Ausschau nach einer Waffe in der Hand des Flüchtenden. Jederzeit konnte er sich umdrehen und einen Schuss abgeben. Doch es war nichts zu erkennen. Die Lichtverhältnisse schluckten alles, also setzte er auf volles Risiko. Als er nah genug an ihm dran war, warf er seine Lampe weg und riss den Flüchtigen an seiner Kleidung nieder. Dieser schrie auf, schlug bäuchlings auf dem Erdboden auf. Rasch fixierte ihn Dresner mit einem Knie und verstaute seine Schusswaffe. Er griff nach den Handschellen und legte sie dem Gefassten um. Dieser ächzte unter Dresners Gewicht. Mit beiden Händen tastete er Till ab, in der Hoffnung, seine gestohlene Dienstwaffe wiederzuerlangen. Doch sie blieb verschwunden. Auch andere Waffen trug er nicht bei sich.

Mechanisch nannte Dresner ihm den Grund der Festnahme und belehrte ihn über seine Rechte. Er nahm die Taschenlampe wieder an sich. Dann packte er Till unter einem Arm und zog ihn auf die Beine. Wortlos trieb er den jungen Mann vor sich her. All seine Energie brauchte er jetzt für die Regeneration. Auch der Festgenommene brachte keine Silbe mehr hervor, schlurfte vor Dresner her, ohne sich zu wehren.

Endlich stieß er auf seine Kollegen. »Ich habe ihn«, verkündete er. Höllenangst toste durch seine Adern, als er feststellte, was vor sich ging.

* * *

Daniel Möller fühlte Seelentrost, als Stefan Dresner wieder in Sichtweite kam. Er würde wissen, was in einer solchen Notsituation zu tun war. Schließlich hatte er genug Erfahrung, oder? Dresner übergab den Gefangenen an die Kollegen, doch sie blieben ungerührt. Alle Aufmerksamkeit galt weiterhin Möller, dem komischen Neuling.

Kommissar Dresner reichte das Funkgerät an eine Kollegin weiter. »Verständige die Piloten über Funk, etwa einhundert Meter weiter in westlicher Richtung habe ich eine Lichtung gesehen. Die müsste groß genug sein, damit der Polizeihubschrauber dort landen kann.«

Möller konnte nicht sprechen, schlecht atmen. Das Adrenalin betäubte seinen Schmerz. Dennoch ahnte er, dass es keine gute Idee war, sich zu regen. Sein älterer Bruder würde recht behalten. Den Polizeidienst anzutreten, war ein Fehler gewesen. Er würde es ihm nicht persönlich sagen, sich nicht verabschieden. Seine zitternde Hand wanderte Richtung Brust.

»Nicht«, flüsterte Dresner. Er kniete sich neben ihn ins feuchtkalte Erdreich. »Das Messer darf nicht bewegt werden.«

Dresners Worte arbeiteten sich in seinen Kopf. Erst jetzt realisierte der Verstand, was sein Körper längst ahnte. Für einen Augenaufschlag beschleunigte sein Puls, dann stabilisierte er sich wieder. Er würde sterben.

Kapitel 27

Er ließ kaltes Wasser über seine blutverschmierten Hände fließen. Ein metallischer Blutgeruch stieg auf und erschütterte seine Geruchsnerven. In Kleinstarbeit kratzte er sich das eingetrocknete Blut unter den Fingernägeln weg. Durch das Waschen vermochte er seinen Körper zu reinigen, doch nicht seinen Geist. Stefan Dresner quälte sein Gewissen, denn es war nicht das eigene Blut, das an seinen Händen klebte. Es stammte von Daniel Möller. Der Polizeianwärter hatte ihm vertraut, sich auf seinen Schutz verlassen. Zu Recht. Dresner hatte den Suchabschnitt geleitet. Wieso hatte er nicht verhindert, dass der junge Mann sich abseits der Suchkette bewegte? Wie hatte er nur so nachlässig sein können?

Er stellte das Wasser ab und zupfte einige Tücher aus dem Papierhandtuchspender. Geistesabwesend trocknete er die Hände. Was sollte er als Nächstes tun? Die Dienstanweisungen seines Vorgesetzten waren eindeutig: nach Hause fahren und morgen früh die ärztliche Nachuntersuchung wahrnehmen. Krüger verlangte von ihm, dass er sich seine Dienstfähigkeit attestieren ließ. Doch die Vorstellung, jetzt wegzufahren und sich in die Federn zu schmiegen, lehnte Dresner mit jeder Faser seines Seins ab.

Er schlich aus der Herrentoilette der Polizeidirektion, war sich darüber im Klaren, was zu tun war – Till Wißmann das Handwerk legen. Die erste Befragung wollte er persönlich übernehmen. Was hatte er Carlotta Reinhardt angetan? Wie genau war sie gestorben? Was war mit ihrer Schwester geschehen? War Isabell noch am Leben und konnte gerettet werden? Auf all diese Fragen verdienten die Eltern der Mädchen Antworten. Er war verpflichtet, sie dem Täter zu entlocken. Jetzt. Denn in der nächsten halben Stunde würde Till Wißmann in die Gefangenensammelstelle abtransportiert werden.

Dresner holte sich die Ermittlungsakte und trat in den Verhörraum, in dem der Festgesetzte ausharrte, bis der Gefangenentransport eintraf. Leise zog Dresner die Tür hinter sich ins Schloss.

Till Wißmann saß allein am Verhörtisch und kratzte sich den Dreck unter den Fingernägeln hervor. Auf Dresner wirkte er wie ein trotziges Kind, das gleichgültig seine Bestrafung erwartete. Der Ermittler zog einen Stuhl ab und setzte sich. Er schaltete das Tonbandgerät ein und ratterte die Rechtsbelehrung herunter.

Eine Weile saß er einfach nur da und musterte den Gefangenen, dessen Haare wirr in alle Richtungen abstanden. Ihm schlug eine Geruchsmischung aus Dreck und Schuld entgegen. »Wohin führt man ein Mädchen aus an einem Sonntagnachmittag?«, fragte er schließlich. Wißmann machte keine Anstalten zu antworten und widmete sich weiterhin der Nagelpflege.

»Wenn du das nicht bleiben lässt, muss ich dich gleich unter meinen Fingernägeln hervorkratzen!«, sagte Dresner und schmiss die Ermittlungsakte auf den Tisch. Der Knall ließ sein Gegenüber zusammenzucken. »Ich hab dich was gefragt.«

Endlich hatte er Tills volle Aufmerksamkeit. »In die Dönerbude, vielleicht«, antwortete er nüchtern.

Dresner nickte anerkennend. »Romantischer Vorschlag, Casanova, aber nein.« Er klappte Carlottas Ermittlungsakte auf. »Ich gebe dir einen Tipp. Der örtliche Baggersee ist wunderschön.

Schwimmen ist dort verboten, aber für einen Spaziergang eignet er sich perfekt. Und dann diese Abgeschiedenheit …«

»Mag sein«, kappte Wißmann den Satz. »War noch nie da.«

»Du warst noch nie da? Mh, dann lass mich mal nachsehen.« Dresner blätterte in der Akte, bis zu dem Reiter mit den druckfrischen Auswertungen. »Wenn ich mir hier die Standortdaten deines Handys ansehe, warst du am Sonntag noch zu Hause. Nachmittags hast du dein Handy ausgeschaltet und seitdem blieb es aus. Du wusstest also, dass eine Ortung des Tatverdächtigen zur Tatzeit möglich ist?«

Wißmanns Ausdruckslosigkeit ging in ein Schmunzeln über. Eine Minute verstrich, bis Dresner weitersprach. »Gestern hast du das Handy kurzzeitig wieder eingeschaltet und siehe da. Es hat sich in der Funkzelle eingeloggt, die dem Baggersee zuzuordnen ist. Ich habe also schwarz auf weiß, dass du mich gerade belogen hast. Mir stellt sich die Frage, ob du an den Tatort zurückgekehrt bist, um das Geschehene noch einmal zu durchleben.«

Dresners Augen verengten sich zu Schlitzen. Es galt, den Druck zu erhöhen, die Zeit lief ihm davon. Er las weiter in der Ermittlungsakte. »Carlottas Handy ist nach wie vor verschwunden, aber wir wissen, dass das Gerät zuletzt in einer Funkzelle in unmittelbarer Nähe zum Baggersee eingeloggt war. Außerdem liegen uns ihre Einzelverbindungsnachweise vor. Am Samstag vor ihrem Verschwinden habt ihr telefoniert. Hattet ihr euch da verabredet?«

Endlich öffnete Till den Mund, doch dann gähnte er bloß demonstrativ.

Im Geiste stellte Dresner sich vor, wie seine Kollegin sich jetzt räusperte, um ihn vor einem Wutausbruch zu bewahren und die Befragung wieder in eine angemessene Richtung zu lenken. Allein die Vorstellung half. »Hast du viele Frauen an den See gebracht … oder Männer? Oder war Carlotta Reinhardt dein erstes Opfer?«, fragte er schließlich.

»Okay, ich war gestern an dem See, aber nich' am Sonntag. Da war ich in Hahnenklee.«

»Du warst in einem Kurort im Harz? Mit wem?«

»Allein.«

»Wieso war dein Handy ausgeschaltet?«

Wißmann gestikulierte ablehnend. »Im Urlaub will ich meine Ruhe haben.«

»Du legst mir dein Zugticket vor?«

»Ich bin per Anhalter gefahren.«

»Gut, aber dann hast du eine Hotelquittung.«

»Nein. Ich hab dort gezeltet.«

»Hast du etwas mit EC-Karte bezahlt?«, bohrte Dresner nach. »Wenn ich dir glauben soll, musst du mir schon irgendwas anbieten.«

Wißmann schüttelte den Kopf. »Ich hab nich' einen Cent ausgegeben. Hatte Proviant dabei.«

Am liebsten hätte Dresner ihm die Ermittlungsakte entgegengeschleudert. »Was hast du im Harz gemacht?«, fragte er stattdessen.

Wißmann beugte sich leicht vor, als würde er ein Geheimnis teilen wollen. »Ich fahr da alle paar Monate hin. Geh in den Wald und pfeif mir 'n paar Pilze rein. Keine Champignons, falls Sie versteh'n«, feixte er.

Dresner hielt starren Blickkontakt. Seine innere Zündschnur war auf einen Millimeter heruntergebrannt, doch der Kerl zündelte weiterhin mit dem Feuerzeug herum. »Hat dich irgendjemand gesehen?«, zwängte er heraus.

Wißmann blieb unbeeindruckt. »'n paar Rehe und Wildschweine.« Er grinste.

»Lass mich eines klarstellen: Ich glaube dir kein einziges Wort!« Dresner atmete durch, bis sich sein Pulsschlag normalisierte. »Sprechen wir über vorletztes Wochenende. Du warst im Isla Blanca feiern. In der Disco bist du Carlotta und ihrer Freundin, Luise Petermann, begegnet.« Dresner schwang sich vom Stuhl und lief auf einer imaginären Linie auf und ab.

»Oh nein, erinnern Sie mich nich' an diesen Abend. Luise hat mich damit genug genervt.«

»Aha, weil du ihr ein Getränk mit K.O.-Tropfen gegeben hattest? Da kann ich ihren Ärger schon verstehen und vielleicht wollte sie auch einfach nur den Grund dafür wissen. Der würde mich übrigens auch brennend interessieren. War es, weil Luise deinen Plänen mit Carlotta im Weg stand?«

»Ne, ich bin das nich' gewesen. Mir ging's an dem Abend selber beschissen. Ich hab da kaum Erinnerungen dran. Ich hatte wohl zu viel gekippt.«

»Ach, nicht zu viele Pilze gefressen?«, vergewisserte er sich. Wißmann lachte frech. Dresners Wut wurde unkontrollierbar. Er zerrte Wißmann vom Stuhl und zog ihn am Kragen zu sich. »Jetzt hör mir mal zu, du kleiner Drogenjunkie. Wegen dir wäre eine Kollegin fast ertrunken, mich hast du angegriffen, und ein Polizeianwärter kämpft gerade im Krankenhaus um sein Leben.« Er ballte die Rechte zur Faust. »Ich weiß, dass du Carlotta auf dem Gewissen hast. Aber was hast du ihrer Schwester angetan? Sag mir sofort, wo Isabell ist!«

Die Tür flog auf, drei Kollegen stürmten den Verhörraum und befreiten den Tatverdächtigen aus Dresners Fängen. Die Männer packten Dresner unter den Armen und führten ihn vor die Tür, wo sein Chef, Herrmann Krüger, bereits wartete.

»Kommissar Dresner, Sie verstoßen gegen jede Richtlinie!« Er deutete auf die Platzwunde an seinem Hinterkopf. »Sie haben wohl einen Schlag weg.«

Dresner zerrte seine Arme von den Kollegen los. »Ich habe ihn belehrt. Er wollte keinen Rechtsanwalt«, hielt er dagegen.

»Wißmann wollte keinen Anwalt, weil er hackedicht ist.« Krüger tippte mit dem Finger auf seiner Schläfe herum. »Der ist nicht ganz klar im Kopf. Ansonsten hätte ich ihn natürlich sofort befragen lassen! Aber in diesem Zustand dürften wir ohnehin keine seiner Aussagen verwerten. Das sollten Sie doch wohl wissen, oder brauchen Sie eine Fortbildung, damit Sie Ihre Kenntnisse auffrischen können?«

»Wir müssen Isabell Reinhardt finden. Möglicherweise hält er sie irgendwo versteckt. Sie könnte noch leben.«

»Der Zweck heiligt nicht alle Mittel, Dresner. Ich verbiete Ihnen diesen blinden Aktionismus. Vertrauen Sie darauf, dass die Kollegen gute Arbeit leisten werden. In Ihrem Zustand sind Sie dabei nur hinderlich.« Er trat bis auf wenige Zentimeter an Dresner heran. »Wieso sind Sie überhaupt noch hier? Sie sollten doch nach Hause fahren und sich morgen früh ärztlich begutachten lassen. Wenn ich Sie hier heute Nacht noch mal sehe, hänge ich Ihnen ein Disziplinarverfahren an den Hals.« Krüger deutete mit dem Finger in Richtung Fahrstuhl. »Abtreten.«

Widerwillig fuhr Dresner mit dem Aufzug ins Erdgeschoss und verließ das Gebäude. Kurzzeitig überlegte er, ob er sich durch den Hintereingang zurück in sein Büro stehlen sollte, doch die Idee verwarf er. Schlimmstenfalls würde er suspendiert und vollständig von dem Fall abgezogen werden. Bestenfalls würde sein Chef ihn zu einem weiteren Anti-Aggressionstraining verdonnern. Dies bedeutete wöchentliche Gruppensitzungen, Ärgertagebuch führen, Einzelgespräche. Nein, dieses Risiko nahm er nicht in Kauf. Eher entließe er tagtäglich selbstgezüchtete Friedenstauben, um den Schein zu wahren. Die Illusion aufrechtzuerhalten, dass seine immanente Wut nicht die Zerstörungskraft illegaler Böller besaß, dass er kein Fall für den Kampfmittelbeseitigungsdienst war, weil er als Blindgänger jederzeit in die Luft gehen konnte.

Erst als Dresner in seinem Wagen saß, ließ er seinen Gefühlswallungen freien Lauf. »Verdammte Dreckssscheiße!«, brüllte er und drosch mit der flachen Hand auf das Lenkrad ein.

Ein Streifenpolizist lief am Auto vorbei und beobachtete das Spektakel. Am liebsten wäre Dresner ausgestiegen und hätte den Kollegen über die Motorhaube gezogen. Stattdessen warf er ihm einen scharfen *Was-gibt-es-da-zu-glotzen*-Blick zu. Er drehte den Autoschlüssel im Zündschloss. Zuerst würde er einen Abstecher nach Hause machen, um sich unter die heiße Dusche zu stellen und frische Kleidung anzuziehen. Danach aber würde er direkt das nächste Fahrziel ansteuern. Er hatte es schon bildlich vor Augen.

Kapitel 28

Schmerzensschreie im Nebenzimmer. Verzweiflungsweinen im Flur. Technische Alarmsignale, die von Stabilität, Instabilität oder Tod zeugten. Als Grundschülerin hatte sie die Geräuschkulisse der Überwachungsmonitore in den Wahnsinn getrieben, doch heute fühlte sie nichts. Die Krankenhausatmosphäre spiegelte die Sterilität in ihrem Inneren wider. Johanna Baro lag wie ein gepuckter Säugling im Klinikbett und starrte hoch zur weißen Rasterdecke. Doch sie sah nichts. Sie spürte nichts. Sie hörte wie durch Watte. Physisch war sie anwesend, aber geistig war sie fort.

Ärzte und Pflegepersonal betraten ihr Klinikzimmer zur Morgenvisite. Wie paralysiert fixierte sie den Oberarzt. Mit halbwachem Verstand beantwortete sie seine Nachfragen. Nur am Rande erfasste sie, dass er sie nicht aus dem Krankenhaus entließ. Zur weiteren Beobachtung bleiben? Nein, das kam für sie nicht infrage. Die Gruppe machte sich auf zum nächsten Patienten. Erst als die Zimmertür ins Schloss fiel, setzte Baro sich auf, verließ das Bett. Wie in Zeitlupe schlüpfte sie aus der Krankenhauskluft und legte die Ersatzkleidung an, die eine Kollegin aus ihrer Wohnung organisiert hatte. Sie öffnete die Tür und registrierte, dass zwei Kollegen in Uniform am Getränkeautomaten hantierten. Baro schlug die andere Richtung ein. Orientierungslos bewegte sie sich durch die Flure, bis sie einen Zugang zum Treppenhaus erreichte.

Frische Luft. Wie war sie ins Freie gelangt? Die letzten Minuten waren an ihr vorbeigezogen. Sie stand auf dem Fußgängerweg der Klinikzufahrt. Medizinisches Personal, Erkrankte und Besucher strömten an ihr vorbei. Zwei Taxifahrer bekamen sich in die Wolle. Ein Rettungswagen fuhr mit Blaulicht und Martinshorn davon. All das nahm Baro nur am Rande ihres Bewusstseins wahr. Ihr Tunnelblick absorbierte alle Reize.

Erst fiel einer, dann zwei, dann drei. Schließlich unzählige. Frische Regentropfen benetzten den noch feuchten Asphalt. Die kurzen Regenpausen reichten nicht, damit der Boden vollends trocknete. Schwerfällig hob Baro ihre Hände, betrachtete sie. Kleine Wasserkugeln massierten ihre Handinnenflächen. Schleichend kehrte ihre Hautempfindung zurück. Sie spreizte die Finger, ließ sie locker, spannte an, ließ locker. Unablässig prasselte der Regen auf ihre Finger, ihre Hände, ihren Körper. Sie spürte sich wieder. Fühlte, dass sie lebte. Doch mit ihrem Körperempfinden erwachte auch ihre Gefühlswelt und ließ Ängste in sie einfahren. Ihre regennassen Hände bebten, ihr Atem beschleunigte. Eine Flutwelle dunkler Erinnerungen türmte sich vor ihr auf, wurde höher und höher, überrollte sie mit der zerstörerischen Wucht eines Tsunamis.

* * *

Mit einem Knopfdruck beendete er die nervtötende Radiomusik. Nun trat das Trommeln des Regens auf dem Autodach deutlich hervor. Er stierte aus dem Seitenfenster und traute seinen Augen nicht. War sie es wirklich? Vom Parkplatz aus hatte er die perfekte Sicht auf den Krankenhauseingang und in diesem Moment auch auf Johanna Baro. Er hatte nicht so früh mit ihrer Entlassung gerechnet. Ein reiner Zufall.

Ausgiebig musterte er sie von Kopf bis Fuß. Offensichtlich bemerkte die Hauptkommissarin nicht, dass sie beobachtet wurde. Sie schien völlig in sich gekehrt, in einer anderen Welt, und so fiel es ihm nicht schwer, sein Spannen im Verborgenen zu halten.

Um sie klarer zu sehen, öffnete er das Autofenster bis auf Augenhöhe. Irgendetwas hatte dieser Lockenkopf an sich. Sie gefiel ihm. Er verengte die Augen, um sie besser zu fokussieren. Sie wirkte zart wie eine Pusteblume. Nur ein Windhauch, und sie driftete auseinander. Wie ein heftiger Sturm würde er gern über sie kommen. Oder würde er lieber heftig in ihr kommen? Er grinste in sich hinein.

Dicke Wassertropfen landeten im Innenraum seines Autos. Er schloss das Seitenfenster wieder. »So ein Mistwetter«, beschwerte er sich. Dann schlang er seine Jacke enger um den Oberkörper. Johanna Baro hingegen setzte sich gleichgültig dem Regen aus. »Was ist los mit dieser Frau?« Grübelnd verzog er das Gesicht. Er ahnte, dass sie nicht zu unterschätzen war. All seine Recherchen über sie bestätigten dies. Die Hauptkommissarin war noch jung, aber sie wusste, was sie tat. Dennoch hatte sie sich mit den falschen Leuten angelegt.

Jähzorn keimte in ihm auf. Leider lag sein Schicksal nicht in den eigenen Händen. Alles würde stehen oder fallen mit einem einzigen Mann. Würde der Typ einknicken? Kaum vorstellbar, dass er dichthielt. Nein, auf diesen Kerl war kein Verlass – noch nie. Er selbst übernahm jetzt die Kontrolle. Beweise verschwinden lassen, Rache verüben. Auch war ihm klar, welche Frau als Nächstes fällig war.

* * *

Noch immer betrachtete Johanna Baro ihre Hände. *Hände*, schoss es in ihr Bewusstsein. *Es waren nicht meine Hände*. Umgehend setzte sie sich in Bewegung. Sie peilte einen Taxistand an. Nach wenigen Schritten aber blieb sie stehen. Ein missliches Gefühl überfiel sie. Ihr war, als würde sie beobachtet. Konzentriert studierte sie die Umgebung. Irritation umfing sie, als sie ein bekanntes Auto auf dem Klinikparkplatz entdeckte. Unsicher lief sie auf den Wagen zu.

Ja, er war es. Sie erkannte das Autokennzeichen. Mit einem Fingerknöchel klopfte sie gegen das geschlossene Fenster auf der Fahrerseite. Stefan Dresner schreckte zusammen und wandte sich ihr zu. Baro trat ein Stück zur Seite, damit er aussteigen konnte. Als er sich in voller Größe vor ihr aufbaute, schlang sie die Arme um seinen Körper. Sie schmiegte sich an ihn, atmete ihn ein, fand keine Worte. Wie dankte man seinem Lebensretter? Sie wusste es nicht. Und so standen sie einfach nur da, Arm in Arm, im Regen, und ein Gefühl der Geborgenheit überflutete sie, wie sie es zuletzt in frühester Kindheit gespürt hatte. Nur widerwillig ließ sie von ihm ab, peinlich berührt von ihrer emotionalen Überschwänglichkeit.

Mit dem Ellenbogen schirmte Dresner sein Gesicht vor dem Regen ab. Dann lief er um das Auto herum und öffnete die Beifahrertür für seine Partnerin. »Du wurdest entlassen. Wieso hast du nicht Bescheid gesagt? Ich hätte dich abgeholt.«

Wortlos stieg Baro ein. Dresner schlug die Tür zu, nahm wieder auf der Fahrerseite Platz. Sie deutete auf seinen Wundverband. »Was ist mit deinem Kopf passiert?« Er sagte nichts und sprach doch mit den Augen. »Hast du ihn festgenommen?«, fragte sie schließlich.

Er gab ihr eine umfangreiche Zusammenfassung der Ereignisse. Sie stellte keine Nachfragen, bat nicht um Details, schluckte, was in ihr hochstieg. »Hast du wegen mir auf dem Parkplatz übernachtet?«, fragte sie am Ende seiner Ausführungen.

»Ich war besorgt. Hast du mit der Krankenhauspsychologin gesprochen?«

»Nein, dafür ist keine Zeit. Ich muss dir dringend was sagen.«

»Mir? Besser bringe ich dich zur Seelsorgerin.«

»Frau Kruse? Nein, bloß nicht.« Als Dresner das Wort erneut ansetzte, vollführte sie eine wegwischende Geste. »Nein, hör mir genau zu. Ich habe eine Hand gesehen.«

»Wovon redest du? Wessen Hand?«

»In der Zisterne.«

Er nickte zustimmend. »Ja, ich habe dich herausgezogen. Mit meiner Hand.«

»Nein, es war eine Frauenhand. Isabell Reinhardt ist da drin.«

Dresner schien nachzudenken. Dann schüttelte er den Kopf. »Du wärst fast ertrunken. Das hast du dir eingebildet.«

»Es war keine Halluzination, es war echt.«

»Dort unten war es stockfinster. Wie hättest du sie …«

Baro packte seine Hand, drückte sie. »Vertrau mir bitte. Isabell ist da unten.«

Kapitel 29

Das erste Mal seit langem schloss Johanna Baro die Augen, weil sie das Sonnenlicht blendete. Es war einer dieser seltenen Oktobertage, die sommerwarm wirkten. Sobald man aber vor die Tür trat, erfasste einen klirrende Kälte. Mit verengten Lidern erkundete sie die Umgebung. Weitläufige Felder mit hohem Gras, Wälder in der Ferne, keine unnatürliche Geräuschkulisse. Bei Tageslicht wirkte der Bauernhof friedlich.

Um ihren Hitzewallungen beizukommen, öffnete Baro die gefütterte Regenjacke. Dann lehnte sie sich mit dem Rücken gegen den Dienstwagen. Aus sicherer Entfernung visierte sie das Taucher-Team und die Kollegen der Spurensicherung an, die sich um den Eingang der Zisterne versammelten. Mit jeder Minute wuchs ihre innere Anspannung. Ihren Arbeitskollegen hatte Baro erzählt, dass sie in der Hofeinfahrt verbleibe, um in Ruhe zu telefonieren. Womöglich hatte sie damit die Intelligenz ihrer Kollegen beleidigt. Immer wieder nahm sie ihr neues Diensthandy zur Hand, tippte mit zittrigen Fingern darauf herum, hielt es ans Ohr. Lieber fingierte sie Telefonate und machte sich damit zum Gespött, als sich noch einmal ihrer persönlichen Hölle zu nähern.

Gleichwohl war nicht zu leugnen, dass sie sich fragte, was ihre Kollegen jetzt von ihr hielten, ob sie hinter ihrem Rücken tratschten. Allen voran Stefan Dresner. Wahrscheinlich stufte er sie als intellektuell minderbemittelt ein. Zumindest waren ihr seine verstohlenen Blicke nicht entgangen. Als wäre sie ein Tier, das man lieber zum Abschuss freigeben sollte. Ganz im Unrecht war er damit nicht. Manch ein Polizist kam bei einer Verfolgungsjagd um, durch einen Messerangriff oder während eines Schusswechsels. Meist starben sie, um das Leben anderer zu schützen. Sie hingegen hatte ihren Kollegen im Dunkeln auf einen Bauernhof geschleppt, war über ein Feld gestapft und in eine landwirtschaftliche Wasserreserve gestolpert. Sie probierte, die aufkommenden Gefühle beiseitezuschieben, aber die Scham hing über ihr wie ein dunkles Tuch. Sie fürchtete, darunter zu ersticken.

Baro ging auf und ab, versuchte, gegen den gedanklichen Wasserfall anzuschwimmen. Für diesen Einsatz hatte sie eine Vielzahl an Kollegen einberufen. Sollte sie mit ihrem Verdacht, dass sich Isabell Reinhardt in der Zisterne befand, verkehrt liegen, wäre das gesamte Team Zeuge ihres endgültigen Gesichtsverlusts. Hatte sie taktisch falsch gehandelt? Allein aber hätte sie sich nicht hierher getraut, nicht dort hinunter, nicht mit den besten Sicherheitsvorkehrungen der Welt.

Plötzlich waren die Kollegen in hellem Aufruhr. Dresner winkte sie heran, doch sie deutete auf das Mobiltelefon. Wieder presste sie es sich ans Ohr. Fast schmerzhaft klopfte ihr Herz in der Brust. Dr. Kamau und Stefan Dresner schienen etwas auszudiskutieren. Auch der Tauchleiter mischte mit.

Unvermittelt ging Dr. Kamau in die Knie und nahm etwas aus der Zisterne entgegen – Baros Mantel und anscheinend ihre Dienstwaffe. Das war alles? Ihr wurde speiübel. Trat ihre schlimmste Befürchtung jetzt ein? Würden die Kollegen die Suche ergebnislos abbrechen?

Kapitel 30

Ihre Weiblichkeit reizte nicht nur Gleichaltrige, im Gegenteil. Sie brachte auch die Libido älterer Herren in Wallung. Eine wie zufällig wirkende Berührung am Oberschenkel, ein liebkosendes Streicheln über den Rücken, verheißungsvolle Blicke. Sie wusste um ihre Wirkung und nutzte sie gern zu ihrem Vorteil. Ein kostenloser Cocktail. Eine Taxifahrt nach Hause. Heißer Sex mit einem Gönner. Im Gegenzug hielt sie ihren Körper top in Schuss, denn ihre Physis wertete sie als Kapitalanlage. Derzeit trug sie das dunkelblonde Haar offen. Es umschmeichelte ihr symmetrisches Gesicht. Zentimeterlange Wimpern betonten ihre eichhörnchenbraunen Augen, die nur leicht hervorblitzten. Ja, sie war eine wahre Schönheit. Gewesen.

Jetzt war sie abgeschlossen von jeglicher Luftzufuhr, umgeben von abgrundtiefer Finsternis und betäubender Kälte. All das spürte sie jedoch nicht mehr. Nie wieder würde sie etwas spüren. Dies hatten sie sichergestellt. Die Messerstiche waren tief in ihren Körper eingedrungen, hatten Blutgefäße, Nerven und Sehnen verletzt, Knochen freigelegt. Die Wundränder der Schnittverletzungen klafften weit auseinander, waren stumme Zeugen ihrer Qual, des Verrats. Fäulnisgase trieben ihren schlankwüchsigen Körper gen Wasseroberfläche, doch der Spanngurt hielt ihn in der Tiefe. Alle Anspannung war ihrem toten Leib entwichen. Ungehindert wiegte das strömungsarme Wasser ihn hin und her. Mikroorganismen labten sich daran. Die einst blütenreine Haut wies zahlreiche Verfärbungen auf, löste sich an einigen Stellen.

Schallwellen durchbrachen die Wassergrabesstille. Etwas regte sich, tastete sich behäbig voran. Ein schwaches Licht bewegte sich durch die Zisterne. Es dauerte nicht lange, bis etwas ihre schüttere Hand ertastete, danach griff. Sie war gerettet und doch bereits verloren.

* * *

Stefan Dresner blickte hinunter in die Zisterne, als die schwarze Wasseroberfläche in Bewegung kam. Die Polizeitaucherin kam zum Vorschein, nahm das Mundstück heraus und informierte die Kollegen über den Leichenfund. Entsetzen überrollte Dresner. Auch ohne offizielle Bestätigung war er sicher – es handelte sich um den Leichnam von Isabell Reinhardt. Mechanisch griff er zum Handy und informierte die zuständige Staatsanwältin über den Fund. Sie beschlagnahmte den Leichnam und gab ihn für den Abtransport in die Gerichtsmedizin frei. Ohne Bergungsverletzungen konnte der verquollene Körper anschließend aus der Zisterne gehievt werden.

Dresner trat zur Seite, ließ den Polizeifotografen und die Spurensicherung arbeiten. Er hielt sich den Handrücken an die Nase, um seine Geruchsnerven zu schonen. Eine automatische Bewegung, die nichts half. Die vernichtende Impression des Mädchens ließ ihn um Fassung ringen. Dieser Überreizung wollte er sich nicht länger aussetzen. Er begab sich zu seiner Kollegin Baro, die seit Stunden telefonierte. Jetzt saß sie im Auto und erledigte den Papierkram. Für diesen unermüdlichen Einsatz bewunderte er sie. Anfangs hatte er sie für verrückt gehalten, gestand er sich ein. Doch sein Vertrauen in sie hatte seine Zweifel überwogen. *Glücklicherweise*, dachte er, denn nun war sicher: In ihrem eigenen

Todeskampf hatte sie nicht halluziniert. Sie war auf ein nasses Grab gestoßen.

Seine Ermittlungspartnerin fügte gerade einige Dokumente zu einem Stapel zusammen, als er zu ihr ins Auto stieg. »Du hattest recht«, sagte er. »Ich bin mir sicher, dass es sich bei der Toten um Isabell Reinhardt handelt. Die Verwesung ist zwar fortgeschritten, aber ihr Gesicht, die Kleidung, der Schmuck, unverkennbar.«

Baro atmete hörbar auf. Ihre Gesichtszüge entspannten sich. Er gönnte ihr einen Moment, um die Nachricht zu verdauen. »Carlotta und Isabell Reinhardt. Ein Schwesternmord«, murmelte sie. »Hat Isabell äußerliche Verletzungen? Ist sie noch vollständig bekleidet?«

»Ich denke, Isabell wurde erstochen. Ja, sie ist voll angezogen. Ein Stichmuster zeichnet sich an ihrer Kleidung ab.«

Nachdenklich rieb sich Baro das Kinn. »Meine Theorie ist nach wie vor, dass Till nicht allein gehandelt hat. Die unterschiedlichen Vorgehensweisen sprechen dafür. Carlotta stirbt vermutlich an einer Medikamenten-Überdosis. Der Täter versenkt die Leiche nackt im Baggersee. Eine sehr passive Art des Tötens, wohingegen Isabells Mörder sehr aktiv vorging. Sie wird erstochen. Ihr Mörder wirft sie voll bekleidet in die Zisterne.«

»Ja, so scheint es zunächst«, warf Dresner ein. »Aber wir haben eine andere Theorie.«

»Dann lass mal hören.« Leben kehrte in Baros Sprechweise zurück. Endlich neigte sie sich ihm zu, nahm wieder Augenkontakt auf.

»Isabells Fuß war mit einem Spanngurt an einer Betonplatte fixiert. Daran grenzte eine weitere Betonplatte, kein weiterer Gurt. Außerdem haben wir einen Cashmere-Bademantel in der Zisterne gefunden. Er klemmte an einem defekten Überlaufgitter fest und jetzt rate mal, welcher Name darauf gestickt ist.«

»Carlotta, richtig? Sie personalisierte alles, gewann dem Gewöhnlichen nichts ab. Wenn also ihr Bademantel in der Zisterne war, ist davon auszugehen, dass ursprünglich beide Mädchen da unten waren.«

Dresner nickte stumm. »Das ist die Theorie.«

»Ich habe recherchiert. Die Zisterne umfasst mindestens zehn Kubikmeter Regenwasser. Sie diente als Wasserspeicher für Tiere und Feldwirtschaft«, fasste Baro hochkonzentriert zusammen. »Der Agrarbauer hat die Zisterne mit einem Notüberlauf ausgestattet, damit seine Felder bei starkem Regen nicht überfluten.« Für zwei Sekunden schloss sie die Augen, sortierte anscheinend ihre Ideen. »Der Täter entsorgt die Leichen in der Zisterne, lässt den Deckel beiseite. Wozu die Kraft aufbringen, das Loch wieder zu verschließen? Wer würde je wieder einen Blick in die uralte Anlage werfen?«, fragte sie theatralisch. »Carlottas Spanngurt wurde nicht vernünftig befestigt. Er löst sich bei dem Sturz ins Wasser oder kurz darauf. Jetzt rächt es sich, dass die Zisterne nicht verschlossen wurde. Der andauernde Regen lässt den Wasserpegel immer weiter ansteigen. Es entsteht ein Überdruck. Carlottas Leichnam wird durch das defekte Überlaufgitter gesogen. Wahrscheinlich entstehen dadurch die exakt parallel verlaufenden Schnittwunden auf ihrem Bauch. Sie und der apfelgrüne Spanngurt werden in den Baggersee gespült. Er diente wohl als gigantisches Überlaufbecken.«

Stefan Dresner sah sie mit großen Augen an. »Verdammt nochmal, Johanna. Für diese Erkenntnis haben wir über eine Stunde gebraucht. Beim nächsten Mal führe *ich* die Telefonate und aktualisiere die Ermittlungsakte.«

Endlich lächelte sie wieder. »Heute können wir nichts mehr tun, aber morgen werden wir Till Wißmann das Handwerk legen.«

Kapitel 31

Johanna Baro wäre heute gerne an vorderster Front dabei gewesen. Doch ihre Psyche arbeitete gegen sie, erlaubte nicht, was sie aus tiefstem Herzen wollte – vollen Einsatz zu zeigen. Dabei brauchte sie es nach ihrem Unfall dringender denn je, etwas steuern und bewirken zu können. Nur selbst zu handeln, gab ihr das Gefühl von Kontrolle und Sicherheit zurück, das auf so drastische Weise erschüttert worden war. Doch jetzt musste sie damit klarkommen, dass es nichts zu tun gab. Es galt zu warten, bis die Spurensicherung abgeschlossen war, bis der Obduktionsbericht vorlag und bis Till Wißmann wieder vernehmungsfähig war. Denn dies war auch Stunden nach seiner Festnahme nicht der Fall. Sie war entschlossen, die Zwischenzeit zur Regeneration zu nutzen.

Das Türschloss knackte, als sie ihren Schlüssel darin drehte. Im Gehen entledigte sie sich ihrer Schuhe und deponierte die Einkaufstüten mit den frischen Lebensmitteln auf dem Küchentresen. Ihre Regenjacke warf sie über einen Küchenstuhl. Nachdem sie die Einkäufe verstaut hatte, wusch sie die Hände und stellte sich an den Herd. Sie klappte das Anfänger-Kochbuch auf, das schnelle Gerichte mit nur fünf Zutaten versprach. Alles, was sie benötigte, waren Knoblauchzehen, Zucchini, Tiefkühl-Lachs, Olivenöl und Nudeln. Beschwingt nahm sie das neue Projekt in

Anlauf. Sie schälte, schnippelte, setzte Salzwasser auf, fettete die Pfanne wie im Rezept vorgegeben.

Etwa dreißig Minuten später roch es feurig, aber nicht auf die gute Weise. Baro fand sich einer verbrannten Lachspfanne und verkochten Nudeln gegenüber. Sie kippte ein Küchenfenster, um den fürchterlichen Rauchgestank aus ihrer Küche zu vertreiben. Kurz überlegte sie, ob Salz und Pfeffer die Lösung wären. Großzügig verteilte sie die Gewürze und stocherte probeweise mit der Gabel in den Nudeln herum. Sie bildeten einen matschigen Einheitsbrei, trotzdem probierte sie ein wenig. *Völlig versalzen.* Mit dem Messer kratzte sie die schwarze Kruste vom Lachs. Innen schien er roh. Wie war ihr das gelungen? Offensichtlich hatte sie das Kochtalent ihrer Mutter geerbt. Die letzte vernünftige Mahlzeit, die sie zu Hause vorgesetzt bekommen hatte, entstammte dem Kochlöffel ihres Vaters.

Schweren Herzens verfrachtete sie das Essen in den Biomülleimer und öffnete den Küchenschrank mit ihren Instant-Nudelsuppen. Sie setzte Wasser auf und bereitete einen Becher zu. Wenigstens hier vergeigte sie nichts. Mit der Thai-Curry-Suppe schlenderte sie ins Wohnzimmer.

Baro wickelte sich in eine Merinowolldecke und kuschelte sich in die fluffigen Sofakissen. Sie hielt den heißen Suppenbecher unter die Nase, sog den aufsteigenden Dampf ein. *Viel besser als Lachsnudeln*, urteilte sie und nippte. Nach der Mahlzeit warf sie das erste Mal seit langem den Fernseher an. Eigentlich verabscheute sie das Fernsehprogramm. Es kostete zu viel Lebenszeit. Sie zappte eine Weile und blieb bei einem kitschigen Liebesfilm hängen. Das gute Ende des Films stimmte sie traurig. All das erlebten Carlotta und Isabell Reinhardt nicht mehr. Eine Partnerschaft fürs Leben, die große Liebe, Kinder. Auch lag völlig im Unklaren, ob Polizeianwärter Daniel Möller dies noch erleben würde. Nach wie vor schwebte er in Lebensgefahr. Sie würde ihn im Krankenhaus besuchen, sobald es sein Gesundheitszustand erlaubte.

In Windeseile switchte Baro das Programm um, hoffte, damit auch auf andere Gedanken zu kommen. Sie landete bei den Abendnachrichten. Zwei Sekunden lang setzte ihr Atem aus, als unkenntlich gemachte Bilder von Till Wißmann und Daniel Möller eingeblendet wurden. Ebenso Aufnahmen des Bauernhofs, des Waldgebiets und des Baggersees. Ihre Hände wurden feucht, kribbelten. Sie schaltete den Fernseher ab. Die Bilder waren unerträglich. Baro warf die Wolldecke beiseite und stand auf. Auf wackeligen Beinen begab sie sich ins Badezimmer. Es kostete sie wieder etwas Überwindung, den Wasserhahn aufzudrehen. Zunächst ließ sie kaltes Wasser über ihre Hände laufen, dann wusch sie ihr Gesicht, betrieb Katzenwäsche. Als sie kurz darauf im Bett lag, war sie noch hellwach. Sie stöpselte sich die Kopfhörer ihres altmodischen MP3-Players ein und suchte nach einer passenden Traumreise.

Es läutete an ihrer Wohnungstür. Oder täuschte sie sich? Sie nahm die Kopfhörer ab, legte sie beiseite und lauschte einige Sekunden. Es herrschte Stille, nur aus den Ohrstöpseln ihres Players drangen diffuse musikalische Klänge. Ihre Gedanken schalteten in den Schnelldurchlauf. Wie sollte jemand an ihrer Wohnungstür klingeln, wenn sie niemanden ins Haus gelassen hatte? Im Grunde konnte es bloß ihre direkte Nachbarin sein. Zu der Achtzigjährigen pflegte sie regelmäßigen Kontakt, um sie im Alltag zu unterstützen. *Aber nein*, fiel ihr ein. Margit konnte nicht geklingelt haben. Sie lag derzeit im Krankenhaus.

Baro schnappte sich das Diensthandy vom Nachttisch und überprüfte das Display. Keine ungelesenen Nachrichten, keine verpassten Anrufe. Sie steckte es ein und schwang sich auf, um nachzusehen, wer um diese Uhrzeit etwas von ihr wollte. Ein ungutes Gefühl kroch durch ihren Körper, infiltrierte jede Zelle.

Vor ihrer geschlossenen Wohnungstür machte sie Halt. »Hallo?«, fragte sie und lauschte. Ein Geräusch! Schlierige Hände, die über das hölzerne Türblatt fuhren? Sofort tat Baro einen Schritt nach vorn und linste mit einem Auge durch den Türspion. Nichts als Dunkelheit. »Wer ist da?«, fragte sie heiser.

Das Streichen an der Tür erstickte. Noch immer starrte sie konzentriert in das konturlose Anthrazit, wartete darauf, dass etwas in ihr Sichtfeld trat. Aber wenn da draußen jemand war, wieso brannte das Flurlicht nicht? Oder hatte jemand den Türspion abgeklebt, um sie zu täuschen? Sofort randalierte das Herz in ihrem Brustkorb.

Reiß dich gefälligst zusammen, Johanna!, trieb sie die Vernunft an. *Du bist Polizistin. Mach die Tür auf und sieh nach, was los ist.* Ohne einen weiteren Gedanken entriegelte sie die Tür und warf einen Blick in den Flur.

»Hallo?«, fragte sie in den Gang hinein. Tatsächlich herrschte Dunkelheit. Nur das Licht aus ihrer Wohnung sorgte für eine matte Beleuchtung. Ihr sechster Sinn befahl ihr, die Wohnungstür wieder zuzuschlagen, doch ihre Füße waren wie festgewachsen. Jeden Augenblick erwartete sie, dass sich ein Schatten aus einer der dunklen Ecken löste, auf sie zutrat, sie packte.

Doch da war niemand. *Du wirst langsam verrückt*, sagte sie sich und dennoch war es auf einmal da. Dieses Gefühl, das alles in ihr zerfaserte. Die Intuition, unter Beobachtung zu stehen, verfolgt zu werden. Verfolgt bis zu ihrer eigenen Privatwohnung. Loswerden konnte sie dieses Bauchgefühl nur, indem sie sich selbst das Gegenteil bewies, also trat sie mit einem großen Schritt vor die Wohnungstür.

Ihr Blick zog hoch zur Decke. Der Bewegungsmelder reagierte nicht, erfüllte weder den Flur mit Licht noch sie mit Erkenntnis. Mit den Fingern tastete sie nach dem Lichtschalter und betätigte ihn, erfolglos. Womöglich war die Sicherung für das Treppenhaus rausgeflogen. Nur ein komischer Zufall?

Schritte entfernten sich.

Also doch! Sie war nicht verrückt! Jemand war hier! Aber wieso antwortete ihr dieser jemand nicht? Sie streichelte sich über die Halspartie, hielt inne. Ihre Halsschlagader pochte wie wild. Kurzerhand zog sie den Wohnungsschlüssel ab und ließ die Tür von außen ins Schloss fallen. Mit wenigen Schritten erreichte sie den glatten Handlauf des Treppengeländers. Stufe um Stufe folgte sie der unbekannten Person nach unten. In regelmäßigen Abständen bot das grüne Licht der Notausgangsbeschilderung Orientierung.

Dann verhallten die fremden Schritte. Aber es folgte kein Aufschließen einer Wohnungstür, kein Läuten daran oder ein Klopfen. Was war hier los? Hatte sich jemand strategisch positioniert? Würde gleich jemand hervorspringen, sie packen und mit schierer Körperkraft überwältigen? Kurz wurden ihre Beine schwach.

Stell dich nicht so an, Johanna!

Sie setzte sich wieder in Bewegung, blieb aber auf der Hut. Im Erdgeschoss angekommen öffnete sie zunächst die Haustür. Etwas schlug ihr entgegen – ein eisiger Nachtwind, der ihre Locken aufwirbelte. Baro inhalierte die frische Luft, hoffte auf eine beruhigende Wirkung, vergeblich. Dann kontrollierte sie das Türschloss. Spuren der Manipulation waren daran nicht zu erkennen. Sekundenlang blickte sie zur Tür hinaus, machte aber niemanden aus. Wahrscheinlich hielt sich die unbekannte Person noch irgendwo im Haus auf!

Ihr Blick wanderte die Treppenstufen zum Kellergeschoss entlang. Diesen Teil des Hauses betrat sie selbst tagsüber nur ungern. Jetzt blieb ihr keine Wahl. Zögernd nahm sie die erste Stufe, dann horchte sie in die grün-schwarze Dunkelheit.

Jetzt mach schon, Johanna!, dachte sie und schlich weiter. Sie atmete so flach, dass sie das Gefühl hatte, jeden Augenblick zu ersticken. Als sie unten ankam, stellte sie erstaunt fest, dass die Tür nicht verschlossen war. Es klickte, als sie den Lichtschalter betätigte, doch es tat sich nichts. Auch die Stromversorgung im Kellergeschoss war unterbrochen.

Fremde Atmung.

Ein und aus.

Ein und wieder aus.

Ein Schmerz erfasste ihren Brustkorb. Als krallte sich eine Eishand in ihr Herz, deren spitze Fingernägel das feine Herzmuskelgewebe zerstachen. Mit aller Macht atmete sie gegen diese Empfindungen an. Ihre Dienstwaffe hatte sie nicht dabei, diese lag in ihrem Schließfach auf der Dienststelle – wie immer nach Feierabend. Notfalls würde sie sich auf andere Weise verteidigen. Dazu müsste sie ihren Feind aber erst einmal sehen. Sie brauchte Licht. Gezielt griff sie nach ihrem Handy und schaltete die integrierte Taschenlampe ein.

»Hallo?«, fragte sie erneut. Als Antwort nur der Atem.

Getreu dem Motto *Angriff ist die beste Verteidigung* setzte sie einen Fuß vor den anderen, beschleunigte ihren Schritt, ging vorbei an den zahlreichen Kellertrennwänden aus Holz. »Ich weiß, dass jemand hier ist. Kommen Sie raus!«

Etwas hauchte ihr entgegen.

Zog über ihr Gesicht.

Ein kalter Windzug.

Sofort blieb sie stehen.

Eins der schmalen Kellerfenster stand offen. Ein letztes Mal drehte sie sich um, bevor sie darauf zuschritt. Um es zu schließen, musste sie sich auf die Zehenspitzen stellen. Wer hatte es bloß geöffnet? Alle aufkommenden Theorien verdrängte sie. Sie lief zum Sicherungskasten und drückte die Schalter für die Flur- und die Kellerbeleuchtung wieder hoch. Sofort presste sie den Zeigefinger auf einen der Lichtschalter. Jetzt flackerten zwei einsam hängende Glühbirnen von der Decke. Sie tauchten die Umgebung in ein schauriges Dämmerlicht.

Baro war allein. Sie schüttelte den Kopf. Was war nur los mit ihr? Fantasierte sie jetzt schon Menschen herbei, die ihr nachspürten?

Wie ein Kleinkind, das nach einem Albtraum in das schützende Elternschlafzimmer rennt, begab sie sich wieder in ihre Wohnung. Mit dem Panzerriegel sicherte sie die Wohnungstür von innen und kehrte zurück ins Schlafzimmer. Sie schmiegte sich in die Daunenbettwäsche, steckte die Kopfhörer ihres MP3-Players in die Ohren und hörte eine Traumreise. Erst kurz vor Ende der Meditation fiel sie in einen unruhigen Schlaf.

Kapitel 32

Am liebsten wäre sie noch unter der wärmenden Bettdecke vergraben, anstatt schon im Büro zu sein, doch ein wichtiger Termin stand an. Gegen halb acht sperrte Baro den größten Besprechungsraum auf, den das Polizeipräsidium zu bieten hatte. Eine Viertelstunde später tauchte auch Stefan Dresner auf und half ihr mit den Vorbereitungen. Bald darauf füllte sich der Raum mit Leben und fünfzehn Augenpaare richteten sich auf die beiden.

»Guten Morgen«, begrüßte Baro die Mitglieder der Mordkommission und wandte sich den Gästen zu. »Heute haben wir Unterstützung von den Bremer Kollegen. Wir hoffen auf eine produktive Zusammenarbeit.«

Während sich die unbekannten Gesichter vorstellten, dachte sie intensiv nach. Wißmanns Festnahme war ein erster Meilenstein in der Klärung der Mordfälle, aber darauf durften sie sich nicht ausruhen. Die Indizien waren noch unzureichend. Jetzt galt es, gerichtsfeste Beweise zusammenzutragen. Sie würden Wißmann damit konfrontieren und ihm ein Geständnis entlocken. Im Idealfall.

Stefan Dresner erhob sich und schaltete den Beamer ein. Zunächst erläuterte er den Bremer Kollegen die Sachlage, das strategische Vorgehen und den bisherigen Ermittlungsstand. Seinen

Vortrag ergänzte er mit passenden Bildern. Zum Schluss zeigte er die Aufnahme von Isabells Leichnam, der direkt neben dem Zisterneneingang aufgebahrt war. Ein Raunen ging beim Anblick der zugerichteten Wasserleiche durch die Anwesenden.

»Es ist zweifelsfrei bestätigt, dass es sich um Isabell Reinhardt handelt. Ihre Identität wurde anhand des Zahnstatus ermittelt. Die Eltern werden derzeit von den Kollegen informiert. Auch die Seelsorgerin ist erneut mit im Einsatz.«

Dresner zeigte Leichenbilder aus der Gerichtsmedizin. »Der Obduktionsbericht liegt bereits vor. Leitender Obduzent war Prof. Dr. Castens. Der Leichnam lag maximal zehn Tage unter Wasser. Spuren sexueller Gewalt wurden nicht gefunden. Es hat aber eine äußere Gewalteinwirkung auf ihren Kopf gegeben, von der sie eine Gehirnerschütterung davongetragen hat. Der Professor beschreibt zudem Abwehrverletzungen an Händen und Armen des Mädchens. Diese offenen Fleischwunden sind mehrere Zentimeter lang. Isabell hat sich massiv gegen einen Messerangriff gewehrt. Womöglich hat sie den Täter sogar gebissen, denn es wurden minimalste Blutanhaftungen in ihren Zahnzwischenräumen gefunden, die nicht auf eigene Verletzungen zurückzuführen sind. Wir werden versuchen, ein DNA-Profil daraus zu gewinnen.«

»Isabell wehrte sich noch«, wiederholte Baro. »Sie war also nicht betäubt, im Gegensatz zu ihrer Schwester.«

»Richtig. Die Befunde der toxikologischen Untersuchungen stehen jedoch aus.« Dresner blendete ein Bild von Isabells Oberkörper ein. »Kommen wir zur Todesursache. Isabells Körper weist insgesamt zwölf Stichverletzungen auf. Drei davon im Bauchbereich, acht im Brustbereich und eine im Hals. Die Klinge des Tatmessers war glatt geschärft, circa zwanzig Zentimeter lang und viereinhalb Zentimeter breit.«

»Demzufolge verstarb sie an hohem Blutverlust.«

»Nein, aufgrund der Stichverletzung im Hals gab es ... ich zitiere ... *Bluteintritte über die Luftröhre in die Lunge.* Todesursächlich war eine Blutaspiration«, korrigierte Dresner.

Baro schluckte schwer. »Sie ist an ihrem eigenen Blut erstickt?«

»Genau.«

»Mein Gott«, sagte ein Bremer Kollege mitleidvoll. »Eine qualvolle Art zu sterben.«

Baro rückte ihren Bürostuhl ab. »Ich bin gleich zurück.« Ohne ein weiteres Wort verließ sie den Raum, passierte den Flur in Richtung Damentoilette. In ihrem Kopf zirkulierte es unaufhaltsam. *Das Mädchen ist erstickt. Sie ist an ihrem eigenen Blut erstickt.* Tränen stiegen in ihren Augen auf, sie blinzelte dagegen an. »Stell dich nicht so an, Johanna.« Als sie realisierte, dass sie die Worte laut aussprach, kniff sie die Lippen zusammen.

Zweimal vergewisserte sie sich, dass die Kabinentür verschlossen war, bevor sie ihre Hosentaschen abtastete. Sie zog eine kleine Metalldose hervor und entnahm einen Center Shock. Als das Kaugummi ihre Zunge berührte, ließ die extreme Säure ihre Geschmacksknospen explodieren. Mit verzerrtem Gesicht lutschte und kaute sie. Alle Gedanken, alle Gefühle, ordneten sich dem intensiven Reiz unter. Sie lehnte sich gegen die Kabinentür und schloss die Augen. Nach ein paar Minuten kehrte ihre Klarheit zurück.

Es war nicht zu leugnen, dass der Vorfall in der Zisterne eine Lawine in ihr losgetreten hatte. Ihre krankhafte Angst vor Wasser, vor dem Ertrinken, war mit voller Wucht zurückgekehrt. Vermeidungsverhalten verstärkte Ängste, nachweislich, doch wider besseres Wissen begnügte sie sich mit Katzenwäschen und hielt sich mit starken äußeren Reizen handlungsfähig. Baro nahm einen weiteren Center Shock zu sich. Der berufliche Alltag gab ihr Stabilität, eine gewisse Normalität. Sie würde die Situation aushalten, funktionieren. So lange wie möglich würde sie sich für die Mädchen zusammenreißen. Geräuschvoll stieß sie die Luft aus, dann verließ sie die Toilette, um sich wieder in die Arbeit zu stürzen. Als sie den Besprechungsraum betrat, herrschte Ruhe. Dr. Kamau, der Leiter der Spurensicherung, hatte gerade das Wort und unterbrach seinen Vortrag, bis Baro Platz genommen hatte. Sie signalisierte ihm fortzufahren.

»Wir haben den Fundort von Isabells Leichnam überprüft. Till Wißmann hat sich erwiesenermaßen dort aufgehalten. Er hatte sich einen provisorischen Schlafplatz in dem Bauernhof eingerichtet. Wir haben dort auch seinen Rucksack entdeckt. Dieser wird derzeit auf Spuren der Opfer hin untersucht, ebenso seine getragene Kleidung.« Dr. Kamau blätterte in seinen Unterlagen. »Wir haben mal wieder eine Nachtschicht eingelegt. Dieser Fall hat höchste Priorität. Trotz intensiver Suche haben wir bislang keine Anhaltspunkte dafür gefunden, dass sich die Mädchen in den Gebäuden aufgehalten haben, ob tot oder lebendig. Es ist praktisch unmöglich, einen Raum zu betreten, ohne Spuren zu hinterlassen. Wir vermuten deshalb, dass die Mädchen nie in den Objekten waren, gegebenenfalls aber auf dem Außengelände. Spuren wurden allerdings nicht gesichert. Wahrscheinlich hat der anhaltende Regen alles vernichtet. Ob es sich bei dem Bauernhof um den Tatort handelt, lässt sich anhand der Spurenlage nicht nachweisen.«

Baro übernahm das Wort. »Gehen wir davon aus, dass Wißmann die Mädchen nachträglich dorthin gebracht hat. Wie hat er das angestellt? Der landwirtschaftliche Betrieb liegt weit draußen. Er selbst hat kein Auto. Außerdem wurde die Abdeckung von der Zisterne entfernt. Zwei leblose Körper wurden an Betonplatten befestigt darin versenkt. Ohne helfende Hände scheint mir das unrealistisch.«

Kamau zuckte die Schultern. »Gut möglich, dass Wißmann Hilfe hatte, aber es wurden keine Spuren weiterer Personen gesichert.«

»Ist Dresners Dienstwaffe wieder aufgetaucht?«

»In der Tat. Die Schusswaffe lag in einem Busch neben den Stallungen. Wißmann hatte sie in der Hand, das belegen die Fingerabdrücke. Die Waffe wurde allerdings nicht abgefeuert. Wahrscheinlich hat er sie bloß in dem Gestrüpp entsorgt.«

Geduldig wartete Baro die letzten Ausführungen des Doktors

ab, bis sie sich an Milo Levin, den Leiter der IT-Forensik richtete. »Wie ist euer Ermittlungsstand?«

»Die Datenanalyse von Isabells Handy ist abgeschlossen. Laut Funkzellenauswertung hat sie das Gelände des Studentenwohnheims seit Sonntag nicht verlassen. Zuletzt hatte sie nur noch Kontakt zu ihren Eltern. Das letzte Mal hat ein Telefonat am Dienstag stattgefunden, also einen Tag nach der Vermisstenmeldung ihrer Schwester.«

»Zumindest Isabells Handy hat das Gelände des Studentenwohnheims nicht verlassen«, relativierte Baro. »Dennoch könnte sie mit K.O.-Tropfen betäubt und entführt worden sein. Sie muss irgendwie nach Ellastadt zurückgekommen sein.«

Ein Bremer Kollege zeigte auf. »Umso wichtiger sind die Kameraaufnahmen des Studentenwohnheims. Der Antrag der Staatsanwaltschaft liegt bereits vor. Wir erwarten, dass die Richterin den Durchsuchungsbeschluss zeitnah erlässt. Zusätzlich werden wir die Aufnahmen des gesamten öffentlichen Nahraums überprüfen. Bis dahin laufen großangelegte Befragungen im Wohnheim. Auch auf dem Campus der Universität. Die Spurensicherung hat bereits Isabells Studentenzimmer inspiziert und Proben an die kriminaltechnische Untersuchungsstelle weitergeleitet.« Er erläuterte minutenlang die Einsatzstrategie, bis Baro wieder das Wort ergriff.

»Familie Reinhardt hat eine weitere Tochter verloren. Nun folgt das übliche Prozedere. Befragung der Angehörigen. Umfeldanalyse. Untersuchung des Zimmers im Elternhaus und und und.« Sie griff nach einem schwarzen Marker, um die Ermittlungsstrategie für alle gut sichtbar auszutüfteln. Nun musste sie doch ein eigenes Whiteboard für Isabell Reinhardt anlegen. Dies bedauerte sie zutiefst.

Kapitel 33

Stefan Dresner setzte einen einsichtigen Gesichtsausdruck auf, bis sein Chef außer Sichtweite war und dessen Toben in einem entfernten Gang verhallte. Dann tauschte er emotionslose Blicke mit Baro. Hermann Krüger hatte ihnen einen kräftigen Einlauf verpasst, weil Dresner noch immer kein ärztliches Attest vorwies. Zudem hatte der Klinikchef höchstpersönlich gepetzt, dass Baro das Krankenhaus gegen ärztlichen Rat verlassen hatte. Krüger verlangte, dass sie zukünftig spurten, ansonsten würde er sie mit Akten fluten, die so alt waren, dass sie noch in Hieroglyphen verfasst waren. Nur mit hochheiligen Versprechungen hatten sich Dresner und Baro aus der Affäre ziehen können. Jetzt war es an der Zeit, sich wieder wichtigeren Dingen zuzuwenden. Nach der Zusammenkunft der Mordkommission hatten sie erfahren, dass Till Wißmann endlich vernehmungsfähig war und man ihn ins Präsidium gebracht hatte. Auf dem Weg dorthin warf Dresner einen Blick auf seine Teampartnerin. Fertig mit der Welt, ausgelaugt, K.O., wie man es auch nannte, offensichtlich war sie genauso am Ende wie er. Dennoch waren beide wild entschlossen.

Dresner öffnete die Tür zum Verhörraum und ließ seiner Kollegin den Vortritt. Till Wißmann lehnte sich entspannt im Stuhl zurück, wirkte selbstsicher. Dieser Kerl war der Grund für so viel Ärger, für all das Leid der Familie Reinhardt. Dresner nahm sich zusammen, um ihn kein weiteres Mal am Kragen zu packen und über den Tisch zu ziehen.

»Ohne meinen Anwalt sag ich nichts«, begrüßte Till die beiden.

Dresner und Baro setzten sich zu dem Verdächtigen an die Tischgruppe. Sie schalteten das Tonbandgerät ein und saßen sich im Anschluss an die obligatorische Rechtsbelehrung eine Weile stillschweigend gegenüber.

Demonstrativ sah Dresner auf die Armbanduhr. Es wurde Zeit. »Ich fürchte, dein Anwalt verspätet sich. Wir haben jetzt eine viertel Stunde gewartet.«

Baro wandte sich Wißmann zu und nickte ermunternd. »Fangen wir doch an.«

»Guter Vorschlag«, bekräftigte Dresner und öffnete die Ermittlungsakte. »Carlotta und Isabell Reinhardt. Was kannst du uns zu den Mädchen erzählen?« Wißmann reagierte nicht. »Hattest du es speziell auf die Familie Reinhardt abgesehen? Hast du sie längere Zeit beobachtet?« Dresner studierte die Mimik des Befragten. Dieser schien einen inneren Kampf auszufechten.

»Greifen Sie mich wieder an?«, fragte Wißmann forsch.

»Gibst du mir einen Grund dafür?«

»Sie können mir antun, was sie woll'n. Ich sag nichts.« Wißmann warf einen hoffnungsvollen Blick zur Tür.

»Falls du auf deinen Anwalt wartest – ob der noch kommt?«, tat Dresner bedauernd. »Fangen wir doch mit Isabell an. Wie kam sie von Bremen zurück nach Ellastadt? Hast du sie irgendwo abgefangen?«

Baro rückte näher an den Verhörtisch.

»Im Studentenwohnheim? Am Hauptbahnhof?« Sie scannte Wißmann eindringlich. »Sämtliche Videoaufnahmen werden uns zeitnah vorliegen. Alles nur eine Frage von Stunden.«

Wißmanns Blick schweifte zwischen Tür und Boden. »Es bleibt dabei, ich sag nichts.«

»Dein Anwalt kommt nicht«, warf Dresner ein.

»Wahrscheinlich hat er die Ermittlungsakten eingesehen. Der verschwendet seine Zeit nicht mit hoffnungslosen Fällen.«

»Gut möglich.« Baro nickte energisch. »Hast du noch mehr Leichen auf dem Bauernhof entsorgt? Wir werden die Zisterne auspumpen, das gesamte Gelände umgraben, wenn es sein muss.«

»Die Wohnung deines Vaters werden wir übrigens auch auseinandernehmen«, erwähnte Dresner. »Dein Zimmer wurde bereits untersucht. Wir haben ein Haar von Carlotta gefunden.«

Plötzlich erwachte Wißmann zum Leben. »Ich behaupte ja gar nich', dass sie nie bei mir zu Hause war!«

»Hört, hört. Es spricht!«, verhöhnte ihn Dresner. »Wieso warst du auf der Flucht, wenn du keinen Dreck am Stecken hast?«

»Das hab ich letztes Mal schon beantwortet.«

»Tut mir Leid. Hatte ich ganz vergessen. Du warst im Kurort, um dich von deiner Arbeitslosigkeit zu erholen. Allein im Wald. Hast Pilze gefressen.« Die Tür zum Verhörraum stieß auf. Dresner taxierte den unbekannten Mann im braunen Cordanzug, der gut und gerne zwei Nummern größer hätte ausfallen können. Sein Blick schweifte auf die Hemdknöpfe, die auf Hochleistung arbeiteten. Hoffentlich platzte keiner ab und knockte jemanden aus. »Sie sind der Rechtsbeistand von Till Wißmann?«, fand Dresner zu seiner Konzentration zurück.

»Peter Habeck mein Name. Haben Sie ohne mich angefangen?«, fragte er sichtbar aufgebracht. »Sie wissen, dass Ihnen das nicht gestattet ist.«

»Wir waren uns nicht sicher, ob Sie uns heute noch beehren.«

»Ich beehre Sie. Habe aber keine guten Nachrichten im Gepäck. Zumindest nicht für Sie.« Er hievte seinen Aktenkoffer auf den Verhörtisch, blieb aber stehen. »Hätten Sie Ihre Arbeit akribisch erledigt, würde ich Sie heute nicht behelligen. Als mir mein Mandant von seinem Alibi berichtete, recherchierte ich. Es hat eine Weile gedauert, aber ich lokalisierte das besagte Waldstück. Nach wenigen Anrufen hatte ich das zuständige Forstamt am Telefon. Das genannte Alibi zu überprüfen, wäre übrigens Ihre Aufgabe gewesen.« Habeck setzte die Finger an die metallenen

Verschlüsse seines Aktenkoffers. Mit einem synchronen Klacken sprangen sie auf. Er zog ein Tablet hervor und wischte über das Display. Dann positionierte er das Gerät so, dass alle Anwesenden eine gute Sicht darauf hatten. »Haben Sie schon mal was von Wildkameras gehört?«

Dresner starrte wie gebannt auf das präsentierte Videomaterial. Zunächst tat sich nichts, doch dann huschte ein Mann durch das Bild. »Das könnte jeder gewesen sein«, gab er Contra, aber presste die Lippen zusammen, als Till Wißmann ein zweites Mal in den Bildausschnitt trat. So nah, dass seine geweiteten Pupillen sichtbar wurden. Anschließend tauchte Wißmann erneut unter, bis er selbstumarmend wieder erschien. Er tänzelte in die Ferne und kuschelte sich an einen Baum. »Jugendfrei bleiben die Aufnahmen aber schon?«, fragte Dresner. Er glaubte einfach nicht, was er da sah. Welcher besoffene Ermittler, verdammt nochmal, war für die Überprüfung des Alibis verantwortlich gewesen? Wie konnte das übersehen werden?

Geh lieber in Deckung!, drohte er dem Kollegen im Geiste, als ein Feuer der Wut durch seinen Brustkorb zog und nichts als Schutt und Asche hinterließ. Verzweifelt sah er hinüber zu Baro, hoffte, dass sie wie sonst seine innere Tobsucht registrierte, irgendwie besänftigend auf ihn einwirkte. Ein maßregelndes Räuspern, eine beruhigende Hand auf seinem Oberschenkel. Aber nichts. Fassungslosigkeit formte ihre Gesichtszüge. Ihr käme so schnell nichts mehr über die Lippen, also atmete er tief durch und setzte selbst die Befragung fort. »Was ... zur Hölle ... hast du da gemacht?«, fragte er Till und deutete auf das Tablet.

Wißmann formte ein Herz mit den Händen. »Auf Pilzen liebt man alles.«

»Gott bewahre, dass du dich fortpflanzt.« Dresner wandte sich an den Anwalt. »Wieso ist Ihr Mandant geflohen, als wir auf dem Bauernhof waren?«

»Aufgrund früherer Erfahrungen ...«

»Wegen euch ist mein Onkel im Knast. Unschuldig!«, redete

Wißmann rein. »Ich trau kei'm Polizisten und kei'm Richter dieser Welt.«

»Um es richtig zu verstehen. Du fliehst, weil du Angst hast, unschuldig hinter Gittern zu landen. Doch auf der Flucht begehst du Straftaten, für die du definitiv im Knast landest?«

»Sie brauchen mich nich' hinzustellen, als wär ich blöd.«

»Nein, nein. Blöd wäre eine Untertreibung. Das ist unbestreitbar dämlich.« Dresner spähte unter den Tisch und betrachtete Wißmanns Schuhe. Klettverschlüsse. Er erinnerte sich an die Aussage von Luise Petermann, dass Till zu dumm sei, um Schnürsenkel zu binden. Möglicherweise hatte sie recht.

»Okay«, nahm Wißmann den Faden wieder auf. »Die Drogen haben mich total platt gemacht. Heute bin ich das erste Mal seit 'ner Weile wieder klar im Kopf. Ich versuch, es Ihnen zu erklären.« Mit einer Hand bremste er den Widerspruch seines Anwalts aus. »Ja, Carlotta und ich haben Samstag telefoniert und geschrieben, weil wir an diesem Tag verabredet war'n. Nich' am Sonntag. Ich schwör, ich hab keine Ahnung, warum sie mich als Ausrede benutzt hat. Weiß nich', mit wem sie sich da in Wirklichkeit treffen wollte.«

»Kein Problem«, sagte Dresner. »Zeig uns den Nachrichtenverlauf zwischen dir und Carlotta. Dein Handy haben wir ja schon. Es war in deinem Rucksack, den du am Bauernhof zurückgelassen hattest. Bist du bereit, uns auch die SIM-Karte auszuhändigen?«

»Geht nich', die hab ich weggeschmissen. Wollte ja nich' geortet werden. An die Nachrichten darauf hab ich in dem Moment nich' gedacht. Ich konnte nich' richtich denken.«

Mit Mühe überging Dresner die Steilvorlage. »Carlotta und du wart also am Samstag verabredet.«

»Genau, aber sie ist nich' aufgetaucht. Da hab ich meine Tasche gepackt und bin am nächsten Morgen losgefahren. Mein Ladegerät hab ich zu Hause vergessen. Sonntag irgendwann der Saft leer. War erst total sauer, aber fand es dann doch ganz chillig, mal ohne Handy. Am Mittwoch bin ich zurück nach Ellastadt getrampt. Der Typ hatte eine Powerbank im Auto, also hab ich mein Handy angeschlossen. Ich les die Textnachrichten von Carlottas Vater. Ich hör die Mailboxnachrichten von ihm ab.« Er formte die Hand zu einem Telefonhörer und verdeutlichte den Horrormoment pantomimisch. »Dann check ich Berichte im Internet. *Leiche am Baggersee gefunden*. Ich wusste, das wird mir angehängt. Also hab ich mich am Baggersee absetzen lassen. Nein, war nich' das Schlauste, aber ich wollte es mit eigenen Augen sehen.«

»Was wolltest du sehen?«

»Weiß nich'. Vielleicht, dass alles wahr ist.« Er zuckte hilflos die Achseln. »Als mein Vater schrieb, dass die Bullen bereits bei mir zu Hause sind ... da ist eine Sicherung in mir durchgeknallt.«

»Durchgeknallt ist ein gutes Stichwort. Kann sein, dass wir dich nicht für den Mord an den Mädchen drankriegen, aber du hast mich mit einer Holzlatte ohnmächtig geschlagen. Ob Daniel Möller den Messerangriff überleben wird, ist noch unklar.« Er zeigte auf seine Ermittlungspartnerin. »Und dafür, dass du meine Kollegin in die Zisterne gestoßen hast ...«

»Wie bitte?«, fragte sie irritiert. »Till hat mich nicht geschubst. Ich bin gestürzt.«

»Wirklich? Bist du dir ganz sicher?«

»Ja«, entgegnete sie kaum vernehmbar. »Ich wusste gar nicht, dass die Vermutung im Raum steht.«

Dresner erstarrte wenige Momente zu einem Betonblock. Nur langsam bröckelte das Gestein von seinen Gliedern, bis er wieder bewegungsfähig war. Wortlos verließ er den Verhörraum und knallte die Tür hinter sich ins Schloss. Jetzt waren sie wieder am Anfang ihrer Ermittlungen.

Kapitel 34

Seine Wut galt mehr sich selbst als seiner Kollegin. Eigentlich war es nicht Dresners Art, wortlos aus Vernehmungen zu stürmen. Allerdings hatte er sich da drin gerade mit seinen haltlosen Anschuldigungen gegenüber dem Verdächtigen lächerlich gemacht. Dass Wißmann für die Morde sogar gänzlich als Täter ausschied, hatte ihm den Boden unter den Füßen weggerissen. Dresner donnerte die Bürotür auf. Noch im Stehen fuhr er seinen Dienstrechner herunter. Er zog seinen Mantel über und verließ das Büro. Es wurde Zeit, dass er Überstunden abbummelte. Im Geiste sah er sich schon auf dem heimischen Sofa. Sein Erholungs- und Schlafbedürfnis, seine Gesundheit, sollten nicht länger hinter seinen beruflichen Verpflichtungen anstehen. Nicht, wenn als Ergebnis ein Unschuldiger festgenommen wurde.

Dresner schnellte den Flur entlang, passierte offene Türen. Jemand rief »Hey Stefan«. Kurz spielte er mit dem Gedanken, denjenigen zu ignorieren und weiterzugehen, einfach nach Hause zu fahren, doch er hielt inne. Er machte einige Schritte rückwärts, bis er auf Höhe des Büros war, aus dem die Stimme gedrungen war. »Hey, was gibt es?«, begrüßte er Milo Levin.

Der Leiter der IT-Forensik winkte ihn stumm heran. »Setz dich«, bat er und tippte weiter auf der Computertastatur herum.

Dresner fürchtete, dass Levins Fingerkuppen jede Sekunde Feuer fingen. »Du hast anscheinend noch einiges zu tun. Ich komme sonst lieber morgen wieder vorbei«, bot er eigennützig an und musterte den knapp Dreißigjährigen mit dem ausnehmend eleganten Kleidungsstil.

»Nicht nötig.« Levin deutete auf den Laserdrucker, der einige Dokumente ausgab. Er überreichte die Papiere an Dresner. »Zunächst einmal habe ich die Laptops von Isabell und Carlotta Reinhardt untersucht. Auf Letzterem habe ich einen Trojaner entdeckt. Den Virus hat sie sich vor vier Monaten über eine E-Mail eingefangen. Der Besitzer der Mailadresse ist leider nicht ausfindig zu machen, da der Server im Ausland liegt. Hier hat jemand sein Treiben gekonnt verschleiert, womöglich besteht aber auch gar kein Tatzusammenhang.«

»Also noch mehr schlechte Nachrichten.«

»Tut mir leid, ansonsten gibt es keine tatrelevanten Inhalte auf den Rechnern.«

»Vielen Dank für deinen Versuch.« Dresner war im Begriff zu gehen.

»Eine Minute noch«, hielt Levin ihn auf. Er deutete auf die Papiere in Dresners Händen. »Ein neuer Ermittlungsansatz hat sich dennoch aufgetan. Es gibt auffällige Hasskommentare unter Carlottas und Isabells Posts in unterschiedlichen sozialen Netzwerken. Den Verfasser unter dem Namen *Ich_kenne_dich* konnte ich ausfindig machen. Der Anschlussinhaber ist ein gewisser Bernhard Petermann. Sagt dir der Name was?«

»Petermann?«, fragte Dresner konsterniert. »Carlottas beste Freundin Luise heißt mit Nachnamen *Petermann*.«

Auch dreißig Minuten später rasten noch Mutmaßungen durch seine Hirnwindungen. In ihm kamen die Bilder zahlreicher Giftmörderinnen hoch. Frauen bevorzugten meist diese passive Variante des Tötens. Auf genau diese Art und Weise fand Carlotta den Tod. Über einen winzigen Nadelstich in die Vene. Totgespritzt.

Keine der beiden Schwestern wurde vergewaltigt. Ein sexuelles Motiv lag demnach nicht vor. Auch das könnte für eine Mörderin sprechen. Doch mit welchem Beweggrund? Gegen Isabell wurde massive Gewalt angewandt. Körperliche Gewalt, die weit über das Maß hinaus ging, das es erforderte, um sie zu töten. Das wiederum deutete auf Hass als Mordmotiv hin. Hass. Genau das las Dresner aus den zahlreichen Kommentaren und Morddrohungen heraus, die mutmaßlich Luise Petermann unter den Netzwerkprofilen der Mädchen hinterlassen hatte. Sie kannte beide Mordopfer, war mit einer der Schwestern befreundet gewesen.

Andererseits hatte die Beseitigung der Leichen eine hohe körperliche Kraftanstrengung erfordert. Hatte sie mit jemandem – einem Mann – gemeinsame Sache gemacht? Dresner erwog Luises Vater. Er war der Anschlussinhaber. Von ihm hätten die Hassnachrichten ebenso ausgehen können. Hatte er es auf die Freundinnen seiner Tochter abgesehen?

Dresner packte sich an den schmerzenden Schädel. Er wusste gar nichts mehr. Nur, dass er Luise Petermann lieber aus dem Weg gegangen wäre. Ihre Blicke lasteten immer noch auf ihm. Dieser Vamp löste etwas in ihm aus, das er nicht zu fassen bekam. Seine Augen schweiften über die altbackene Doppelhaushälfte. In der Einfahrt stand kein Auto, zwei Rollläden waren unten – anscheinend war niemand zu Hause, dennoch versuchte er sein Glück. Er überprüfte das Namensschild auf Richtigkeit, bevor er die Klingel betätigte. Noch Minuten danach herrschte Stille in dem Haus, und so kehrte er unverrichteter Dinge um. Er hatte beinahe seinen Dienstwagen erreicht, als doch jemand vor die Tür trat. Luise Petermann stand, nur im Bademantel bekleidet, auf der Eingangsschwelle.

Sie wedelte mit den Händen. »Wollen Sie zu mir?« Ihr Anblick ließ ihn aufstöhnen.

* * *

Lasziv knetete Luise Petermann die nassen Haare. Sie begutachtete den großen Mann, der mit breiter Brust auf sie zuging. Am liebsten hätte sie ihn an Ort und Stelle entkleidet. Der Zeitpunkt wäre perfekt. Unter ihrem Bademantel trug sie nichts als nackte Haut. »Tut mir leid. Normalerweise komme ich schneller. Ich stand unter der Dusche.«

»Ich bin Kommissar Stefan Dresner, falls du dich erinnerst.«

»Ich weiß genau, wer Sie sind.«

Der Ermittler blieb vor der Haustür stehen. Er guckte an ihr vorbei in die Diele. »Bist du allein?«

»Meine Eltern kommen frühestens in zwei Stunden. In der Zeit können Sie mich gerne …« Ihr Blick schweifte über seinen Oberkörper. »… befragen.« Luise trat beiseite und gab ihm damit zu verstehen, dass er eintreten sollte. Sie verriegelte die Haustür hinter sich. Dann lotste sie den Gast in ihr Zimmer. Seit ihrer letzten Begegnung dachte sie fortwährend an den Ermittler. Da war etwas zwischen ihnen. Fühlte er es auch?

»Im Bett oder auf dem Stuhl?«, fragte sie forsch.

»Bitte?«

»Wo wollen Sie sitzen?« Wortlos wählte er den Drehstuhl an ihrem Schreibtisch. Sie trat an den Tisch und stapelte einige Lernutensilien. »Entschuldigen Sie das Chaos.«

»Kein Problem.«

Sie beförderte Arbeitshefte in eine Schublade. Ihre Brüste wippten unter den schnellen Bewegungen. Ihm schien dies nicht zu entgehen. Ja, er war Ermittler, aber unter seiner feinen Kleidung eben doch nur ein Mann. Mehrmals entschuldigte sie sich für die Unordnung und beendete schließlich die Aufräumaktion.

Er deutete auf ihren losen Bademantel. »Ich warte gern, bis du dir was Passendes übergezogen hast.«

»Das ist schon in Ordnung so.« Wie auf einem Laufsteg schritt sie Richtung Bett und schob einige der lilafarbenen Kissen beiseite. Dann ließ sie sich auf den Po fallen und schlug die Beine übereinander. Ein Oberschenkel blitzte leicht hervor. Durch gelegentliche Modeljobs hatte sie es drauf, sich vorteilhaft zu positionieren. »Wie kann ich Ihnen helfen?«

»Es geht um deine beste Freundin Carlotta und um ihre Schwester Isabell.«

Luise schnaufte innerlich. »Was wollen Sie wissen?«

»Alles. Ich muss mehr über die beiden erfahren.«

Bloß nicht. »Darf ich Ihnen etwas zum Trinken anbieten? Ein Glas Mineralwasser? Ich bin in zwei Minuten zurück.« Sie stand auf und bewegte sich Richtung Zimmertür. Ad hoc sprang der Ermittler vom Stuhl. Breitschultrig stellte er sich ihr in den Weg. Nur eine Handbreit trennte ihre Körper. Zeder, Moschus, Ambra. Er duftete anziehend.

»Du weichst mir aus«, entfuhr es ihm heiser. »Ich hätte gerne Antworten auf meine Fragen.«

Und ich hätte dich gerne zwischen meinen Oberschenkeln. Jetzt. Sie standen nur da. Musterten einander eindringlich. Schließlich deutete sie auf seine Kopfwunde. »Sie haben sich verletzt.« Dresner winkte ab, was sie nur noch mehr erregte. *Ein ganzer Mann.* Ihre steif gewordenen Brustwarzen drückten bereits lustvoll gegen den Stoff des Bademantels. Gedanklich ließ sie eine Hand zu seiner Wange gleiten. »Sie haben etwas Trost verdient.«

Er sah zur Zimmertür. »Wann sagtest du, kommen deine Eltern?«

»Wir haben Zeit.« Sie blickte ihn auffordernd an.

Endlich packte er sie an den Hüften.

Kapitel 35

Zwei Wochen zuvor

Einige töten schnell, andere töten langsam, und in der richtigen Dosis konnte praktisch alles ein Gift sein. Selbst der Grundstoff allen Lebens, Wasser, führte zu Koma und Tod, wenn man zu viel davon trank. Aber jemanden umzubringen, indem man ihn zwang, innerhalb kürzester Zeit einen Kasten Wasser zu leeren, erschien ihm wenig praktikabel. Hierzu boten sich andere Möglichkeiten – zum Beispiel Kohlenmonoxid, Medikamente, Drogen, Insektizide, Pilzgifte, Säuren oder Laugen. Und je nachdem, welche dieser Mordmethoden man wählte, erwartete das Opfer eine andere hübsche Todesqual. Etwa brutalste Schmerzen und Verätzungen des Magen-Darm-Trakts oder Krämpfe, die den ganzen Körper schüttelten und so heftig waren, dass sie die Atmung behinderten. Oder aber man erzeugte den gegenteiligen Effekt – ein inneres Ersticken, obwohl das Opfer genügend Luft bekam. So oder so wäre der Anblick des Todeskampfes sicher köstlich.

Aber in diesem Fall ging es ihm nicht um eine möglichst faszinierende Szene oder eine spektakuläre Todesart. Nein, es ging ihm einzig und allein um das Danach – um den Tod. Und um diesen vollkommen genießen zu können, konnte er es nicht gebrauchen, dass sie sich vollsabberte, in die Hose machte oder Blut kotzte. Für das, was er mit ihr vorhatte, wollte er ihren Körper optisch zunächst unversehrt. Natürlich hatte er sich trotzdem etwas Wundervolles für sie einfallen lassen. *Ja, ich werde dich auf eine todschöne Art und Weise sterben lassen, Carlotta Reinhardt.*

Er lächelte federzart. Bis es aber so weit war, würde er sich die Zeit im Internet vertreiben. Der junge Mann startete seinen Laptop und schaute zum Fenster hinaus. Er fühlte sich an jenen schattigen Herbsttag zurückerinnert, an dem er seinen ersten Desktop-PC auf dem Sperrmüll entdeckt hatte. Bronzefarbenes Laub hatte sich wie eine Geschenkverpackung darübergelegt und ihm damit den schönsten Tag seiner Kindheit beschert. Wahrscheinlich hatte seine Mutter nur deshalb keine Einwände gehabt, weil er fortan jede freie Minute vor dem PC verbrachte und damit nicht in ihrer Nähe war. Er wiederum verbrachte seine Zeit auch lieber mit einer Maschine als mit irgendeinem Menschen dieser Welt.

Los geht's, befeuerte er sich. Nach einem Arbeitstag gab es für ihn nichts Besseres als sich in die virtuelle Realität zu stürzen. Die beste aller Welten für ihn. Ritualisiert öffnete er zu allererst die Spionagesoftware. Selbstgefällig lächelte er. Wie einfach es gewesen war, Laptop und Handy von Carlotta zu infiltrieren. Die Software hatte er in gefälschte E-Mails zur Paket-Nachverfolgung eingearbeitet. Mit nur einem Klick hatte sie ihm Einlass in ihre tiefste Privatsphäre gewährt. *So ein dummes Ding.*

»Was hat dich seit gestern Abend beschäftigt?«, fragte er, als könne die Achtzehnjährige ihn hören. Fast zwanghaft klickte er sich täglich durch ihren Browserverlauf. Nichts bot einen besseren Einblick in die Psychologie der Menschen als ihre Anfragen in den Suchmaschinen, fand er.

»Oberflächliches Miststück. Dich interessiert nichts außer Schminke, Mode und Fitness. Nicht nach einer sinnvollen Sache suchst du im Netz.«

Er checkte ihre GPS-Daten. »Du bist also doch mit deiner Freundin in die Bar gegangen.« In dem von ihm abgehörten Telefonat der beiden hatte sie die Verabredung nicht unmittelbar zugesagt. Wie war das Treffen verlaufen? Er würde sich selbst ein

Bild davon machen. Nach weiteren Eingaben in das Spionageprogramm hatte er Zugriff auf die Fotos des Mädchens. Er begutachtete die zahlreichen offensichtlich gestellten Aufnahmen, die am gestrigen Abend entstanden waren.

»Sei ehrlich, du bist nur ausgegangen, um deinen Social-Media-Account mit neuen Bildern zu füttern. Aber sicher nicht, ohne vorher zwölf verschiedene Filter über die Aufnahmen zu legen.« Er kontrollierte dies. Fünfundneunzig Minuten hatte sie ihre App zur Bildbearbeitung genutzt. Eine Zornesfalte bildete sich zwischen seinen Augenbrauen, doch er konnte nicht einmal sagen, was genau ihn so wütend machte. War es die Tatsache, dass sie es nicht einmal bis zum nächsten Morgen aufschieben konnte, ihre neuesten Bilder zu posten? Oder war es der Punkt, dass ihr einziger Lebenssinn darin bestand, von anderen für ihr ach-so-tolles Leben beneidet zu werden?

Er lehnte seine Ellenbogen auf den Schreibtisch und massierte sich mit kreisenden Handbewegungen die Schläfen. Lange hatte er recherchiert. Es gab so viele Mädchen zur Auswahl. Kleine, große, dünne, dicke. Doch er verzehrte sich nur nach ihr. Wieso bloß fühlte er eine solche Verbindung zu Carlotta? Obwohl sie ein völlig anderes Leben führte als er. Es war ein Wechselbad der Gefühle aus tiefstem Begehren, fast schon panischer Angst und starker Abscheu. Warum fühlte er so?

»Weiter geht's«, unterbrach er seine Selbstreflexion. Ein paar Klicks später war er bei seinem Lieblingsvideo angelangt. Unzählige Male hatte er es gesehen. Das Handyvideo zeigte die Blondine mit ihrer Familie an einem Tisch in einem schicken Restaurant. Alle strahlten übers ganze Gesicht. Dann kam jemand ins Bild gelaufen. Vermutlich war es der Chefkoch höchstpersönlich, der eine Geburtstagstorte überreichte. Ein Kuchen in Form einer Achtzehn und verziert mit zahlreichen Wunderkerzen. Er sah dieses Video so gerne an, weil er sich vorstellte, wie Carlotta an einem der funkenden Drähte qualvoll erstickte.

Quälende Eifersucht stieg in ihm auf. Carlotta Reinhardt hatte alles im Leben. Einen *Ich-bin-immer-für-dich-da-Vater*, eine *Ich-*

hab-dich-so-lieb-Schwester und dann war da natürlich noch die Mutter. Diese verdammte Glucke. Ob Carlotta ihre perfekte Familie zu schätzen wusste?

Der Schreibtischstuhl quietschte, als er sich zurücklehnte. Er verschränkte die Hände am Hinterkopf und gab sich seiner Gedankenwelt hin. Es war an der Zeit, neue und altersgemäße Erfahrungen zu sammeln. Ein Mädchen berühren, küssen, in ihre Feuchte eindringen. Aber jemanden auf konventionelle Weise kennenzulernen, kam für ihn nicht in Frage. Das Gewäsch vom Prinzen auf dem weißen Ross, das den Frauen heutzutage eingetrichtert wurde, lag ihm fern. *Gleichberechtigung und Frauenbewegung – so ein Bullshit.*

Er wählte den Ordner mit den Videoaufnahmen aus, auf denen Carlotta nackt vor ihrer Web-Cam zu sehen war. Gezielt öffnete er die Aufnahme, bei der sie fast fünf Minuten lang für eine passende Musikauswahl am Schreibtisch saß, bevor sie ins Badezimmer ging und unter die Dusche schlüpfte. Mit einem Finger fuhr er über seinen PC-Bildschirm, als könne er ihre Brüste berühren, ihre zarte Haut spüren.

Ich will dich und bin leider schlecht im Verzichten. Erst nehme ich mir dein Leben. Dann nehme ich mir deine Jungfräulichkeit, Carlotta. Denn ich begehre dich nur still … tot … verwest.

Kapitel 36

Komm zu mir, Carlotta

Die Hitze war unsäglich. Schweiß rann zwischen ihren nackten Brüsten herab, floss weiter, kitzelte sie an empfindlichen Stellen. Mit der flachen Hand strich sie einige Schweißperlen von ihrem glitschigen Körper. Flugs entstanden neue. Heißer Mentholduft beflügelte ihren Geruchssinn. Nach dem letzten Aufguss fühlte Carlotta Reinhardt sich gänzlich entspannt, doch der Übergang zwischen Wohlfühlen und Überhitzen war fließend. Nicht eine Minute länger hielt sie es in der hauseigenen Sauna aus. Sie nahm ein Handtuch vom Haken und wickelte es um ihren nackten Körper, bevor sie den glühenden Käfig verließ.

Neben einer Massivholz-Sauna bot der rundum verglaste Wintergarten auch einen Pool. Sie spielte mit der Idee, direkt ins kühle Wasser zu springen, doch mit diesem plötzlichen Temperatursturz wollte sie ihren Körper nicht zusätzlich belasten. Seitdem sie das leistungssteigernde Ritalin einnahm, hatte sie ohnehin mit Kreislaufproblemen zu kämpfen. Sie schritt durch den Wintergarten und legte sich auf eine Entspannungsliege vor dem Pool. Noch einmal trocknete sie die schweißnassen Hände am Handtuch, dann griff sie nach dem Liebesroman, den sie unter der Liege verstaut hatte. Als sie ihre Schwester Isabell im Augenwinkel wahrnahm, gab sie sich ins Lesen vertieft.

»Na, tust du so, als könntest du lesen?«, fragte Isabell.

»Mhm.« Carlotta blätterte demonstrativ auf die nächste Seite ihres Romans. Das erwartungsvolle Starren ihrer Schwester ignorierte sie.

»Tja, dann muss ich die Kaltgetränke wohl wieder mitnehmen.« Isabell schaute auf das Tablett in ihren Händen.

»Stehen bleiben! Schön her damit.« Carlotta klappte das Buch zusammen und erzeugte dadurch einen angenehmen Windstoß. Dann setzte sie sich auf. Sie nahm das Glas Mineralwasser entgegen und schwenkte es leicht im Kreis. Die Eiswürfel tanzten mit der Kohlensäure. Genüsslich trank Carlotta einen Schluck, dann stellte sie das Glas auf dem gefliesten Boden ab.

»Keine Sorge. Noch eine Woche, dann bist du mich los.« Isabell legte das Tablett ab und zupfte ihren Tankini zurecht. In Baywatch-Manier fuhr sie sich durchs dunkelblonde Haar und stolzierte auf den Pool zu. Mit einem eleganten Kopfsprung tauchte sie unter Wasser und schwamm zum gegenüberliegenden Beckenrand. Sie atmete laut auf, als sie wieder die Wasseroberfläche erreichte.

Carlotta rollte, fast schmerzhaft, die Augen. Dann griff sie zu ihrem Handy und entsperrte es. Sie startete die Messenger-App und öffnete den Chatverlauf mit ihrem Schwarm. Drei Anläufe brauchte sie, um die Nachricht an Till Wißmann passend zu formulieren.

Carlotta Handy:

Hey Till, es war schön gestern. Bleibt es dabei,
dass du heute ins Isla Blanca kommst?
Treffpunkt um 23.00 Uhr, vor der Disco?

Die App zeigte an, dass Till die Nachricht las und eine Antwort eintippte. Carlottas Bauch kribbelte.

Till Handy:

Hey, werde da sein. Aber weiß nicht wann. Ist deine Schwester auch da? ;)

Carlotta stand auf und pfefferte ihr Handy auf die Liege. Dann preschte sie zum Pool, in dem ihre Schwester gelassen ihre Bahnen zog. »Hast du dich an Till rangeschmissen?«

»Till ist ja wohl nichts für dich. Er ist in meinem Alter.«

»Blödsinn! Immer das Gleiche. Du willst ihn nur, weil er mir gehört.«

Isabell schwamm an den Beckenrand, legte ihre Arme ab und sah zu Carlotta auf. »Erstens hast du recht. Eigentlich ist Till mir scheißegal und zweitens …«

»Weißt du was?«, fuhr Carlotta dazwischen. »Eine Auseinandersetzung mit dir ist sinnlos. Du bist sowieso bald weg. Für Till bist du dann kein Thema mehr. Wie heißt es so schön? Aus den Augen, aus dem Sinn. Für mich gilt übrigens das Gleiche.«

Carlotta fuhr herum, holte ihr Handy und verließ den Wintergarten. Noch im Gehen antwortete sie ihrem Schwarm:

Carlotta Handy:

Meine Schwester? Keine Ahnung, wovon du redest. Wer will schon eine billige Kopie, wenn er das Original haben kann? ;) Bis später …

Sich selbstbewusst zu geben, würde dazu führen, dass sie es auch wurde, so hoffte Carlotta. Wenn sie sich nur immer wieder selbst sagte, wie toll sie war, würde sie es schon irgendwann glauben. Sie ging hinauf in ihr Zimmer, schlüpfte in ein dünnes

Spitzennachthemd und machte es sich mit dem Laptop auf dem Bett bequem. Den restlichen Nachmittag verbrachte sie damit, ihre sozialen Netzwerkprofile zu aktualisieren. Als sie damit fertig war, reckte sie stolz die Arme in die Luft, weil es ihr gelungen war, die maximale Nutzungsdauer einzuhalten, die sie mit ihrer Therapeutin vereinbart hatte. Dies gelang ihr nur an wenigen Tagen in der Woche.

Nach einem ausgedehnten Bad verließ Carlotta die Wanne und streifte sich den Cashmere-Bademantel über den pflegeverwöhnten Körper. Sie föhnte die Haare und toupierte ihren Bob, um der Frisur mehr Volumen zu verleihen. Einige Zeit verbrachte sie in ihrem begehbaren Kleiderschrank und wählte schließlich ein schwarzes Minikleid aus, das vorn hochgeschlossen war. Mit den Händen glitt sie über die Schnürung an der Taille. Sie drehte sich vor dem bodentiefen Spiegel. Zufrieden betrachtete sie den tiefen Rückenausschnitt. Anthrazitfarbene Lackpumps rundeten ihr Outfit ab. Sie wollte Till unbedingt gefallen, auch wenn er einen doofen Kommentar abgelassen hatte. Nicht ausgeschlossen, dass er seine Meinung änderte. Möglicherweise verliebte sich zur Abwechslung mal jemand in sie. Die Chancen darauf stiegen rapide, sobald ihre Schwester an ihrem Studienort lebte.

Carlotta setzte sich an den Schminktisch. Gekonnt trug sie ihr Make-up auf und verpasste sich pinke Lippen und Smokey Eyes, die ihre hellblauen Augen betonten. Auf die erste Schminkschicht packte sie zwei Weitere, da die Lichtverhältnisse in der Diskothek einen Großteil ihres Make-ups absorbieren würden.

Sie legte Glitzer-Ohrringe an und nebelte sich mit Luxusparfum ein. Zum Abschluss stattete sie eine lederne Handy-Umhängetasche mit Lippenstift und Bargeld aus. *Fertig.* Schnell verfasste sie eine Nachricht an ihre Freundin Luise.

* * *

Carlotta Handy:

Schaffst du es pünktlich um 23.00 Uhr oder wollen wir das Treffen nach hinten legen? Ich freue mich auf dich. :)

In Echtzeit informierte die Spionagesoftware den jungen Mann darüber, dass Carlotta soeben eine Nachricht abgesendet hatte. Kurz malte er sich aus, dass diese an ihn gerichtet wäre, verwarf die alberne Vorstellung aber wieder. Erneut ploppten Mitteilungen auf:

Luise Handy:

Ja, das schaffe ich! Und was ist mit Till?

Carlotta Handy:

Der kommt eventuell nach …

Luise Handy:

Kein Problem. Wir brauchen keine Männer, um uns zu amüsieren. :-*

Der Mann schüttelte den Kopf. *Ts, ts, ts … echt jetzt, Carlotta? Bist du zu dumm oder einfach unendlich naiv? Wenn Till ernsthaftes Interesse hätte, würde er um Punkt dreiundzwanzig Uhr stramm-*

stehen. Ich weiß schon, warum ich das übliche Kennenlernen zwischen Männern und Frauen ablehne. Offen sein Interesse zu zeigen und damit ausgewickelt zu werden wie ein Kaugummi, schließlich durchgekaut und in den Dreck gespuckt zu werden – nein, darauf verzichte ich lieber. Es laufen da draußen schon genügend Frauenopfer rum – psychische Wracks! Aber gut Carlotta, nachher habe ich die Gelegenheit, dir das alles persönlich zu sagen, und ich hoffe auf dein Verständnis.

Er schlenderte ins Badezimmer, um zu duschen. Es würde schließlich ein besonderer Abend werden. Als er zehn Minuten später vor seinem Kleiderschrank stand, griff er nach dem eigens für den Anlass angeschafften Outfit: Hemd und Hose in Schwarz. Schick, aber unauffällig. Das würde künftige Zeugenbeschreibungen erschweren. Er lief zurück ins Badezimmer, wo er sich eine dunkle Hornbrille aufsetzte. Die Modebrille diente ebenso zur Tarnung, wie der Vollbart, den er sich in den letzten Monaten hatte wachsen lassen. Nach der Tat würde er den Bart schnellstens wieder loswerden. Sparsam trug er das Eau de Toilette auf, bevor er die braune Kunstlederjacke überstreifte. Zum Abschluss tastete er die versteckte Innentasche seines Hemdes ab. Die mit Liquid Ecstasy angereicherten Spritzen waren an Ort und Stelle. Im Darknet war es keine große Kunst, an das Zeug ranzukommen. Für die genaue Dosierung der K.O.-Tropfen bediente er sich der Größen- und Gewichtsangaben, die sein Opfer so bereitwillig in einem ihrer Online-Profile veröffentlichte. Vermutlich hatte sie ihr Gewicht niedriger angegeben, als es wirklich war, aber das berücksichtigte er. Falls sie allerdings sehr gemogelt hatte, würde er spontan nachdosieren müssen und dies könnte übel für sie enden.

»Bis gleich, Carlotta.« Er grinste und verließ das Wohnhaus. Dann begab er sich zu seiner silberfarbenen Limousine, Baujahr Steinzeit, und warf einen letzten Blick in den Kofferraum. Alles, was das Herz begehrte: Injektionsspritzen, Kabelbinder, Kondome und jede Menge Sexspielzeuge, die einen spaßigen Abend mit Carlotta garantierten.

Kapitel 37

Vertraue mir, Carlotta

»Nächster Halt: Ellastädter Hauptbahnhof. Alles Aussteigen bitte«, witzelte der Taxifahrer.

Carlotta lächelte höflich, reichte ihm die geforderte Summe und zusätzlich ein großzügiges Trinkgeld. An der frischen Luft stellte sie den Kragen ihres pinken Wollmantels auf und versteckte ihre Hände in den Taschen. Fünfzehn Minuten blieben ihr bis zum vereinbarten Zeitpunkt, und so beschloss sie kurzerhand, einen Blick in das imposante Bahnhofsgebäude zu werfen. Die hell erleuchtete Empfangshalle steckte voller Leben. Carlotta liebte das Stimmengewusel, die Lautsprecheransagen, die bunten Menschenansammlungen. Arm und Reich, Jung und Alt, Gut und Böse – alle erdenklichen Gegensätze waren hier anzutreffen. *Ein vollständiges Abbild unserer Gesellschaft, eingefangen in nur wenigen Wimpernschlägen.*

Carlotta lächelte in sich hinein, dann schlenderte sie quer über den Bahnhofsvorplatz in Richtung Discomeile. Dort sprach sie eine Horde Frauen an, die einen Junggesellinnenabschied feierte. Sie spendete und bekam dafür zwei Fläschchen Waldmeisterschnaps aus dem Bauchladen der zukünftigen Braut. Um Punkt dreiundzwanzig Uhr erreichte sie das neu eröffnete *Isla Blanca*. Getreu dem Einrichtungskonzept prangte das Club-Logo in einem fluoreszierenden Türkis auf dem zweigeschossigen Gebäude. Die Website versprach so viel Inselflair, dass Urlaubsstimmung aufkam. Angesichts ihrer momentanen Verfassung kam das Carlotta sehr gelegen. In den letzten Tagen fühlte sie sich abgeschlagen und brauchte dringend eine Pause. Ihr Smartphone vibrierte.

Luise Handy:

Hey Süße, ich komme etwa 10 Minuten zu spät.

Weitere zwanzig Minuten später kontrollierte Carlotta erneut ihr Handy. Wieso schaffte es ihre Freundin nie pünktlich?Sie nahm sich ihrerseits vor, Luise bei der nächsten Verabredung warten zu lassen, ahnte aber bereits, dass sie dies nicht übers Herz bringen würde. Gegen die zunehmende Kälte trank Carlotta erst ein Fläschchen Waldmeisterschnaps, dann das zweite. Da sie erst kürzlich Ritalin eingenommen hatte, wollte sie heute weitgehend auf Alkohol verzichten, aber das hatte sie jetzt gebraucht. Sie entsorgte die Glasfläschchen gerade im Mülleimer, als ihr ein Mann ins Auge fiel. Er beglotzte sie schamlos. Um dem aufdringlichen Gaffer auszuweichen, drehte sie ihm den Rücken zu. Erleichterung fachte in ihr auf, als sie endlich die Stimme ihrer Freundin hörte.

»Hallo, meine Fans«, rief Luise und verteilte Luftküsse an die umherstehenden Fremden. Dann tänzelte sie mit offenen Armen auf Carlotta zu. »Tut mir so leid, meine Süße.« Luise packte Carlottas Frosthände und versuchte, sie warm zu reiben. »Dafür zahle ich den Eintritt, die Garderobe und den ersten Cocktail. Deal?«

»Damit kann ich leben.« Schlagartig war Carlottas Wut verflogen, die Vorhaltungen, die sie sich zurechtgelegt hatte, vergessen. »Ein schönes Kleid trägst du.«

»Meine Kurven weiß ich zu verpacken.« Luise posierte übertrieben. »Und jetzt komm. Wir stellen uns an.«

* * *

Natürlich war ein Clubbesuch ein riskantes Unterfangen. Es gab viele potentielle Zeugen. Die Freundinnen passten mit Argusaugen aufeinander auf. Sicher würden sich auch Interessenten um die beiden scharen, aber jede Menschenjagd barg gewisse Risiken. Davon ließ er sich nicht abschrecken. Er hatte ein Ziel. Er wollte sie. Heute Nacht. Tot.

Der junge Mann peilte die Warteschlange des Tanzlokals an. Haarklein hatte er alles durchgeplant, nur seine Kleidung war ein Glücksspiel. *Hoffentlich bin ich passend angezogen. Wegen unpassender Bekleidung abgewiesen zu werden, wäre übel.* Auf Erfahrungswerte hatte er nicht zurückgreifen können. Informationen über das Nachtleben hatte er nur aus dem Internet. Er zog den Reißverschluss seiner Jacke hoch und vergrub die Hände in den Hosentaschen. Seine volle Aufmerksamkeit galt nun den beiden Mädchen, die er in der Schlange des Nachtclubs entdeckte. Er hatte nicht damit gerechnet, die Freundinnen draußen anzutreffen. Die beiden waren bereits vor zwanzig Minuten verabredet gewesen. Als er das Ende der Schlange erreichte, trennte ihn nur eine Gruppe beschwipster Mädchen von seinem Objekt der Begierde. Er spannte auf Carlotta über die lachende und schwankende Mädchengruppe hinweg. Eine muskelbepackte Türsteherin überprüfte die Personalausweise von Carlotta und ihrer Freundin. Nach einem emotionslosen Abnicken reichte sie die Ausweise zurück und die beiden verschwanden ins Club-Innere.

Jetzt war er am Einlass an der Reihe. Er nahm die Hände aus den Taschen und zog die Schultern zurück. Die Türsteherin betrachtete ihn kritisch. »Einmal Körperkontrolle«, sagte sie mit militärischer Strenge und nickte ihrem Arbeitskollegen zu.

»An die Seite treten. Jacke auf«, diktierte dieser prompt und bedeutete ihm mit einer Geste, den Eingang frei zu machen.

»Nahezu jeder wird in den Club durchgewunken, aber ausgerechnet *ich* werde durchsucht?«, protestierte er.

»Diskutier nich' mit mir«, sagte die XXL-Ausgabe eines Mannes.

Das war's, dämmerte es ihm. *Jetzt finden sie die Spritzen in meiner Hemdtasche.* Er schluckte. Dies war der Beweis dafür, dass ein Mord nicht allein mit dem Intellekt zu planen war. Es gehörte auch Glück dazu. Wie in einem sensiblen Uhrwerk mussten alle Rädchen ineinandergreifen. Ansonsten geriet das gesamte System aus den Fugen. Er spürte praktisch schon ein Knie im Rücken, das ihn gegen den spröden Asphalt drückte. Was also jetzt? Sollte er davonrennen?

»Geht das auch in schnell?«, fragte XXL ungeduldig.

»Keine Sorge. Ich zieh mich schon aus«, beteuerte er, doch schickte sich nicht an. Stattdessen ließ er seinen Blick über sein Gegenüber schweifen. Ungehetzt las er die Security-Aufschrift, die die muskelgeschwollene Brust zierte. Er studierte die solariumgebräunte Gesichtshaut, die bullige Nase und die lakritzfarbenen Glubschaugen, die etwas zu weit auseinanderstanden. XXL schien der Bastard von einer Menschenfrau und einem männlichen Rind zu sein. Ein Stier, den es zu reiten galt, und genau diesen Wunsch vermittelte er ihm jetzt. Mit wollüstigen Augen blieb er an den Lippen des Stiermenschen hängen. »Also, du kommst gerne schnell zur Sache?«

Für einen Sekundenbruchteil verzog XXL angewidert die Mundwinkel. »Ich ... ich hab nich' die ganze Nacht Zeit.«

»Mh, ich könnte mir das einrichten.« Tranig öffnete er den Reißverschluss seiner Kunstlederjacke.

Der Türsteher wandte sich in alle Richtungen, als würde er einen Ausweg suchen, doch er hatte keine Wahl. Chefanweisung. Rasch hockte er sich hin und begann mit der Leibesvisitation von den Beinen aufwärts.

Er tastete seinen vorgeblichen Verehrer so grob ab, als fürchtete er, sich bei jedem Körperkontakt zu verbrennen. Anschließend baute er sich vor ihm auf und nickte Richtung Club-Eingang. »Rein mit dir.«

»Jederzeit gerne.«

* * *

Carlotta machte es sich neben Luise an der Bar gemütlich. Ihre Freundin hob die Hand, um dem Kellner ihren Bestellwunsch zu signalisieren. Gierig musterte Luise den Mann, während er die Bestellung aufnahm und bearbeitete. Carlotta folgte dem Spektakel amüsiert.

»Wie dezent du flirtest«, zog sie ihre beste Freundin auf. Insgeheim bewunderte sie Luise zutiefst für ihr hohes Selbstwertgefühl. Genau das war es, was die beiden voneinander unterschied, und sie hoffte, dass Luises Lebenseinstellung ein wenig auf sie abfärbte.

»Flirten. Modeln. Deine Freundin sein. Ich habe viele Talente.« Luise nahm die Gläser entgegen und bezahlte den Kellner. Dann schob sie die Cola weiter zu Carlotta. »Bitteschön. Und jetzt erzähl, was gibt's Neues?«

»Danke für das Getränk.« Carlotta nahm einen Schluck. »Tja, wie es aussieht, hat sich meine Schwester an Till rangeschmissen. Dabei gibt sie sogar zu, dass sie nicht auf ihn steht. Er könnte grüne Haut haben und sechs Augen – das wäre ihr völlig egal. Es bereitet ihr einfach nur Freude, ihn mir auszuspannen und zu sehen, wie ich leide.«

»Okay, aber ich hatte gefragt, was es *Neues* gibt.«

»Ja, ich weiß. Sie lässt es nicht sein.« Carlotta runzelte die Stirn.

»Es gibt Jäger und es gibt Aasgeier. Dreimal darfst du raten, wozu Isabell gehört.«

»In einer Woche fängt ihr Studium an. Dann ist sie nicht mehr mein Problem.«

»Ich wünsche gute Reise.« Luise hielt ihr Glas hoch zum Anstoßen.

Carlotta tat es ihr gleich. »Prost und jetzt komm mit in den Großraum. Ich will feiern.«

* * *

Der Mann schloss die Toilettentür hinter sich. Er genoss die kurze Pause von dem Gedränge der Feiernden, bis ihm ein Kanalisationsgeruch in die Nase stieß, der auf einen verstopften Abwasserkanal hindeutete. Automatisch stieg er auf eine flachere Atmung um. Mit ekelverzerrter Miene tastete er nach den Spritzen in seinem Hemd und zog eine hervor.

Die Erste ist schon mal intakt, dachte er, *was für ein Mordsglück*. Er zog eine weitere, andersfarbige, Spritze hervor. *Und die zweite Ladung ist für dich, dicke Luise. Wenn du erst einmal weggetreten bist, wirst du nicht mehr mitbekommen, wie ich mit deiner Freundin den Club verlasse. Und es wird sein, als hätte man die Löschtaste am PC gedrückt. Die Information ist zwar irgendwo in deinen Hirnwindungen gespeichert, aber du hast keinen Zugriff mehr darauf.*

Er nickte zufrieden. Die genaue Dosierung der K.O.-Tropfen anhand von Luises Körpergröße und Gewicht beruhte zwar nur auf Schätzungen, die Erfahrungswerte der Darknet-Community waren jedoch äußerst hilfreich gewesen. Für den Notfall behielt er aber eine dritte Spritze vor. Er versteckte seine Tatwerkzeuge zur einen Hälfte in der Handinnenfläche und zur anderen Hälfte unter seinem Ärmel. Dann verließ er die Toilettenkabine.

Jetzt fängt der interessante Teil des Abends an.

Die beiden Mädchen hatten ihre Getränke vor sich auf einem Stehtisch abgestellt. Von dort aus trennte sie nur ein schmaler Durchgangsweg von der Tanzfläche. Sie beobachteten die jubelnde Menge und wippten zum Beat der Musik. Erstaunlicherweise schreckte sie die Lautstärke, die fast schmerzhaft aus den

Lautsprechern dröhnte, nicht von gelegentlichen Wortwechseln ab.

Was sie sich wohl zu sagen haben? Wahrscheinlich tauschen sie nur dumme Oberflächlichkeiten aus.

Der Mann ließ die Freundinnen nicht aus den Augen. Er hatte sich auf der gegenüberliegenden Seite der Tanzfläche positioniert. So langsam lief ihm die Zeit davon und es ergab sich keine Gelegenheit, den Mädchen die Betäubungsmittel unterzujubeln. Schnell fasste er einen neuen Plan. Er ging an die Bar und lieh sich Zettel und Stift.

Wie gut, Carlotta, dass du ausnahmslos alles in den sozialen Medien postest. Er notierte Carlottas Lieblingssong auf dem Papierstück und reichte es dem DJ, der daraufhin zustimmend den Daumen hob.

Kaum spielte der favorisierte Song, hielt es Carlotta und Luise nicht mehr am Platz. Hand in Hand fegten sie auf die Tanzfläche und mischten sich unter die Feiernden. Schleunigst machte er sich auf den Weg zu den Getränken, die die Mädchen so achtlos hatten stehen lassen. Sekundenschnell spritzte er das Liquid Ecstasy in die beiden Gläser. Dann organisierte er sich selbst ein Softgetränk und legte sich wieder jägerruhig auf die Lauer.

Kapitel 38

Und dann stirb, du dummes Ding

Carlotta gab sich völlig dem Rhythmus ihrer Lieblingsmusik hin. Sie feierte den Moment, die Freundschaft, das Leben. Alle Sorgen und Probleme waren verflogen. Als Luise ihr signalisierte, dass sie eine Pause brauchte, begaben sich die Freundinnen an ihren Stehtisch zurück.

»Ich verdurste.« Luise nahm große Schlucke ihrer Cola.

Auch Carlotta legte die Lippen an ihr Glas. Sie verschluckte sich, als ihr Schwarm den Großraum betrat.

Luise besah sie missbilligend. »Ich verstehe nicht, was du an dem Typen findest. Bei dem schrillen alle meine Alarmglocken.«

Carlotta kramte den Lippenstift mit Himbeergeschmack aus ihrer Umhängetasche hervor. »Gefühle sind Gefühle.«

»Vergiss nicht die Lockenwickler.« Luise leerte das Glas. »Brust raus und Kopf hoch. Der Aushilfsgangster kommt direkt auf uns zu.«

»Yo, yo, wie läuft's bei euch?«, fragte Till.

»Gut und bei dir?«, formten Carlottas frisch bemalte Lippen.

»Schön. Weitermachen.« Till griff nach Carlottas Cola und zwinkerte. »Darf ich?« Ohne eine Antwort abzuwarten, schlenderte er weiter.

* * *

»Verfluchte Scheiße! Du elender Schnorrer«, brüllte der Mann und schmetterte sein Getränk in die leere Ecke. Das Glas zertrümmerte auf dem Boden in tausend Stücke.

»Hast du sie noch alle?«, schrie ein halbes Hemd, verstummte aber sofort bei seinem Anblick. Der unfreiwillige Zeuge drehte sich weg, als hätte er den Vorfall nicht mitbekommen.

Der Mann dehnte seinen Hals, die Wirbel knackten, dann trat er an die Bar, um ein neues Getränk zu kaufen, welches er umgehend mit K.O.-Tropfen präparierte. Jetzt zahlte sich aus, dass er eine Ersatzspritze organisiert hatte. Zwar war die Menge nicht passend vordosiert, doch er verließ sich einfach auf sein Gefühl. Als er sich nach den Mädchen umschaute, waren diese außer Sichtweite. Erfolglos suchte er die Großraum-Diskothek ab und betrat schließlich die separierte Cocktailbar, die sich durch gedämpfte Musik und eine bessere Ausleuchtung vom restlichen *Isla Blanca* abhob. Auf den ersten Blick sah er Carlotta und Luise am Tresen. Nichtsahnend schlürften sie ihre Sahnecocktails. Mit dem Finger schob er seine Modebrille den Nasenrücken hoch und begab sich im Marschschritt zu den Freundinnen, die entspannt am Tresen hockten. Er widmete sich ausschließlich Carlotta und überreichte ihr das präparierte Getränk. »Das soll ich dir von Till geben. Als Entschädigung für die gezockte Cola gerade.«

Sein Opfer nahm das Glas freudig entgegen und sah sich suchend um. Tatsächlich ortete sie Till in einer Ecke der Bar und prostete ihm zu. Ihr Schwarm lächelte schwach und toastete mit einem Caipirinha zurück. Dann verließ er die Cocktailbar.

Der Mann nutzte die Ablenkung und begab sich ohne Verabschiedung in den angrenzenden, qualmgeschwängerten Raucherbereich. Mit glühender Vorfreude behielt er seine Beute im Auge, wartete ab.

* * *

Carlotta starrte Till hinterher, obwohl er den Raum längst verlassen hatte. Sollte sie ihn aufsuchen und sich persönlich für das Getränk bedanken oder war es abschreckend, wenn sie so offenkundig Interesse zeigte? Unter Umständen fehlte ihm die Herausforderung. Sicher spürte er ihren Schmacht.

Luise klopfte rhythmisch mit den roten Gelnägeln auf dem Bartresen herum. »Mh, vielleicht hat Till doch ernsthafte Pläne mit dir. Immerhin hat er dir ein Getränk ausgegeben.«

Carlotta grinste so breit wie ein Clown. »Meinst du?«

»Nein, die Cola war ja wohl das Mindeste.«

»Ich weiß, du hast recht. Aber ich mag herausfordernde Männer. Du kannst dich ja mit Kerlen begnügen, die dir nach fünf Minuten sabbernd ergeben sind. Für mich ist das nichts.« Carlotta schob ihre Virgin Piña Colada beiseite und trank von der Cola.

»Sabbernd ergeben klingt gut.« Luise rieb sich den Bauch. »Mir ist etwas schwindelig. Der Tequila auf leeren Magen war wohl zu viel.«

»Kann ich dir was Gutes tun?«

Luise schwankte vom Hocker. »Ich will kurz auf Klo.«

Carlotta hakte sich bei ihr unter und führte sie sicher zur Toilette. Zu zweit war es eng in der Kabine, aber in diesem Zustand wollte sie ihre Freundin nicht allein lassen. Irritiert guckte sich diese um und gab etwas Unverständliches von sich. Carlotta wandte ihr die Ohrmuschel zu, um sie besser zu verstehen. Das Genuschelte formte sich schließlich zu einem:

»Was ist hier los? Wo bin ich?«

»Wir sind auf der Damentoilette«, erklärte Carlotta und griff nach ihrem Handy. »Ich schreibe meinem Vater, dass er uns abholen soll. Mir ist auch nicht so gut.« *Waldmeisterschnaps, Tequila und Ritalin am selben Tag. Hätte ich mal lieber komplett auf Alkohol verzichtet. Wie konnte ich nur so dumm sein?* Sie tippte eine Nachricht und drückte auf Senden. Eine Minute verstrich, ohne dass die Nachricht rausging. Offensichtlich reichte ihr Empfang nicht.

Luise krächzte auf. »Ich muss mich übergeben.«

Im Handumdrehen steckte Carlotta das Handy ein und half ihrer Freundin über die Toilette. »Ich halte deine Haare fest. Lass alles raus.« Erst nach einigen Minuten hatte Luise sich so weit beruhigt, dass Carlotta die Spülung drückte. Sie schloss den Deckel und setzte ihre Freundin darauf. Dann merkte sie, wie ihre eigenen Sinne trübten. Schwindel erfasste sie wie aus dem Nichts. Sie lehnte sich mit dem Rücken gegen die Kabinentür, glitt zu Boden, driftete davon.

»Ich brauche Wasser«, jammerte Luise kläglich.

Die Stimme ihrer Freundin holte Carlotta zurück in die Realität. Schlagartig riss sie die Augen auf. Wie eine leblose Hülle erhob sie sich, öffnete die Toilettentür. »Wie lange habe ich geschlafen? Wie spät ist es?«, murmelte sie, stapfte los, doch kam nicht weit. Sie stützte sich an einem der Waschbecken ab, bemerkte die angewiderten Blicke der anderen Toilettengängerinnen. Die missfälligen Kommentare kamen nur abgefedert bei ihr an.

»Bitte, Wasser«, flehte Luise aus der Kabine heraus. »Bitte!«

Carlotta schwankte aus der Damentoilette in Richtung Bar. Was wollte sie hier? Wasser? Sie war doch gar nicht durstig. Wie in Zeitlupe setzte sie sich an die Bar, fixierte den Tresen. Schwebte wieder fort ins Nichts.

* * *

Der Mann trat aus dem Dunst der Nebelmaschine. Er pirschte sich an sein Opfer heran wie ein Löwe auf Gazellenjagd. »Hey Carlotta, erinnerst du dich an mich?« Er stellte sich dicht hinter sie, sodass sie ihn spürte, aber nicht sah.

»Mh?«, gab sie knapp von sich.

Seine Hand wanderte zu ihrem tiefen Rückenausschnitt. Diesen Moment hatte er sich hart erarbeitet. Begehrlich streichelte er über ihre nackte, heiße Haut. Wie würde es sich erst anfühlen, wenn sie totenkalt war? Allein die Vorstellung verschaffte ihm eine Erektion. »Ich bin der Freund von Till. Weißt du noch?«

»Wo ist Till?«, brabbelte sie, schaute aber nicht auf.

»Er wartet draußen auf dich.« Sie reagierte nicht. Kurz analysierte der Mann die unmittelbare Umgebung, dann durchwühlte er ihre winzige Umhängetasche, um ihre Kleidermarke für die Garderobe herauszufischen. »Komm, ich bring dich zu ihm.« Vorsichtig half er ihr vom Barhocker, dirigierte sie wie eine willenlose Puppe Richtung Ausgang. An der Jackenausgabe angekommen, klopfte er mit nachdenklichem Mienenspiel die Hosentaschen ab. »Wer hatte denn die Kleidermarken eingesteckt, Süße?«, fragte er Carlotta. »Ach, ich!« Er zog die beiden Chips hervor und reichte sie der Servicekraft.

Die großflächig tätowierte Frau nahm die Chips entgegen, aber rührte sich nicht. Skeptisch beäugte sie das ungleiche Paar. Wieso hatte er die verdammten Jacken nicht zurückgelassen? Dann wären sie längst draußen. Er visierte den Ausgang der Diskothek. Wenn die Frau jetzt Alarm schlug, würde er sich kaum an den Türstehern vorbei in die Freiheit zwängen können. Dann würde Carlotta niemals ihm gehören. Niemals. Aber er brauchte sie.

Okay, jetzt reicht's. Komm endlich wieder klar, Junge.

Er setzte ein Lächeln auf. »Eine Lederjacke und einen pinken Mantel bekommen wir.« Weiterhin beglotzte die Mitarbeiterin Carlotta, sein Eigentum. »Bitte«, sagte er eindringlich zu der Frau und schnappte ihre Aufmerksamkeit.

Endlich machte die Tätowierte kehrt und begab sich zur Garderobe. Kurz darauf kam sie mit den passenden Kleidungstücken wieder und kümmerte sich um die nächsten Gäste. Der Mann zog seine Jacke an und legte Carlotta den Mantel um die Schultern. Er nahm sie an die Hand und führte sie am Kassenbereich vorbei, was sie teilnahmslos über sich ergehen ließ.

Lange würde sie sich nicht mehr auf den Beinen halten. *Reiß dich bloß am Riemen. Klapp jetzt nicht zusammen, nicht vor aller Augen.*

Gleich wären sie bei den Schränken, die die Tür bewachten. »Ich bin auch hundemüde, Mäuschen.« Er gähnte unüberhörbar. Kurz vor dem Ausgang zog er sie schneller hinter sich her, um zu der Gruppe vor ihnen aufzuschließen. Scheinbar gemeinsam verließen sie alle den Club. Der Entführer schlug den Weg Richtung Auto ein. Er stellte sich darauf ein, Carlotta gleich ein kleines Stück zu tragen.

* * *

Uwe Reinhardt lief auf das *Isla Blanca* zu. Vor etwa dreißig Minuten hatte er eine Nachricht seiner Tochter empfangen, in der sie darum bat, abgeholt zu werden. Mehrmals hatte er seitdem versucht, Carlotta anzurufen, um einen genauen Treffpunkt und die Uhrzeit auszumachen, aber jedes Mal war die Mailbox angesprungen. Die Messenger-Nachrichten hatte sie zwar erhalten, aber nicht gelesen. Offenbar war der Empfang hier so schlecht, dass nichts durchkam.

Sollte er in der Diskothek nach ihr sehen? Erhielt er in seinem Alter und Aufzug überhaupt Einlass? Die Fragen erübrigten sich, als er sein Kind außerhalb des Clubs zu Gesicht bekam. Hatte Carlotta es sich anders überlegt? Sollte er lieber wieder verschwinden?

Ein junger Mann hatte den Arm um ihre Schultern gelegt und führte sie über den Parkplatz. *Tja, mein Mädchen wird erwachsen*, bedauerte er. *Hatte ich ihr nicht gerade erst das Fahrradfahren beigebracht?* Etwas melancholisch sah er den beiden hinterher und begab sich dann wieder Richtung Auto.

Nach wenigen Schritten blieb er stehen, drehte sich um. Ein letztes Mal nahm er die zwei in Augenschein. Etwas fühlte sich nicht richtig an. Auch wenn es extrem uncool war, wollte er sich kurz verabschieden, einmal mit dem Burschen sprechen. Er machte eine Kehrtwende und nahm an Fahrt auf, um die beiden einzuholen.

»Hey Carlotta, warte bitte!«, rief er.

Der Mann, der seine Tochter dirigierte, blieb stocksteif stehen, drehte sich aber nicht um. Offensichtlich verabschiedete er sich von Carlotta und bog dann in eine Seitenstraße ab. Innerhalb von Sekunden verschwamm seine Kontur in der Ellastädter Nacht. Hoffentlich war seine Tochter jetzt nicht sauer, dass er ihr das Date vermasselt hatte.

Als Uwe Reinhardt Carlotta erreichte, stand sie völlig neben sich. Was hatte sie sich nur eingeworfen? Ihre Mutter würde ausrasten, wenn sie davon Wind bekäme. Er würde lieber Stillschweigen über diese Nebensächlichkeit bewahren. Wie könnte er auch anders – mit achtzehn Jahren war er selbst nicht besser gewesen.

Sein Blick fiel in die Seitenstraße, in die der junge Mann verschwunden war. Er war bereits außer Sicht. Innerlich dankte er dem Unbekannten, dass er auf sein Mädchen aufgepasst hatte, bis es wieder in guten Händen war.

Kapitel 39

Johanna Baro konnte die Erkenntnis nur schwer verdauen, dass sich die Verdachtsmomente gegen Till Wißmann im Nichts auflösten. Dennoch blieb ihr keine Zeit, um Trübsal zu blasen. Sie hatte sich auf ihre Arbeit zu konzentrieren. Interessiert sah sie sich in dem Jugendzimmer um. Weiße Möbel. Hellgraue Wandfarbe. Der Raum fügte sich perfekt in den hochklassigen Gesamtstil des Hauses ein. Isabell Reinhardt schien dem elterlichen Geschmack zu folgen, im Gegensatz zu Carlotta, die in ihrem Zimmer einen Prinzessinnentraum auslebte. Das Reich der älteren Schwester war größer, dafür fehlte der begehbare Kleiderschrank. Dieser schien unnötig. Sie besaß weitaus weniger Kleidung. Von Knallfarben keine Spur, ein grundlegender Unterschied zum Modegeschmack ihrer jüngeren Schwester. Isabells Jumpsuits, Lederleggings und hochwertige Spitzenblusen glichen eher der Garderobe einer reifen Frau.

Im angrenzenden Badezimmer begutachtete Baro den Spiegelschrank, in dem gähnende Leere herrschte. Der Raum war so unpersönlich, dass er einer Badausstellung gleichkam. Zahnbürste, Zahnpasta, Deo und Handtücher. Viel mehr war dort nicht zu entdecken. Baro behielt aber im Hinterkopf, dass das

Mädchen den Großteil ihrer Besitztümer in die Studentenbude gebracht hatte.

Baro begab sich zurück in den Hauptraum. Neugierig durchstöberte sie ein deckenhohes Bücherregal, das mit unzähliger philosophischer Fachliteratur ausgestattet war. *Ziemlich tiefgründige Themen für eine Neunzehnjährige*, überlegte sie. Baro stach ein Titel ins Auge, der wie ein Fehler in der Sammlung wirkte. *Einführung in die Rechtswissenschaft.* Sie öffnete das Buch und entdeckte eine handschriftliche Widmung von Frau Reinhardt. *Wer will, der kann. Deine Mutter.*

»Das habe ich Isabell zum achtzehnten Geburtstag geschenkt.« Unvermittelt stand Frau Reinhardt im Türrahmen. Sie ging auf Baro zu und nahm das juristische Fachbuch an sich. Mit beiden Händen drückte sie es vor die Brust, als würde sie es stellvertretend für ihre Tochter umarmen.

»Danke, dass ich noch mal hier sein darf«, sagte Baro.

Frau Reinhardts Gesichtsausdruck vereiste. »Wann machen Sie endlich Ihren Job und finden den Mörder meiner Kinder?«

* * *

Luise Petermann saß auf dem Bett und wimmerte. Stefan Dresner konnte nicht fassen, was in ihn gefahren war. Er hätte die Distanz zu dem Mädchen wahren sollen. Wie war es so weit gekommen? Er handelte gegen sein Gespür, fing an, Regeln zu missachten. Spätestens als sie ihm im Bademantel die Tür geöffnet hatte, hätte er vernünftig sein sollen. Einfach kehrtmachen. Später wiederkommen. Nachdenklich wog er den Kopf hin und her. *Hätte, hätte, hätte.* Jede Einsicht kam zu spät.

Dresner saß wieder auf dem Schreibtischstuhl, wahrte Sicherheitsabstand, ließ Luise Freiraum. Bereute sie, was vorgefallen war, ihr schlüpfriges Mundwerk, ihr frivoles Verhalten ihm gegenüber? Natürlich fühlte sich ein Teil seines Egos dadurch geschmeichelt, aber Sex mit einer Achtzehnjährigen, noch dazu eine Zeugin ihrer Ermittlungen zu dem Doppelmord?

Er ließ die vergangenen Minuten Revue passieren. Nachdem er die beiden Gurtenden ihres Frotteebademantels gegriffen und diese zu einem festen Knoten um ihre Hüfte gebunden hatte, war die Situation ein Stück jugendfreier. Keine Busenblitzer mehr, kein lasziv positionierter Oberschenkel. Alles wurde jetzt an Ort und Stelle gehalten. Selbst ihr Mundwerk war nicht mehr lose. Dies wiederum bedauerte er. Allmählich verließ ihn die Geduld.

* * *

Luise fühlte sich schmutzig, aber nicht auf die gute Weise. Leider. Sie versuchte, sich zu fangen, nicht mehr zu weinen wie ein kleines Mädchen, dem man die Süßigkeiten verweigert hatte. Doch Ablehnung war sie nicht gewohnt.

»Ach, was ich dir noch sagen wollte«, sagte ihr emotionaler Peiniger, »du bist eine Schlampe!«

»Was?«, fragte sie verdattert.

»Du hast schon richtig gehört«, bestätigte Dresner. »Du bist eine wertlose Schlampe.«

Jetzt schlug ihr Selbstmitleid in aktive Gegenwehr um. »Was erlauben Sie sich? Ich werde mich über Sie beschweren!«

Unbeeindruckt ergänzte er: »Du bist hässlich. Abstoßend.«

»Schwachsinn, ich arbeite als …«

»Komm mir nicht wieder damit, dass du modelst«, unterbrach er mit abwehrender Geste. »Ich kann's nicht mehr hören. Wieso gehst du nicht einfach sterben?«

Luise zeigte auf die Zimmertür. »Verpissen Sie sich aus meinem Haus!«

Dresner hatte ein Fragezeichen im Gesicht. »Wieso guckst du so komisch? Ich verstehe nicht ganz. Ist das nicht deine Art zu kommunizieren? Mit Fremden oder mit … Freunden?«

Schlagartig versiegte ihre Sprache. *Fuck, deswegen kamen mir seine Worte so bekannt vor. Er weiß, dass ich die Hasskommentare geschrieben habe.* »Keine Idee, wovon Sie sprechen.«

»Hör endlich auf, mich für dumm zu verkaufen. Du hast

übelste Beschimpfungen in den Kommentaren zu den Posts von Carlotta und Isabell hinterlassen. Mir stellt sich nur die Frage, warum.«

Erwägungen rauschten durch ihren Kopf. *Leugnen oder zugeben?* Wenn sie jetzt einräumte, dass die Kommentare von ihr stammten, würde er wissen wollen, warum sie sie gepostet hatte. Über jedes denkbare Thema wollte sie lieber sprechen. Außerdem bekäme sie dann wahrscheinlich Stress, weil sie bei der ersten Befragung gelogen und dadurch die Ermittlungen behindert hatte – zumindest, wenn sie den Krimiserien Glauben schenkte. Drohte ihr dann ein Eintrag in irgendeine Polizeiakte oder sogar ein Prozess? Im Grunde blieb ihr so oder so keine Wahl, offenbar hatte er Beweise. Vielleicht gab es für ihre nachträgliche Mitarbeit wenigstens ein paar Pluspunkte.

»Na schön, ich war scheiß sauer auf Carlotta«, gestand sie schließlich. »Wir waren am Samstag in der Woche vor … ihrem Tod … feiern. Till hatte mir irgendwelche Drogen ins Getränk gekippt und ich bin völlig abgestürzt, aber anstatt mir zu helfen, lässt Carlotta mich einfach auf dem versifften Klo zurück.« Luise untermalte ihre Aussagen mit ausschweifenden Gesten. »Ich habe keine Ahnung, wie ich in dieser Nacht nach Hause gekommen bin, aber ich weiß, dass man so was mit Freunden nicht abzieht. Mir hätte sonst was passieren können.« Sie hielt inne, beruhigte sich. »Man lernt einen Menschen erst kennen, wenn er verliebt ist. Die meisten sind dann nämlich auf und davon. Jahrelange Freundschaften sind dahin.«

»Du meinst, Carlotta ist in der Nacht mit Till abgehauen?«

»Natürlich, mit wem denn sonst? Wir waren unzertrennlich, aber kaum tritt dieser Junkie auf die Bildfläche, bin ich vom Thron gestoßen. Das werde ich Carlotta niemals verzeihen. Niemals.« Sie sah ihn verkniffen an.

»Ich verstehe deinen Ärger«, lenkte Dresner ein. »Warum hast du sie nicht zur Rede gestellt, um die Sache zu klären?«

Luise empfand einen kurzen Augenblick der Scham. Diese Möglichkeit war ihr nicht in den Sinn gekommen. Wut und

Enttäuschung hatten sie in diesem Moment blind gemacht. »Weiß nicht«, antwortete sie ehrlicherweise.

»Mag sein, dass Carlotta dich an dem Abend für Till hat hängen lassen. Aber letzten Sonntag war sie nicht mit ihm verabredet. Sie hat ihre Eltern belogen. Hast du irgendeine Idee, mit wem sie sich stattdessen getroffen hat?«

»Seit dem Vorfall habe ich ihre Kontaktversuche geblockt.«

»Verständlich, du warst sauer. Das ist auch eine Erklärung für die Hasskommentare unter Carlottas Bildern. Aber wieso hast du dich auch auf Isabells Profil herumgetrieben?«

»Es wäre zu auffällig gewesen, nur Carlottas Posts zu kommentieren. Sie hat ja gemerkt, dass ich den Kontakt vermeide und sauer bin. Wahrscheinlich hätte sie mich blitzschnell verdächtigt. Davon abgesehen hatte Isabell die Kommentare mindestens genauso verdient. Sie ließ keine Gelegenheit aus, ihre jüngere Schwester zu quälen. Es gab schon gute Gründe dafür, dass die beiden sich hassten.«

* * *

»Meine Kinder haben einander geliebt«, schwärmte Frau Reinhardt. Nur mit gutem Zureden hatte sie sich wieder abreagiert. Jetzt präsentierte sie Fotos ihrer Töchter auf dem Smartphone.

»Geschwisterliebe ist etwas Besonderes«, sagte Baro und prägte sich Details der Aufnahmen ein. Die Mädchen umarmten sich, lächelten, doch ihre Augen blieben daran unbeteiligt.

»Isabell und Carlotta haben ständig Wettbewerbe ausgefochten«, erzählte Frau Reinhardt mit einem Schmunzeln. »Um die Mädchen zu motivieren, habe ich gerne das Kind der Woche gekürt. Die Auszeichnung gab es für exzellente schulische Leistungen oder vorbildliches Benehmen. Eine von beiden war immer ein Quäntchen besser als die andere und nachdem wir dies dezidiert hatten, gab es eine Belohnung für die Gewinnerin.« Frau Reinhardt schaute auf, schien in Erinnerungen zu schwelgen.

»Beide hatten ihre Ziele stets vor Augen. Sie hätten alles im Leben erreicht. Der Ansporn war enorm, ihre mentale Stärke unglaublich.«

* * *

»Carlotta war in Therapie. Isabell hätte dringend eine gebraucht.«

Stefan Dresner war überrascht. Die Eltern hatten in der ersten Befragung ein anderes Bild vermittelt. »Weißt du, aus welchem Grund sie sich Hilfe gesucht hat?«, fragte er.

Luise zählte an drei Fingern ab. »Druck, Druck und Druck. Schon im Kindergartenalter hatte Frau Reinhardt die Kritzelzeichnungen ihrer Töchter verglichen und die bessere belohnt. Vielleicht wurde Carlotta deshalb eine begnadete Zeichnerin. Dafür aber ein emotionales Wrack.« Luise schnappte ein Kissen und klemmte es sich vor den Bauch. »Liebe und Leistung sollten nicht miteinander verknüpft sein.«

»Warst du Carlottas einzige Vertrauensperson?«, fragte Dresner.

»O ja, und ich plaudere hier strikte Familiengeheimnisse aus. Frau Reinhardt ist die Außendarstellung überwichtig. Wenn sie wüsste, dass ich Informationen über den inneren Zirkel preisgebe, würde sie eigenhändig die Guillotine schärfen.« Luise imitierte Schleifbewegungen. »Ab mit dem Kooopf«, rief sie in Alice-im-Wunderland-Manier.

Dresner unterdrückte ein Grinsen. »Hatte Carlotta vor Till jemals eine ernsthafte Beziehung?«

»Den Männer-TÜV von Frau Reinhardt hätte niemand bestanden.«

* * *

»Wie sah es mit Jungs aus?«, fragte Johanna Baro und musterte die Mutter, die erneut zu einem Monolog ansetzte. Baro störte es nicht. Sie wollte so viele Informationen wie möglich aus der

Familie ziehen. Jede Einzelheit könnte letztlich zum Täter führen.

»Männer sind ein Thema für sich.« Frau Reinhardt steckte ihr Smartphone ein und setzte sich auf Isabells Bett. Sanft streichelte sie über das Kopfkissen ihrer toten Tochter. »Eine Frau sollte unabhängig von einem Mann sein. Emotional und finanziell. Meine Mädchen sollten sich mit Fleiß, Durchhaltevermögen und Bildung diese Unabhängigkeit verschaffen. Genau wie ich es tat. Erst dann wäre die Zeit reif für die Liebe gewesen.« Sie richtete einen Bilderrahmen auf dem Nachttisch neu aus und beschaute das Familienporträt. »Ich habe meinen Mann auch erst spät kennengelernt, musste sogar um ihn kämpfen, aber das Ergebnis war wunderbar.«

Es ist schon eine Kunst für sich, jedes Thema auf sich selbst zu lenken, grübelte Baro. »Carlotta und Isabell wollten beide Jura studieren?«

»Genau. Sie wären fantastische Anwältinnen geworden.«

* * *

»Wieso ausgerechnet ein Jurastudium?«, hakte Dresner nach.

»Alles eine Frage des Prestiges«, erklärte Luise. »Ich meine, die Mutter prahlte bereits damit, dass ihre Töchter mal Anwältinnen werden würden. Dabei lag noch ein Schuljahr vor Carlotta und Isabells erstes Semester hatte nicht mal angefangen. Meine Eltern haben mir das anders beigebracht. Eier kocht man erst, nachdem sie gelegt sind.«

»Deine Eltern sind weise Menschen«, schlussfolgerte er. »Was hätten die Mädchen gerne gemacht?«

»Isabell hätte lieber zu den Dichtern und Denkern gehört. *Falls du denken kannst, studierst du keine brotlose Kunst*, hatte Frau Reinhardt immer geschimpft. Genauso strikt war sie dagegen, dass Carlotta Modedesignerin sein wollte. Wie oft ich sie aufpäppelte, nachdem sie Sprüche gedrückt bekam wie *Du willst Billigkollektionen für die Ramschtische in Discountern entwerfen?*

oder *Ich investiere keine zehntausend Euro in eine Ausbildung, damit du lernst, bekleidete Strichmännchen zu malen* oder oder oder. Ob ein Haus oder die eigenen Töchter, Frau Reinhardt wertete alles als Investition. Und ihre Aufwendungen sollten sich auszahlen. Die Wünsche ihrer Kinder spielten dabei keine Rolle.«

* * *

»Die Interessen meiner Kinder wurden stets durch mich gefördert und unterstützt.« Frau Reinhardt stand auf und nahm einen Reiseführer aus dem Bücherregal. »Das Reisen war ein großes Thema für uns. Meine Töchter sollten im Great Barrier Reef tauchen, die Architektur des Sydney Opera House bestaunen, die Wellen am Bondi Beach surfen, die Great Ocean Road entlangfahren …«

Eine Weile lauschte Johanna Baro den nicht enden wollenden Ausschweifungen der Mutter. »Die Mädchen wollten Australien besuchen«, fasste sie schließlich zusammen.

Frau Reinhardts Gesichtszüge entglitten. Die Verkürzung ihrer Ausführungen schien ihr übel aufzustoßen. »Zumindest Carlotta, ja«, sagte sie mit mürrischem Unterton. »Fotos können die Schönheit dieses Kontinents nicht einfangen. Australien muss man mit den eigenen Sinnen erfahren. Den Eukalyptusduft in der Nase, die trockene Hitze auf der Haut, den Geschmack traditioneller Gerichte auf der Zunge.« Sie seufzte leicht. »Ich hätte es gerne erlebt.«

»Sie meinen, Carlotta hätte es gerne erlebt.«

»Richtig.«

* * *

»Verdammt, Lüge! Was erzählen Sie für einen Schwachsinn, Frau Reinhardt? All das sind *Ihre* Wünsche.« Luise zuckte mit den Achseln. »Es lag mir immer auf der Zunge, ausgesprochen habe ich es nie.«

»Du warst mir gegenüber sehr offen«, bedankte sich der Ermittler.

In Luises Ohren klangen die Worte abschließend. Doch sie wollte das Gespräch nicht beenden, nicht allein sein. Wie ein Wasserfall zu plappern, hatte ihr geholfen, die aufkommenden Gefühlsregungen wegzuspülen. Wenn ihr Zuhörer sie jetzt verließe, wäre sie ihren Empfindungen schutzlos ausgeliefert.

»Du hast die Mädchen gut gekannt«, sagte Dresner. »Vor allem Carlotta. Du warst ihr eine gute Freundin.«

Luise nickte. »Ich hoffe«, sagte sie flügelzart. Sie setzte erneut an, doch ihr Stimmorgan versagte den Dienst. Und dann geschah, was sie um jeden Preis hatte verhindern wollen. Wut und Ärger über ihre Freundin dienten nicht länger als innerer Schutzschild. Ungehemmt wurden Bilder der Vergangenheit an die Oberfläche getragen. Geistige Fotografien ihrer Einschulungsfeier, auf der Carlotta beruhigend ihr Händchen streichelte. *Wir schaffen das* flüsterte. Erinnerungen an die zahllosen Sommerferien, die sie am See oder einfach vor der Haustür verbrachten. Als wäre es gestern gewesen, dass ihre entzückten Kinderstimmen durch die Spielstraße hallten.

Fischer, Fischer, wie tief ist das Wasser?
Einhundert Meter tief!
Wie komm ich hinüber?
Hüpfen!

Und dann war das Ziel klar: Das imaginäre, rettende Ufer erreichen. Meist waren sie bis zum Einbruch der Dunkelheit in das Tickspiel vertieft, das genau genommen zu zweit kaum Sinn ergab. Doch es scherte sie nicht. Die Freundinnen brauchten nur einander. Sie hatten ihre Kindheit geteilt, ihre Jugend. Das Erwachsenenleben würden sie nicht miteinander verbringen. Würden nicht als knauserige Omas über die Kinder schimpfen, die nun an ihrer Stelle lautstark in den Straßen *Fischer, Fischer, wie tief ist das Wasser?* spielten.

»Carlotta ist wirklich fort?«, hauchte sie. Für mehr Worte fehlte ihr der Atem. Sie brauchte frische Luft, musste ein Fenster kippen. Luise stand auf, torkelte los. Wohin wollte sie gleich? Ihre Beine knickten weg. Sie versuchte, sich am Schreibtisch abzustützen. Wenige Schritte trennten sie vom rettenden Ufer. Unüberbrückbar. Stefan Dresner sprang auf, bekam sie zu greifen. Wie Wasser zerfloss sie in seinen schützenden Armen. »Was ist Carlotta zugestoßen? Wer hat ihr das angetan?«, schrie sie, als die ersten Tränen rannen.

Kapitel 40

Eine Woche zuvor

Für die perfekte Sicht auf das Anwesen der Familie Reinhardt parkte der Mann sein Auto auf dem gegenüberliegenden Parkstreifen. Er war spät dran. Hinter das Lenkrad geduckt behielt er die gesamte Allee im Auge. Glücklicherweise gab es dort wenig Publikumsverkehr und damit kaum potentielle Zeugen. Zugleich aber war er sich bewusst, dass sein Auto zwischen den übrigen Nobelkarossen wie ein Fremdkörper wirkte. Wie der Abend auch endete, ein weiteres Mal würde er dort nicht parken. Es erregte zu viel Aufmerksamkeit.

Der Mann rief sich die missglückte Aktion von letzter Woche ins Gedächtnis. Seine dadurch aufgestaute Wut musste er dringend entladen. Gut, dass er bald die Gelegenheit dazu bekam. Wenn heute wieder etwas schief ginge und er unverrichteter Dinge wieder abrauschen müsste, galt es ein weiteres Mal, auf die perfekte Gelegenheit zu warten. Dann würde er völlig austicken.

Eine viertel Stunde verging. Er trommelte mit den Handflächen auf den Oberschenkeln herum. *Komm raus, Mädel. Komm raus!* Wie gerufen trat Carlotta aus dem Haus und schloss die Eingangstür hinter sich. Sie ging meist zu den gleichen Zeiten joggen. Wenn sie ausgerechnet heute mit ihren Laufgewohnheiten gebrochen hätte, wäre es wohl ein Wink des Schicksals gewesen. Er hätte sie verschont. *Verschonung*. Er grinste bei dieser absurden Vorstellung.

Nach einem kurzen Aufwärmprogramm in der Auffahrt nahm Carlotta ein paar Einstellungen an ihrer Fitness-Uhr vor. Dann stöpselte sie ihre Bluetooth-Kopfhörer ein und joggte los. Als das Mädchen um die Straßenecke bog, öffnete der Mann seinen Laptop und führte ein paar Programme aus. Nach etwa fünf Minuten hatte er die app-gestützte Gebäudesteuerung vollständig unter seiner Kontrolle. Probeweise ließ er die elektrischen Rollläden eines Fensters runter- und wieder rauffahren. Zufrieden deaktivierte er die hochpreisige Alarmanlage, aber nicht die Videoüberwachung. Eine zeitliche Lücke wäre zu auffällig. Stattdessen würde er sich einfach im Nachhinein aus den Aufnahmen herausretuschieren. Zu guter Letzt setzte er die elektronische Türverriegelung außer Kraft.

Der Mann stieg aus dem Auto. Den Laptop verstaute er in seinem Rucksack, den er schulterte. Planmäßig setzte er sich ein Basecap auf. Den Kopf zu Boden geneigt überquerte er die Straße und lief auf die Eingangstür der Villa zu. Da nicht mehr abgesperrt war, wendete er einfach eine Tür-Öffnungskarte an. Fünf Sekunden später fiel die Haustür hinter ihm ins Schloss. Zuerst nahm er den Eigenduft des Nichtraucherhaushaltes zur Kenntnis. Sein Geruchssystem meldete ihm bunte Blumen, frischgebackene Waffeln und Bilderbuchfamilie. Ekelhaft schön. Er freute sich darauf, in die tiefste Privatsphäre dieser Menschen vorzudringen.

Mit Missfallen beäugte er das großformatige Acrylglasbild der Familienbande, das im Eingangsbereich hing. »Wie die verkackte Brady-Family seht ihr aus.«

Er streifte sich Handschuhe über und schlenderte ins Wohnzimmer. Dem Bedürfnis, sich auf die schwarze Ledercouch zu werfen, widerstand er. *Bloß nicht mehr Spuren hinterlassen als notwendig*, beschwor er sich, und steuerte die offene Wohnküche an. Der Mann öffnete den Kühlschrank und zog Carlottas lilafarbene Sportflasche hervor. Unzählige Male hatte sie dieses Produkt auf ihrem Social-Media-Account beworben. Damit hatte sie ihm das fehlende Puzzleteil seines Plans geliefert.

Der Verschluss ließ sich problemlos öffnen. Er zog die Spritze aus der Seitentasche seines Rucksacks und entleerte den Inhalt in die Trinkflasche. Dann stellte er die präparierte Flasche zurück und machte sich auf den Weg in die erste Etage. Als er die Treppe hochlief, ging ihm durch den Kopf, wie lange er die Familie observiert und ihre Lebensweise studiert hatte. Heute leibhaftig am Ort des Geschehens zu sein, kam ihm vor, als würde er ein Filmset besichtigen. Auf dem Weg in Carlottas Zimmer warf er einen kurzen Blick in das großzügige Elternschlafzimmer. Hier zierten Schwarz-Weiß-Aufnahmen der Töchter eine dunkelgraue Wand. Kinderbilder im Schlafzimmer – eine größere Lustbremse war für ihn kaum denkbar. Der Mann fixierte das Ziffernblatt seiner Armbanduhr. Nicht mehr lange, bis Carlotta ihre Jogging-Runde beendete. Den Rest des Hauses würde er erst nach ihrem Tod ausführlich inspizieren. Zeit dafür hatte er. Familie Reinhardt war unterwegs. Mutti war auf Fortbildung. Vati brachte Schwesterherz zur Universität.

Er bummelte weiter zu Carlottas Zimmer. Ein Albtraum in Pink und Rosa. Hier kannte er sich aus. Dutzende Stunden hatte er hier verbracht, eingehackt in die Webcam und das Mikrofon ihres Laptops. Auf leisen Sohlen begab er sich in Isabells Zimmer. Hier würde er lauern, bis sich die Gelegenheit ergab, ihrer honigsüßen Schwester alles Leben auszuhauchen.

* * *

Carlotta Reinhardt sprintete die letzten Meter bis zur Grundstücksgrenze. Sie reckte ihre Arme über den Kopf und atmete tief ein und aus, bis sich ihr Puls regulierte. Die leidenschaftliche Joggerin schlenderte die Auffahrt hoch und öffnete die Smart-Home-App auf ihrem Handy, um die Alarmanlage zu deaktivieren. Als sie feststellte, dass diese bereits ausgeschaltet war, hielt sie inne.

Irgendetwas stimmte nicht.

Mit der flachen Hand klatschte sie sich gegen die Stirn. »Schon wieder vergessen, die Alarmanlage zu aktivieren.« Sie betrat das Haus, verriegelte die Haustür und marschierte Richtung Küche. Im Gehen warf sie einen Blick auf ihre Fitnessuhr und wechselte zwischen den verschiedenen Programmen hin und her, um alle wichtigen Messdaten zu erfassen. Zufrieden stellte sie fest, dass sie ihre beste Laufzeit um neunzehn Sekunden unterboten hatte.

Carlotta konnte es kaum erwarten, ihren Durst zu stillen. Mit einem kräftigen Ruck öffnete sie den Kühlschrank. Sie entnahm ihre Wasserflasche und stellte sie auf der Kücheninsel ab. Doch etwas hielt sie davon ab, die Kühlschranktür wieder zu schließen. Ein Sixpack Cola fiel ihr verlockend ins Auge. Sie griff nach einer Dose und keilte ihren Nagel unter die Aufreißlasche. Sollte sie ihren Brand ausnahmsweise mit dem Softgetränk löschen?

Nein, ermahnte sie sich, *keine Genussgetränke, um den Durst zu löschen.* Selbstdiszipliniert stellte sie die Coladose zurück und widmete sich ihrer Sportflasche. Aufgrund des Temperaturunterschieds hatte sich zwischenzeitlich ein Nebel aus feinem Kondenswasser darum gebildet. Zur Abkühlung presste sie das kühle Plastik gegen ihre Wange. Dann öffnete sie das Getränk und leerte es zur Hälfte. Carlotta zuckte zusammen, erschreckte sich zu Tode. Ihr Handy vibrierte in der Jogginghose. Erfreut stellte sie fest, dass Till ihr geschrieben hatte.

Till Handy:

Mein Vater haut gleich ab. Bleibt es bei dem Treffen? Ich bin bereit. Komm gerne vorbei ;-)

Sie öffnete die Instagram-App auf ihrem Handy und checkte sein Profil. *Ach Till*, dachte sie, *halte mich nicht für naiv. Ich weiß, dass mein Interesse an dir größer ist als umgekehrt. Mir ist schon klar, dass du nicht der Vater meiner Kinder wirst. Trotzdem, du bist unglaublich sexy. Für mein erstes Mal perfekt.* Carlotta trank seelenruhig ihre Wasserflasche leer, bevor sie die Nachricht beantwortete:

Carlotta Handy:

Neuer Plan: Zum Glück hat Isabell so lange gebraucht, um ihre Sachen zu packen. Jetzt wird mein Vater über Nacht in Bremen bleiben müssen. Ich kann also sogar bei dir übernachten ;-) Bis später dann ...

Carlotta dachte über ihre Mutter nach. Eigentlich unglaublich, dass sie eine Übernachtung bei einem Mann nie erlaubt hätte. Sobald es um das Thema ging, legte sie ihr die Daumenschrauben an. Auch wenn Carlotta schon volljährig war, saß ihre Mutter einfach am längeren Hebel. Aber heute hatte sie endlich die heiß ersehnte Gelegenheit. Sie und Till. Allein über Nacht bei ihm. Genüsslich hatte sie ihrer Schwester dies noch aufs Brot geschmiert, bevor sie nach Bremen losgefahren war. Gerne hätte Carlotta die Neuigkeit auch mit ihrer besten Freundin geteilt, doch Luise sprach aus irgendeinem Grund nicht mehr mit ihr. Hatten sie im *Isla Blanca* miteinander gestritten? Sie erinnerte sich nicht. Ihr war das Meiste des Abends verloren gegangen. Hoffentlich klärte sich das Problem zeitnah, denn sie vermisste den Sturkopf schmerzlich.

Sie schniefte. Die heutige Ablenkung durch Till würde ihr guttun.

Carlotta spurtete die Treppe hoch und weiter in ihr Zimmer. Dort streifte sie die verschwitzte Kleidung ab. Nackt ging sie hinüber ins Bad, stellte sich unter die heiße Regendusche und startete ein Verwöhnprogramm. Der florale Duft ihrer Pflegeprodukte nebelte sie ein. Sie schloss die Augen, um den Wohlgeruch und die massierende Wirkung des Wassers voll auszukosten. Vollends erfrischt verließ Carlotta die Dusche. Sie nahm ihren Cashmere-Bademantel von der Heizung, schlüpfte hinein und band den Gürtel fest. Mit der flachen Hand fuhr sie über den beschlagenen Badezimmerspiegel. Dabei schwankte sie urplötzlich nach vorn, konnte kaum das Gleichgewicht halten. Was war das? Machte ihr Kreislauf wegen der warmen Dusche schlapp oder war sie unterzuckert? Ihre letzte Mahlzeit lag Stunden zurück. Einige Atemzüge lang sammelte sie sich. *Zu wenig gegessen, zu viel Ritalin, der Sport*, folgerte sie. Jetzt rächten sich die vergangenen Wochen.

Erneut zerrte eine unsichtbare Kraft an ihrem Körper. Mit den Handballen stützte sie sich am Waschbeckenrand ab und erforschte das verschwommene Spiegelbild. Mehrmals kniff sie die Augen zusammen, bis ihre Sicht etwas klarer wurde. Schweiß trat ihr auf die Stirn. Die hohe Luftfeuchtigkeit im Badezimmer kam ihr jetzt furchtbar heiß und stickig vor. Sie beugte sich über das Waschbecken, und der Infrarotsensor aktivierte den Wasserhahn. Mit zitternden Händen spritzte sie sich kaltes Wasser ins Gesicht, doch wich ihr die Kraft aus den Beinen. Wie durch magnetische Anziehung sank sie zu Boden und war völlig benommen. Sie musste einen Moment lang ruhen. Wieso reagierte ihr Körper nur so heftig?

Geräusche drangen an ihr Ohr. War ihr Vater doch zurückgekommen? Ein Hoffnungsschimmer erwärmte sie innerlich. Sie kroch zur Badezimmertür und öffnete sie ein Stück. »Ist jemand zu Hause?«, rief sie und lauschte in die Ferne. Keine Antwort.

Sie hatte keine Zeit mehr zu verlieren. Jeden Moment drohte ihr Kreislauf zusammenzubrechen. Hilfe, sie musste irgendwie Hilfe rufen! Zwei Versuche benötigte sie, um sich wieder aufzuraffen. Wo war ihr Handy? Auf der Suche danach taumelte sie einige Schritte durch das Zimmer. Dann blieb sie stehen und ließ ihren Blick schweifen. Nirgends war es zu sehen. Alles drehte sich. Vollends erschöpft ließ sie sich auf das Sofa fallen. Erst jetzt kam ihr die Erkenntnis, dass das Handy noch in der Küche lag. Bis nach unten würde sie es unmöglich schaffen. Da wieder. Ein Geräusch.

War doch jemand nach Hause gekommen? Ja. Deutliche Schritte. »Hilfe«, rief sie gequält.

»Schscht, schscht, schscht«, ertönte eine Männerstimme. »Ich bin ja hier.« Wie im Nebel nahm sie eine Gestalt wahr, die etwas in der Hand hielt. Sie hörte das Reißen von Klebeband. Einmal. Zweimal. Dann konnte sie ihren Mund nicht mehr öffnen. Sie wollte die Klebestreifen entfernen. Es war unmöglich. Ihre Arme, ihre Hände waren wie in Beton gegossen. Carlottas müde Augen wanderten hin und her, bescherten ihr einen Moment klarer Sicht. Als sie das Gesicht des Fremden erfasste, kehrte ihre Auffassungsgabe urplötzlich zurück.

Kapitel 41

Er brachte den Tod

Der Mann stieß ein erregtes Seufzen aus. »Jetzt gehörst du mir.« Er fuhr mit den Armen unter ihren schlaffen Körper und trug sie zum Bett. »Mach dir keine Sorgen. Ich bin gleich zurück«, gelobte er und organisierte den kabellosen Föhn aus dem Badezimmer. Er setzte sich zu ihr an die Bettkante und schaltete das Gerät ein. Das Mädchen zuckte leicht auf.

»Beruhige dich, Prinzessin«, sprach er leise auf sie ein. Nachdem er eine kopfhautfreundliche Temperatur eingestellt hatte, trocknete er das blonde Haar und drapierte es akkurat nach seinen Wünschen.

»Weißt du, ich war nicht besonders erfreut, als ich erfahren habe, dass es bereits einen Mann in deinem Leben gibt. Ich habe jede Nachricht studiert, die ihr miteinader geschrieben habt, und du hast mich tatsächlich dazu gebracht, eifersüchtig auf einen Till Wißmann zu sein.«

Mit zwei Fingern strich er über ihr federsanftes Haar. Er filterte eine einzelne Haarsträhne heraus, dann beugte er sich hinunter, um den blumigen Duft zu inhalieren.

»Aber ich vergebe dir deine Dummheit«, hauchte er ihr ins Ohr. »Ab jetzt gibt es nur noch uns beide. Alles ist perfekt für unsere gemeinsame Zeit.«

* * *

Flucht oder Kampf, schrie ihr Instinkt, doch ihr Körper rührte sich nicht, war wie gelähmt. Das Klebeband auf ihrem Mund machte jeden Sprechversuch zunichte. Der Fremde saß ruhevoll da, musterte sie. Mit ihrem Restverstand versuchte sie, seine äußere Erscheinung zu enträtseln. Warum lag etwas Vertrautes in seinem Gesicht? Sie waren sich bereits begegnet. Das spürte sie. Wieso hatte sie die Gefahr nicht gewittert? Noch einmal nahm Carlotta all ihre Kraft zusammen. Sie musste hier raus. Fliehen!

Nein, sie schaffte es nicht. Ihr Körper war im Tiefschlaf. Nur die aufkeimende Panik hielt ihren Geist noch wach. Doch für wie lange? Der Mann ließ seine Finger über ihren Oberkörper krabbeln und weiter bis zum Gürtel ihres Bademantels. Mit einem Ruck öffnete er die Schlaufe. Fast einfühlsam schob er den Stoff beiseite, erhielt freie Sicht auf ihre nackte Haut. Er beschaute sie wie ein Objekt. Sein Eigentum. Würde er sie foltern? Vergewaltigen? Die Unwissenheit quälte sie lange Minuten. Was war sein Ziel? Sie suchte die Antwort in seinen Augen. Versuchte, eine Verbindung zu ihm aufzubauen. Doch sie entdeckte kein Gefühlsleben. Nur menschliche Abgründe. Wie ein Faustschlag traf die Erkenntnis auf ihren schlummernden Verstand.

Nein, dieser Mann wollte nicht nur Sex. Es steckte mehr dahinter. Der Fremde brachte Leid. Er brachte den Tod.

* * *

»Freust du dich schon? Du wolltest doch immer, dass man dich deiner Schwester vorzieht! Du hast gewonnen, du bist meine Nummer eins. Ist es nicht gütig von mir, dass ich Isabell erst als Zweite töte?« Besonnen zog er Carlottas Arm aus dem

Bademantel. »So, Prinzessin! Genug geplaudert. Nun kommt der schöne Teil des Abends. Etwa zehn Zentimeter oberhalb deiner Armvene lege ich jetzt einen Staugurt an. Kurz darauf wird sich das Blut in deiner Vene stauen.« Er entnahm seiner Hemdtasche eine Spritze mit Liquid Ecstasy. »Kannst du dir vorstellen, dass eine so geringe Menge Flüssigkeit für jeden Menschen tödlich ist?«

Ohne Eile begutachtete er die Dosis, die ihm die Macht über Leben und Tod verlieh und ihn damit göttlich machte. Einen Moment lang hielt er inne, verlor sich in Gedanken. War es die Liebe für den Tod, die ihn antrieb? Oder war es mehr der Hass auf das Leben? *Liebe oder Hass?*, arbeitete es in ihm. Er konnte keine Antwort finden, denn im Grunde hatte er kaum eine Verbindung zu seinen eigenen Gefühlen. Die meiste Zeit über waren seine Empfindungen wie tief verschüttet unter kalter Erde. Eingepfercht in einem vermodernden Sarg. Aber was spielte das überhaupt noch für eine Rolle? Er wusste nur, was er jetzt tun wollte, tun musste. Mit zwei Fingern streichelte er über Carlottas geschwollene Armvene. »Ich könnte die Einstichstelle jetzt desinfizieren, aber du ahnst wahrscheinlich, dass das überflüssig wäre.«

* * *

Seine Worte drangen nur gedämpft zu ihr durch, dennoch wusste sie, dass ihre letzten Minuten angebrochen waren. Heiße Tränen rannen ihre Wangen herab. Ein Adrenalinstoß durchschoss ihren Körper, als sie die Spritze in der Hand ihres Mörders sah. Nur abgetönt nahm sie den Schmerz der Injektion wahr. Über ihre Adern floss das Gift durch ihren Körper, entfaltete seine zerstörerische Wirkung. Die Lähmung schritt voran, legte sich wie ein dunkler Schatten über ihre Lunge. Raubte ihr zusehends die Fähigkeit zu atmen. Sie stand kurz davor, die Besinnung zu verlieren. Endgültig.

Sie versuchte sich auf die letzten, schwachen Atemzüge zu konzentrieren. Driftete ab in schwarze Leere, nahm nur den Hauch einer Männerstimme wahr: »Das war deine Todesspritze.«

* * *

Der Mann durfte das Langersehnte nicht verpassen. Zügig entkleidete er sich und warf Carlottas Bademantel beiseite. Er entfernte den Staugurt. Dann schmiegte er sich unter ihren Arm, legte seinen Kopf auf ihre Brust. Noch lebte sie. Er konzentrierte sich auf ihre Atmung. Spürte, wie die Auf- und Abbewegungen ihres Brustkorbs ermatteten, wie sie immer seltener wurden und schließlich erstarben. Mit geschlossenen Augen lauschte er ihren letzten Herzschlägen. Rapide sank die Herzfrequenz ab, ging in den Stillstand über.

Lustvoll stöhnte der Mann auf. Seine Erregung war bereits deutlich sichtbar. Er richtete sich auf, inspizierte die Tote von Kopf bis Fuß. Er streichelte, küsste, leckte sie an intimen Stellen. Biss sie leicht in die Brustwarzen. Gerade so, dass er keine bleibenden Spuren hinterließ. Seine Hände wanderten zu ihren Beinen, spreizten ihre Oberschenkel. Er legte sich auf den Körper. Mehrmals versuchte er, in sie einzudringen, sich ihre Jungfräulichkeit zu nehmen. Es misslang.

Gedanken sprengten sein Hirn. *Dieser Körper, dieser verflucht warme Körper!* Er hatte nicht eingerechnet, nach dem Mord so lange zu warten, bis sie abkühlte. Aber nicht nur ihre Körperwärme war das Problem. Es war die Ungewissheit. Letztlich gab es nur drei sichere Todeszeichen: Leichenstarre, Totenflecken und Fäulnis. Wie konnte er also wissen, dass sie nicht jeden Moment die Augen öffnete? Dass sie ihn nicht grausam bestrafte für den verbotenen Körperkontakt? Wie konnte er sicher sein, dass sie ihm nicht die Seele aus dem Leib riss und seine Männlichkeit zerschmetterte?

Schlagartig fühlte er sich wie ein jämmerlicher Schlappschwanz. Die Manneskraft verließ ihn wieder und das

Schwinden seiner Erektion fachte die Wut in ihm an. Sofort hallte das Echo seiner schwarzseeligen Mutter in seinem Gehörgang.

Würstchen!

Niete!

Schlaffi!

Er schnappte sich seinen Rucksack und zog ein Skalpell hervor. »Du gottverdammte Hure!«, fluchte er. »Wenn ich mit dir fertig bin, werden dich nicht mal mehr Mami und Papi identifizieren können!« Doch bevor er zustechen konnte, erstarrte er, hielt die Luft an, lauschte.

Kapitel 42

Die Ermittlerin war vor dreißig Minuten gegangen, doch noch immer lehnte Maike Reinhardt mit dem Rücken gegen die geschlossene Haustür. Wo sollte sie auch hin, was sollte sie machen? Den Haushalt erledigen? Zur Arbeit gehen? Beides schaffte sie nicht. Ihr fehlte schlicht die Kraft für jede Form von Aktivität. Am liebsten würde sie den ganzen Tag lang nur noch schlafen.

Verdrängte Glaubenssätze bahnten sich ihren Weg an die Oberfläche. *Du musst etwas leisten, sonst bist du nichts. Du willst die Liebe deiner Eltern? Dann tu etwas dafür.*

Arbeit. Ihr Leben lang hatte sie bis zur völligen Selbstaufgabe gearbeitet. Dennoch waren ihren Eltern die drei magischen Worte nie über die Lippen gekommen. Sie war gescheitert als Tochter. Sie hatte versagt als Mutter. Denn sie hatte ihre Mädchen in das gleiche enge Korsett gezwängt, in dem sie selbst aufgewachsen war. Ein Korsett aus Perfektionismus und Leistungsdruck, das ihr selbst ein Leben lang die Luft zum Atmen raubte. Sie hatte Isabell und Carlotta erstickt und jetzt gab es keine Gelegenheit mehr, es wiedergutzumachen. Sie waren fort. Wieso hatte sie nicht mehr darüber nachgedacht, was sie ihren Kindern mitgeben wollte?

Sie setzte sich in Bewegung in der Hoffnung, dass sich auch

ihre Überlegungen fortbewegten, weit weg von ihr. Die verwaiste Mutter schlich von Zimmer zu Zimmer, doch es gab keinen Raum, der nicht durchtränkt war mit Erinnerungen an ihre Kinder. Jetzt war alles Leben fort. Vom bodentiefen Wohnzimmerfenster aus sah sie in den Garten. Immer wieder kamen diese Gedanken hoch, diese geißelnden Fragen.

Was für eine Mutter wärst du gewesen, wenn du gewusst hättest, dass deine Kinder vor dir gehen? Dass sie dich viel zu früh verlassen?

Wie gerne wäre sie in die Vergangenheit gereist und hätte ihr früheres Ich danach befragt. Die Frau, die sie einst war, an den Schultern gepackt und geschüttelt, bis sie endlich aufwachte. Mit aller Macht stemmte sie sich gegen die aufkommenden Empfindungen, doch das schlechte Gewissen zermürbte sie mit schonungsloser Härte. Sie dachte an die zahlreichen Tage, an denen sie ihre Kinder aus reiner Bequemlichkeit vertröstet oder ihnen nur mit halbem Ohr zugehört hatte. Tage, an denen sie, wie meist, nur mit ihren eigenen Belangen beschäftigt gewesen war. Wie viele gemeinsame Stunden mit ihren Töchtern waren ihr dadurch entgangen?

Maike Reinhardt öffnete die Terrassentür. Sie versuchte, die quälenden Emotionen wegzuatmen. Sie schrak kurz auf, als sich etwas an ihren Beinen vorbeischlängelte. Das Katzenbaby tapste ins Freie. Glücklicherweise war der Garten eingezäunt. Das Tier hatte eine Überraschung für Carlotta sein sollen, denn sie wäre zukünftig öfter allein zu Hause gewesen. Ihre Schwester an der Universität, ihre Eltern auf der Arbeit. Arbeit – wieso hatte sie nur so viel Lebenszeit darin investiert, nicht erkannt, was wirklich wichtig im Leben war?

* * *

Wer ruft mich mit unterdrückter Nummer an? Uwe Reinhardt drückte das eingehende Telefonat weg und steckte das Handy zurück in die Jackentasche. Seine Aufmerksamkeitsspanne reichte kaum für die Anliegen des Bestatters, der ihm gegenübersaß. Sarg,

Kerzen, Blumengestecke, Trauerfeier. Es gab viele Entscheidungen zu treffen, jede Menge Papierkram zu bewältigen. Er hatte sich all dieser Aufgaben angenommen, um seine Frau zu schonen. Vor allem aber, um nicht tatenlos herumzusitzen. Nur die Beschäftigung kapselte ihn von seiner depressiven Verstimmung ab.

»Herr Reinhardt?«, fragte der Mann im schwarzen Anzug in sein Nachdenken hinein.

»Verzeihen Sie mir. Ich brauche fünf Minuten für mich«, entschuldigte er sich und verließ den Raum. Uwe Reinhardt spazierte ein paar Schritte durch das Beerdigungsinstitut und blieb vor einem Atrium stehen, das zum Himmel hin geöffnet war und so die Flure mit hellem Tageslicht versorgte. In dem Hof wuchsen immergrüne Pflanzen und eine Birke, die bereits kahl war. Einer bemoosten Felsformation entsprang ein Bachlauf. Das Wasser mündete in einen Teich, in dem Goldfische ihre Bahnen zogen. Herr Reinhardt atmete auf. Das Wasserplätschern beruhigte seine Nerven. Er schreckte auf, als das Telefon in seiner Jackentasche erneut vibrierte. Dieses Mal nahm er den Anruf entgegen.

»Schön, dass du rangehst«, sagte ein Mann in schauderhaftem Flüsterton. »Das Wichtigste vorab. Nach diesem Gespräch werde ich den Akku aus dem Handy nehmen und die SIM-Karte zerstören. Jeder Ortungsversuch wäre sinnlos.«

»Wie bitte?«

»Tut mir leid. Ich muss leise sprechen. Eine Weile möchte ich noch unentdeckt bleiben.«

Uwe Reinhardt nahm das Handy von seinem Ohr und kontrollierte das Display. Der Unbekannte hatte seine Rufnummer unterdrückt. Schnell legte er das Gerät wieder an. »Ich verstehe nicht. Was …«

»Hat der Bestatter alle offenen Fragen beantwortet? Welchen Sarg bekommt Carlotta? Nein, nicht antworten! Lass mich raten. Pink, Hochglanz und irgendwas mit Feenstaub.«

Sein Herz stolperte. Uwe Reinhardt fasste sich mit der freien Hand an die Brust. Beschattete der Anrufer ihn etwa? Er sondierte die Umgebung. Niemand war zu sehen, keine Auffälligkeit zu entdecken. Dennoch kaperte ihn ein existentielles Bedrohungsgefühl.

»Hat es dir die Sprache verschlagen?«, erklang es vom anderen Ende der Leitung. »Kein Problem. Zuhören reicht völlig. Ich habe nachgedacht. Dein Frauengeschmack ist erstklassig. Und wie heißt es so schön? Aller guten Dinge sind drei.«

»Nein.« Herr Reinhardt stützte sich an einer Wand.

»Wieso lässt du deine Frau überhaupt allein zu Hause? War nicht damit zu rechnen, dass ich sie mir hole? Reichte es nicht, deine Mädchen im Stich gelassen zu haben? Armer Kerl. Muss ziemlich übel sein, wenn man als Vater seine Töchter nicht beschützen konnte.« Der Mann stöhnte genüsslich auf. »Weißt du, Carlotta starb leise, aber Isabells Panikschreie – die werden mir niemals aus dem Kopf gehen.«

Uwe Reinhardt sackte in sich zusammen. Die Worte des Anrufers wirkten wie harte Körpertreffer, die alles in ihm zerfetzten. Augenblicklich wollte er sterben, um den seelenvernichtenden Schmerz nicht länger ertragen zu müssen. Er wollte all sein Leid herausbrüllen, so lange schreien, bis seine Lunge barst und ihm vom Leben befreite. Doch ihm fehlte der Atem, um auch nur eine einzige Silbe hervorzubringen.

»Deine Frau ist wirklich gut in Schuss«, fuhr der Mann einfach fort. »Ich werde sie ficken, denke ich.«

Herr Reinhardt öffnete den Mund, doch er war zu keiner Antwort fähig. Sekundenlang rang er nach Luft, um weitere Worte aus sich herauspressen zu können. »Das ... das ist ... völlig krank«, krächzte er. »Verdammter Psychopath! Rühr sie nicht an!«

»Tut mir Leid. Ich bin kein Freund von Demokratie und Mitspracherecht. Außerdem liebe ich Muschis. Apropos. Hörst du das Maunzen deines Kätzchens? Erstaunlich, wie zerbrechlich es ist. Beim Streicheln fühlt man praktisch jeden Knochen. Das Fell ist weich wie Zuckerwatte und dann diese großen Kulleraugen. Da möchte man doch einfach nur ... im Strahl kotzen. Aber genug der Plauderei, deine Frau kommt gerade in den Garten. Du musst dich übrigens nicht beeilen. Es wird kein Wiedersehen zwischen euch geben.«

Die Telefonverbindung wurde unterbrochen. Uwe Reinhardts Atemfrequenz schoss in die Höhe. Er versuchte seine Frau erst auf dem Handy zu erreichen, dann auf dem Haustelefon. »Geh ran, verdammt!« Er stürmte aus dem Bestattungsinstitut in Richtung Auto. Er musste schnellstmöglich nach Hause, und sei es unter Missachtung sämtlicher Verkehrsregeln.

Hätte er ahnen müssen, dass auch seine Frau ins Visier geraten würde? Vielleicht war sie nur der Lockvogel für ihn und es ging darum, die ganze Familie auszulöschen. Dann wären auch seine letzten Stunden angebrochen, aber sei es drum. Wenn seine Frau jetzt umkäme, wäre sein Leben ohnehin vorbei. Dann hätte er nichts mehr, wofür es sich zu leben lohnte.

* * *

Johanna Baro lehnte mit den Ellenbogen auf ihrem Schreibtisch und massierte sich den Nacken. Das Gespräch mit Maike Reinhardt ließ sie nicht los. Einerseits wirkte die Mutter tieftrauernd, andererseits schien ihr Herz ein Eisklumpen zu sein. Mal gab sie bereitwillig Auskunft, dann wieder hielt sie die perfekte Fassade aufrecht. War dies eine Art Selbstschutz? Oder war sie schlicht nicht vertrauenswürdig? Die Kommissarin würde sich nicht beirren lassen, es herauszufinden. Sie öffnete die digitalen Fallakten der Reinhardt-Mädchen und protokollierte die heutige Vernehmung ordnungsgemäß. Mordfälle erforderten immer eine strikte Dokumentation, denn diese bildete die Grundlage für das weitere Vorgehen der Mordkommission. An der morgigen Einsatzbesprechung würden erneut die Bremer Kollegen sowie die zuständige Staatsanwältin teilnehmen. Hoffentlich lenkten sie die Ermittlungen mit neuen Impulsen in die richtigen Bahnen.

Stefan Dresner. Wo treibst du dich herum?

Baro fokussierte seinen leeren Arbeitsplatz. War er noch nachtragend wegen des Missverständnisses? Sie hatte nie behauptet, dass Till Wißmann sie in die Zisterne geschubst hatte. Dennoch meldete sich das schlechte Gewissen, weil ihr gar nicht in den Sinn gekommen war, dass ihr Kollege davon ausging. Und dann hatte sie ihn in Anwesenheit von Wißmann und seinem Anwalt auch noch auflaufen lassen. Baro fuhr mit ihrer Arbeit fort. Nur pausenlose Beschäftigung vertrieb ihre bitteren Gedanken und Gefühle. Wie aus einer telepathischen Verbundenheit heraus leuchtete ihr Diensthandy auf und zeigte eine Nachricht ihres Kollegen an. Er schrieb, dass Luise Petermann bei einer Befragung zusammengebrochen sei. Bis die Seelsorgerin Frau Kruse einträfe und Luises Eltern nach Hause kämen, würde er noch bei ihr bleiben. Erleichterung überschwemmte Baros herbe Gemütslage. Stefan Dresner saß nicht schmollend in irgendeiner Ecke herum, sondern zeigte vollen Einsatz, wie sie selbst. Um einige Details der heutigen Vernehmung nachzulesen, fischte sie in der Arbeitstasche nach ihrem Notizbuch. Erfolglos. Auch in der Jackentasche wurde sie nicht fündig, genauso wenig wie im Auto. Es war spurlos verschwunden.

* * *

Uwe Reinhardt öffnete die Haustür, stürmte ins Wohnzimmer und lief durch die offenstehende Terrassentür in den Garten. »Maike?«, rief er verzweifelt und suchte die Umgebung ab. Seine Frau war nirgends zu entdecken, von dem Täter keine Spur. Selbst das Katzenbaby war verschwunden. Ohne Zögern begab er sich zurück ins Haus, bewaffnete sich mit einem Küchenmesser und schritt durch das Erdgeschoss. Auch das Obergeschoss durchsuchte er vollständig. Die Villa war menschenleer. Jede Hoffnung fiel von ihm ab. Auf zitternden Knien begab er sich zurück in den Garten, ließ das Messer zu Boden fallen. Er sank auf die Knie, brach in Tränen aus. All die Eindrücke, der gesamte Seelenschmerz der letzten Tage kämpften sich in sein Bewusstsein, machten das Dasein unerträglich.

»Herr Reinhardt?«, fragte eine Frauenstimme. Erschrocken fuhr er herum.

* * *

Johanna Baro nahm den gebrochenen Mann unter die Lupe. »Was ist mit Ihnen? Brauchen Sie Hilfe?«, fragte sie.

»Was machen Sie hier?«, fragte Herr Reinhardt atemlos und wischte sich die Tränen aus dem Gesicht. Augenblicklich perlten Weitere.

»Ich habe vorhin Ihre Frau befragt. Dabei habe ich mein Notizbuch auf dem Küchentresen vergessen.« Wie zum Beweis hielt sie es hoch. »Die Haustür stand offen, also bin ich reingegangen. Was ist hier los? Kann ich Ihnen helfen?«

»Der Täter ... er hat angerufen ... er hat meine Frau entführt.«

»Wann hat er angerufen?«, fragte sie besänftigend in der Hoffnung, dem Mann mehr Informationen zu entlocken, bevor er vollends zusammenbrach.

»Als ich im Beerdigungsinstitut war. Vor einer halben Stunde.«

»Er hat also angekündigt, Ihre Frau zu entführen? Wieso haben Sie nicht die Polizei verständigt?« Baro beschlich ein merkwürdiges Gefühl. Warum hatte Herr Reinhardt einen solchen Alleingang gemacht? Dadurch war nicht nur wertvolle Zeit verloren gegangen, auch hatten sie beide durch das unbedarfte Betreten des Hauses mögliche Spuren vernichtet. »Sind Sie absolut sicher, dass der Täter nicht mehr im Haus ist?«

»Ich habe alles durchsucht, der Mann ist weg und hat den einzigen Menschen bei sich, der mir noch geblieben ist. Wie konnte es nur so weit kommen?«

Kapitel 43

In jener Nacht

»Als hättest du noch nie etwas vergessen«, sagte Isabell Reinhardt und guckte ihren Vater schief von der Seite an.

»Die Aktion hat uns zwei Stunden gekostet! Denkst du, ich hätte nichts Besseres zu tun?« Er parkte ein und schaltete den Motor per Knopfdruck ab.

Sie löste den Anschnallgurt. »Die Botschaft ist angekommen.«

»Außerdem guckst du alle fünf Minuten auf dein Handy«, trat ihr Vater nach. »Wieso hast du nicht früher gemerkt, dass es fehlt?«

»Weil ich eben nicht alle fünf Minuten aufs Handy gucke.«

»Du bist verantwortungslos und unselbstständig. Wie du allein im Studium zurechtkommen willst, ist mir ein Rätsel. Ich bin froh, wenigstens verhindert zu haben, dass du deine eigene Wohnung bekommst. Für dich wird es das Beste sein, im Wohnheim von armen Studenten umgeben zu sein. Dann weißt du vielleicht irgendwann mal zu schätzen, was du so alles hast.« Mit einer Hand deutete er auf ihre überteuerte Markenkleidung.

Innerlich winkte Isabell nur ab. Spätestens in ein paar Wochen würde sie ihrer Mutter weismachen, dass es im Studentenwohnheim zu laut wäre, um vernünftig zu lernen. Dann würde ihre Mutter schon die Miete für ein Penthouse locker machen. Doch bevor Isabell ihren Plan weiter durchdenken konnte, führte ihr Vater seinen Monolog schon weiter fort.

»Vielleicht war es auch mein Fehler, Isabell. Ich hätte dich einfach in den Zug setzen sollen, anstatt dich persönlich nach Bremen zu bringen. Aber nein, zum Abschied wollte ich unserer Beziehung nochmal was Gutes tun. Immerhin waren die letzten Monate zwischen uns der reinste Albtraum. Du dankst es mir damit, indem du den ganzen Tag vertrödelst, sodass wir nicht frühzeitig loskommen. Und wer ist der Leidtragende, obwohl er nur nett sein wollte? Ich! Weil mir jetzt nur die Wahl bleibt, spätabends wieder nach Hause zu fahren oder in Bremen zu übernachten. Und als wäre das allein nicht schon schlimm genug, bringst du es jetzt auch noch fertig, dein Handy zu vergessen. Et voilà! Mein Wochenende ist wieder mal dahin – für dich! Das kenne ich ja schon. Seit du in die Pubertät gekommen bist, machst du mir tagtäglich das Leben zur Hölle. Aber mach dir keine Sorgen um mich. Ist schon gut. Wenn man berufstätig ist, braucht man ja keine Erholung.« Hörbar saugte er die Luft ein, bevor er erneut ansetzte: »Tja Isabell, was soll ich noch sagen? Du bist einfach in jeder Hinsicht verwöhnt und verzogen. Was meinst du, wie ich aufgewachsen bin?«

Stumm sprach Isabell die dann folgenden Sätze ihres Vaters mit. Seine Predigt von der eigenen, entbehrungsreichen Kindheit kannte sie seit Jahren auswendig. Sie neigte den Kopf in die entgegengesetzte Richtung, damit er ihre Lippenbewegungen nicht sah. Sie ertrug sein dummes Gebrabbel nicht länger. Insgeheim hoffte sie, dass er an seinem Monolog erstickte, weil er schlicht vergaß zu atmen. Sie konnte es kaum erwarten, dass eine lange Autobahnstrecke ihre Wohnorte voneinander trennte. »Bist du jetzt fertig?«, grätschte sie in seine Ansprache. Ohne ihm die Möglichkeit einer Antwort zu geben, verließ sie den Sportwagen und trabte die beleuchtete Auffahrt hoch. Im oberen Stock des Hauses brannte Licht.

»Mist«, entfuhr es ihr. Warum war ihre Schwester zu Hause?

Der Schlachtplan, das Handy zu vergessen, wieder nach Hause zu fahren und den Eltern gegenüber aufzudecken, dass Carlotta heimlich ausgegangen war und verbotenerweise bei Till übernachtete, erwies sich als komplette Fehlplanung. Anstelle ihrer Schwester hatte sie nun selbst Ärger am Hals. Den Unmut ihres Vaters würde sie die gesamte Fahrt nach Bremen zu spüren bekommen. Doch nicht nur das wurmte sie. Insbesondere die Möglichkeit, dass Carlotta ihr Glück mit Till fand, vermieste ihr die Laune. Von der Hansestadt aus konnte sie schlecht einen Keil zwischen die beiden treiben.

Isabell betrat das Haus und horchte. Im Erdgeschoss herrschte Grabesruhe. »Carlotta? Ich bin's nur. Nicht die Polizei rufen«, rief sie halbernst und schlenderte hinüber zum Sideboard. Sie schnappte sich das Handy und steckte es in die Hosentasche. »Ich bin dann wieder weg!«

Da ihre Schwester noch immer keine Antwort gab, nahm sie zwei Treppenstufen. »Hallo?«, rief sie die erste Etage hinauf. Spontan entschied sie, Carlotta nach ihren Planänderungen zu befragen. Ein paar Minuten müsste ihr Vater sich noch gedulden. Viel genervter könnte er ohnehin nicht werden. Isabell stieg die restliche Treppe hoch und erreichte den dunklen Flur. Unter Carlottas Türschlitz drang ein feiner Lichtstreifen hervor. Sie blieb stehen. Plötzlich kam ihr der Einfall, dass Till hierhergekommen sein könnte. Carlotta hätte schließlich sturmfreie Bude gehabt. Dies erklärte auch, warum ihre Schwester nicht reagierte. Wahrscheinlich trieben es die beiden gerade miteinander. Die Vorstellung, den Vater zu informieren, der daraufhin den nackten Typen aus dem Haus trieb, amüsierte sie. In diesem Fall wäre ihr Schlachtplan doch aufgegangen.

Isabell schlich auf Carlottas Zimmertür zu und drückte vorsichtig ein Ohr daran. Heißes Stöhnen war nicht zu hören, aber dass Till ein Mädchen zum Aufschreien brachte, war ohnehin undenkbar. Ihre Hand wanderte zur Klinke. Geräuschlos öffnete sie die Tür, gerade so weit, dass sie mit einem Auge hindurch linste. »Bist du allein, Carlotta?«

Keine Reaktion.

Hoffentlich würde sie den bevorstehenden Anblick nicht bereuen. Doch einfach wegzugehen, war keine Option. Sie stieß die Tür gänzlich auf, blieb aber im Türrahmen stehen. Kein nackter Till. Keine heiße Szene. Ihre Schwester lag allein im Bett, zugedeckt bis zum Hals. Sollte sie Carlotta einfach schlafen lassen?

Nein.

Die Neugierde übermannte sie. Isabell schlich näher heran und flüsterte: »Wieso bist du nicht bei Till? Bist du krank?« An der Bettkante blieb sie stehen, beschaute die Schlafende eindringlich. »Was zum ...« Keine Atembewegungen. Halboffene Augen, der Blick ging ins Nichts. Alles Leben war in ihr erloschen. Und in dem Sekundenbruchteil, als sich der optische Eindruck ihrer toten Schwester in ihr Hirn brannte, ihr Herz flutete, schrie sie aus ganzer Seele.

* * *

Uwe Reinhardt lehnte entspannt an seinem Luxusgefährt und rauchte, als Isabells horrorerfüllte Schreie erklangen. Gedankenlos warf er die Zigarette beiseite, rannte zum Haus. Er öffnete die Haustür und ließ sie hinter sich wieder ins Schloss krachen.

»Wo bist du, Isabell?«, brüllte er, suchte das Erdgeschoss ab und versuchte, seine Tochter zu lokalisieren. »Isabell?« Undefinierbare Geräusche waren in der ersten Etage wahrzunehmen. Er nahm zwei Treppenstufen auf einmal. Das erneute Aufschreien seines Mädchens wies ihm den Weg.

»Halt endlich dein Maul, verdammt!«, schallte eine Männerstimme aus Carlottas Zimmer. Als er den Raum stürmte, hockte eine schwarz gekleidete Gestalt über Isabell und würgte sie.

Uwe Reinhardt beförderte den Angreifer mit einem gezielten Rückentritt von seiner Tochter. Der Fremde landete bäuchlings, griff nach seiner Tasche. Doch Reinhardt stürzte sich auf ihn, versuchte, den Mann mit aller Gewalt niederzuringen.

* * *

Isabell wich den Männern aus. Zurück auf den Beinen wankte sie einige Schritte, bis sie wieder festen Halt fand. Wie gelähmt beobachtete sie die Rangelei zwischen Carlottas Mörder und ihrem Vater. Ihr Inneres lag in Trümmern, sie vermochte sich nicht zu rühren. Ihre Seele spulte ein Notfallprogramm ab, damit sie der emotionale Todesschmerz nicht noch in dieser Sekunde an einem Herzinfarkt sterben ließ.

Doch da war etwas.

Ja.

Eindeutig.

Sie fand ihre Entschlossenheit wieder. Den Willen, ihrem Vater beiseitezustehen. Für ihn zu kämpfen, wie er für sie kämpfte. Isabell eilte ins Erdgeschoss und dort in die Küche, öffnete eine Besteckschublade. Sie zog ein Brotmesser heraus, aber dann taxierte sie den Messerblock auf der Kücheninsel. Sie packte das größte Fleischmesser, war zu allem bereit, rannte die Treppe wieder hinauf. Bestürzt über den Anblick, der sich ihr bot, blieb sie stehen. »Was … was ist hier los?«

Ihr Vater drückte den Fremden mit einem Knie zu Boden, hielt seine Arme neben dem Körper fixiert, doch rührte sich nicht weiter. Ein tiefer Augenkontakt verband die beiden Männer. Als wären sie jenseits dieser Welt.

»Ich habe ein Messer«, kreischte Isabell, um ihren Vater in die Realität zurückholen, aber er reagierte nicht.

Er entließ den Mann aus seinen Fängen, stand auf.

»Wieso tust du nichts? Du musst …«

»Ich kann nicht.«

»Aber du … !«

»Nein«, fiel er ihr ins Wort. »Ich kenne ihn.«

»Du kennst ihn? Was …«

»Sein Name ist Simon. Er ist mein leiblicher Sohn! Mein eigenes Fleisch und Blut!«

»Was redest du da? Welcher Sohn?« Ihr Blick huschte zu dem

Fremden, der in Embryonalstellung am Boden kauerte. Kurz schaute er auf, sah sie aus grünen Augen an, den grünen Augen ihres Vaters. Isabell schlug sich die Hand vor den Mund. Erst jetzt realisierte sie, dass ihr Gesicht bereits tränenbenetzt war.

Beschwichtigend hob ihr Vater die Hände. »Carlottas Tod war sicher ein Unfall. Alles wird sich aufklären.«

»Sich … aufklären?«, fragte sie mit erstickter Stimme. »Nein, ich ruf jetzt die Polizei!«

»Das wirst du nicht!«, verbot er und ging zwei Schritte auf sie zu.

Instinktiv wich sie zurück. »Er hat deine Tochter ermordet!«

»Meine Stieftochter!«, platzte es aus ihm heraus.

»Deine … Stieftochter?«, wisperte sie. Als ihre Körperspannung einbrach, glitt ihr beinahe das Messer aus der Hand. Mit ihren Blicken wollte sie zu ihm durchdringen. Das Gefühl väterlicher Liebe heraufbeschwören. Ein Schutzbedürfnis in ihm erwecken. Ihr wortloses Flehen prallte gegen Titan. Ungläubig schüttelte sie den Kopf. Ja, ihr leiblicher Vater galt seit über fünfzehn Jahren als verschollen, war mittlerweile für tot erklärt, aber Carlotta und Isabell waren nicht Uwes *Stieftöchter*. Er hatte sie adoptiert, sie trugen seinen Familiennamen. Dieser Mann hatte sie vom Kindergarten abgeholt, ihnen die Schultüten zur Einschulung überreicht. Dass sie nicht seine leiblichen Kinder waren, hatte nie eine Rolle gespielt. Zumindest nicht für sie. Ja, in den letzten Jahren hatte ihre Beziehung extrem gelitten, dennoch hatte sie immer geglaubt, dass er sie lieben würde wie eine eigene Tochter. Doch jetzt, wo sie in seine gefühlskalten Augen blickte, verstand sie, dem war nicht so.

»Du legst sofort das Messer weg!«, kommandierte er, sein Ton war jetzt schroff.

»Bist … bist du verrückt geworden?« Sie blickte zum Mörder ihrer Schwester, der noch immer am Boden kauerte. Ein innerer Schalter legte sich schlagartig um und der Schock wich einem tödlichen Wunsch nach Rache. Reflexhaft umfasste sie den Messergriff stärker, dann stürmte sie auf den Mann zu, wollte ihm das Leben aus dem Körper stechen. »Ich bring dich um!«, brüllte sie.

»Nein!«, schrie ihr Stiefvater und verpasste ihr einen Faustschlag, der sie seitlich am Kopf traf und zu Boden stürzen ließ. »Niemand krümmt meinem Sohn auch nur ein einziges Haar!«

Isabell blieb bäuchlings liegen, war wie ausgeknockt. Ihr Schädel schmerzte erbärmlich. Saurer Mageninhalt schoss ihre Speiseröhre hoch, sie erbrach sich. Sie stöhnte auf, rang nach Luft. Mit jedem Atemzug klarte sich ihr Verstand ein wenig mehr auf. Blind tastete sie den Teppich nach dem Messer ab, das ihr aus der Hand gerutscht war. Sie war bereit, ihr Leben mit allen Mitteln zu verteidigen. Nur vage nahm sie wahr, wie ihr Stiefvater nach ihr packte. Sie spürte etwas vor ihrem Mund.

Seine Hand?

Seinen Arm?

Sie wusste es nicht. In blinder Panik biss sie mit voller Kraft zu. Erst als sie Blut schmeckte und ein lauter Schmerzschrei durch ihren Gehörgang rauschte, entspannte sie die Kiefermuskulatur. Ihre Sicht verschwamm immer wieder. Sie kniff die Augen zusammen, versuchte, etwas zu erkennen. Fluchend bewegte sich die dunkle Silhouette ihres Stiefvaters hin und her. Schließlich kehrte ihr vollständiges Sehvermögen zurück. Sie kam hoch in den Vierfüßlerstand, spürte endlich die kalte Messerklinge unter ihrer Handfläche. Adrenalin pumpte durch ihren Körper, gab ihr die nötige Energie zur Flucht. Sofort schnappte sie sich das Messer und rannte um ihr Leben.

* * *

»Bleib gefälligst stehen!«, brüllte Uwe Reinhardt. Er jagte seiner Stieftochter den Flur hinterher. Der Hass in seinen Adern kochte hoch. Dieses Miststück hatte versucht, seinen Sohn mit dem Messer abzustechen, ihn umzubringen! Da es ihr nicht gelungen war, würde sie jetzt vermutlich die Polizei rufen. Nein! Er würde seinen Sohn um jeden Preis schützen. Isabell durfte nicht entwischen. Er musste sie zur Einsicht bewegen oder ... oder was? Ihm blieb keine Zeit, einen Plan zu durchdenken.

Isabell taumelte die Treppe hinunter. Trotz ihrer offensichtlichen Gleichgewichtsprobleme war sie flink und wendig genug, um ihm zu entkommen. Immer wieder reckte er die Hand nach ihr aus, vergeblich. Wenige Zentimeter trennten ihn von der Flüchtenden. Er spekulierte auf ihren Versuch, durch die Haustür zu entkommen. In diesem Fall bekäme er sie zu greifen. Doch schien ihr klar zu sein, dass der Vorsprung zu gering war, um die Tür zu öffnen. Stattdessen rannte sie Richtung Wohnzimmer. Bei dem Versuch, ihrem Haken zu folgen, geriet er wenige Sekunden lang ins Stolpern, und so machte sie auf dem langen Flur einige Meter gut. Isabell hielt auf die Terrassentür zu. Auch im Garten fände sie keinen Schutz, aber es wäre möglich, um Hilfe zu schreien. Doch was nützte es? Die direkten Nachbarn waren im Urlaub und alle anderen wohnten zu weit entfernt, um ihre Angstschreie genau zuzuordnen.

»Ich werde dir nichts mehr tun«, rief er und wusste selbst nicht, ob es eine Lüge war.

Vor der Terrassentür hielt Isabell unvermittelt an, wirbelte herum und streckte ihm drohend das Messer entgegen. »Stehen bleiben, auf der Stelle!«, befahl sie.

Er gehorchte, trat sogar einige Schritte rückwärts, um etwas Distanz zwischen sich und die scharfe Klinge zu bringen. »Wir müssen reden! Hör mir zu!«

»Es gibt nichts mehr zu reden! Du hast dich für *ihn* entschieden!« Zweimal stieß sie das Messer in seine Richtung.

Sofort wich er weiter zurück. »Bist du wahnsinnig geworden?«, schrie er wie von Sinnen. »Willst du mich abstechen oder was?«

»Du hast mich geschlagen! Bleib mir bloß vom Leib!« Isabell kehrte ihm den Rücken zu. Kraftvoll schob sie die Terrassentür auf, stürmte in den Garten und weiter Richtung Grundstücksgrenze. Ohne zu zögern rannte er ihr nach. Endlich bekam er ihr Haar zu greifen. Mit aller Kraft zerrte er an der Strähne, riss seine Stieftochter daran nieder. Rücklings landete Isabell auf dem regenfeuchten Rasen. Er versuchte, sie zu packen, aber unvermittelt richtete sie den Oberkörper auf und fuchtelte wie wild mit dem Fleischmesser um sich. Ein schneidender Schmerz schoss in seinen Oberarm.

Fassungslos betrachtete Uwe Reinhardt den blutenden Schnitt. Begutachtete auch die tiefe Bisswunde, die ihm seine Stieftochter am Unterarm zugefügt hatte. »Willst du mich etwa umbringen? Mich abstechen wie ein Stück Vieh? Nach allem, was ich für dich getan habe?« Er holte weit mit dem Bein aus, trat ihr das Messer aus der Hand. »Du verfluchte, verwöhnte Scheißgöre!«

»Bitte nicht, Papa.« Sie krümmte sich mit schmerzverzerrter Miene, hielt die getretene Hand.

»Ich bin *nicht* dein Vater. Ich bin *sein* Vater! Wie konnte ich meinen Sohn jemals für euch zurücklassen? All die verpassten Jahre, die ich niemals zurückbekommen werde! Niemals! Das größte Opfer meines Lebens – für was?« Gepeinigt schrie er auf, als die unterdrückten Schuldgefühle der letzten fünfzehn Jahre seine Seele zerschmetterten. Er nahm das Fleischmesser auf, ging auf Isabell zu, kniete nieder. »Aber dieses Mal werde ich meinen Sohn beschützen! Wenn es heißt du oder er, dann wähle ich ihn! Mein eigenes Kind! Mein Blut!« Er rammte die Klinge in ihren Oberkörper. Immer wieder hieb er mit dem Messer auf sie ein. »Ich lasse ihn nicht noch mal im Stich! Nicht für dich! Nicht für sie! Für keinen von euch!« Erst als die Blutspritzer in seinem Gesicht einen dichten Schleier bildeten und seine Sicht trübten, warf er das Messer beiseite.

Kapitel 44

Mein Kind tapst durch Rapsfelder. Es spielt heimlich mit Puppen. Es umarmt mich, bei jeder Gelegenheit. Mir ist klar, dass Simon nicht mehr der kleine Junge von einst ist, aber wer ist er heute? Ich weiß nur eins. Mein ... Sohn ... ist ... kein ... Mörder.

An jenem Abend hatte sich Uwe Reinhardt nicht die Zeit genommen, die Beteuerungen seines Sohnes zu hinterfragen. Auch wenn alles gegen Simon sprach, als sein Vater hätte er ihn stets gegen jede Vernunft verteidigt. Aus einem reinen Urinstinkt heraus. Trotzdem ließ er die Fakten nicht gänzlich außer Acht. Simon war im Haus und Carlotta war nicht mehr am Leben. Dennoch leugnete sein Sohn jede Mitschuld an ihrem Tod. Es sei alles von Carlotta ausgegangen. Aus reiner Neugier hätte sie das leibliche Kind ihres Adoptivvaters ausfindig gemacht und online angeschrieben. Es sei das erste gemeinsame Treffen gewesen. Carlotta hätte die Drogen beschafft und alles auf einmal konsumiert – trotz seiner ausdrücklichen Warnungen. Er sei absichtlich clean geblieben, um ein Auge auf sie zu werfen, hätte sie ins Bett gelegt, damit sie den Rausch ausschliefe. Plötzlich hätte dann Carlottas Atem ausgesetzt. Er wäre gerade dabei gewesen den Notruf zu wählen, als Isabell ihn hinterrücks angriff.

Uwe Reinhardt hockte im Gras, vor sich die Polizistin. Die

Geschichte seines Sohnes kursierte in seinem Kopf. Tatsächlich hatte er Carlotta erst kürzlich zugedröhnt aus der Disco abgeholt und dann waren da noch die leistungssteigernden Medikamente, die er vor wenigen Wochen in ihrem Zimmer entdeckt hatte. Konsumierte sie nicht nur Ritalin, sondern auch andere Drogen? Möglich wäre es. Dagegen sprach aber der toxikologische Untersuchungsbericht. Keine der gängigen Substanzen konnte in Carlottas Körper nachgewiesen werden.

Andererseits gab es mittlerweile so viele neumodische Produkte auf dem Markt, dass die klassischen Nachweismethoden eventuell unzureichend waren. Für Simons Version sprach außerdem, dass Carlotta keine Anzeichen körperlicher Gewalt aufwies. Dies wäre aber der Fall, wenn sie sich gegen den Drogenkonsum zur Wehr gesetzt hätte. Also doch ein freiwilliges Treffen zwischen den beiden? Aber wieso war Carlotta nur im Bademantel bekleidet, wenn sie Besuch erwartete? Simon zufolge hätte sie sich übergeben und sei dann duschen gegangen, aber war man dazu überhaupt in der Lage, nachdem man eine Überdosis eingenommen hatte? Und wo war die Kleidung mit dem Erbrochenem abgeblieben?

Und dies war nur ein Teil der Ungereimtheiten, die Uwe Reinhardt mit etwas Abstand zur Situation beschäftigten. Innerhalb kürzester Zeit hatte Simon die Videoaufnahmen passend bearbeitet. Noch viel schneller hatte er sich Zugang zu Carlottas gesperrtem Handy verschafft und die Sprachnachrichten zusammengeschnitten, in denen sie ihre Eltern vertröstete. Und dann noch diese Idee, Till Wißmann alles in die Schuhe zu schieben und die Leichen dort zu deponieren, wo er sich laut seiner Handydaten ständig aufhielt. Woher hatte er denn bitte solche Informationen? Er musste Tills Handy im Prinzip über Monate hinweg ausspioniert haben, aber zu welchem Zweck? Nein, auf Uwe Reinhardt wirkte der gesamte Ablauf in der Tatnacht mittlerweile nicht wie ein spontaner Einfall, sondern wie eine perfekt einstudierte Choreographie.

Außerdem hatte sein Sohn im Laufe der Nacht immer wieder

betont, dass er sofort die Namen der leitenden Ermittler wissen wolle, sobald sie vor der Tür stünden. Aber wozu überhaupt? Zu diesem Zeitpunkt war noch nicht einmal zu befürchten gewesen, dass sie Simon auf die Spur kamen. Angeblich wollte er nur prüfen, mit wem er es zu tun hatte und in welche Richtung sie ermittelten. Wissen, ob sie ihm gefährlich werden konnten. Aber falls ja, was dann? Wäre er geflüchtet? Hätte er weitere mögliche Beweise vernichtet? Oder wären sie die Nächsten gewesen, die an einer Überdosis starben?

Und dann war da noch diese eine Sache. Uwe Reinhardt hatte es nicht kontrolliert, aber was hatte Simon in jener Nacht in seinem Rucksack und in den Jackentaschen dabeigehabt?

Simons Jacke.

Die braune Kunstlederjacke.

Die Erkenntnis leuchtete in Uwe Reinhardt auf wie eine Sternschnuppe am Nachthimmel. Nur für Sekunden sichtbar, aber nicht zu verleugnen. Der Familienvater hatte nicht mehr über den Vorfall nachgedacht, ihn völlig verdrängt. Doch jetzt führte ihn sein Erinnerungsvermögen an jenen Abend zurück, als er Carlotta in desaströsem Zustand aus dem *Isla Blanca* abholte. Ein Mann in brauner Kunstlederjacke – Simon? – führte Carlotta von dem Nachtclub weg. Wieso hätte er vor seinem eigenen Vater fliehen sollen, wenn er bloß ein helfender Freund gewesen wäre?

Nein! Simon hat schon einmal versucht sie zu schnappen. Ich kann es nicht weiter leugnen. Mein … Sohn … ist … ein … Mörder. Und um ihn zu schützen, wurde ich auch zu einem.

* * *

»Wir werden alles daran setzen, Ihre Frau zu finden«, kündigte Johanna Baro an und begab sich zur geöffneten Terrassentür. Rein optisch waren daran keine Einbruchsspuren auszumachen. Nicht ausgeschlossen, dass sich Maike Reinhardt ohnehin draußen aufgehalten hatte. In dem dichtbewachsenen Garten hätte sich der Entführer leicht auf die Lauer legen können. Er hätte nur den idealen Moment für den Zugriff abpassen müssen. Oder aber er sorgte aktiv dafür, dass sein Opfer in den Garten kam, indem er ein Lockmittel verwendete. Die Frau ging nach draußen und wurde hinterrücks angegriffen. »Die Haustür haben Sie offenstehen lassen, als Sie kamen?«, fragte sie den aufgelösten Hausherren.

»Ja«, antwortete er wortkarg.

Herr Reinhardt hatte in den vergangenen Minuten wenige ihrer Nachfragen konkret beantwortet. Hatte er keine Antworten? Oder enthielt er ihr bewusst Informationen vor? Ihr Blick schweifte weiter über die großformatigen Terrassenplatten bis hin zur angrenzenden Rasenfläche. Sie machte eine kahle Stelle im englischen Rasen aus und deutete mit dem Zeigefinger darauf. »Was ist dort passiert?«

»Da stand ein Blumentopf.«

»Inmitten der Grasfläche?«

»Nein, tut mir leid. An dieser Stelle wuchs Moos. Ich habe es entfernt und neuen Rasen eingesät. Aber was spielt das für eine Rolle?«

Baro guckte sich um. Überall akkurate Grashalme, aber ausgerechnet dort sollte Moos gewachsen sein? Sie ging darauf zu und hockte sich hin. Die umgebende Rasenfläche war moderat feucht. Diese Stelle hingegen war praktisch eine Matschpfütze. Außerdem war die erwähnte Rasensaat nicht auszumachen. Sie kam wieder hoch. »Wässern Sie viel zu dieser Jahreszeit?«

* * *

»Es regnet permanent. Ich wässere nicht«, antwortete Uwe Reinhardt patzig. Die Ermittlerin betrachtete die Hauswand, deutete auf seine Schlauchtrommel. Was hatte sie vor? Mit stoischer Ruhe streifte sie Gummihandschuhe über, zog an dem Wasserschlauch und beschaute ihn.

Mit bloßem Auge wirst du daran keine Spuren mehr finden, dachte er. Dennoch war er sich der chemischen Substanzen bewusst, die die Polizei einsetzte, um selbst sorgsam entferntes Blut wieder sichtbar zu machen. Wahrscheinlich könnte er tagelang wässern und sie würden dennoch rekonstruieren, in welcher Position Isabell gestorben war und wie genau die Blutlache einst verlaufen war. Dies wäre allerdings kein Beweis für seine Mittäterschaft. Damit würde nur der Tatort nachgewiesen.

Mein Zuhause. Ein Tatort. Unfassbar. Bis vor wenigen Tagen war er ein rechtschaffener Bürger, der für seine Verfehlungen eintrat. Etwas in ihm sehnte sich danach, ein Geständnis abzulegen. Das fünfjährige Kind in ihm, das es nicht ertrug zu lügen. Doch ebenso war die Vorstellung unerträglich, ins Gefängnis zu wandern. Was ihm als Kindermörder drohte, malte er sich bildlich aus, und selbst wenn er der Knasthölle jemals wieder entrann, wäre sein privates, gesellschaftliches und berufliches Leben vorbei. Er würde nur ein Dasein fristen.

»Sie haben einen großen Garten«, riss die Ermittlerin ihn aus seinen Abwägungen. Sie deutete auf die umherstehenden Bäume. »Da fällt sicher viel Laub an.«

»Stimmt.« Erlöst stellte er fest, dass sie von dem Gartenschlauch abließ.

»Die Gartenabfälle bringen Sie mit dem Anhänger zur Deponie?«

»Gelegentlich.«

»Bei solchen Mengen nutzen Sie sicher eine Abdeckplane, damit Ihnen das ganze Zeug nicht um die Ohren fliegt und … Spanngurte.«

»Klar.« Er kniff den Mund zusammen.

»Dürfte ich den Anhänger sehen?«

»Gehen Sie doch in die Gartenabteilung eines Baumarkts, wenn Sie Beratung brauchen. Ich verstehe das Ganze nicht. Wie soll das helfen, meine Frau zu finden?«

»Mein Team wird sowieso das gesamte Haus absuchen. Ich würde gerne in der Garage anfangen«, sagte sie jetzt bestimmend.

Uwe Reinhardt folgte der Ermittlerin den schmalen Stichweg entlang in den Vorgarten. Auf halber Strecke blieb er stehen. Er betrachtete die dunkelroten Rosen im Beet seiner Ehefrau. Sanft schaukelten die dornigen Stiele im Wind. Die Oktoberblüten verströmten einen dezenten Rosenduft. Erneut übermannten ihn die Emotionen. Simon war ein Teil von ihm. Die familiäre Liebe würde sie auf ewig verbinden. Dem entgegen stand die romantische Liebe zu seiner Frau Maike. Letztlich hatte er sein Kind verkauft für ein Leben mit ihr, und nicht zuletzt war sie es, die immer wieder auf ihn eingewirkt hatte, seinen Sohn bei seiner Ex-Frau zurückzulassen – völlig neu anzufangen. Sie hatte ihre Argumente so plausibel vorgetragen, dass er ganz vergessen hatte, auch mit dem Herzen hinzuhören. War es wirklich Liebe, wenn man einen Menschen dazu brachte, seine Vergangenheit, sein eigenes Kind zu verleumden? Wenn man ihn nicht in seinem Kampf unterstützte, sondern zur Aufgabe bewegte? Und galt dieser überschäumende Hass, den er in jener Nacht für Isabell empfunden hatte, nicht ein stückweit auch ihr?

Ja, ja, ja.

Es stand außer Frage, aber sein Herz überflügelte seinen Verstand. Trotz allem wollte er diese Frau, war von ihr abhängig wie ein Neugeborenes von der Mutterbrust. Doch welche Zukunft bliebe ihnen noch? Er hatte sein leibliches Kind ihren Töchtern vorgezogen. Sich an deren Ermordung und der Beseitigung ihrer Leichen beteiligt, nur um den eigenen Spross zu schützen. Wie aber würde er sich jetzt entscheiden? Für seinen Sohn oder für die Liebe seines Lebens? Er könnte versuchen, alle Schuld auf sich zu nehmen. Für das Geständnis stünde ihm Strafmilderung in Aussicht und er lebte nicht länger in Dauerangst, wann, wie und von wem die Morde aufgedeckt würden. Simon hätte zudem eine Chance davonzukommen. Das Ziel, seinen Sohn zu schützen, hätte er damit erreicht. Aber benötigte er überhaupt Schutz? Gehörte Simon wirklich auf freien Fuß oder stellte er ein Risiko für andere Menschen dar? Unter Umständen richtete er sich sogar irgendwann gegen den eigenen Vater, der nicht nur Komplize, sondern auch Zeuge war.

Uwe Reinhardt setzte seinen Weg fort, bis er den Vorgarten erreichte. Die Ermittlerin stand bereits in der Hofeinfahrt und wartete vor der Doppelgarage. Ohne zusätzliche Aufforderung nestelte er sein Smartphone aus der Tasche und öffnete das Tor über die App. Nur am Rande registrierte er, wie die Kommissarin in der Garage umherlief.

Maike oder Simon?, kam es erneut in ihm hoch. Seine Frau hatte schon ihre Töchter verloren. Sie sollte nicht auch ihr Leben lassen. Wenn er Simons Tatbeteiligung geheim hielt, könnte er auch nicht die Polizei dabei unterstützen, ihn rechtzeitig aufzuspüren. Maikes Todesurteil wäre damit besiegelt. *Verdammt.* Was aber wäre, wenn seine Frau bereits tot war? In diesem Fall würde ein umfassendes Geständnis niemandem mehr dienen.

»Wo sind sie?«, beendete Johanna Baro sein Dilemma.

»Was?«

»Na, die Spanngurte.« Sie deutete auf das Regalsystem.

Sein Herz wechselte in einen höheren Takt. »Oh, die muss ich verlegt haben.«

»Kaum vorstellbar. Hier scheint alles seinen Platz zu haben.«

»Wann genau wollte Ihr Team hier sein? Sie müssen meine Frau finden«, lenkte er ab.

»Setzen Sie sich so lange in meinen Dienstwagen. Die Kollegen dürften jeden Augenblick eintreffen.«

* * *

Johanna Baro stand an der offenen Haustür des Einfamilienhauses. Immer wieder fixierte sie ihren Dienstwagen, auf dessen Rückbank Uwe Reinhardt Platz genommen hatte. Durch die spiegelnde Windschutzscheibe war nur seine Silhouette erkennbar. Ob er sie ebenso beobachtete? Baro zumindest hatte wohlweislich Distanz zwischen sich und den Familienvater gebracht. Sie vertraute ihm nicht, hielt ihn für unglaubwürdig. Immer wieder drifteten ihre Gedanken zu dem mikrofeinen Fleck, den sie auf dem Gartenschlauch entdeckt hatte. Handelte es sich dabei um Blut?

Aus ihrer Tasche nestelte sie das dienstliche Tablet und öffnete ihren elektronischen Posteingang. Sie suchte die E-Mail mit der

Videoaufnahme, die Herr Reinhardt ihr geschickt hatte. Dann spulte sie die Aufnahme vor, bis sie die Sequenz erreichte, die Carlotta am Sonntag ihres Verschwindens beim Verlassen des Hauses zeigte. Baro hielt das Video an. Schwarzes Minikleid, anthrazite Lackpumps, perfekte Frisur, intensives Make-up. Wieso verließ das Mädchen sonntags derart aufgetakelt das Haus? Mit ihrem Schwarm Till hatte sie sich nachweislich nicht getroffen, so viel stand fest. Zudem schien es recht dunkel für sechzehn Uhr. In der Oktoberzeit ging die Sonne erst später unter. Baro schüttelte den Kopf. Wieso war ihr diese Unstimmigkeit nicht bei der ersten Sichtung aufgefallen?

Noch einmal inspizierte sie den Mantel des Mädchens mit dem auffallend hohen Stehkragen. »Mistverdammt«, entfuhr es ihr. Sie steckte das Tablet ein. Dann spurtete sie die Treppe hoch in Carlottas Zimmer und in den begehbaren Kleiderschrank. Schritte näherten sich in ihrem Rücken. Johanna Baro fuhr herum. Vor ihr stand der Familienvater, der den Zugang zum Ankleidezimmer versperrte. »Sie sind mir gefolgt?«

»Was machen Sie hier?«

»Sie sollten doch im Auto warten.«

Er hob das Kinn und drückte die Brust heraus. »Ich fragte, was Sie hier machen.«

Sie ignorierte die Drohgebärde, drehte ihm den Rücken zu und filzte eine Kleiderstange. Blazer, Jacken, Mäntel. Schnell spürte sie das gesuchte Knallpink auf. Mit beiden Händen schob sie die Bügel daneben beiseite, um den Wollmantel freizulegen. »Was macht dieser Mantel im Kleiderschrank?«

»Er gehörte Carlotta«, schlug Reinhardt einen aggressiven Unterton an.

»Carlotta verließ am Sonntag das Haus und kehrte nie wieder heim, richtig?«

»Das wissen Sie doch!«

»Wie kommt ihr Mantel dann zurück in den Schrank?« Seine Körperhaltung versteifte sich, kam einem Geständnis gleich. Einige Augenblicke lang standen sie einfach nur da, hörten einander atmen, bis sie schließlich fortfuhr. »Minikleid. Pumps. Starkes Make-up. Ist der Filmausschnitt von einem Abend, an dem Carlotta ausging? Einen Club besuchte? Haben Sie mir ein zusammengeschnittenes Video übergeben? Überlegen Sie genau, was Sie sagen. Unsere IT-Forensik wird das ohnehin entlarven.«

Leben fuhr in Uwe Reinhardt ein. Er machte eine stoppende Handbewegung. »Sie sehen das falsch! Bitte, ich kann alles erklären.« Stück für Stück näherte er sich der Ermittlerin.

»Sie gehen keinen Schritt weiter«, ordnete Baro an. Der Familienvater parierte aufs Wort, vorerst. »Am Samstag brachten Sie Isabell ins Studentenwohnheim. Sie packten sogar ihre Koffer aus, erzählte der Hausmeister. Aber sah er Isabell wirklich an diesem Abend oder vermutete er nur ihre Anwesenheit? Sie hatten Glück, dass mir der Hausmeister vorerst die Einsicht in die Videoaufnahmen verwehrte, aber der richterliche Beschluss liegt vor. Die Bremer Kollegen werden die Aufnahmen in diesem Moment sichten. Was entdecken sie darauf? Ich glaube *Sie*. Allein. Sie kommen mit Koffern, Sie gehen ohne.«

Erneut machte der Familienvater einen Schritt auf Baro zu. »Es war ein Unfall. Er wollte das nicht!«

Sie reckte einen Arm aus, um den Abstand zwischen ihnen zu halten. »*Er*? Sie waren also zu zweit. Hatte *er* die Handys Ihrer Töchter? Verfasste *er* die Nachrichten, um vorzutäuschen, sie seien noch am Leben – nicht auf dem Grund einer Zisterne? Fädelte *er* alles so ein, dass Till Wißmann unter Tatverdacht stand?«

Uwe Reinhardt packte sich an die Ohren, als würde es nur wahr, wenn er es auch hörte. »Nein-nein-nein.«

»Also sagen Sie mir, Herr Reinhardt. Was hat er den Mädchen angetan? Was haben Sie den Mädchen angetan?« Baro durchbohrte ihr Gegenüber mit Blicken, wartete fruchtlos auf eine Antwort. Wartete und wartete. »Anfangs waren Sie und Ihr Mittäter sich einig, aber irgendwas ist schief gelaufen. Er entführt Ihre Frau. Erpresst er Sie oder geht's um Rache?«

»Hör endlich auf! Halt dein verdammtes Maul!« Uwe Reinhardt sauste auf sie zu. Blitzschnell packte sie sein

Handgelenk, verdrehte es und bog seinen Arm auf den Rücken. Der Aggressor wagte es nicht, sich zu bewegen. Routiniert griff sie nach den Handschellen in ihrem Gürtelholster, legte sie ihm an. Mit einem kurzen Klacken rasteten die Metallringe ein. Sie klärte ihn gerade über den Grund der Festnahme und seine Rechte auf, als im Hintergrund die Martinshörner der herannahenden Polizeiwagen ertönten.

Kapitel 45

Eine Stunde zuvor

Maike Reinhardt beobachtete das kleine Fellknäuel, das neugierig durch den Garten streifte. Dem jungen Leben verdankte sie die kurzen Blitzlichter inneren Friedens. Sie hockte sich hin und kraulte das Kätzchen im Nacken. Doch es verharrte nicht, setzte seine Erkundungen fort. Maike Reinhardt sah dem plüschigen Tier hinterher. Ein Lächeln zierte ihr Gesicht. Sie stand auf und begab sich in die Küche. Durch die bodentiefen Fenster behielt sie das Haustier im Auge. Am Kaffeevollautomaten bereitete sie ihr Lieblingsgetränk zu. Dann setzte sie sich an die Kücheninsel. Bewusst sog sie den Duft des Cappuccinos ein, bevor sie einen Schluck davon trank. Sie brütete über einem Namen für das Katzenjunge und war dankbar für die Ablenkung. Nachdenklich wanderte ihr Blick, bis er sich an den Messerblock heftete.

Das Fleischmesser fehlt. Sie stellte ihr Heißgetränk ab und kontrollierte die Spüle – darin lag es nicht. Hatte ihr Mann die hochwertige Klinge im Geschirrspüler ruiniert? Mit Verärgerung im Bauch öffnete sie die Spülmaschine. Auch dort war das gesuchte Stück nicht. Irritiert schaute sie zur Fensterfront hinaus. Durch ihre Unaufmerksamkeit hatte sie das Kätzchen aus den Augen verloren. Sie trat näher ans Fenster heran. Es war nicht zu entdecken. Maike Reinhardt verließ die offene Wohnküche und trat durch die Terrassentür nach draußen.

Wohin ist das Kätzchen nur verschwunden? Vielleicht ist es irgendwo durch ... Sie führte die Gedankenlinie nicht zu Ende. Ein massiver Schmerz traktierte ihren Nacken. Ungebremst stürzte sie auf die Seite. Schwarze Wollmaske. Schmale Augenschlitze. Eine vermummte Gestalt baute sich über ihr auf, hielt etwas in der Hand, richtete es gegen ihren Hals. Ein Stromschlag schüttelte sie heftig. Jeder Muskel ihres Körpers krampfte. Einige Sekunden setzte ihre Atmung aus. Bewegungsunfähig verharrte sie im Gras.

Der Maskierte packte sie unter den Achseln, schleifte sie über die Terrasse zurück ins Haus. Sein angestrengtes Stöhnen verging erst, als sie den glatten Parkettboden erreichten. In der Diele legte er sie ab. Verstohlen öffnete er die Haustür und überprüfte die Umgebung. Dann schlüpfte er hinaus.

Sukzessiv kehrte Maike Reinhardts Muskelkraft zurück. Unbeholfen drehte sie sich vom Rücken auf den Bauch, kam hoch in den Vierfüßlerstand. Sie reckte eine Hand aus, um die Haustür zuzustoßen, doch unvermittelt erschien ihr Angreifer wieder. Er verpasste ihr zwei Schläge auf die Wirbelsäule, die sie zu Fall brachten. Wieder und wieder trat er auf ihren Oberkörper ein. Die dumpfen Geräusche der Körpertritte malträtierten ihre Psyche. »Bitte nicht«, entfuhr es ihr schwach. Mehr Gegenwehr war ihr unmöglich.

»Gibst du in den nächsten fünf Minuten einen Ton von dir, schneide ich dir die Kehle durch!« Der Mann ließ von ihr ab und packte ihren geprügelten Körper. Wie einen Sack warf er sie über die Schulter. Er japste vor Anstrengung. Mit schwerfälligen Schritten trug er sie in den Vorhof, weiter zu seiner silbernen Limousine. Dann bugsierte er sie in den Kofferraum.

»Wir werden eine ganz wunderbare Zeit haben, meine Königin.« Mit diesen Worten ließ ihr Entführer die Kofferraumklappe ins Schloss krachen.

* * *

Simon Reinhardt erreichte in wenigen Fahrminuten die Bundesautobahn. Er drückte das Gaspedal voll durch, wechselte von der Auffahrt direkt auf die Überholspur. Das pure Machtgefühl übernahm die Führung, als er über die Autobahn schoss. Um seine Stimmung zusätzlich anzuheizen, drehte er die Musiklautstärke hoch.

Die Entführung war ein Klacks.

Alles, was er tat, diente nicht nur einem höheren Zweck, es verschaffte ihm ungeahnte Befriedigung. Mit der Zeit würde er seine Fähigkeiten weiter ausbauen. Auflauern, totspritzen, vertuschen. Er stand erst am Anfang, aber zukünftig würde er sich keine Gelegenheit für einen Mord mehr entgehen lassen. Aus lauter Vorfreude zeichnete sich ein Lächeln auf seinen Lippen ab. Traumverloren übersah er die stationäre Radaranlage, die seine Geschwindigkeitsübertretung mit dem Blitzlicht strafte.

»Eine nette Erinnerung«, tröstete er sich. »Es geht doch nichts über Familienfotos.« Immer wieder reduzierte er die Fahrgeschwindigkeit abrupt, gab erneut Gas, überholte Autofahrer mal von rechts, mal von links. Wahrscheinlich hielt sein Kofferraumgast die Fahrt für einen Höllentrip. Bald würde sie sich danach zurücksehnen.

Nach etwa zwanzig Minuten passte er sein Fahrverhalten wieder der Straßenverkehrsordnung an. Es wäre zu dumm, wenn die Bullen jetzt auf ihn aufmerksam würden, ihn gar schnappten, wo er doch seinem Ziel so nah war. An einem einsamen Rastplatz hielt er an. Aus seinem Rucksack auf dem Beifahrersitz zog er ein Sandwich und eine Wasserflasche. Er verließ das Auto und lehnte sich lässig gegen den Kofferraum. Die gelegentlichen Hilfeschreie seiner Gefangenen mischten sich unter den Autobahnlärm. Er berauschte sich an der Geräuschkulisse, während er seinen Snack verschlang. Die Pause hatte er sich verdient.

Kapitel 46

Wieso kam es ihr nur so vor, als wären sie einander bereits begegnet? Lag es nur an der Ähnlichkeit zu seinem Vater? Johanna Baro betrachtete das Bild von Simon Reinhardt, das sie im Besprechungsraum mit dem Beamer an die Wand geworfen hatte. Einundzwanzig Jahre jung, einen Meter und achtzig groß, dunkelblondes Haar, grüne Augen, die tot in die Kamera blickten. Das Passfoto hatten die Kollegen vom Einwohnermeldeamt organisiert.

Woher kenne ich dieses Gesicht?, dachte sie wieder und schloss einen Moment lang die Augen. Schlagartig kam die Erinnerung zurück und zog wie ein Tropfen im Wasser immer weitere Kreise. Sie hatte Simon Reinhardt am Mittwoch vor Till Wißmanns Wohnhaus gesehen. In Gangstermanier hatte Simon im Auto gesessen und Stefan und sie beobachtet. Wahrscheinlich hatte er die Bestätigung gewollt, dass sein Plan aufgegangen war und sie Till in Handschellen abführten. Wie viele Pluspunkte hätte er durch diese Frohe Botschaft wohl bei seinem Vater gesammelt? Aber stattdessen war Till zu diesem Zeitpunkt längst im Urlaub und hatte sich damit das perfekte Alibi verschafft. Wie viel Frustration Simon in diesem Moment wohl gespürt haben musste? Wahrscheinlich ähnlich viel wie Baro jetzt. Immerhin war dieser Kerl am Mittwoch zum Greifen nah gewesen.

Erneut studierte Baro das Porträt von Simon Reinhardt. Was gäbe sie darum, mit telepathischen Kräften in seine kranken Gehirnwindungen vorzudringen und ihm seinen jetzigen Aufenthaltsort zu entlocken. Sie kehrte in die Realität zurück und protokollierte die Besprechungsergebnisse der letzten Stunde. Mordkommission und Staatsanwaltschaft waren zusammengekommen, um umfangreiche Fahndungsmaßnahmen einzuleiten. Mit wenigen Klicks lud Baro das Protokoll auf den Server und erledigte einige Telefonate. Dann begab sie sich in ihr Büro. Dresners leerer Stuhl stach ihr ins Auge. Derzeit verhörte ihr Kollege Uwe Reinhardt. Er wollte ein vollumfängliches Geständnis ablegen, zum Wohle seiner Ehefrau, hatte sie gehört. Anhaltspunkte für deren Entführungsort lieferte er aber leider nicht. Zu wenig war ihm sein eigener Sohn vertraut. Und selbst wenn er behilflich wäre, für den Mord an seiner Adoptivtochter erwartete ihn trotzdem eine langjährige Haftstrafe.

Baro setzte sich und stützte die Ellenbogen auf den Schreibtisch. Mit beiden Händen rieb sie sich das müde Gesicht. Die innere Uhr erinnerte sie, dass die Sonne allmählich hinter dem Horizont verschwand und die Stadt in ein lilablaues Schummerlicht tauchte. Jetzt wäre sie reif für den Feierabend. Doch wie könnte sie ihren Dienst beenden? Maike Reinhardt wurde noch immer vermisst und alle Kollegen zeigten vollen Einsatz, um sie zu finden. Die ersten vierundzwanzig Stunden nach einer Entführung waren entscheidend. Danach schwand die Wahrscheinlichkeit, ein Entführungsopfer lebendig wiederzufinden. Rein statistisch betrachtet schwebte Maike Reinhardt in Lebensgefahr, erst recht, wenn man die Umstände betrachtete.

Erneut visualisierte Baro das Bild des jungen Mannes vor sich. Wenn Simon Reinhardt einen Mord im Sinn hatte, wäre seine Stiefmutter dann nicht längst tot? Wieso das Risiko eingehen, sie zu entführen? Inständig hoffte Baro, dass er seinem Vater durch die quälende Ungewissheit bloß einen Denkzettel oder Ähnliches verpassen wollte.

Die Bürotür flog auf. Der ITler Milo Levin trat ein. »Es gibt wichtige Nachrichten«, setzte er ohne Begrüßung an. In seinen Worten steckte Tatendrang. »Simon Reinhardt hat nur geblufft. Er hat seine SIM-Karte nach dem Drohanruf bei seinem Vater nicht aus dem Handy entfernt. Gleiches gilt für den Akku. Das Handy war kurzzeitig ausgeschaltet, jetzt ist es aber wieder im Mobilfunknetz eingeloggt.« Er überreichte Johanna Baro das Dokument.

»Hier ist die Positionsbestimmung des Verdächtigen.«

Unverzüglich griff Baro zum Telefon. »Ich informiere das Spezialeinsatzkommando.«

* * *

Maike Reinhardt strukturierte sich neu. Nach der Raserei hatten sie längere Zeit an einem Platz in Autobahnnähe verbracht, so viel stand fest. Menschenbelebt war der Ort nicht, denn sie hatte geschrien, bis ihr die Lunge schmerzte. Die Schreipausen hatte sie genutzt, um ihr ungnädiges Versteck abzutasten. Ihr Bewegungsspielraum war stark begrenzt. Sie lag auf der rechten Seite. Die Knie hatte sie an den Bauch gepresst, die Arme um die Beine geschlungen. Diese unnatürliche Liegeposition und der harte Untergrund sangen ein schmerzhaftes Duett. Zumindest aber bewiesen die körperlichen Verspannungen, dass sie noch lebte. Ebenso der Kälteschmerz. Ihre Füße lagen in Eisstarre. Ihre Hausschuhe hatte sie während des Angriffs verloren und so blieb ihr nichts als das Wackeln mit den nackten Zehen, um die Durchblutung anzuregen.

Wieder ließ sie ihre Finger über die kratzige Innenraumverkleidung fahren. Dieses uralte Gefährt hatte keine Öffnung zum Fahrgastraum hin. Es gab keine umklappbare Rückbank, geschweige denn eine Laderaumabdeckung über ihrem Kopf, die sie hätte durchstoßen können. Stattdessen schien ein schwerer Kofferraumdeckel ihren Körper jeden Moment zu erdrücken. Auch wenn sie all dies bereits wusste, musste sie dennoch zwanghaft überprüfen, ob sie nicht doch etwas übersehen hatte.

In einer Dokumentation hatte sie einmal gesehen, wie es einer entführten Frau gelungen war, Teile des Kofferraums auseinanderzunehmen, das Autorücklicht herauszutreten und mit der Hand durch das entstandene Loch hindurch zu winken. Dadurch wurden andere Verkehrsteilnehmer auf die Entführungsfahrt aufmerksam und die Geisel wurde gerettet. So viel zur Theorie. Praktisch gab es aus diesem Kofferraum kein Entkommen und so hatte ihr Entführer die Horrorfahrt in aller Ruhe fortgesetzt. Seit geraumer Weile stand das Auto jetzt. Sie tippte auf eine Waldregion. Tannenduft und gelegentliches Vogelzwitschern sprachen dafür. Andere Geräusche waren nicht zu hören. Ihr Aufenthaltsort lag damit völlig im Nebel.

Bilder ihres Entführers blitzten auf. Maike Reinhardt war sicher, dass sich hinter seiner Maskierung das Gesicht verbarg, das ihre Töchter als Letztes im Leben gesehen hatten. Carlotta und Isabell waren auf fürchterliche, aber sehr unterschiedliche Art und Weise umgekommen. Welche Grausamkeit hatte er sich für ihre Mutter überlegt? Hatte er das Auto in einer Einöde abgestellt? Sie einfach zum Sterben im Kofferraum zurückgelassen?

Ja, ich bin allein. Niemand wird kommen. Panik umfing sie, dennoch atmete sie gleichmäßig, um Sauerstoff zu sparen. Schließlich war es reine Mathematik. Sie verbrauchte mehr Sauerstoff, als zurück in den Kofferraum strömte. Mit jeder Minute stieg der Anteil von Kohlendioxid in der Luft. Durch jedes Ausatmen wuchs die Wahrscheinlichkeit, dass sie in ihrem Gefängnis erstickte. Zumindest glaubte sie fest daran, angesichts der fürchterlichen Luftqualität in diesem Kofferraum. Erschöpfung und Müdigkeit geißelten sie. Sie schloss die Augen. Nur für eine Weile.

Etwas blendete sie, zerrte sie aus dem Dämmerzustand. Verkrampft riss sie die Lider auf. Die Kofferraumklappe stand offen. Gierig inhalierte sie die frische Nachtluft. Das Licht des Mondes erhellte die Umgebung minimal. Mit den Händen stützte sie sich ab, richtete ihren Oberkörper auf. Panisch schaute sie sich um, erwartete jeden Moment einen Elektroschock oder einen Faustschlag ins Gesicht. Es passierte nichts. War er endgültig fort? Hatte der Mann sie nur hergebracht, um ihr einen gehörigen Schrecken einzujagen? Oder wähnte er sie im Tiefschlaf und kam gleich zurück? Maike Reinhardt wollte nicht abwarten, um die Antwort darauf herauszufinden.

Am liebsten wäre sie auf der Stelle aus dem Kofferraum gesprungen und losgesprintet. Stattdessen kletterte sie schwerfällig hinaus und streckte erst einmal die steifen Glieder. Ein Kribbeln breitete sich in ihren Füßen und Beinen aus, doch sie konnte nicht abwarten, bis die abgeklemmten Nerven wieder ihren Dienst aufnahmen. Einen Schritt nach dem anderen hinkte sie vorwärts, stolperte beinahe. Mit Blicken suchte sie nach einem Fluchtweg. Soweit sie das erkennen konnte, war das unbeleuchtete Grundstück eingezäunt. Rechter Hand befand sich ein dichtes Waldgebiet, linker Hand eine einstöckige Lagerhalle, die sicher hunderte Quadratmeter umfasste. Noch bevor sich ihre Augen vollends an die Nachtdunkelheit gewöhnten, humpelte sie um den altersschwachen Bau und gelangte auf eine gigantische Parkfläche. Auf dem pflanzendurchstoßenen Beton rangierten schon lange keine Fahrzeuge mehr. *Fahrzeuge.* Am Ende des Parkplatzes, in etwa fünfzig Metern Entfernung, flackerte gelegentlich das Scheinwerferlicht vorbeifahrender Autos auf. Dort befand sich eine laternenbeleuchtete Straße. Dort befand sich Rettung. So schnell sie ihre unterkühlten Gelenke trugen, hetzte sie darauf zu.

* * *

Gedankenversunken starrte Johanna Baro auf das polizeiliche Absperrband. Geräusche in ihrem Rücken erregten ihre Aufmerksamkeit. Eine Frau rannte auf sie zu. Trotz rauer Nachttemperaturen war sie nur leicht bekleidet, wirkte abgekämpft. Ihr blondes Haar flog wirr durch die Luft. Mit jedem Meter, den sie sich näherte, wurden ihre keuchenden Atemzüge kräftiger.

»Hier geht's nicht lang«, sagte Baro und bedeutete ihr, nicht weiterzulaufen.

Die Unbekannte joggte auf der Stelle und richtete dabei ihre reflektierende Warnweste mit integriertem Lauflicht. »Dann muss ich einen riesigen Umweg nehmen.«

»Laufen ist gut für die Gesundheit. Das wissen Sie am besten.« Augenrollend entfernte sich die Joggerin in die entgegengesetzte Richtung. Baro sah sich um.

Die Schutzpolizei hatte das Gebiet weiträumig abgesperrt und kontrollierte alle Zuwegungen. Die Ortung des Handys hatte Simon Reinhardts Aufenthaltsort auf eine Grundschule am Stadtrand eingegrenzt. Doch das Waldgrundstück war weitläufig und seine exakte Position technisch nicht ermittelbar. Entsprechend hatten sie Beamte für eine Observierung vorgeschickt. Ihnen war sofort eine Limousine auf dem Schulparkplatz aufgefallen. Derzeit führten sie eine Abfrage durch, um den Fahrzeughalter zu ermitteln. Baro malte sich aus, wie Simon in dem Wagen zum Haus seines Vaters steuerte und die Stiefmutter überwältigte. Vermutlich sperrte er sie in den Kofferraum. Erst über die Autobahn, dann weiter auf einsamen Wegen, fuhr er zur Grundschule.

Dr. Kamau erregte Baros Aufmerksamkeit. Er winkte grüßend. Seine Tatortgruppe hielt sich für die Spurensicherung bereit. Sie lächelte ihm zu und ließ ihren Blick weiter zu den Rettungswagen schweifen. Die Sanitäter standen im Kreis zusammen und besprachen sich. Hoffentlich blieb ihre medizinische Fachkenntnis heute ungefragt. Anspannung flirrte in der Luft. Alles wartete auf das Spezialeinsatzkommando. Das SEK würde das Außengelände sichern und das Schulgebäude stürmen. Ein Glück, dass es Wochenende war, so hielten sich keine Schülergruppen auf dem Areal auf.

Baro schreckte zusammen. Der Mannschaftswagen rollte an.

Aus einsatztaktischen Gründen waren die Beamten des SEK nicht als solche gekennzeichnet, aber sie erkannte den Einsatzleiter Tobias Möller sofort. Selbst hinter dem Steuer war seine körperliche Statur unverkennbar.

Simon Reinhardt, mach dich auf was gefasst …

Kapitel 47

Tobias Möller verließ den Mannschaftswagen. Als Erstes fiel ihm Johanna Baro ins Auge. Er zwinkerte der ansehnlichen Hauptkommissarin zu. Dann grüßte er auch die übrigen Anwesenden. Hoffnungsvolle Augenpaare ruhten auf ihm. Der Knopf in seinem Ohr gab ein Rauschen von sich. Weitere Instruktionen von der Befehlsstelle kamen herein. Eilends trommelte er die hoch ausgebildeten Männer zusammen, die ihm unterstellt waren. Ein letztes Mal sprach er mit ihnen den Einsatz durch, dann trieben die Spezialagenten auseinander, um die Schutzausrüstung anzulegen. Sturmmasken, Kettenhemden und kugelsichere Westen, Pistolen, Flinten und Präzisionsgewehre. Etwa fünfundzwanzig Kilogramm Mehrgewicht bedeutete der Rundumschutz für jeden SEK-Beamten.

Tobias Möller unterzog seine Ausrüstung einem finalen Check. Abschließend setzte er seinen Titanhelm auf. Das integrierte Kommunikationssystem verband ihn mit der gesamten Einsatztruppe. Über sein Headset wies er die Beamten an, ihm in Richtung Grundschule zu folgen. Möller hatte ein persönliches Interesse an der Aufklärung dieses Falls. Immerhin war sein Bruder Daniel im Rahmen der Ermittlungen zu Schaden gekommen. Zwar hatte Till Wißmann seinen Bruder niedergestochen und nicht Simon Reinhardt, dennoch nahmen sich diese Verbrecher nichts. Beide waren gemeingefährlich und gehörten aus dem Verkehr gezogen. Genau das war Möllers Ziel.

Im Geiste ließ er die Ereignisse des Tages Revue passieren. Die Nachricht, dass sein kleiner Bruder den Messerangriff überlebte, war die beste Mitteilung, die er je erhalten hatte. Zugleich ernüchterte ihn, was er in den Augen des Schwerverletzten las. Daniel würde nicht aufgeben, sondern seine Polizeikarriere fortsetzen. Anscheinend beflügelte ihn die Anteilnahme seiner Kollegen, oder aber, er sah in seiner Arbeit einen tieferen Sinn, genau wie sein älterer Bruder. Wie also hätte er Daniel von der Berufswahl abbringen können? Als SEK-Beamter brachte er sich selbst tagtäglich in Gefahr, um andere Menschen in extremen Gewaltsituationen zu schützen. Damit kam er einem Kettenraucher gleich, der sein Gegenüber vor einer Gelegenheitszigarette warnte.

»Kein Einsatz ist je Routine«, ermahnte Möller die Kollegen über die Sprechanlage. »Vielleicht ist die Zielperson bewaffnet oder hat Komplizen. Bleibt auf der Hut und zieht alle Möglichkeiten in Betracht.«

Die Warnung galt nicht nur seinen Spezialagenten, sondern auch sich selbst. Leisteten sie keine einwandfreie Arbeit, bekam Simon Reinhardt womöglich die Gelegenheit, zu entkommen, oder er stahl sich durch Suizid aus der Verantwortung. *Lieber tot als auf der Flucht*, dachte Möller, denn in seinen Augen verdiente dieser Mensch nichts anderes. Dies galt jedoch nicht für das Entführungsopfer. Für Möller wäre es schwer zu ertragen, wenn Simon Reinhardt die Frau in letzter Minute umbrächte, nur weil er nicht hochkonzentriert arbeitete. Deshalb hieß es, sich zu fokussieren und zu funktionieren – wie ein Uhrwerk.

Unauffällig näherten sie sich dem dunklen Grundstück. Möller gab ein Handzeichen. Es formierten sich mehrere Trupps. Jeder Spezialagent stand in einer zuvor festgelegten Reihenfolge, immer die Hand am Vordermann. Auf sein Zeichen schwärmten die Einsatzketten in verschiedene Richtungen aus. Einige Männer sicherten die Fenster, andere das Außengelände. Auch an jedem Schuleingang postierte sich ein Trupp, richtete die Waffen darauf. Jeweils ein Mann trat mit einer Tür-Ramme vor.

»Zugriff!«, gab Einsatzleiter Möller das akustische Startsignal. Die Rammen knallten auf die Eingangstüren. In einer perfekt eintrainierten Choreographie stürmten die Beamten die Grundschule. Aus allen Klassenräumen schallten die Kommandos der schwerbewaffneten Einsatzkräfte.

»Gesichert.«

»Gesichert.«

»Gesichert.«

»Mein Gott!«

Tobias Möller horchte auf. Was hatte einen seiner Männer zu dem Stoßgebet veranlasst? Auf was waren sie gestoßen? Er führte seinen Einsatztrupp dorthin, um es herauszufinden. Im Türrahmen blieb er abrupt stehen. Sein Trupp drängte ihm nach, doch er hielt ihn zurück, als er das Szenario erblickte. Mit Gott hatte das hier nichts zu tun. »Okay«, sagte er, als er sich gesammelt hatte. »Keiner betritt mehr den Raum. Alle Beamten, die sich bereits darin befinden, treten umgehend ab. Achtet genau darauf, wo ihr hintretet. Jede Spur ist essentiell.«

»Habt ihr was entdeckt?«, funkte die Chefin von der Einsatzzentrale.

»Kann man wohl sagen.«

»Braucht ihr Verstärkung?«

Er schluckte. »Nicht mehr nötig. Hier können wir nichts mehr tun. Das Werk des Kranken müssen sich die Ermittler selbst ansehen. Außerdem muss sich die Spurensicherung bereithalten.« Er wandte sich an das Team. »Das Gebäude ist gesichert. Wir rücken ab, Männer.«

* * *

Einweg-Tatortschutzanzug, Atemschutzmaske, Latexhandschuhe, Überziehschuhe – so steril eingepackt wie möglich betrat Johanna

Baro das Schulgebäude, nachdem das SEK abgezogen war. Mittlerweile brannten sämtliche Rasterleuchten in den Räumen und Fluren. Aufmerksam lief sie durch die Gänge, setzte bedächtig einen Fuß vor den anderen. Obwohl die Grundschule längst gesichert war, schlug ihr sechster Sinn Alarm. Als wäre die feindselige Präsenz des Entführers in jeden Winkel des Gebäudes gekrochen. Als könne diese jederzeit menschliche Gestalt annehmen und aus einem Versteck hervorkommen.

Klassenraum um Klassenraum ließ sie hinter sich. Überall tummelten sich Beamte der Spurensicherung, filzten jeden Quadratzentimeter, um die Geschehnisse vor Ort zu eruieren. Schließlich erreichte Baro ihr Ziel. Scheinwerfer tauchten alles in gleißendes Licht. Die Wandtafel. Die Weltkarte. Die Schulschreibtische und Stühle. Die Kastanienmännchen auf der Fensterbank. Die getrockneten Herbstblätter an den Fensterscheiben. Die … blutige Schrift … auf der gelbgestrichenen Wand.

Baro trat näher heran und besah sie. Keine Pinselstruktur oder -härchen, aber immer wieder die Nuance einer Fingerkuppe. Ja, um das Wort zu schreiben, hatte der Urheber seinen Finger in Blut getunkt. Immer wieder hatte der Todeskünstler neu angesetzt, um sein grausiges Werk zu vollenden. Zumindest spekulierte sie das. In jedem Falle waren wenige Blutstropfen unzureichend für so ein langes Wort. Es erforderte eine große Menge frischen Blutes. Mit Blicken fuhr sie Buchstabe um Buchstabe entlang, las das Wort einige Male. Hatte sie seine Botschaft wörtlich zu nehmen oder im übertragenen Sinne?

Etwas bewegte sich in ihrem Sichtfeld. Dr. Kamau winkte sie in eine andere Ecke des Raumes und machte sie auf einen Fund aufmerksam. Erst jetzt fiel ihr der speckige Turnbeutel auf, der in der Luft baumelte. Seine Flechtkordeln waren um einen Deckenhaken gewickelt. Offensichtlich war der Haken eigens dafür befestigt worden, um den Beutel gut sichtbar zu drapieren. Der Polizeifotograf umkreiste das hängende Fundstück und knipste unablässig. Als er seine Arbeit beendete, holte Baro sich das

Einverständnis von Dr. Kamau. Er gab den Turnbeutel zur Öffnung frei.

Sie zog einen Stuhl heran und trat auf die Sitzfläche. In Kleinstarbeit friemelte sie die Kordeln von dem Metallhaken und nahm den Beutel an sich. Sie ertastete ein weiches, mangoförmiges Etwas. Plastik knisterte. Baro stieg vom Stuhl und legte den Beutel auf einen der Schultische. Sie steckte ihre Zeigefinger in die schmale Öffnung und schob sie geruhsam auseinander. Eine transparente Hülle. Darin kein Rot, mehr ein intensives Rosa. Ein dezenter Glanz. Faustgroß. Furchen. Gefäße. Maike Reinhardt kam ihr in den Sinn. Die Frau war fünfzig Jahre alt, das heißt, es hatte über eineinhalb Milliarden Mal geschlagen. Mindestens einhundertzwanzig Millionen Liter Blut bewegt. Unentwegt hatte der Muskel gearbeitet und den Körper dadurch mit Hormonen, Nährstoffen, Wasser ... Sauerstoff versorgt. Jetzt würde es nie wieder schlagen. Kalt und schwer lag das Herz in Baros Händen. Ihre Zuversicht kollabierte. »Maike Reinhardt ist tot«, hauchte sie.

Die Hauptkommissarin drückte die aufsteigende Übelkeit weg. Sie rührte sich nicht, während der Tatortfotograf seine Aufnahmen schoss. Jemand verkündete, dass Rechtsmediziner Castens auf dem Weg sei, doch ihre Aufmerksamkeit galt weiterhin dem Körperorgan in ihren Händen. Nach endlosen Minuten beendete der Fotograf seine Arbeit. Mechanisch legte sie das Herz zurück in den Turnbeutel. *Keinen Fehler machen*, hielt sie sich an. Nachdem das plastikverpackte Organ an Ort und Stelle war, trat sie drei Schritte zurück. Wie im Zeitraffer erledigten alle um sie herum ihre Arbeit. *Wieso? Wir sind zu spät. Wir haben versagt.*

Minuten verstrichen. Eine viertel Stunde? Baro war so tief in sich selbst versunken, dass ihr jegliches Zeitgefühl entglitt. Schließlich flitzte Professor Castens an ihr vorbei. Sein herber Duft wehte ihr entgegen, beendete ihren Ruhemodus. Baro wollte gerade gehen, als die blutige Schrift an der Wand noch einmal ihre Aufmerksamkeit erregte. Sie trat vor das Blutwort. Der Metallgeruch penetrierte ihre Riechzellen. Unwillkürlich hielt sie den Atem an. Die Erkenntnis grub sich ihr ein wie ein Splitter in die Haut. Endlich ergab es einen Sinn. Flüsterleise las sie seine Botschaft: »Herzlos.«

Ein Mitarbeiter der Spurensicherung schlenderte an ihr vorbei, weiter zum Lehrerpult, und tütete ein Handy ein. Sicher gehörte es Simon Reinhardt. Hatte er es versehentlich an diesem Ort vergessen? Wohl kaum. Er hatte gewusst, dass sehr bald ein richterlicher Beschluss für die Ortung vorläge und sie seine Fluchtroute rekonstruierten. Weitere relevante Daten würde das Handy der IT-Forensik sicher nicht liefern. Dafür war er zu clever. Er hatte gewollt, dass sie dieses Gebäude betraten, sein Blutgemälde an der Wand entdeckten, sein Werk in dem Turnbeutel. Doch hatte er Maike Reinhardt auch an diesem Ort das lebenswichtige Organ aus der Brust gerissen? Und falls ja, wo waren ihre sterblichen Überreste jetzt?

Baro bewegte sich im Raum. An Boden und Wänden hielt sie Ausschau nach weiteren Blutspuren.

Keine Spritz- oder Schlagspuren. Keine Kontakt- oder Ausatemspuren.

Nacheinander kniete sie sich unter die Schulschreibtische. Hatte er einen davon als provisorischen OP-Tisch genutzt? Sein Opfer betäubt und das Herz mit chirurgischer Präzision entnommen?

Nein. Keine Tropfspuren. Keine Fließspuren.

Damit blieben drei Möglichkeiten. Die Erste war, dass er das Ergebnis seiner Bluttat so gründlich entfernt hatte, dass nur das Aufsprühen von Luminol-Reagens es sichtbar machen konnte. Angesichts der wenigen Zeit, die er hatte, undenkbar. Die zweite Möglichkeit war, dass er den Klassenraum feinsäuberlich abgeklebt hatte, etwa mit Plastikfolie. Aber nicht ein einziger Tropfen, der sich auf den Boden oder die Wände verirrt hatte? Nein, wahrscheinlicher war es, dass er Maike Reinhardt gar nicht in diesem Raum ... abgeschlachtet hatte. Ein Argument dafür war, dass hier alles unberührt schien. Als hätte die Schulklingel gerade erst zur Pause geläutet. Zumindest hatte die schnelle Ermittlungsarbeit verhindert, dass der Turnbeutel Montagfrüh von einer Horde Grundschüler geöffnet wurde. Ob der Täter etwas Besonderes mit dieser Schule, diesem Klassenraum, diesem Beutel verband?

»Frau Baro«, ertönte Castens Stimme. Der Rechtsmediziner winkte sie heran und beugte sich dann wieder über das Organ, das noch vor wenigen Stunden geschützt im Brustkorb geschlagen hatte.

»Professor, was können Sie mir zu dem Leichenteil sagen?«

Er räusperte sich. »Die Organentnahme wurde nicht fachmännisch ausgeführt, aber ich verschone Sie mit Details.«

»Wie lange ist die Entnahme her?«, fragte sie. *Ab welchem Zeitpunkt haben wir es versäumt, Maike Reinhardt das Leben zu retten?*

»Ich schätze, das Rehherz wurde …«

»Wie bitte?«, unterbrach sie. *Dieser Mistkerl. Er führt uns an der Nase herum!*

Kapitel 48

Maike Reinhardt keuchte vor Anstrengung, dennoch rannte sie ohne Unterlass. Steinchen und Glasscherben traktierten ihre nackten Füße. Einige Knöpfe ihrer Seidenbluse waren bei dem Kampf mit ihrem Angreifer ausgerissen. Das elegante Kleidungsstück verhüllte ihren Büstenhalter kaum noch und lieferte sie der Oktoberkälte schutzlos aus. Doch das merkte sie kaum. Sie steckte im Überlebensmodus, bündelte all ihre Energie auf das Ziel, das in greifbarer Nähe lag. An der beleuchteten Straße mussten Menschen sein, Rettung!

Sie wagte es nicht, sich umzudrehen, erwartete jede Sekunde, dass Scheinwerferlicht in ihrem Rücken aufflammte. Sie lauschte auf einen aufheulenden Motor, auf durchdrehende Reifen. Wahrscheinlich würde ihr Jäger sie gnadenlos touchieren, sie überfahren, ihr sämtliche Knochen im Körper zermalmen. Jeden Moment wäre es so weit und dann ... ein höllischer Schmerz ließ sie aufschreien. Ihr Aufprall auf dem bröckeligen Asphalt zerschlug die Nachtstille. In Erwartung des Todes verharrte sie regungslos, nahm die letzten Atemzüge. Ein. Aus. Ein. Aus. Doch sie starb nicht. Stattdessen ein pulsierender Schmerz in ihrem Fuß. Stück für Stück setzte sie sich auf. Ihr Blick wanderte ihre Beine hinab, blieb an ihrem rechten Fuß hängen. Schwarzes Blut gleißte im matten Licht des Sternenhimmels. Mit zitternden Fingern befühlte sie die Verletzung und fügte sich dabei eine weitere zu. Erst jetzt realisierte sie, dass es eine Glasscherbe war, die aus ihrer Fußsohle ragte. Mit angehaltenem Atem zog sie die Scherbe in einem Ruck heraus. Doch dies war nicht das Schlimmste. Ihr Zehennagel hatte unnatürlichen Spielraum, war eingerissen bis ins Fleisch. Sie kniff die Lippen zusammen, um nicht aufzuschreien. Kurz überlegte sie, ob es ihrer Pein ein Ende bereitete, wenn sie den Nagelfetzen einfach abriss.

Ein Geräusch. Sie drehte sich um. Kein Auto. Ein Mensch? Irgendetwas bewegte sich über den Asphalt, jagte sie. In dieser Schrecksekunde nahm ihr das Adrenalin die Schmerzen und die Panik den Verstand. Sie hievte sich hoch und rannte los. Der Wind zog ihr um die Ohren. Sie horchte in das Rauschen hinein. Packte der Verrückte sie gleich oder trieb er sie nur vor sich her? Wartete er, bis ihr die Kraft ausging, wie verletztem Wild?

Nach wenigen Metern hielt sie an. Etwas ragte vor ihr auf und versperrte ihr den Weg. Lang und schwer. Ein Bauzaun. Sie versuchte, daran hochzuklettern. Eine Sprosse, zwei Sprossen. Dann verhakten sich die Reste ihres Zehnagels in den Metallstreben. Aus Reflex sprang sie von dem Zaun ab, riss dabei ihren Fußnagel endgültig aus. Doch sie ließ sich nicht abbringen. Sie münzte den Schmerz in Körperkraft um und stemmte ihre Schulter gegen den Metallzaun. Immer wieder. Spätestens jetzt würde ihr Jäger zentimetergenau lokalisieren, wo sie war. Das Zaunelement stürzte krachend zu Boden und sie mit. Rapide schwang sie sich wieder auf und rannte den Gehweg entlang. Dann endlich zeichneten sich Scheinwerfer in der Dunkelheit ab. Wie eine Motte ins Licht trieb es sie zu einer Straßenlaterne. »Bitte helfen Sie mir!«, brüllte sie und winkte wild.

Das herannahende Fahrzeug reduzierte die Geschwindigkeit. Erschrocken musterte sie der Fahrer. Der Mann schien mit sich zu ringen. Schon trat er wieder aufs Gaspedal. Maike Reinhardt rannte dem Auto ein Stück hinterher. »Bleiben Sie stehen, verdammt nochmal«, schrie sie wie von Sinnen. Verzweiflung schüttelte sie. Wer würde auch jemanden mitnehmen, der wirkte, als wäre er aus einer Irrenanstalt entflohen? Mit den Fingern glättete sie das widerspenstige Haar und richtete die schmutzige Bluse, um ihre Brüste zu verdecken.

Wieder ein Geräusch. Sie schreckte herum. Hatte er sie bereits eingeholt? Korrigierte ihr Entführer jetzt die Leichtsinnigkeit, sie im offenen Kofferraum zurückzulassen? Tatsächlich, ein Stück weiter entlang des Gehwegs bewegte sich eine dunkle Gestalt auf sie zu. Ihre Hoffnung sackte in sich zusammen. Erneut durchbrach ein Scheinwerferlicht die Dunkelheit. Ihre letzte Chance auf Rettung. Wenn sie sowieso starb, konnte sie auch alles auf eine Karte setzen. Mit großen Schritten trat sie auf die Fahrbahn, schloss die Augen.

»Bitte, sieh mich«, flüsterte sie. »Bitte, halte an.« Abwehrend streckte sie die Hände aus, obwohl es sinnlos war. Bei der Geschwindigkeit, die auf Landstraßen üblich war, hatten ihre ausgereckten Arme dem Wagen nichts entgegenzusetzen. Der Aufprall würde ihren gesamten Körper wie eine Puppe durch die Gegend schleudern. Potentiell wäre sie schon tot, bevor sie auf den Betonboden schlug. Dennoch bewegte sie sich keinen Millimeter fort. Entweder das Auto hielt an oder sie wäre ohnehin verloren. Lieber starb sie jetzt und auf diese Weise als durch die Hand eines Verrückten. Denn die Vorstellung, was er ihr antun würde, sobald er sie fasste, schindete sie.

Autoreifen quietschten auf der Straße. Eine rote Karosserie schoss heran. Dann war es still. Maike Reinhardt sperrte nacheinander die Augen auf. Etwa einen Meter vor ihr war ein Kleinwagen zum Stehen gekommen. Der Autofahrer wirkte wie vom Schlag getroffen. Umgehend rannte sie zur Beifahrertür und versuchte, sie aufzureißen. Immer wieder fiel der Autogriff klackend zurück. »Machen Sie endlich auf!«

Der Fahrzeugführer öffnete nicht, ließ nur das Beifahrerfenster herunter. Jetzt funkelte er sie böse an. »Was haben Sie auf der Straße verloren? Sind Sie lebensmüde?«

»Ich werde verfolgt.«

»Was erzählen Sie denn da?«

»Lassen Sie mich rein. Schnell!«

Er erwiderte nichts, schien nachzudenken.

»Ich bitte Sie. Ich brauche Hilfe«, ging sie ins Flehen über. Notfalls würde sie sich auf die Motorhaube schmeißen. Immerhin war es eine Frage des Überlebens.

»Also gut«, sagte er schließlich. Seine Zerrissenheit war ihm deutlich anzuhören.

Die Entsperrung der elektronischen Türverriegelung hingegen klang in ihren Ohren wie eine Himmelskomposition. Erleichtert nahm sie auf dem Beifahrersitz Platz.

»Mein Gott, was ist denn mit Ihnen passiert?«, fragte der Mann bei ihrer Erscheinung.

»Für Erklärungen bleibt keine Zeit. Fahren Sie los, jetzt!« Sie zeigte mit dem Finger vorwärts.

Ihr Retter fuhr das Seitenfenster wieder hoch, bevor er endlich den Gang einlegte und Gas gab. »Sind Sie verletzt? Ich werde Sie ins Krankenhaus fahren«, bot er an.

»Wenn gleich ein Mann auf die Fahrbahn tritt, dürfen Sie nicht anhalten. Sie müssen ihm ausweichen oder besser noch, halten Sie drauf! Hören Sie?«

»Sie wollen, dass ich einen Menschen überfahre?«

»Das ist kein Mensch, glauben Sie mir.« Sie duckte sich. Gerade so tief, dass sie noch aus dem Seitenfenster starren konnte. Die dunkle Gestalt auf dem Gehweg hatte sich aufgelöst. Hatten die Nerven ihr einen Streich gespielt? Hatte sie nur den Schatten eines streunenden Tiers gesehen? Keine Schritte gehört, sondern nur Laub und Steinchen, die aufstoben? Es beutelte sie die andere Möglichkeit. Nämlich, dass ihr Entführer zum Auto zurückkehrte, um die Verfolgung wieder aufzunehmen.

»Sie zittern ja am ganzen Leib.« Ihr Helfer in Not, dieser Heilige, drehte die Heizung auf.

»Ich kann Ihnen nicht genug danken.« Es entkrampfte sie, dass sie mit jedem Fahrmeter den Vorsprung weiter ausbauten. Ihre Angst löste sich. Langsam beugte sie sich wieder hoch.

Nach einigen Minuten schielte der Retter auf ihre unterkühlten Hände, die sie wie besessen knetete. »Noch nicht warm genug? Warten Sie.« Er fuhr an den Straßenrand und brachte den Wagen zum Stehen.

»Was machen Sie denn da? Sie dürfen nicht anhalten!« Ein unkontrolliertes Zittern erfasste ihren Körper.

»Beruhigen Sie sich. Ich bin gleich zurück.« Er schenkte ihr ein sanftmütiges Lächeln, bevor er ausstieg und zum Kofferraum schlenderte.

Kurz darauf stand er mit einer Wolldecke und einer Wasserflasche an der Beifahrerseite. Sie öffnete die Autotür und nahm beides dankend entgegen. Die Decke breitete sie über ihren Beinen aus. Mit dem Mineralwasser benetzte sie ihre knochentrockene Kehle. Endlich stieg ihr Retter wieder ein.

»Ich brauche Ihr Handy«, bat sie. »Ich muss die Polizei verständigen.«

»Natürlich. Sagen Sie ihnen, dass wir in einer viertel Stunde beim städtischen Krankenhaus sind.« Er griff in seine Hosentasche und überreichte ihr sein Mobiltelefon. Dann setzte er den Blinker und fuhr los.

Sie überprüfte den Rückspiegel. Ein Auto näherte sich. Ihr Alarmsystem schlug wieder an. »Er verfolgt uns!«

»Wer verfolgt uns?«

»Geben Sie Gas!« Ihr Blick heftete am Seitenspiegel, in dem die Scheinwerfer des herannahenden Fahrzeugs immer größer wurden. Maike Reinhardt ahnte, was passieren würde, wenn er sie einholte. Er würde sie von der Straße rammen, sodass sie in einen Baum krachten. Wahrscheinlich würde er ihrem Helfer, diesem guten Mann, an Ort und Stelle die Kehle durchschneiden. Sie aber würde er aus dem Auto zerren. Für sie hatte er sich ganz bestimmt eine langsamere Art des Sterbens erdacht.

Ihr Verfolger gab weiter Gas, hupte hemmungslos. Das Geräusch hämmerte ihr ins Ohr. Mit beiden Händen hielt sie sich den Kopf. Ein schwacher Versuch, ihr wichtigstes Körperteil vor der Kollision zu schützen, die unweigerlich folgen würde. Der

Mann missachtete jeden Mindestabstand, kam näher und näher ... überholte sie. Versuchte er gleich, sie auszubremsen? Während des Überholvorgangs erschütterte der Kleinwagen durch den Windstrom und dann ... und dann ... passierte nichts. Seine Rücklichter entschwanden am Horizont.

»Hey, hey«, sagte der Mann neben ihr mit besänftigender Stimme. »Wenn man mit siebzig Kilometern die Stunde unterwegs ist anstatt der erlaubten einhundert, kommt es schon mal vor, dass jemand zu dicht auffährt oder hupt. Da draußen gibt es leider eine Menge ungeduldiger Autofahrer, die sich wie Wilde aufführen. Aber keine Verfolger, glauben Sie mir. Sie sind in absoluter Sicherheit.«

Mit diesen Worten kehrte Maike Reinhardts Denkvermögen zurück. Ja, sie war in Sicherheit. Jetzt wollte sie nur noch in die Arme ihres Mannes zurückkehren. Mit schweißnassen Händen wollte sie das Handy ihres Helfers entsperren, da sie in Sicherheit war und somit kein Fall mehr für den Notruf. Doch das Telefon vibrierte, weil die Gesichtserkennung misslang und es wurde die Eingabe eines sechsstelligen Sicherheitscodes verlangt.

»Wie lautet Ihr Code?«, fragte sie und tippte mit zitternden Fingern die genannten Ziffern ein. Sofort strafte das Handy ihre mangelnde Feinmotorik ab und blieb gesperrt. Am liebsten hätte sie das Gerät aus dem Seitenfenster gefeuert. »Tut mir Leid, ich habe mich vertippt. Noch mal von vorn ...«, bat sie stattdessen.

»Neun ... Drei ... Sieben«, diktierte er.

»Einen Moment.« Ihre Finger trafen nicht die gewünschten Ziffern. »Wie noch mal?«

»Neun ... Drei ... Sieben.« Seine Worte verschwammen.

»Drei?« Sie verlor den Faden. Ihr Verstand dechiffrierte das Gesagte nicht.

Kurz fixierte der Fremde sie aus grünen Augen. Nun wirkten sie nicht mehr freundlich, jetzt waren sie tot. Er nahm eine Hand vom Lenkrad und streifte ihr die Decke von den Beinen. Zärtlich streichelte er ihren Oberschenkel. »Ach, meine Königin. Mein liebes Dummerchen. Wirst du langsam müde?«

Kapitel 49

Johanna Baro betrachtete die Hortensien, Dahlien und Rosen. Sie roch an dem bunten Strauß, bevor sie ihn in der geschwungenen Glasvase platzierte. Es war schwer, noch ein freies Plätzchen in dem Blumenmeer zu finden, das die Kollegen im Krankenzimmer von Daniel Möller hinterlassen hatten. Eine Weile saß sie auf einem Stuhl neben dem Schlafenden und kämpfte dagegen an, selbst einzunicken. Simon Reinhardts Durchtriebenheit hatte ihr die Nachtruhe geraubt, Stunde um Stunde. Seine falsche Fährte hatte sie wertvolle Ressourcen gekostet: personelle, zeitliche, seelische. Noch einmal führte er sie nicht vor, versprach sie sich. Derzeit setzte Stefan Dresner den Durchsuchungsbeschluss für die Wohnung des mutmaßlichen Mörders um. Baro hatte im Gefühl, dass sie kurz vor dem Durchbruch standen.

Tobias Möller schlich in den Raum. Sogleich schwang Baro hoch, um ihm Platz zu machen. Der Stuhl neben dem Bett seines kleinen Bruders stand ihm zu. Doch er winkte ab, kam auf sie zu und schloss sie in die Arme. Er drückte sie einen Funken zu fest und zu lang dafür, dass sie sich kaum kannten. Wahrscheinlich überwältigten ihn seine Gefühle angesichts der Situation. Sie tätschelte den gestählten Rücken des SEK-Beamten. Seinen intensiv-hölzernen Duft empfand sie als wohlriechend. Langsam löste sie sich aus der innigen Umarmung und wandte sich ein letztes Mal dem Verletzten zu. Zum Abschied streichelte sie Daniel über den Handrücken. Gerade so zart, dass er nicht aufwachte. Leise bewegte sie sich aus dem Zimmer.

Baro setzte sich in das Dienstfahrzeug und stellte das Navigationssystem ein. Ihr nächstes Ziel stand bereits fest. Die schlaflose Nacht hatte sie genutzt, um den Tonbandaufnahmen von Uwe Reinhardts Verhör zu lauschen. Auf der Suche nach neuen Spuren war sie fündig geworden. Im Rahmen der Befragung fiel immer wieder ein Name: Kathrin Reinhardt. Die Ex-Frau von Uwe Reinhardt und leibliche Mutter des Gesuchten. *Wir sind bereit, los geht's*, ertönte die mechanische Frauenstimme des Navigationssystems. Wie recht die Stimme hatte. Baro war bereit.

Nach etwa zwanzig Minuten erreichte sie die gesuchte Wohngegend. Sicherlich war diese einst auserlesen und erfüllt mit Kinderlachen gewesen. Doch die Siedlung war in die Jahre gekommen. Jetzt, wo der Herbst ins Land zog, wirkte sie so einladend wie das lebensfeindliche Tschernobyl. Baro visierte das Zielobjekt. Sie parkte neben einem roten Kleinwagen in der Einfahrt. Als sie auf das Einfamilienhaus zusteuerte, setzte sie ihre Schritte mit Bedacht. Die gerissenen Gehwegplatten waren zu gefährlichen Stolperfallen verkommen. Ähnliches galt für den Vorgarten. Der Wust aus hohem Gras, Unkraut und herabgefallenen Ästen erinnerte an ein Naturschutzgebiet. Bemooste und gebrochene Blumentöpfe neben der Eingangstür zeugten von besseren Zeiten. Zeiten, in denen darin etwas blühte, das Haus noch etwas Ansprechendes hatte.

Ein paarmal betätigte Baro die verrostete Türklingel. Sie war mit ihrer Geduld am Ende. Wenn diese Spur ebenfalls ins Leere führte, blieb nur die Hoffnung, dass sich schnellstmöglich neue Ermittlungsansätze auftaten. Ihr fiel eine Last von der Brust, als sie Geräusche aus dem Hausinneren registrierte. Kurz danach entriegelte jemand die Tür, öffnete sie wenige Zentimeter. Klägliches Maunzen war im Hintergrund zu hören.

»Was wollen Sie?«, fragte eine raue Stimme. Mit gerunzelter Stirn lugte die Hausbewohnerin durch den Türspalt.

Wortlos hielt Johanna Baro den Dienstausweis davor. »Sind Sie Kathrin Reinhardt?«

»Was interessiert Sie das?« Ein kritischer Blick fiel auf den Ausweis. »Ich muss Sie nicht reinlassen.«

Die Hauptkommissarin schnaubte echauffiert. »Frau Reinhardt, ich mache es kurz. Entweder wir reden hier und jetzt oder ich lasse Sie aufs Präsidium vorladen. So oder so, an einem Gespräch mit mir führt kein Weg vorbei.« Baro pokerte hoch. Einen weiteren Zeitverzug erlaubte die Situation nicht. Sie war dringend auf die schleunige Kooperation der Frau angewiesen.

Begleitet von einem langgezogenen Stöhnen öffnete Kathrin Reinhardt die Tür, machte aber keine Anstalten, ihren unerwünschten Gast hereinzubitten. Baro fand sich einer Frau gegenüber, die wahrscheinlich älter wirkte, als ihr biologisches Alter war. Vermutlich hatte sich jahrelanger Alkoholmissbrauch in das Gesicht der Frau geätzt. Auch der zugezogene Bademantel täuschte kaum darüber hinweg, welches Elend sich darunter verbarg.

Noch immer schien Frau Reinhardt zu überlegen, ob sie ihrem Besuch Einlass gewähren sollte. Provokant musterte sie Baro von Kopf bis Fuß. Dann endlich trat sie beiseite. »Scheiße verdammt, kommen Sie rein.«

Im Haus schwappte Baro ein Nebel aus Zigarettenrauch entgegen. Sie unterdrückte ihr Frischluftbedürfnis. Anstandslos ließ sie sich in die Küche führen. Schmutziges Geschirr, Essensreste und Pfandflaschen stapelten sich in dem Raum, der praktisch keine freie Abstellfläche mehr bot.

»Setzen Sie sich.« Frau Reinhardt machte eine kurze Geste zum Esstisch. Sie selbst begab sich zu einem Küchenschrank und zog eine Tasse daraus hervor. Dann öffnete sie ein Tetra Pack Piña Colada und goss sich davon ein. »Auch 'n Schluck?«

»Nein, danke«, sagte Baro gepresst. Sie befreite einen Küchenstuhl von einem Stapel Werbeprospekte und setzte sich. Erst jetzt fiel ihr eine uralte Perserkatze auf, die den letzten freien Platz auf dem Küchentresen belegte. Augenausfluss verklebte ihre Lidränder. Das Katzenfell war stumpf und gänzlich verfilzt. Schmatzend verspeiste das Tier Nassfutter. Kleine Brocken daraus verteilten sich abseits des Futternapfs. Auf den nebenliegenden Herdplatten machte Baro ausgefallene Fellknäuel aus. Automatisch verzog sie die Mundwinkel.

Frau Reinhardt exte ihren Cocktail und setzte sich ebenfalls an den Küchentisch. »Hab mir schon gedacht, dass Sie nichts trinken wollen. Alkohol im Dienst kommt wahrscheinlich nicht gut.« Mit zittrigen Händen griff sie nach der Zigarette, die im Aschenbecher vor sich hin glühte. »Also, was wollen Sie von mir?«

»Simon Uwe Reinhardt ist Ihr Sohn?«, fragte Baro.

»Warum erinnern Sie mich daran?« Die Frau nahm einen kräftigen Zug von dem Glimmstängel. Sie blies den Rauch aus und legte dabei ihren Kopf in den Nacken. Dadurch gab sie den Blick auf eine linienförmige Narbe preis, die ihren Hals zeichnete. Wie zog man sich an einer solch sensiblen Stelle einen Hautschnitt zu? »Nein, nein … sagen Sie nichts«, nahm sie ihr Wort wieder auf. »Geht's um die beiden Mädchen ausm Fernsehen, die Toten?« Sensationsgier lag in ihrem Gesicht.

»Stehen Sie noch in Kontakt zu Ihrem Sohn?«, fragte Baro nüchtern.

»Hat mein Junge die beiden Mädchen aufm Gewissen?« Die Frau lachte auf. Schnell aber mündete ihr Gelächter in einen feuchten Raucherhusten. Mit der geballten Faust klopfte sie sich auf die Brust, um das Abhusten zu beschleunigen.

Baro stieß das Szenario übel auf. Sie quittierte es, indem sie ihren Stuhl weiter nach hinten abrückte.

»Das hat er für mich getan«, sagte Frau Reinhardt schließlich heiser.

Baro setzte ein ernstes Gesicht auf. »Wie meinen Sie das?«

»Mal Klartext: Wieso sind Sie hier? Wie zum Teufel soll ich Ihnen helfen?«

»Indem Sie meinen Fragen nicht ausweichen. Bitteschön!«

»Jedes Kind will doch seiner Mama gefallen.«

»Die Ermordung von zwei unschuldigen Mädchen sagt Ihnen zu?« Ungläubig schüttelte Baro den Kopf.

Kathrin Reinhardt griff nach der Zigarettenschachtel, die vor ihr lag. Mit der alten Zigarette entzündete sie eine neue. In aller Ruhe nahm sie ein paar Züge. »Dass mein Sohn nicht richtig tickt, ballaballa ist, hab ich schon früh gemerkt. Trotzdem hab ich ihn akzeptiert, wie er ist. Hab ihm alles gegeben, was Kinder halt so brauchen. Liebe, Geld, Sie wissen schon. Doch es nützte nichts. Zu tief steckte ihm das Böse in den Knochen.«

Die Kettenraucherin legte ihre Zigarette im Aschenbecher ab und stakste zur Perserkatze, die soeben ihr Mahl beendete. Sie streichelte dem Tier über den strubbeligen Kopf. »Nein, er ist nicht so lieb wie du! Ihn brauchen wir nicht.« Sie nahm das Tier auf und ließ sich über die Lippen lecken. »Du bist die Allerbeste, Kitty. Ja, das bist du.« Erneut lachte sie schallend auf, bis ihre Bronchien die Party beendeten. Sie ließ die Perserkatze auf den Küchenboden gleiten und beobachtete, wie sie aus der Küche verschwand. Erst jetzt nahm Frau Reinhardt wieder Augenkontakt zu Baro auf. »Vor drei Jahren hab ich diesen Kostenfaktor von Sohn vor die Tür gesetzt und seitdem nicht mehr gesehen. Und selbst wenn. Nein, wir hatten kein inniges Mutter-Sohn-Verhältnis, und trotzdem würde ich mein Kind nie an die Bullen verpfeifen.«

»Sie sind einem Sohn gegenüber loyal, den Sie mit gerade einmal achtzehn Jahren ausquartiert haben?«

»Eben. Simon war ja schon volljährig. Es gab keinen Grund dafür, dass er sich länger bei mir einzeckt. Außerdem saß er nicht auf der Straße. Ich war so gütig und hab ihn in meiner Eigentumswohnung leben lassen. Bin zwar kein Einzelkind, aber ich, als Liebling meiner Eltern, hab deren Wohnung geerbt.«

»Ein Dach über dem Kopf reicht nicht zum Leben.«

»Er hat Zeitungen ausgetragen und sein Ausbildungsgehalt als

Fachinformatiker. Um jeden Tag Kaviar mit Blattgold zu fressen, wird's nicht gereicht haben, aber zum Überleben schon. Leider. Ansonsten hätt ich heute ein Problem weniger.«

Baro setzte ein Pokerface auf. Sie durfte es sich nicht mit der Frau verscherzen. Noch nicht. »Dürfte ich mal Ihr Bad benutzen?«

Die Frau machte großmütige Gesten. »Klar. Pinkeln Sie. Baden Sie. Fühlen Sie sich wie zu Hause.«

Wortlos stand Baro auf und verließ die Küche. Da sie keine Wegbeschreibung erhalten hatte, nutzte sie die Gelegenheit, um einen kurzen Blick hinter die Türen im Erdgeschoss zu werfen. Geräuschlos öffnete sie den ersten Raum. Dahinter verbarg sich die Abstellkammer samt Heizungsanlage. Daneben ein schiefes Holzregal, in dem sich Schuhe stapelten. Baro rümpfte die Nase, als ihr der Geruch nach Schweißfüßen entgegenstieß. Schnell schob sie ihre Gemütsverfassung beiseite und hielt Ausschau nach Herrenschuhen. Ein Satz mit X. Nur ein Haufen verstaubter Stöckelschuhe. Oft schien Frau Reinhardt nicht auszugehen.

Leise zog Baro die Tür ins Schloss und begab sich ins Wohnzimmer, das sich nahtlos in den Gesamtzustand des Hauses einreihte. Auch hier ergaben sich keine Hinweise auf die gelegentliche Anwesenheit eines Mannes oder wenigstens einer weiteren Person. Standen Mutter und Sohn tatsächlich nicht mehr in Kontakt? Nachdenklich blickte Baro durch das Wohnzimmerfenster in den Garten. Ein blassgelbes Gartenhäuschen fiel ihr ins Auge. Es wirkte, als würde es zeitnah wieder zur Natur übergehen. Sie fixierte das angeknackste Glas des kleinen Fensters. Irgendetwas an diesem Holzhäuschen zog sie magisch an.

Kapitel 50

Simon hielt eine Hand vor die bemooste Fensterscheibe. Ein Windzug bahnte sich seinen Weg durch das gesprungene Glas, kitzelte die Handinnenfläche. Die Frischluft behagte ihm, gleichwohl war der Luftaustausch zu gering, um den garstigen Schimmelgestank zu vertreiben. Trotzdem würde er kein Fenster kippen, keine Tür unnötigerweise öffnen, keinen Hinweis auf seinen Aufenthaltsort liefern. Mit der Hand fuhr er über den vermoderten Holzrahmen, schabte mit dem Daumennagel am gelben Anstrich, der widerstandslos abbröckelte. Er schnippte die abgeblätterte Farbe unter dem Nagel weg, bevor er sich in die Mitte des Raums begab.

Nackte Haut. Ihm gefiel, was er sah. Brüste und Po waren schlaffer. Das Hautbild unregelmäßiger. Die Dehnungsstreifen um den Bauchnabel zeugten von ihren Schwangerschaften, dennoch stand sie ihren Töchtern in nichts nach. Maike Reinhardt übte eine verschlingende Anziehungskraft auf ihn aus. Pedantisch prüfte er jeden Einzelnen der Stahlkabelbinder, mit denen er sie am Stuhl fixiert hatte. Die dezent bläuliche Färbung ihrer Hände verriet, dass er sie zu stramm um die Gelenke gezogen hatte. Er lächelte. Die mangelnde Durchblutung der Gliedmaßen dürfte bald ihr geringstes Problem darstellen.

Selbstzufrieden nickte er. Seine Arbeit war einwandfrei. Die Gefangene war zu keiner körperlichen Gegenwehr mehr fähig. Sie war ihm genauso ausgeliefert, wie er es bestrebt hatte. Nur ihrem Kopf blieb etwas Bewegungsspielraum, und das mit voller Absicht. Simon fantasierte schon, wie er ihren Haarschopf packte, gewisse ... Dinge ... anstellte. Ein wenig musste er sich jedoch noch gedulden. Mit zwei Fingern strich er ihr das zerzauste Haar aus dem Gesicht, isolierte eine Haarsträhne, roch daran. Der blumige Duft betörte seinen Geruchssinn.

»Das gleiche Shampoo wie deine Tochter Carlotta«, hauchte er. Mit den Händen stützte er sich auf die Stuhllehne und beugte sich vor, presste sein Ohr gegen ihren Brustkorb. Ihre Körpertemperatur schien in den letzten Stunden gesunken. Nicht verwunderlich, angesichts der unbeheizten Räumlichkeiten. Er schloss die Augen, konzentrierte sich aufs Hören. Begierig lauschte er ihrem Herzrythmus. Das Organ pumpte das Blut sachte und gleichmäßig. Noch.

Entspannt seufzte er auf. »Du gehörst mir, meine Königin.«

Simon richtete sich auf, stellte sich vor, dass ihr Herz unnatürlich verkrampfte und schließlich aufhörte zu schlagen. In seiner Vorstellung hörte er das Rauschen des Blutes, das zum Erliegen kam. Weder Organe noch Gewebe wurden jetzt länger mit Nährstoffen und Sauerstoff versorgt. Zelle für Zelle erstarb, weil er es so wollte. Lust und Verlangen stauten sich in ihm auf. Die Gewalt über sie, ihren Tod, ihren leblosen Körper zu haben, ließ ihm eine göttliche Macht angedeihen. Sie hingegen war nicht mehr als ein Objekt, über das er sein Nutzungsrecht ausübte. Ein Gegenstand, den er vollständig kontrollierte und zu seiner sexuellen Befriedigung verwendete.

Simon gönnte sich die Zeit für eine kleine Spielerei. Mit dem Zeigefinger glitt er ihren Hals hinab, an ihren Brüsten entlang, umkreiste ihre Nippel, streifte weiter über ihren Bauch, zwischen ihre Beine. Ein sexuelles Erregungsgefühl überschäumte ihn. Er hielt nicht länger an sich. Seine Hände wanderten Richtung Jeans, befreiten sein erigiertes Glied, massierten es.

Schneller.

Fester.

Härter.

Er stand kurz vor dem geilsten Orgasmus seines Lebens. Dann jedoch zerstörten die zunehmenden Regungen der Bewusstlosen seine Sexphantasie. Ihre offenkundige Lebendigkeit ließ ihn wie auf Kommando erschlaffen.

»Fuck, fuck, fuck!«, schrie er und zog die Hose wieder über. »Du verfluchtes Miststück!« Er knackte und dehnte seinen Hals zur Beruhigung. Doch nichts verhinderte, dass ihn ein Strom aus tödlichem Hass erfasste. Das würde sie ihm büßen. Mit dem Daumen streifte er über das Klebeband auf ihrem Mund. Alles saß korrekt. Folterschreie konnte er gleich nicht gebrauchen. Mit der flachen Hand schlug er sie vor die Stirn. »Aufwachen, Dornröschen! Dein Märchenprinz wird ungeduldig.« Sie presste die Augenlider zusammen. Weiter tat sich nichts.

»Ich habe gesagt: Aufwachen!« Er krallte seine Fingernägel in ihre Schultern, bis sie gemartert aufstöhnte. »Na endlich, geht doch.« Aus immer größer werdenden Augen musterte sein Opfer ihn. Der Rest ihres Körpers verfiel in Eisstarre. Er ließ von ihr ab und schlenderte durch den kleinen Raum. »Du erinnerst dich aufgrund der K.O.-Tropfen vielleicht nicht mehr daran, wie du hierhergekommen bist, aber du hast Glück, dass ich ein ziemlich feiner Kerl bin und es dir erzähle. Dein Kätzchen war verschwunden. Du bist flugs hinausgestürmt. Hast alles um dich herum vergessen. Dass es so einfach gehen würde ... ach, und falls du dich fragst, ob Muschilein noch am Leben ist: Nein, die ist abgekratzt. Die Stromstärke hat sie nicht so gut vertragen wie du«, log er genüsslich. Dass das fluffige Viech bloß im Nachbarsgarten herumtapste, brauchte sie nicht zu erfahren. »Nun ja«, fuhr er fort. »Das Schluchz-Schluchz-Heul würde ich jedenfalls gerne überspringen. Denn, falls es dir noch nicht aufgefallen ist, ich habs nicht so mit ausschweifenden Gefühlen. Und ich will ehrlich zu dir sein. Du hast im Moment ganz andere Probleme.«

Kurz zog es Simons Aufmerksamkeit ans Fenster. Nach einem

prüfenden Blick war er wieder ausgeglichen. Kein SEK-Team, kein Stefan Dresner und auch keine Johanna Baro in Sicht. Er drehte sich abermals zur Gefesselten: »Also, wie bist du hierhergekommen? Zwei Schüsse mit dem Elektroschocker, ein paar Schläge und ich konnte dich wie einen Müllsack in den Kofferraum bugsieren. Diesen habe ich dann später, huch, versehentlich offenstehen lassen. Kleiner Tipp, von Fremden nimmt man keine Getränke an. Na, erinnerst du dich?« Harsch tippte er mit einem Finger auf ihrem Kopf herum, als könne er damit ihre Gedächtnisinhalte aktivieren.

Dann fuhr er amüsiert fort: »Ich musste zwar ein zweites Auto organisieren, um deinen Retter in der Not zu spielen, aber der zusätzliche Spaß hat sich gelohnt. Am Straßenrand zu parken und auf dich zu warten, barg natürlich ein gewisses Risiko, aber genau das war es, was ich brauchte – den Nervenkitzel, den Thrill, den Kick. Nenn es, wie du willst.«

Gleichgültig zuckte er mit den Schultern. »Sicher, ich hätte dich noch in deinem Garten abschlachten können, dir zum Beispiel dein süßes Kätzchen ins Maul stopfen und dir genüsslich beim Ersticken zusehen können. Aber, aber, aber …« Er wischte ablehnend mit dem Zeigefinger durch die Luft. »Du wirst sicher lachen … ausgerechnet bei Carlottas Ermordung ist mir aufgefallen, wie viel Freude ich doch an der Menschenjagd habe. Und in gewisser Weise muss ich dir und deiner Tochter danken. Wärt ihr zwei nicht so irre dämlich und berechenbar, würden meine Mordpläne nicht immer so auf den Punkt genau aufgehen. Apropos Pläne schmieden. Jetzt kommt das wirklich Interessante, also stell dir bitte nette Quizmusik im Hintergrund vor. *Ding, ding, ding, ding, ding.* Woher wusste ich, dass du zur Landstraße läufst, wenn ich den Kofferraum auflasse? Hm, keine Idee?«

Er schlenderte zu dem Stuhl, auf dem er die Kleidung des Entführungsopfers niedergelegt hatte. Maike Reinhardt schaute verblüfft an sich hinab. Anscheinend realisierte sie erst jetzt, dass sie splitterfasernackt war. Dennoch gab sie keinen Mucks von sich, stand völlig neben sich. *Besser so, für sie*, dachte er. Ein Teil von ihm bedauerte jedoch, dass sie in eine Art Angststarre verfallen war, anstatt sich mit allen Kräften zu widersetzen. Gezielt griff er nach ihrer lädierten Bluse, hielt sie zwischen den Fingerspitzen. Wie eine Kriegsflagge wedelte er mit dem Kleidungsstück.

»Es war so klar, dass du nicht durch den Wald fliehen würdest. All die Kratzer auf der feinen Haut und dann das schicke Seidenblüschen. Das exorbitant hochpreisige Stück wäre dahin gewesen.« Er krallte die Finger in die Bluse, zerriss sie in zwei Teile und warf sie zu Boden. »Ungefähr so wird es dir heute auch ergehen.«

Bei seinen Ausführungen kehrte das Leben in Maike Reinhardt zurück. Sie hyperventilierte, drückte gegen ihre Fesseln an und schüttelte den Kopf. Wie verrückt bewegte sie das Kinn hin und her, und drückte es nach unten. Offensichtlich versuchte sie, durch die Gesichtsbewegungen das Klebeband auf ihrem Mund zu lösen. Abgewürgte Laute flüchteten aus ihrer Kehle. Ihn amüsierte die Szene.

»Schscht, schscht, schscht. Beruhige dich«, stieß er aus und ging auf sein Opfer zu. »Was, du zitterst schon am ganzen Leib? Dabei hat der spaßige Teil noch gar nicht angefangen.« Er beugte sich auf Augenhöhe zu ihr hinunter. »Hör zu, du kleines Miststück. Ich entferne jetzt das Klebeband von deinem Mund. Aber wenn du Panik schiebst und herumschreist, setzt es was. Glaub mir, es würde dir sowieso nichts nützen. Nur der Tod findet dich an so einem gottverlassenen Ort.«

Kapitel 51

Johanna Baro starrte noch immer auf das Gartenhäuschen, als sie Schritte in ihrem Rücken hörte. Sie wandte sich um. Die Kettenraucherin trat zentimeternah an sie heran, drang in ihre persönliche Wohlfühlzone ein. »Frau Reinhardt, ich …«

»Sie wollten doch pinkeln. Das Badezimmer ist hier entlang.« Die sogenannte Gastgeberin wies auf eine Tür, auf der ein goldenes Gäste-WC-Schild prangte.

»Ach, da.« Baro lächelte und drückte die Türklinke. Sorgfältig verschloss sie die Badezimmertür hinter sich und befasste sich mit dem Waschbeckenunterschrank. Klopapier, Damenbinden und Badreiniger, der offenbar nur dekorativen Zwecken diente. Es fanden sich weder Hinweise auf den Täter noch Souvenirs weiblicher Opfer. Alibimäßig betätigte sie die Toilettenspülung und ließ den Wasserhahn laufen. Beim Verlassen des Bades erwartete Kathrin Reinhardt sie bereits. Baro setzte erneut ein falsches Lächeln auf. »Dürfte ich wohl einen Blick ins ehemalige Zimmer Ihres Sohnes werfen?«

»Und dann verschwinden Sie aus meinem Haus?« Sie verschränkte die Arme vor der Brust.

»Geben Sie mir eine Viertelstunde«, bat Baro.

»Nein, Sie haben eine Zigarette lang Zeit.« Sie zeigte in

Richtung Treppenaufgang. »Da hoch, die erste Tür links. Nicht, dass Sie sich wieder verlaufen.« Sie begab sich in die Küche.

In der ersten Etage entglitten Baro die Gesichtszüge, als ihr der scharfe Geruch der überfüllten Katzentoilette entgegenpeitschte. Noch auf der Rückfahrt ins Präsidium würde sie das Veterinäramt auf die Frau ansetzen. Es musste dringend überprüft werden, ob ihre Form der Tierhaltung mit dem Tierschutzgesetz konform ging. Jetzt aber tickte die Uhr. Baro eilte ins Badezimmer. In einem Plastikbecher stand eine einzige Zahnbürste. Am liebsten hätte sie die verbogenen Borsten ins Katzenklo getunkt, aber nicht mal dafür blieb Zeit. Erfolglos suchte sie nach Hinweisen auf die Anwesenheit von Simon Reinhardt und besah den Wäschekorb. Feuchte und erdbeschmutzte Damenwäsche türmte sich darin. Wo hatte sich Kathrin Reinhardt nur herumgetrieben? Gartenarbeit erledigte sie jedenfalls nicht. Baro schüttelte den Kopf. Hier kam sie nicht weiter.

Sie betrat das Jugendzimmer des Gesuchten. Bett, Kleiderschrank, Schreibtisch, Zweisitzer-Sofa. Gelbe Nikotinablagerungen zeichneten die Wände. Einzig die neonfarbenen Klebesterne an der Decke waren eine Zierde. Ansonsten wirkte der Einrichtungsstil, selbst für einen Spätpubertierenden, karg und lieblos. Baro trat an den Schreibtisch und zog eine Schublade auf. Ein Artikel der Ellastädter Zeitung lag darin. »*Leiche am Baggersee gefunden*«, lautete die Schlagzeile. So viel dazu, dass Simon Reinhardt hier seit seinem achtzehnten Geburtstag nicht mehr aufgeschlagen war.

Fehlte nur noch der Kleiderschrank. Dunkles Hemd und Hose, eine minderwertige Lederjacke. Auf einem Einlegeboden fand sie eine schwarze Hornbrille, dahinter einen Schuhkarton, den sie hervorzog.

»Ich hab meine Zigarette zu Ende geraucht«, schallte es aus dem Erdgeschoss. »Ihre Zeit ist um.«

»Ich komme«, rief Baro. Sie legte den Pappkarton auf den Schreibtisch und packte den Deckel beiseite. Geburtstagskarten des Vaters, Zeugnisse, Gebasteltes, Gemaltes, Fotos. Eine

Aufnahme fiel ihr ins Auge. Sie zeigte Kinder am Tag der Einschulung. Baro erkannte den Gesuchten auf Anhieb. Er stach aus der Gruppe heraus. Nur ihm fehlte die Zuckertüte und anstelle eines bunten Ranzens trug er … einen Turnbeutel. Baro kannte diesen Beutel zu gut. Das Knarren der Treppe störte ihre Konzentration. Frau Reinhardt würde die Suche nach Hinweisen bald beenden. Erneut fokussierte sie sich, wühlte weiter in den Fotos. Am Boden der Kiste entdeckte sie ein Notizbuch. Ruckartig flog die Zimmertür auf.

»Würden Sie jetzt die Freundlichkeit besitzen, sich aus meinem Haus zu verpissen?«

»Frau Reinhardt«, sagte Baro reserviert.

»Gucken Sie nicht so schockiert. Eine Anzeige wegen Beamtenbeleidigung löst nichts in mir aus.«

»Das glaube ich Ihnen aufs Wort.« Stumm folgte Baro ihr in die Diele, verließ das Haus, blieb jedoch vor der Eingangsschwelle stehen. Die Hausherrin versuchte, ihr die Tür vor der Nase zuzuknallen, aber sie hielt dagegen. »Wissen Sie, Frau Reinhardt, ich danke Ihnen, dass Sie mir heute so eindringlich demonstriert haben, warum Ihr Sohn *ballaballa* ist. So nannten Sie ihn doch abschätzig?«

»Deuten Sie an, ich hätte was damit zu tun?«

»Das deute ich nicht nur an! Keine dreißig Minuten schaffen Sie es, sich als halbwegs anständiger Mensch zu präsentieren. Ich will mir also gar nicht vorstellen, was Ihr Kind alles hinter diesen Mauern erleiden musste.«

»Was reden Sie da für einen Schwachsinn? Der Junge war von Geburt an nicht zu retten.«

»Wie denn auch, mit so einer Mutter? Aber in einem kommen wir überein. Ja, das Böse steckt ihm in den Knochen, und zwar Sie.« Ein Maunzen fiel in die Hassrede ein und die weiße Perserkatze entwischte durch den Türspalt. Geistesgegenwärtig nahm Baro sie hoch. »Ihre Kitty hier bringe ich zum Tierarzt. Dann sind Sie einen weiteren Kostenfaktor los.«

»Die nehmen Sie nirgendwo mit hin. Die lassen Sie hier!«, keifte Kathrin Reinhardt und trat hervor.

Doch Baro reckte warnend die Hand aus. »Wagen Sie es nicht, mich anzurühren. Selbst mit Ihrer Kitty auf dem Arm bringe ich Sie zu Boden, bevor Ihre verrauchten Gehirnzellen es überhaupt realisieren.« Ihre Körpersprache ließ Kathrin Reinhardt zurückweichen. Während ihrer Kontrahentin noch die Widerworte fehlten, packte Baro den Türknauf und knallte die Tür von außen ins Schloss. Im Eiltempo lief sie auf den Dienstwagen zu.

Frau Reinhardt riss die Tür wieder auf. »Das war das letzte Mal, dass Sie mein Grundstück betreten haben«, keifte sie ihr hinterher.

Baro wühlte in ihrer Jackentasche und zog den Autoschlüssel hervor. »Machen Sie sich da mal keine Sorgen. Sollte ich noch mal Ihr Grundstück begehen, dann nur mit offiziellem Durchsuchungsbeschluss und der Spurensicherung im Schlepptau. Im Übrigen, hätte ich gewusst, was mich in Ihrem Haus erwartet, wäre ich bereits heute im Schutzanzug aufgekreuzt.« Ein letztes Mal suchte sie den Blickkontakt. »Ach, Frau Reinhardt. Jetzt gucken Sie nicht so schockiert. Eine Beschwerde bei der Dienstaufsicht löst nichts in mir aus!«

Baro stieg ins Auto, entließ die Katze in den Fußraum des Beifahrersitzes und streichelte das zufriedene Tier. Sie beobachtete, wie Frau Reinhardt die Haustür ins Schloss knallen ließ, dann formten sich ihre Lippen zu einem Grinsen. Vorsichtig öffnete sie den Reißverschluss ihrer Jacke und zog ihre Beute hervor: das Notizbuch des Mörders. Sie steckte das Buch in die Ablage, bevor sie den Motor startete und im Schritttempo vom Grundstück fuhr.

Kapitel 52

Das rechte Bein war herausgerissen, das Linke war mehrfach gebrochen. Vor dem Todeseintritt hatte der Lidschlussreflex nicht mehr gegriffen. Die geöffneten Augen waren bereits stumpf vor Austrocknung. Schlimmer jedoch war der Anblick der aufgeschlitzten Bauchdecke. Fliegen und anderes Ungeziefer labten sich bereits an den Gedärmen. Unaufhaltsam pressten sie ihre weißen Eier aus dem Hinterleib und rasch schlüpften daraus neue, hungrige Larven. Zu Hunderten, möglicherweise Tausenden, schlängelten sie sich durch die offenen Wunden, krochen in jede Körperöffnung. Sie ernährten sich von dem verwesenden Gewebe, bis sie selbst die nächste Generation ihrer Nachkommen hervorbrachten. Dieser Kreislauf dauerte an, bis nichts mehr als ausgemergelte Knochen von dem Lebewesen übrigblieb.

Baro roch förmlich den Gestank der Eingeweide und Magensäfte, als sie sämtliche Details dieser Fotodokumentation aufsog. Das Reh lag am Straßenrand neben einem blühenden Rapsfeld. Anscheinend war das Kitz bei einem Wildunfall getötet worden, aber der bloße Aufprall mit einem Auto erklärte nicht alles, was sie in Augenschein nahm. Sie trank einen Schluck Wasser, um ihrer aufsteigenden Magensäure beizukommen. Das Salamibrötchen jedoch schob sie beiseite. Der rauchige

Fleischgeruch verstärkte nur ihre Übelkeit und von totem Tier hatte sie fürs Erste genug.

Sie ignorierte das tiefe Bedürfnis, das Notizbuch des Mörders zuzuschlagen, und blätterte auf die nächste DIN-A4-Seite. Über Jahre hinweg hatte der Täter den Tod dokumentiert, teils schriftlich, teils mit Fotos. Alle erdenklichen Wildtierarten in verschiedenen Verwesungsstadien waren zu sehen. Die meisten wohl Opfer von Autofahrern. Verziert waren die verstörend detaillierten Beschreibungen mit kindlichen Bleistiftskizzen und bunten Glitzerstickern. Simon Reinhardt hegte eine verstörende Faszination für den Tod, und das anscheinend von klein auf.

Doch viel verstörender empfand Baro das, was sie auf den Folgeseiten erblickte. Für alle Interessierten war es ein Leichtes, sich solches Bildmaterial im Darknet zu beschaffen. Versteckt hinter digitalen Mauern sammelten sich die Gleichgesinnten. Sie tauschten sich aus über ihre Neigungen, tauschten ... Bild- und Filmmaterial.

Baro nahm noch einen Schluck Wasser, bevor sie weiterblätterte. Leichenhallen von Krankenhäusern, Beerdigungsinstitute, Krematorien, Friedhöfe – in diesem Teil des Notizbuches lag der Fokus nicht mehr auf dem tierischen Ableben, sondern auf dem menschlichen. Die kleinteilige Dokumentation und die Drapierung der Leichen ließen auf sexuelle Motive der Einbrecher schließen.

Nur widerwillig blätterte Baro die letzten Seiten durch. Wahrscheinlich gab es im Untergrund viel Geld für solche Fotoaufnahmen. Und wieso auch nicht das Risiko eingehen, dabei erwischt zu werden? Die Störung der Totenruhe wurde nicht besonders hoch bestraft und was die Leichenschändung mit den Hinterbliebenen anrichtete, scherte diese Menschen ohnehin nicht.

Baro seufzte auf. Sie hatte gehofft, in dem Buch Hinweise auf mögliche Aufenthaltsorte von Maike Reinhardt herausarbeiten zu können. Ein Straßenschild, eine markante Kreuzung, ein Waldstück. Nichts. Letztlich war diese Fibel des Todes nicht mehr als ein Abbild der kranken Täterpsyche. Er gab darin sein Desinteresse für das Leben preis. Lange würde er auch sein Entführungsopfer nicht am Leben lassen. Doch für diesen Unmenschen war das Töten kein Mittel zum Zweck. Der Tod war seine Passion. Er war die Art Mensch, die sich nachts auf Friedhöfen herumtrieb, um den beerdigten Körpern zu frönen.

Was bedeutete dies für seine Stiefmutter? Baro wusste es. Er würde die Frau nicht nur quälen, bis sie starb, sondern darüber hinaus noch schänden. Uwe Reinhardt würde sich nicht am offenen Sarg verabschieden, weil nichts von seiner Ehefrau bliebe, das einer würdevollen Bestattung zu unterziehen war.

Baro schlug das Notizbuch zu und streifte sich die Latexhandschuhe ab. Dann widmete sie sich ihrem Bürogast, der entspannt in einem Katzenkorb ruhte. Entrückt streichelte sie das Tier, das unerwartet zutraulich war. Nach den neuesten Erkenntnissen war sie noch zufriedener, dass sie die Perserkatze nicht in dieser Familie zurückgelassen hatte.

Jemand öffnete die Bürotür von außen, trat jedoch nicht ein. Stefan Dresner stierte auf das Fellknäuel und schien zu überlegen, ob er sich im Büro oder gar im Gebäude geirrt hatte. »Das ist eine Katze.«

»Das nenne ich eine treffende Artenbestimmung. Du könntest Tierarzt sein.«

»Du weißt schon, dass ich gegen Katzenhaare allergisch bin.«

»Keine Sorge, sie heuert ja nicht als Polizeianwärterin an.«

»Das will ich hoffen. Es gibt schon genügend Kollegen, auf die ich allergisch reagiere.« Dresner deutete auf ihren Schreibtisch. »Sind das die Unterlagen, von denen du am Telefon gesprochen hattest?« Er streifte sich Latexhandschuhe über und blätterte durch das Notizbuch. Nebenbei berichtete Baro von ihrem Hausbesuch bei Simon Reinhardts Mutter. Dabei musterte sie die Gesichtszüge ihres Kollegen, die immer wieder entglitten. »Du hast also ein Teufelswerk mitgehen lassen und eine Katze«, fasste er zusammen. »Illegale Beweismittelbeschaffung und Diebstahl. Du bist ein Selbstmordkommando, aber nicht nur dein eigenes.

Krüger wird uns beiden den Hals umdrehen, falls er davon erfährt.«

»Für mich ist das Leben das höchste Gut. Menschliches Leben und tierisches.« Sie erhob sich und streifte ziellos durch den Raum. »Hätte ich bloß versucht, den ganzen Schuhkarton mit den Erinnerungsstücken herauszuschmuggeln.«

»Und wie? Unter deinen Locken?« Dresner folgte seiner Kollegin mit Blicken. »Konntest du sonst irgendwelche Erkenntnisse gewinnen?«

»Nicht wirklich. Ich habe ein paar Zeugnisse gesehen. Der Täter war ein sehr guter Schüler und ein ausgezeichneter Praktikant. Dass für eine Woche Praktikum überhaupt eine Beurteilung geschrieben wurde ...«

»Wo hat er das Praktikum gemacht? In 'ner Schlachterei?« Er setzte sich auf seinen Drehstuhl und schaukelte sacht hin und her.

»In einem Baumarkt.«

»Passt auch irgendwie.«

»Max Bahr«, konkretisierte sie. »Die insolvente Baumarktkette. Meinst du, das könnte was sein?«

»Wenn wir das Spezialeinsatzkommando auf Grundlage eines uralten Schülerzeugnisses einbestellen, sind wir bald unsere Jobs los.«

»Verdammt. Du hast recht«, gestand sie ein. Johanna Baro massierte ihren grummelnden Magen. Sie öffnete die Süßigkeiten-Schublade ihres Schreibtisches und schnappte sich einen Macadamianussriegel mit weißem Schokoladenüberzug. Sie inhalierte die Süßigkeit und löschte ihren Durst mit etwas Mango-Maracuja-Tee. Auch Kitty versorgte sie mit einigen Leckerlis, die sie noch gekauft hatte. Unterdessen berichtete ihr Teampartner von der erfolglosen Wohnungsdurchsuchung. Simon Reinhardt besaß wenig und hinterließ eine blitzblanke Wohnung. Alle technischen Geräte waren entfernt worden. Dieser Mann wusste, was er tat, und er war ihnen die ganze Zeit über einen Schritt voraus. Wenn sie nicht bald herausfanden, wo er sich versteckt hielt, würde das eine weitere unschuldige Frau das Leben kosten.

Kapitel 53

Simon Reinhardt baute sich vor der Gefangenen auf. »Nimm die Drohung lieber ernst. Ein einziger Hilfeschrei, und es war das Letzte, das du von dir gegeben hast.« Mit dem Fingernagel löste er eine Ecke des Klebebands und riss den Streifen in einem Zug von ihrem Mund. Die schmerzverzerrte Visage vergnügte ihn. Er beugte sich zu Maike Reinhardt hinunter. »Sag mal, erkennst du mich nicht oder tust du nur so? Guck noch mal ganz genau hin. Ich bin deinem Mann nicht gerade aus dem Gesicht geschnitten, aber dafür unsere Augenfarbe – exakt die gleiche.«

Verwirrt scannte sie sein Gesicht. Es wunderte ihn nicht. Über fünfzehn Jahre waren seit ihrer letzten Begegnung vergangen. Optisch hatte er nicht mehr viel mit dem Jungen von damals gemein. Dann endlich blinzelte sie einige Male, als könne sie die äußere Erscheinung nicht fassen, als halluziniere sie bloß. »Du bist der Sohn von … du bist Simon.«

»So ein schlaues Mädchen. War es das, was mein Vater damals an dir mochte? Deinen Intellekt? Oder war es dein Äußeres? Was auch immer ihn angezogen hat, ich kann ihm nicht mal einen Vorwurf machen. Wenn sich Frauenbeine spreizen, schaltet das Männerhirn eben aus. Wie hätte er dir da widerstehen können? Und dass er nicht länger mit meiner Mutter zusammen sein wollte

… ganz ehrlich? Verständlich. Na ja, aus diesen Gründen ist es jedenfalls sehr viel einfacher, dich zu hassen als ihn. Zugegeben, er ist in die Falle einer Schwarzen Witwe getappt, aber abgesehen davon war er ein ausgezeichneter Vater. Bis dahin ist er immer gut zu mir gewesen, wirklich. Und – auch wenn die Erinnerung im Nebel liegt – tief in meinem vernarbten Inneren bin ich der festen Überzeugung, dass er um mich gekämpft hat, damals. Aber meine Mutter … na ja … im Grunde gibt es viele Frauen, die zwischen mir und meinem Vater stehen. Verzeih, gestanden *haben*. Deine hübschen Töchter sind ja bereits dabei zu verfaulen.« Er hielt sich eine Hand vor den Mund. »Ups, ich hoffe, das war jetzt nicht geschmacklos von mir.«

Kurz studierte er ihre angespannten Gesichtszüge. Sie wirkte, als hätte er ihr gerade schwerste körperliche Gewalt angetan. Diesen Moment musste er für die Ewigkeit in seine Erinnerung bannen. »Also gut«, fuhr er fort. »Ich weiß, du hältst nicht viel von Familienzusammenführungen und da es auf freiwilliger Basis nie klappte, wirst du jetzt gezwungen, mich näher kennenzulernen. Immerhin tragen wir denselben Familiennamen. Wird doch Zeit, oder?« Als wäre er peinlich berührt, fasste er sich ans Herz. »Als Gastgeber bringst du mich ganz in Verlegenheit. Kaffee und Kuchen habe ich leider nicht im Angebot, du verzeihst. Ersatzweise tische ich eine nette Unterhaltung auf. Na, wie klingt das?«

Mit gemächlichen Schritten umkreiste er seinen zitternden Gast. »Also, zunächst einmal bin ich Single. Hast du ein Problem damit? Ich weiß ja, dass du lieber verheiratete Männer umgarnst, sie ermunterst, ihre Kinder im Stich zu lassen. Richtig?«

»Nein, so ist das nicht gewesen, glaube mir!«, sprudelte es aus ihr heraus. »Als ich deinen Vater kennenlernte, war ich selbst noch verheiratet.«

»Gut. Du hast deinen Ehemann, den Vater deiner Kinder, betrogen. Macht es das besser?«

»Dieser Ehemann hat mich misshandelt! Sogar während meiner Schwangerschaften. Bis kurz vor der Geburt stand ich stundenlang in einer Ecke, wenn ich in seinen Augen nicht parierte. Er ließ mich hungern, damit ich nicht zu fett werde. Die Kartons bei unserem Einzug schleppte ich.« Feuchtigkeit stieg in ihren Augen hoch. »Regelmäßig schlug er meinen Bauch grün und blau. Dreimal wurde ich deswegen mit Blutungen ins Krankenhaus eingeliefert. Und glaube nicht, dass er mich auch nur einmal zur Entlassung abgeholt hätte.«

»Und dann tritt Uwe Reinhardt in dein Leben. Verheiratet. Kind. Unwiderstehlich.«

»Es war nicht reizvoll, dass er gebunden war. Ganz im Gegenteil, aber dein Vater hörte mir zu. Er gab mir die Kraft, mich aus der toxischen Beziehung zu lösen. Er war meine Zuflucht, die Rettung meiner Töchter. Sie waren damals noch so jung und …«

»Ah, mir geht ein Licht auf. Mein Vater hat euch gerettet. Mich lässt er zurück. Allein mit einer gebrochenen Frau.« Simon starrte ins Leere. »Tja, jetzt ist keiner von uns noch zu retten.«

»Nein, nein. Du verstehst nicht! Der Vater meiner Kinder hätte mich umgebracht. Sie wären als Waisen großgeworden.«

»Ich kann deinen Ex-Mann gut leiden. Die Ehre, dich zu töten, gebührt aber mir. Was für eine Ironie, dass ich nicht der Erste bin, der dich töten will. So viel Hass muss man erst mal auf sich ziehen. Nur mal als Gedankenanstoß.«

Simon nahm eines seiner Taschenmesser aus der Hosentasche und betrachtete es. Er umlief die Gefangene und stellte sich in ihren Rücken. Sein Opfer zuckte zusammen, als er die Klinge hervorschnellen ließ. Mit einer Hand griff er unter ihr Kinn und hob es an. Mit der Messerklinge streichelte er über die zarte Haut ihres Halses. Wie leicht könnte er ihr jetzt die Kehle aufschlitzen, und sie vermochte nicht, sich dagegen zu wehren. Er atmete durch, gab sich dieser blutigen Vorstellung hin. Maike hingegen wirkte erstarrt, wie tot. Nur das Vibrieren ihrer Haut verriet, dass sich ihr Geist noch im Körper aufhielt. Ihr Verstand hingegen schien sich abgesetzt zu haben.

Er ließ von ihr ab, beugte sich zu ihr hinunter. Sie sollte seinen schwülen Atem im Nacken spüren. »Ups, das Messer benötige ich erst nachher«, raunte er ihr ins Ohr und steckte es wieder ein. »Für das, was ich mit dir vorhabe, brauche ich deinen Körper vorerst intakt.«

* * *

Maike Reinhardt kollabierte innerlich. Reinste Angst schoss durch ihre Adern. Es kam ihr vor, als würde ihr System aufgeben, als würde sich der Tod bereits jetzt in ihrem Körper ausbreiten, weil die Situation nicht länger zu ertragen war. Sie wusste nicht weiter. Das Märchen von der Gewaltbeziehung hatte kein Mitgefühl in ihm ausgelöst. Was war er für ein Mensch, dass ihn Faustschläge in den Bauch einer Schwangeren teilnahmslos ließen, dass er sich sogar mit dem Frauenschläger solidarisierte? Sie musste Zeit schinden, um an einem neuen Plan zu feilen. Doch ihre Denkfähigkeit war blockiert.

Simon ging zu seinem Rucksack und kam mit einigen Gegenständen wieder, die er zu ihren Füßen ausbreitete. Zuerst griff er nach einem Staugurt. Was hatte er damit vor? Was blühte ihr jetzt? Es fühlte sich an, als hätte sie einen Ballon im Hals, der sich mit jeder Sekunde weiter aufblähte und ihr die Fähigkeit zu atmen raubte.

In aller Ruhe legte dieser Unmensch den Gurt um ihren zitternden Arm und zurrte ihn fest. Mit aller Kraft bewegte sie sich hin und her, versuchte, die Stahlkabelbinder zu lösen, die sie fixierten. Die Fesseln weiteten sich keinen Millimeter. Stattdessen grub sich der scharfe Stahl in ihre Haut. Warmes Blut quoll aus feinen Schnittwunden hervor, floss ihre Arme und Beine hinab. Ihr Mörder förderte eine Spritze zu Tage und musterte die transparente Flüssigkeit darin. Wahrscheinlich war es auch das letzte Bild, das ihre Tochter Carlotta im Leben gesehen hatte. Maike Reinhardt wollte für Carlotta leben, für Isabell. Sie musste das Gedenken ihrer Töchter bewahren. Die beiden durften nicht zu einer Schlagzeile in der Sonntagszeitung verkommen. Wenn sie jetzt starb, wären ihre Mädchen endgültig tot. »Nein, tu es nicht!«, flehte sie.

»Nein, tu es nicht«, äffte er sie nach. »Wie einfallslos. Weißt du, Carlotta habe ich mit K.O.-Tropfen um die Ecke gebracht. Ihr Tod war gnädig. Sie hatte mir ja nicht direkt was angetan. Die Gesamtschuld sehe ich mehr bei dir, falls du verstehst. Auf gewisse Weise wäre es also ungerecht, dir dein Ende genauso einfach zu machen wie ihr. Davon abgesehen probiere ich unheimlich gerne neue Sachen aus.«

Er hielt ihr die Todesspritze vor das Gesicht. »Darin fließt der neueste Schrei aus dem Darknet. Diese wenigen Milliliter werden dein Blut so stark verdünnen, dass es dir aus allen Poren strömen wird. Der Sterbevorgang soll extrem schmerzhaft sein. Du wirst Bluttränen weinen. Ja, das darfst du wörtlich nehmen. Angeblich sterben einige Menschen an einem Herzinfarkt, bevor sie sich zu Tode bluten können. Nun, einen persönlichen Erfahrungsbericht wirst du leider nicht abliefern können.« Er schnipste mit den Fingern gegen ihre anschwellende Armvene. »Was bleibt mir jetzt noch zu sagen? Ach ja, war schön, endlich mal mit dir zu plaudern.«

»Warte!«, platzte es aus ihr heraus, während er die Nadelspitze ansetzte. Einen Versuch musste sie noch wagen. »Wir hatten doch auch schöne Zeiten zusammen.«

Simon richtete sich wieder auf, verharrte. »Was redest du da für einen Unsinn?«

»Komm näher, studiere mein Gesicht. Sieh mir richtig in die Augen. Nur ein einziges Mal. Dann erinnerst du dich. Ich habe mich doch auch an dich erinnert.«

Er setzte die Schutzkappe auf die Spritze und steckte sie in die Hosentasche. Mit den Handinnenflächen stützte er sich auf ihre Oberschenkel, beugte sich so weit vor, dass sie dieselbe Luft inhalierten. Ein tiefer Augenkontakt verband die beiden. »Du. Du bist ...«, flüsterte er.

»Ja, du weißt, wer ich bin!«

Schlagartig wandte er sich ab, drehte ihr den Rücken zu,

atmete schwer. »Du hast die gleichen Augen wie ... wie meine Mutter.«

»Genau. Ich bin ihre Schwester. Ich bin deine Tante!« Tränen schossen in ihre Augen. »Als Neugeborenes hast du in meinen Armen geschlafen. Bei deinen ersten Schritten habe ich deine Händchen gehalten. Ich war diejenige, die dich pflegte, wenn deine Eltern krank waren.«

»Meine Eltern ...«, murmelte er.

Das war ein taktischer Fehler, knallte es ihr durch den Kopf, doch sie sammelte sich wieder. Jetzt musste sie das Beste rausholen. »Es war nie geplant, mich in deinen Vater, meinen Schwager, zu verlieben. Gefühle sind Gefühle, dennoch hätte ich sie aufs bitterste unterdrückt, wenn deine Mutter diesen Mann noch geliebt hätte, aber sie empfand rein gar nichts mehr für ihn, hörst du? Sie lebten in einer Zweckgemeinschaft. Ihre Ehe war am Ende. Meine Ehe war am Ende. Trotzdem wollten Uwe und ich nie, dass unsere Liebe die gesamte Familie zerstört. Insbesondere die verlorene Beziehung zu dir habe ich immer betrauert.«

Wie vom Schlag getroffen setzte sich Simon auf den Boden. »Ich war ... dir wichtig.«

»Sehr wichtig« Sie atmete einige Male tief in den Bauch, bis sie mit fester Stimme weitersprach. »Wir hätten dich gerne bei uns gehabt, hätten dir sogar ein eigenes Zimmer eingerichtet, natürlich Simon. Für mich warst du wie der Sohn, den ich nie hatte. Du gehörst zu meiner Familie. Doch deine Mutter tat alles, um genau das zu verhindern. Du warst noch sehr jung, aber womöglich erinnerst du dich an die zahllosen Versuche, die wir unternommen haben, um dich zu sehen.«

Er nickte nur, raufte sich dabei die Haare. »Ich hätte es mir so sehr gewünscht.«

»Simon, du hast vollkommen recht mit deiner Wut, deiner Verzweiflung. Dein Vater hätte mehr um dich kämpfen müssen. Lass mich seinen Fehler wiedergutmachen. Lass mich jetzt für dich kämpfen.«

»Du willst für mich da sein, wie ... eine Mutter?«

Der junge Mann wirkte urplötzlich wie der kleine Junge von damals. Sie versuchte, Blickkontakt aufzunehmen, doch er vergrub das Gesicht in den Händen. »Ja, wie eine Mutter. Unbedingt. Bitte, sieh mich an, Simon.« Er schien nachzudenken. Seine Schultern fingen an zu beben. All die unterdrückten Empfindungen der vergangenen Jahre lösten sich offenbar. Sie hatte ihn da, wo sie ihn brauchte. »Simon?«, fragte sie wolkensanft, um den Vertrag mit dem Teufel zu besiegeln. Sie zuckte zusammen, als er losprustete. *Was zum …?*

»Tut mir leid. Echt.« Er wischte sich Tränen des Lachens aus dem Gesicht. »Kurz hatte ich überlegt, mich einzunässen, damit das Sie-bringt-mein-ganzes-Weltbild-durcheinander-Schauspiel glaubhafter wirkt. Aber auch ohne vollgepisste Hosen war ich recht überzeugend, oder? Na gut, deine verlogene Rede hat dir immerhin fünf Minuten mehr Lebenszeit eingebracht. Aber um es mal klarzustellen, natürlich weiß ich, dass du mein Tantchen bist, oder soll ich dich lieber Stiefmütterchen nennen? Wie auch immer, dein Countdown läuft jetzt endgültig runter. Tick, tack, tick, tack …«

Kapitel 54

Johanna Baro winkte ihrer Mutter zum Abschied, bevor sie sich wieder ins Auto setzte. Die alte Perserkatze war bei der Rentnerin gut aufgehoben und umgekehrt war die Rentnerin gut bei der alten Perserkatze aufgehoben. Es war die richtige Entscheidung gewesen, das Tier ärztlich untersuchen zu lassen und anschließend nicht mehr in das Höllenhaus zurückzubringen. Baro hatte ihre Mutter seit längerem nicht mehr so gelöst erlebt. Nach dem Tod ihres Ehemannes und dem Auszug ihrer einzigen Tochter hatte sie damit wieder etwas, das sie umsorgen konnte. Sicher war die Beschlagnahme der Katze nicht ganz rechtskonform gewesen. Doch für Baro stand das Tierwohl an erster Stelle, und das Tier, behaglich schnurrend, in den Armen ihrer Mutter zu hinterlassen, fühlte sich richtig an.

Sie startete den Motor und fuhr los. Vorgesehen war, den Arbeitsplatz von Simon Reinhardt auseinanderzunehmen. Dieser war Vollzeit im IT-Kundensupport eines Elektrogeräteherstellers tätig. Sein Chef und die Arbeitskollegen kooperierten uneingeschränkt bei den Ermittlungen. Stefan Dresner war bereits mit weiteren Beamten dorthin aufgebrochen. Baro hatte angekündigt, im Anschluss an den Abstecher bei ihrer Mutter nachzukommen, aber eine Idee keimte in ihrem Kopf, ließ sie nicht mehr los, zwang sie zu handeln – gegen jede Vernunft.

Nach einer zwanzigminütigen Autofahrt parkte sie an der mäßig befahrenen Straße und verließ das Dienstfahrzeug. Sie überquerte den anliegenden Fußgängerweg und kam an einem Bauzaun zum Stehen. Sie krallte ihre Finger um die lausekalten Metallstreben und ließ die Szenerie auf sich wirken. Die Umzäunung war an etlichen Stellen defekt. Einige Teilstücke fehlten gänzlich. Wahrscheinlich hatten sich Jugendliche ihren Weg hindurch gebahnt. Bunte Graffitis an dem warmgelben Gebäude und Müllansammlungen zeugten von dem verbotenen Betreten.

Baro wanderte die Grundstücksgrenze entlang, bis sie ein umgefallenes Zaunelement erreichte. Sie balancierte hinüber, als ihr etwas ins Auge stach, das wie geronnenes Blut anmutete. Eventuell hatte sich ein Tier in dem engmaschigen Gitter verhakt, oder aber es handelte sich bloß um eine Schmutzansammlung. Baro ließ die Ablenkung hinter sich und erkundete das Gelände. Sie lief quer über die Parkfläche und erreichte nach knapp fünfzig Metern das ehemalige Baumarktgebäude, das sie zunächst umlief. Jeden Schritt wählte sie mit Bedacht, um nicht ins Stolpern zu geraten. Der Asphalt unter ihren Füßen war stellenweise gerissen, Unkraut hindurchgebrochen. Allein konnte sie das knapp dreißigtausend Quadratmeter große Außengelände allenfalls grob überprüfen. Doch gab es hier überhaupt etwas zu prüfen? An diesen verfallenen Ort hatte sie nur eine vage Vermutung geführt, Angaben aus einem Praktikumszeugnis, doch jetzt verlief die Hoffnung wie ein umgekippter Farbeimer. Dieser Flecken Erde war verlassen. Sie selbst war verlassen, von jedem Optimismus, Maike Reinhardt rechtzeitig aufzuspüren. Eine Frau würde sterben, wenn sie das Rätsel ihres Aufenthaltsortes nicht löste.

Nachdem sie das Gebäude umrundet hatte, erreichte sie einen extravaganten Eingangsbereich. *Schön, dass Sie da sind*, prangte auf der dreieckigen Glasfront, die das Hallendach überragte. Baro beäugte die Tür, die einst mit einer Eisenkette gesichert war. Jetzt verschaffte sich alles und jeder Zugang. So auch sie selbst.

Nur wenige Schritte ging sie durch die Haupthalle, als sie Wassergeräusche vernahm. War sie etwa in einer Tropfsteinhöhle gelandet? Noch bevor sie diesen Gedanken zu Ende führen konnte, folgte ein zartes Plätschern. Ein einzelner Wassertropfen glitt über ihre Wange. Der Tropfen war winzig und doch empfand sie ihn wie einen Faustschlag mitten ins Gesicht.

Wie in Zeitlupe wanderte Baros zitternde Hand hoch zu ihrem Gesicht, wischte über die Wange. Sofort streifte sie die Feuchtigkeit an ihrer Hose ab. Ihr Blick wanderte hoch zur Decke. Ein kaputtes Dach? Ein defektes Rohrsystem? In der Schwärze konnte sie es nur erahnen. Sie wusste nur, dass ihrer Psyche ein Zusammenbruch drohte, wenn sie nicht selbst kontrollieren konnte, ob und wie viel Wasser über ihren Körper floss. Jeden Wassertropfen zu viel empfand sie wie Gift, das zischend und rauchend Löcher in ihre Seele ätzte.

Weitere Tropfen lösten sich von der Decke, schlugen neben ihren Füßen ein. Baros Herz donnerte jetzt schmerzhaft gegen die Brust, ihr Verstand setzte aus. Stürzte gleich das gesamte Dach über ihrem Kopf ein? Würden sich tausende Liter Wasser über ihren Körper ergießen? Sie womöglich mitreißen?

Ihr inneres System schlug Alarm.

Ein unwillkürliches Zucken erfasste ihre Beine.

Sie musste raus hier!

Fliehen!

»Nein, nein, nein! Beruhige dich, Johanna!«, ermahnte sie sich, bevor sie völlig die Kontrolle verlor. »Mache deine Übungen – lenke dich ab!« Hastig tastete sie ihre Jackentaschen nach etwas Essbarem ab und zog schließlich einen Macadamianussriegel mit weißem Schokoladenüberzug hervor. »Konzentriere dich nur noch auf deine fünf Sinne«, erinnerte sie sich und lauschte ganz bewusst dem Rascheln, als sie die Verpackung entfernte. Mit zwei Fingern fuhr sie erst über die hügeligen Nüsse und dann über die weiche Struktur der Schokolade am Ende des Riegels.

Anschließend hielt sie sich den Riegel direkt unter die Nase. Röstaromen und Vanillenoten streichelten ihre Sinne. Sie ließ ihre Lippen darüber gleiten, bevor sie schließlich ein Stück von der Süßigkeit abbiss. Einen Moment lang zerging die weiße Schokolade auf ihrer Zunge, dann durchbrach sie die zarte Hülle mit den Zähnen. Langsam und bewusst kaute sie jetzt die Macadamianüsse, und die Knackgeräusche verankerten sie vollends im Hier und Jetzt.

Baro zog die Achtsamkeitsübung über mehrere Minuten, aß den Nussriegel vollständig auf und hob dann beruhigt die Hände. Das Zittern war vergangen und ihre Ängste überlagert durch die ablenkenden Sinneseindrücke. Ja, sie war in Sicherheit und doch wollte sie die nächsten Minuten, so schnell es nur ging, hinter sich bringen. Jedes weitere Tropfgeräusch blendete sie aus, schaltete diesen Kanal auf stumm und konzentrierte sich nur auf den verbliebenen Geschmack in ihrem Mund.

So leise wie möglich stahl sie sich durch die Haupthalle, dennoch hallte jeder ihrer Schritte verräterisch nach. Regelmäßig blieb sie stehen und sondierte die Umgebung aus der neu gewonnenen Perspektive. Die größtenteils fensterlose Halle lag im Zwielicht. Auch nach so vielen Jahren stand der Geruch verschiedener Baumaterialien im Raum. Sie hatte leere Verkaufsflächen erwartet, doch einiges an Inventar hatte das Insolvenzverfahren überlebt. Mit der Hand fuhr sie über einen verstaubten Kassentresen. Leere Metallregale reihten sich aneinander. Ebenso hingen noch die Banner mit den Abteilungsbezeichnungen von der Decke.

Baro seufzte. Es gab keinen Grund zur Annahme, dass sie momentan nicht ihre Zeit verschwendete. Dennoch streifte sie durch die Gänge und blieb vor dem Durchgang zum Personalbereich stehen. Geräuschlos öffnete sie die Tür, hinter der ein barbarisches Bild zum Vorschein kam. Schwarzer Schimmel kroch die Wände hoch. Instinktiv wandte sie ihr Gesicht ab, rümpfte die Nase. Der Pilzbefall verströmte einen muffigen Geruch. Sie linste in den langgestreckten Flur, von dem mehrere

Räume abgingen. Alle vier Zugangstüren waren beschriftet: Pausenraum, Küche, WC, Umkleidekabine. Sollte sie sich das wirklich antun oder die Suche lieber beenden?

Sie schüttelte den Kopf. Nein, sie kehrte nicht um. Das Ganze musste jetzt ein Ende finden. Schützend hielt sie den Handrücken vor die Nase, als sie die ersten Schritte in die Schimmelhölle wagte. *Ein Geräusch.* Sie verharrte, lauschte. Ein Röcheln drang aus einem der Räume. Sie ergriff ihre Pistole und schlich sich an. Mit dem Ellenbogen stieß sie die angelehnte Tür auf und brachte ihre Waffe in Position. Sie blinzelte heftig, als wolle sie ihrem Gehirn eine weitere Chance geben, die visuellen Reize korrekt zu verarbeiten. Doch die Sinnesverarbeitung spielte ihr keinen Streich.

Ihr blieb der Atem weg.

Kapitel 55

Zehn Minuten zuvor

»Das kannst du mir nicht antun!«, schrie Maike Reinhardt, doch ihr Neffe ließ sich nicht aufhalten. Er nahm die Spritze zur Hand, fuhr mit seinem Finger über ihre gestaute, bläuliche Armvene. Dann führte er die Kanüle ein. Eine Sekunde lang brannte die Ader, die das vergiftete Blut in Sekundenschnelle zum Herzen transportierte. Von nun an erledigte das Organ den Rest. Es saugte das Blut an und gab es als toxische Druckwelle in jeden Winkel ihres Körpers ab. Ein unkontrollierbares Zucken erfasste sie. Ihr Herz pumpte bis an die Grenze seiner Leistungsfähigkeit.

Der Mörder hatte es angekündigt. Gleich würde ihr das verdünnte Blut aus jeder Körperfaser kriechen, bis sie nur noch eine leblose Hülle war. Kaum hatte sie diesen Gedanken zu Ende gefasst, liefen die ersten heißen Blutstropfen in Rinnsalen über ihre kalte Haut. Sie prallte gegen eine Schmerzwand. Dann geschah es. Flüssigkeit trat in ihr Auge, formierte sich zu einer Blutträne. Wie in Zeitlupe perlte der Tropfen vorbei an ihrer Nasenspitze, lief weiter in ihren Mundwinkel, drang in ihren Mund vor, legte sich schwer auf ihre Zunge.

Nein. Etwas stimmte nicht. Sie schloss die Augen, spürte nach. Da war kein Eisengeschmack, sondern Salz. In ihrem Mund war kein Blut, sondern eine ganz normale Träne. Sie weinte vor

Schmerz, weil sich die Stahlkabelbinder unter ihrem anhaltenden Zittern immer tiefer in ihr Fleisch gruben. Nicht von Toxinen, sondern nur daher rührten die Schmerzen und das Blut, das gen Boden floss.

Simon Reinhardt lachte aus vollem Halse. Sie war kaum fähig zu atmen, presste mit der verbliebenen Luft aus ihrer Lunge ein: »Du bist ja vollkommen irre« hervor.

Er guckte verständnislos. »Verdammt, bist du melodramatisch. Schon mal was von Testdurchlauf gehört? Gut, dass wir all die Jahre über keinen Kontakt hatten, wenn du keinen Spaß verstehst.«

Unerwartet schwang die Tür auf. Ihre Rettung? Eine Frau stürmte hinein, starrte sie aus schockgeweiteten Augen an. Maike Reinhardt musterte sie. Die Gesichtsareale in ihrem Hirn nahmen die Arbeit auf, entschlüsselten jedes Merkmal im Antlitz ihres Gegenübers, glichen es mit tausenden im Gedächtnis gespeicherten Gesichtern ab und kamen in Hundertstelsekunden zu einem Ergebnis. Sie waren einander bekannt. Ausschlagend für die Erkenntnis war der signifikante Farbton ihrer Augen. Diesen betrachtete Maike selbst tagtäglich im Spiegel. Dieses hervorstechende Blau war das Einzige, was an ihrer Schwester noch als ansehnlich zu bezeichnen wäre. Was war nur in den letzten fünfzehn Jahren aus Kathrin geworden? Ihre heruntergekommene Erscheinung machte die beiden Blutsverwandten gegenteiliger denn je. Dennoch flammte Hoffnung in Maike Reinhardt auf, als Kathrin ihren Sohn mit einem erbosten Blick bedachte. Ja, ihre Schwester war letztlich die Rettung. Ihr Martyrium hatte ein Ende. »Er hat mich entführt!«, befeuerte sie ihre Befreierin.

»Simon Uwe Reinhardt, was ist hier bitteschön los?«, fragte Kathrin. »Bist du völlig wahnsinnig geworden?«

»Was machst du hier?«, fragte er. »Bist du sicher, dass dich niemand verfolgt hat?«

»Was *ich* hier mache, willst du wissen? Was zum Teufel machst *du* hier? Bist du von allen guten Geistern verlassen?«

Hilflos deutete er auf Maike. »Ich habe es für die Familie getan. Für dich!«

»Das soll also ein Geschenk an mich sein? Eine Flasche Wodka und 'ne Schachtel Pralinen hätten's auch getan«, verurteilte sie scharf. »Also noch mal, wieso bringst du Maike an diesen verschimmelten Ort? Widerlich.«

»Ich hätte sie kaum zu Hause unterbringen können. Sie wird sich totbluten. Weißt du, wie viel Liter Blut in den menschlichen Adern fließt? Es hätte allein Tage gedauert, alles abzudecken.«

»Ich hasse Schimmel, verstehst du es nicht?«

Maike Reinhardt traf es wie ein Kopfschuss. Nicht dass Simon sie mit dem Leben bedrohte, störte ihre Schwester, sondern allein die Wahl des Mordschauplatzes. Ein Tinnitus klingelte schrill in ihren Ohren. Sie sah Mutter und Sohn streiten, vermochte sie aber nicht mehr zu hören. Ihr Sichtfeld verschwamm zu einem diffusen Grau. Erst durch eine schallende Ohrfeige setzte ihre Wahrnehmungsfähigkeit wieder ein.

Kathrin hockte sich vor sie und deutete auf die Stelle, auf der einst ihr Fußnagel gesessen hatte. Dann presste sie den Daumennagel hinein. »Du hast da was verloren, Schwesterherz.«

Haltlos brüllte Maike los. »Wieso tust du mir das an?«

Ihre Schwester richtete sich wieder auf. »Du warst schon immer so gefühlsduselig. *Kathrin, nicht die Hausaufgaben abschreiben. Kathrin, du kannst deinen Ehemann nicht behalten. Kathrin, dein Sohn will mich umbringen.*«

»Durch unsere Adern fließt das gleiche Blut. Du kannst mich nicht ernsthaft töten wollen. Wir sind doch eine Familie«, appellierte sie an ihr Gewissen.

»*Wir sind doch eine Familie*«, wiederholte ihre Schwester hämisch. »Wieso kommt mir dieser Satz nur so bekannt vor?« Grübelnd verzog sie das Gesicht. »Stimmt. Mit genau diesen Worten hast du mich damals angestachelt, deinen treudoofen Ehemann beiseitezuschaffen. Ich meine, wie viel Ehegattenunterhalt dich dieser Schlechtverdiener nach der Scheidung wohl gekostet hätte? Kaum auszurechnen! Aber anstatt mir für die Einsparung zu danken, du geldgeiles Stück, tust du *was*? Du nimmst dir meinen Mann. Den einzigen Menschen, der mir jemals etwas bedeutete. Damit hast du mir ein Messer in den Rücken gerammt!«

»Stell dich nicht als Opfer hin! Wie viele Männer hast du mir bitte ausgespannt? So wurden wir eben erzogen. Die Bessere gewinnt! Außerdem habe ich dafür bezahlt. Unsere gesamte erzkatholische Familie hat sich schließlich von mir abgewandt. Bis zu ihrem Tode haben unsere Eltern kein Wort mehr mit mir gewechselt und haben außerdem dafür gesorgt, dass ich nur den Pflichtteil erbe, aber weißt du was? Das war es mir wert, denn Uwe war keine Racheaktion an dir. Im Gegensatz zu dir habe ich ihn nämlich geliebt.«

»Ja und er dich. Bildet er sich zumindest ein. Wie hätte er deinen andauernden Umgarnungen auch standhalten können?« Kathrin versetzte ihr einen Faustschlag ins Gesicht. Sofort schoss ihr warmes Blut aus der Nase. »Oha, jetzt siehst du nicht mehr so schick aus.«

»Verfluchte Scheiße!« Sie spuckte einige Male, um ihren Mund vom Nasenblut zu befreien. »Ihr verdammten Arschlöcher«, spie sie ihnen entgegen.

»Magst du uns jetzt nicht mehr? Ui, wie schade.«

»Ihr seid primitiv, widerwärtig, wertlos. Kein Mensch dieser Welt wird je einen Funken Zuneigung für euch empfinden.«

Mit einem gezielten Tritt gegen die nackte Brust beförderte ihr Neffe sie rücklings auf den Fliesenboden. Ein Stuhlbein knackte unter der Wucht des Aufpralls. Erhaben schaute er auf sie herab. »Sieh dich nur an. Ekelhaft. Ich muss meiner Mutter leider recht geben.«

»Weil ihr Tiere seid, deswegen hat sich Uwe für mich entschieden.«

»Mh, so ganz stimmt das nicht. Hat dir mein Vater eigentlich von der Nacht erzählt, als deine Mädchen starben?«

»Wie sollte er? Er war nicht anwesend, als …«

»Da hast du recht. Er war nicht nur dabei«, unterbrach

Simon. »Habe ich Carlotta gekillt? Ups, schuldig. Aber Isabell? Ich muss sagen, der Moment, in dem mein Vater deine Tochter abstach ... mh ... der hatte schon was.«

»Niemals. Du lügst!«, schrie sie aus vollem Leib.

»Hör auf, hier rumzubrüllen«, befahl Kathrin. »Simon, ich fange an, mich zu langweilen. Beenden wir das Ganze. Ich will pünktlich zu meiner Lieblingssendung zu Hause sein. Gib mir ein Taschenmesser. Ich weiß, dass du zwei hast.«

»Du willst die Waffe?«, fragte er befremdet.

»Aber schnell«, sagte sie und nahm das Messer entgegen. »Ich hab schon meine eigenen Pläne gemacht, weil ich wusste, dass du nichts Vernünftiges geschissen kriegst. Deinen Dreck aus dem Darknet kannst du dir selber spritzen. Beim Totbluten gucke ich dir gerne zu, aber das hier ... nein, das ist nichts für Anfänger. Sieh zu und lerne.« Sie lächelte diabolisch, legte die Klinge neben Maike ab. Aus ihrer Hosentasche fischte sie eine kleine Tube Sekundenkleber. Laut und deutlich las sie die Sicherheitshinweise vor. »Vorsicht: Reizt Augen, Haut und Atmungssystem. Verklebt Haut und Augenlider innerhalb von Sekunden. Verursacht schwere Augenreizungen. Gelangt der Klebstoff ins Auge, suchen Sie einen Augenarzt auf, um Netzhautschäden zu vermeiden ... bla, bla, bla ... Anwendungsgebiete: Porzellan, Gummi, Metall, Leder, ehebrecherische Huren. Ja, das passt doch.«

»Was hast du vor? Tu es nicht!«, flehte Maike ihre Schwester an und kämpfte wie verrückt gegen ihre Fesselung an. Die quälenden Schmerzen dabei ignorierte sie gänzlich. Es spielte keine Rolle mehr. Ihre sadistische Schwester würde sie jetzt mit Sekundenkleber foltern – ihr die Augen verätzen? Und dann? Ihr das Leben nehmen? *Nein! Das darfst du nicht zulassen, Maike! Kämpf!* Ihr Herz pumpte mit einer solchen Gewalt, dass es schmerzte.

Doch Kathrin blieb unbeeindruckt, kniete nieder, fixierte Maikes Kopf zwischen den angewinkelten Beinen. »Du siehst gerne fremde Männer an, Schwesterherz? Suchst immer wieder intensiven Blickkontakt. Flirtest mit den Augen. Denn ein Blick sagt ja mehr als tausend Worte, oder?« Sie öffnete die Klebstofftube und warf den Deckel beiseite. »Tja, du wirst keinem Mann mehr zuzwinkern. Genauer gesagt, niemandem mehr. Meine Familie wird die Letzte sein, die du zerstört hast.«

Nein, nein, nein! Maike Reinhardt wand sich, schnappte mit den Zähnen nach ihrer Schwester. Doch sie bekam sie nicht zu fassen. Bis zum Ende wollte sie mit allen Mitteln um ihr Leben kämpfen, doch Kathrins Oberschenkel hielten ihren Kopf wie in einem Schraubstock gefangen. Sie musste um Hilfe schreien! So laut wie möglich! Aber der Schock kam über sie wie ein Strick um den Hals und die Klebstoffdämpfe reizten kurzzeitig ihre Atmung.

Dann endlich! Der erste Luftzug! Aber es war bereits zu spät. Als ihr die Tubenöffnung immer näher kam, presste sie in letzter Konsequenz die Augen fest zusammen. Doch Kathrin schnappte nach einem Lid wie ein Greifvogel und riss es auseinander.

Das Letzte, was Maike Reinhardt sah, war Klebeflüssigkeit. Schließlich fraß sich ein brennender Schmerz durch ihre Netzhaut, krallte sich in ihr Hirn, ließ es wie im Feuer glühen. Ungerührt benetzte ihre Schwester auch das zweite Auge mit Klebstoff. Zur Hölle! Ein totschlagender Schmerz vernichtete Maike. Ihr exzessives Geschrei nutzte die Angreiferin, um auch Mundwinkel und Zunge mit Kleber zu benetzen. Instinktgesteuert schloss Maike den Mund. Verdammt, das war ein Fehler! Augenblicklich bekam sie keine Luft mehr, ihre Nase war angeschwollen und das Blut verklebte die Nebenhöhlen. Verzweifelt riss sie ihren Mund auf. Sie würde ersticken, an ihrem eigenen Blut ertrinken, jämmerlich verrecken. Das durfte nicht sein. Langsam löste sich die Haut ihrer Lippen, ein brennender Schmerz breitete sich aus. Egal, immer weiter, wenn sie leben wollte, musste sie da durch. Sie schmeckte Blut. Noch mehr Kleber! Dann presste Kathrin ihr den Kiefer endgültig zusammen.

»Igitt, wen willst du jetzt noch bezirzen, Maike? Wer soll dich jetzt noch küssen? Komm, besiegeln wir es. Simon, bring mir Nadel und Faden!«

Kapitel 56

Blut. So viel Blut. Zerschnittene Stahlkabelbinder. Ein umgekippter Stuhl. Was war hier passiert? Baros Blick schweifte durch den Schimmelraum, blieb in einer Raumecke hängen. Eine Frau saß dort, mit dem Rücken zur Wand, den Kopf zur Seite gelegt. Die Nackte war nicht zu identifizieren, denn das blonde Haar umhüllte ihr Gesicht. Sorgfältig überprüfte Baro die nähere Umgebung, dann steckte sie die Dienstwaffe ein. Sie stürzte zu der Unbekannten.

»Können Sie mich hören?«, fragte sie und schob ihr die Strähnen aus dem Gesicht. Vor Entsetzen stockte Baro der Atem. Die gesamte Augenpartie der Frau lag unter einer kleistrigen Masse. Der Ausdruck des Schmerzes war darunter versiegelt. Ein Röcheln entwich dem halbtoten Körper, ließ Baro aufatmen, denn es bedeutete, dass dieser schwer misshandelte Mensch, dass Maike Reinhardt noch lebte. Aber wie lange hielt sie noch durch? Die blutigen Lippen waren dicht aneinandergepresst, wurden fixiert mit Kleberesten und dichtem Garn. Stich um Stich war es durch ihre Haut gefädelt worden. Einige der Fäden waren gerissen, wahrscheinlich unter ihren Horrorschreien geborsten. Eine Sauerstoffzufuhr durch diesen ... Mund ... war unmöglich, doch offensichtlich war auch die Nasenatmung erschwert. In gleichbleibenden Takt tropfte Blut aus der malträtierten Nase. Jetzt galt es, die stabile Seitenlage anzuwenden, um zu verhindern, dass die Gefolterte an ihrem Nasenblut erstickte.

Baro setzte die ersten Handgriffe, doch zuckte zurück, als sie auf feuchtes Metall stieß. *Maike Reinhardt hat ein Messer im Rücken*, realisierte sie. Womöglich lag sie in den letzten Atemzügen. Baro streichelte die Hände der Frau. Sie sollte spüren, dass sie nicht allein war im Sterben. Das Martyrium dieser Frau übertraf alles, was sie je erlebt hatte. Hilfe! Sie brauchte Hilfe. Baro griff nach ihrem Handy, um Stefan Dresner anzurufen. Er sollte schnellstmöglich alles Nötige in die Wege leiten. Sie selbst musste mit ihrer Aufmerksamkeit voll in der Situation bleiben. Denn gegenwärtig lag im Unklaren, wo sich Simon Reinhardt aufhielt. Noch lebte sein Opfer. Wenn ihm dies bewusst war, könnte er jeden Augenblick zurückkehren, um sein Folterwerk zu beenden. Das Gelände war groß. Im Gebäude gab es viele dunkle Ecken. Denkbar war, dass er Baro bereits beim Eintreten in den Baumarkt registriert und beobachtet hatte. Nicht ausgeschlossen, dass er sich momentan rüstete, bevor er ihr entgegentrat. Nach allem, was sie über ihn wusste, schätzte sie ihn genau so ein. Immer gut vorbereitet.

Sie wählte Stefan Dresner an. Allein dies verschaffte ihr etwas innere Ruhe. Es klingelte in der Leitung, zweimal, dreimal. Dazu mischte sich das Hallen von Schritten. Sie kamen über den Flur. Jetzt wusste sie, wo sich Simon Reinhardt aufhielt, der Mann, den sie so intensiv gesucht hatten. Er stand einfach nur da, im Türrahmen, schien nicht zu glauben, was ihm vor Augen war. In Sekundenbruchteilen schaltete er um, griff in seine Hosentasche, zog ein Taschenmesser hervor, ließ die Klinge herausschnellen. Messerangriffe waren gefährlich, man konnte sie kaum abwehren, ohne selbst verletzt zu werden. Die kurze Distanz ließ ihr keine Zeit, um einen taktischen Gegenangriff zu planen. Jetzt hieß es nur zu reagieren.

Simon Reinhardt stürmte auf sie zu. Sie stieß einen schrillen Schrei aus und schmetterte das Handy in seine Richtung. Seine

Schrecksekunde nutzte sie und packte den am Boden liegenden Holzstuhl. Mit der Kraft der Verzweiflung schleuderte sie ihm das Möbelstück entgegen. Ein Stuhlbein brach ab und flog durch die Luft. Sein Messer stürzte zu Boden. Sie wollte ihre Dienstwaffe zücken, doch Simon Reinhardt fasste sich zu schnell, holte zum Faustschlag aus. Als sie mit einer Drehung auswich, bekam er sie von hinten zu packen. Soweit es die Umklammerung zuließ, lehnte sie ihren Oberkörper nach vorn, schob ihre Hüfte zur Seite, ballte ihre Rechte zur Faust. Mit voller Wucht schlug sie immer wieder nach hinten, zielte auf seinen Genitalbereich.

Ein Treffer, sein Klammergriff löste sich.

Sie schnellte herum und brachte ihn mit einem Hebelgriff zu Fall. Rasch fixierte sie ihn mit dem Knie und griff nach ihren Handschellen, als ein erbärmlicher Schmerz in ihren Kopf einschlug. Ein Tritt in den Rücken ließ sie vornüberfallen. Das gebrochene Stuhlbein landete neben ihr. *Er ist nicht allein,* war das Letzte, was sie dachte, bevor die Ohnmacht sie einfing.

Kapitel 57

Ihr Kinn lag auf der Brust auf. Ihre Augen waren fest verschlossen. Die Lider fühlten sich an wie ausgehärteter Lehm. Baro spürte in ihren Körper hinein. Sie saß auf einem Stuhl. Ihr Oberkörper war nicht fixiert. Sanft schaukelte sie hin und her. Keine Armlehnen. Wahrscheinlich lagen ihre Hände deshalb, dicht aneinandergepresst, in ihrem Schoß. Selbst wenn sie sich irgendwie aus den Kabelbindern um ihre Handgelenke befreien könnte, wären da noch die zahlreichen weiteren, mit denen ihre Waden und Fußgelenke an den Stuhlbeinen fixiert waren. Auch wenn diese Kabelbinder nur aus Kunststoff waren, spürte sie jeden Einzelnen davon deutlich. Ebenso ein sanftes Kribbeln, das sich aufgrund der mangelnden Blutzufuhr in ihren Beinen ausbreitete.

Zwei verschiedene Stimmen lagen ihr wie ein unverständliches Echo in den Ohren. Einzelne Worte hörte sie klar heraus. Genügend, um in einen Zusammenhang zu bringen, worüber das mörderische Duo sprach. Sie verhandelten über das Schicksal ihrer Geisel. Schwerfällig öffnete Baro die Lider. Fliesenboden. Gebrochener Holzstuhl. Einzelnes Stuhlbein. Zerstörtes Diensthandy. Blut. Maike Reinhardt in der Ecke. Tot. Da war sie sich sicher. Würde sie genauso sterben wie die zweifache Mutter? Zu Tode gefoltert?

Baro hob den Kopf. Langsam schärfte sich ihr Gehör. Eine Körpersilhouette nahm männliche Gestalt an, trat dicht vor sie. *Simon Reinhardt*, realisierte sie jetzt wieder und die letzten Minuten vor ihrem Knockout drängten sich zurück in ihren Verstand. Er steckte einen Daumen in den Abzug ihrer Dienstwaffe. Provokativ schwenkte er die Pistole vor ihrem Gesicht hin und her. Sie wünschte sich, dass sich versehentlich ein Schuss löste und sich in seinen Körper verirrte. Stattdessen warf er die Waffe, ihre letzte Rettung, in den Flur hinaus.

»Keine Sorge, das Ding wirst du nie wieder brauchen.« Er setzte ein falsches Lächeln auf. »Schön, dass du endlich ausgeschlafen hast! Meine Hoden brennen übrigens immer noch wegen deiner Faustschläge, du Schlampe.« Er verpasste ihr eine solche Ohrfeige, dass ihr Kopf zur Seite flog. Dies war sicher nur der Beginn der kommenden Tortur.

Langsam richtete Baro den Kopf wieder nach vorn, als ihr eine zweite Person ins Auge fiel. Beim Anblick von Kathrin Reinhardt verwandelte sich Baros Magen in eine klumpige Masse. Wenn diese Frau involviert war, konnten die nächsten Minuten nur brutal enden.

Kathrin Reinhardt wandte sich an ihren Sohn. »Es ist scheißegal, ob deine Eier brennen oder sonst was. Die werden eh nie zum Einsatz kommen, Junge, also wenden wir uns lieber wichtigeren Themen zu: Diese Miss Marple hier wird uns eine Menge Ärger einhandeln. Wir sollten sie loswerden.«

Loswerden, dachte Baro. Würden sie ihr auch die Augen verkleben? Immer wieder eine spitze Nadel durch die Lippen jagen, bis sie für immer schwieg? Allein der Gedanke daran hinterließ in ihrer Seele Verwüstung und Zerstörung.

»Wie konnte sie uns überhaupt aufspüren?«, fragte Simon Reinhardt seine Mutter. Ihm stand der Zorn in der Fratze.

»Was weiß ich, Kind. Dein Plan war halt scheiße. Vielleicht hat sie dich bemerkt, als du ihr am Krankenhaus aufgelauert hast. Und wer zum Teufel verfolgt eine Polizistin bis zu ihrer Wohnung?«

»Kenne deinen Feind! Noch nie davon gehört?«

Also doch, er hat mich verfolgt, ging Baro durch den Kopf. Aber was half diese Erkenntnis noch? Angesichts dessen, was ihr noch bevorstand, war dies vollkommen belanglos. Sie war diesen Menschen ausgeliefert und konnte im Grunde nur noch hoffen, dass Dresner zwischenzeitlich ihren Anruf bemerkte und skeptisch wurde, dass nun ihr Handy ausgeschaltet war. Selbst wenn – über ihren Aufenthaltsort wusste er nicht Bescheid. Und das nur, weil sie insgeheim gefürchtet hatte, dass man sie für verzweifelt hielt, wenn sie der mageren Spur eines Praktikumszeugnisses folgte. Wahrscheinlich war sie genau das: verzweifelt, emotional instabil, am Ende. Ihr Blick flog zu Simon Reinhardt. Er raufte sich die Haare, wirkte, als könne er jeden Augenblick völlig austicken.

»Davon abgesehen«, sagte er zu seiner Mutter. »Heute habe ich der Baro-Schlampe nicht aufgelauert! Wahrscheinlich hat sie sich an dich drangehängt, als du hergefahren bist.«

Sie zeigte ihm den Vogel. »Hältst du mich für total bescheuert? Du bist derjenige ohne Gehirnzellen, du wirst es verbockt haben. Weil du nichts kannst, Junge. Immer muss ich alles allein machen.«

»Immer ... alles ... allein ... machen? Du hast all die Jahre so tief ins Glas geschaut, dass du dir nicht mal einen Racheplan ausdenken konntest, geschweige denn umsetzen. Und in meinem Plan war für dich gar keine Rolle vorgesehen! Ich wusste schon, wieso. Es lief ganz wunderbar, bevor du dich eingemischt hast.«

»Mein Leben lief auch ganz wunderbar, bevor du dich eingemischt hast, indem du geboren wurdest.« Mit der flachen Hand schlug sie ihm vor die Stirn. »Und außerdem, warum hängst du dann ständig in meinem Haus ab und erzählst mir von deinen verfluchten Plänen, wenn ich nicht mitmischen soll?«

»Ich ...«

»*Ich, ich* – das kennen wir ja schon«, unterbrach sie ihn und deutete an, erneut zuzuschlagen. Sichtlich genoss sie, wie er zusammenzuckte. »Weißt du, ich würde dich einen verdammten Hurensohn nennen, wenn ich mich damit nicht selbst beleidigen würde. Ich hab wirklich genug von deinem Scheiß. Du hast genau eine Kippenlänge, um dir auszudenken, wie es jetzt weitergeht. Wenn ich wiederkomme, will ich Antworten darauf, wie dein Plan aussieht!« Sie stelzte aus dem Raum.

»Ich dachte, ich kann nichts …«, sagte er flüsterleise.

Baro schluckte ein paarmal fest, um ihre staubtrockene Kehle zu befeuchten, bevor sie sprach. »Du kannst sehr wohl etwas, nämlich das hier beenden. Lege ein vollumfängliches Geständnis ab, genau wie dein Vater. Rufe einen Krankenwagen und die Polizei. Noch ist nicht alles verloren.«

»Nicht alles verloren, sagst du.« Er ging auf sie zu, packte sie am Kragen, schaute ihr tief in die Augen. »Zumindest dein Verstand scheint verloren.«

»Wenn du dich jetzt stellst, dann wird dir das …«

»Halt's Maul!« Er ließ von ihr ab.

Baro schwieg. Mit klugen Argumenten ließe er sich nicht überzeugen und auf sein Mitleid bräuchte sie ebenfalls nicht zu hoffen, denn dafür müsste er überhaupt etwas fühlen. Eindringlich hatte er demonstriert, dass ihm jede Empathie genommen worden war. Dies würde sich auch nicht in der Zigarettenpause seiner Mutter ändern. *Seine Mutter.* Sie war der Schlüssel. Schnell änderte Baro ihre Taktik. »Du lässt mich jetzt gehen, Junge«, fuhr sie ihn an. »Sofort!«

»Wie bitte?«, fragte er entsetzt.

»Junge, hörst du nicht richtig? Bist du zu blöd, um zu verstehen, was ich sage? Ein einziges Mal im Leben sollst du das Richtige tun!«

»Das Richtige tun? Ich …«

»*Ich, ich* …«, äffte sie ihn nach und traktierte ihn mit gehässigen Blicken. »Verdammt nochmal, kommt das nicht bei dir an? Oder bist du einfach nur zu dumm, um stumpfen Anweisungen Folge leisten zu können? Ich meine, irgendwas musst du doch können oder nicht?«

Etwas regte sich in Simon Reinhardt – sie traf den richtigen Nerv bei ihm. Baro machte sich bereit. Sobald er ihre Handfessel löste, würde sie schleunigst zum Angriff übergehen. Jeden ihrer Kampfschritte setzte sie bereits im Geiste.

»Wenn ich das mache, dann …«

»… dann hast du zum ersten Mal im Leben richtig gehandelt, Junge.«

Er strich sich über das stressgeplagte Gesicht. »Das Richtige tun. Ich mach es.«

»Ja, tu es … tu es … tu es, Junge. Sofort!«

»Fuck, ich bring es zu Ende!«

Er stürmte auf sie zu, kniete sich hin. Baro erwartete jede Sekunde das Schneiden der Kabelbinder, machte sich zum Angriff bereit. Doch er führte nicht aus, was er angekündigt hatte. Er hob nur das gebrochene Stuhlbein auf, das ihr zu Füßen lag. Wollte er sie damit jetzt zu Tode prügeln? War es ein Fehler gewesen, den Mutterhass in ihm heraufzubeschwören?

Entgegen ihrer schlimmsten Befürchtung verschonte er sie. Ohne ein weiteres Wort stürzte er aus dem Raum. Was hatte er vor? Wieso befreite er sie nicht? Als schmerzerfüllte Schreie seiner biologischen Erzeugerin in der Ferne schalten, hatte Baro ihre Antwort.

Blutspritzen.

Zähneausschlagen.

Knochenbrechen.

Sie wünschte, ihr Hörsinn würde seinen Dienst aufgeben. Tränen schossen ihr in die Augen. Tränen der Furcht, der Erleichterung oder der Verstörung? Sie wusste es nicht. Auf den Todeskampf der Mutter folgte Stille.

Jeden Augenblick erwartete sie ihren Henker zurück. Zurück, um auch ihr das Leben aus dem Körper zu prügeln. *Stefan*, flehte sie innerlich, als wäre sie der Gedankenübertragung mächtig. *Ich sollte längst bei der Durchsuchung sein. Simon Reinhardts Arbeitsplatz. So etwas würde ich nie vergessen und ich bin nie unpünktlich. Nie! Du kennst mich und weißt, dass ich jedem Hinweis nachgehe. Ich habe dir von dem Baumarkt erzählt. Du weißt es. Du musst wissen, wo ich bin!*

Eine Ewigkeit geschah nichts.

Dann ein Geräusch.

Ja.

Eindeutig.

Er kam.

Nicht Stefan.

Der Muttermörder.

Blutüberströmt betrat er wieder ihr Gefängnis. Der letzte Ort, den sie in ihrem Leben sah? Simon Reinhardts Blutrausch schien vorerst beendet, er wirkte müde. Er verrieb das Blut an seinen Händen, wirkte, als schwelge er in düsteren Erinnerungen.

»Dafür schmorst du auf ewig in der Hölle«, murmelte er kaum verständlich. »Aber wen interessiert das noch? Meine Mutter hat mich tagtäglich in der Hölle schmoren lassen. Wie viel schlimmer kann es schon werden?«

»Du hast ...«, setzte Baro an, doch ihr Mund formte keine weiteren Worte. Es war, als herrschte Ebbe in ihrem Verstand.

»Ich glaube nicht mal an eine Hölle nach dem Tod«, fuhr er fort. »Alles nur eine Erfindung von Menschen *für* Menschen, damit sich alle zu Lebzeiten an Recht und Ordnung halten. Wer begeht schon einen Mord, wenn ihn dafür das ewige Fegefeuer erwartet? Sicher schreckt dieser Gedanke einige Menschen ab, aber mich ... na ja.«

Er zuckte mit den Schultern. »Ich meine, was habe ich eigentlich geglaubt? Ich schmiede den perfekten Racheplan, bestrafe Maike, weil sie meine Mutter von innen heraus verpestet hat und dann? Dann rieselt verzauberter Glitzerstaub auf meine Mutter herab und zerstört den ganzen Hass in ihrer Seele? Tja, Johanna, du hattest recht. Ich musste etwas unternehmen. Es hätte sich niemals etwas geändert.«

Schwerfällig bewegte er sich durch den Raum. »Letztlich hatte meine Mutter in einem Punkt recht. Die Frauen und ich werden niemals gut zusammenkommen. Ich werde niemals verstehen, was sie denken, fühlen oder wie sie handeln. In dieser

Hinsicht bin ich wie ein falsch gepolter Magnet. Abstoßend für alles Weibliche. Kommen wir also zu dir, meine Schöne.«

Simon schlurfte zu seinem Rucksack und zog eine Spritze hervor. »Wenn du wählen könntest, wie du aus dem Leben gehst, würdest du dich für elende Schmerzen entscheiden? In diesem Fall käme das Ende innerhalb weniger Minuten und dir wären sämtliche Ängste vor dem Sterben genommen, da der Tod eine willkommene Erlösung darstellte.« Er zog eine zweite Spritze hervor. »Oder aber würdest du schmerzfrei, aber dafür bei klarem Verstand sterben wollen? Unter Seelenqualen, weil du nicht verhindern kannst, dass das Leben von Stunde zu Stunde aus deinen Gliedern fährt, der Tod mit knöchernen Fingern nach dir greift. Also, wählt die Kandidatin Antwort A oder B?«

Er kam auf sie zu, warf ihr beide Spritzen vor die Füße. »Ups, zu spät. Jetzt wissen wir nicht mehr, in welcher Spritze was ist.« Wahllos schnappte er eine davon und klemmte sie Baro vertikal zwischen die Oberschenkel. »Bin ich nicht großzügig? Ich habe dir genügend Bewegungsspielraum gelassen, damit du selbst entscheiden kannst, *wann* du stirbst. Nur bei dem *Wie* hast du kein Mitspracherecht.« Simon betrachtete die verbliebene Spritze in seiner Hand und kehrte ihr den Rücken zu. Er lehnte sich gegen eine Schimmelwand und ließ sich zu Boden sinken.

Baro wagte es nicht, den Blick abzuwenden. »Ich werde nicht ...«, fand sie ihre Sprache wieder, doch vermochte nicht den Satz zu Ende zu bringen. »Was hast du jetzt vor?«, fragte sie stattdessen.

»Darf ich dich was fragen?« Seelenruhig legte er die Spritze neben sich ab.

»Ja«, hauchte sie.

»Hat mein Vater bei der Befragung über mich gesprochen? Ich meine, in guter Weise?«

»Er wollte dich beschützen. Du solltest leben, um jeden Preis.«

Simon schmunzelte. »Besser im Gefängnis als tot? Ich weiß, was es bedeutet, eingesperrt und ausgeliefert, zu sein. Mein Vater hat keine Ahnung, wovon er spricht.« Er schob sein Sweatshirt hoch, bis seine Armbeuge frei lag. »Weißt du, es gibt noch eine dritte Möglichkeit aus dem Leben zu gehen, einen Ausweg quasi. Injizierst du das Gift schnell und die komplette Dosis in einem Zug, tritt auch der Tod schneller ein. Vielleicht habe ich ja einmal im Leben Glück.« Mit der Hand tastete er nach der Spritze neben sich. Einen Schweigemoment lang hielt er inne. Dann injizierte er sich die gesamte farblose Flüssigkeit in die Armvene.

»Was hast du getan?«, fragte sie atemlos. Wenn er jetzt starb, würde auch sie in dieser Hölle verrecken. Gefesselt. Allein.

»Zumindest wird mein Vater jetzt erfahren, wie es ist, einsam zu sein.«

»Binde mich los. Lass mich dir helfen!«

»Mir ist nicht zu helfen.« Sein Blick wanderte ins Leere. »Kannst du meinem Vater etwas ausrichten?«

»Nein! Das wirst du ihm selbst sagen.«

»Verzeih mir bitte«, flüsterte er. »Mir fehlt die Kraft, um weiter zu kämpfen.« Seine Augen glitten zu. Das Leben sickerte aus seinem Körper. Sichtbar. Schnell. Schmerzfrei.

Die Zeit verflog. Wie paralysiert stierte Johanna Baro den leblosen Simon Reinhardt an, dann wieder die Spritze zwischen ihren Oberschenkeln. Jetzt war klar, welches Gift sie selbst erwartete. Es wäre nicht einfach, aber durchaus möglich, dass sie sich selbst totspritzte, allem ein Ende setzte. Dann erwartete sie ein schneller, aber schmerzhafter Tod.

Wie würdest du aus dem Leben gehen, wenn du eine Wahl hättest? Immer wieder hallte diese Frage in ihrem Kopf nach. Sie fand keine Antwort darauf. Klar war nur, dass sie noch nicht dafür bereit war, dahinzuscheiden. Nicht einsam, nicht an einen Stuhl gefesselt, nicht an diesem Ort.

Nachdem die Bedrohung sich selbst eliminiert und ihr Verstand wieder die Führung übernommen hatte, fasste sie den Entschluss zu kämpfen. Sie blickte hinunter zu ihrem Schoß. In Richtung ihrer Knie steckte noch immer die grazile Spritze. Sie spreizte die Oberschenkel in der Hoffnung, dass sie einfach unten durchrutschte, doch nach wenigen Zentimetern blieb sie hängen. Baro drückte weiter, ihre Gelenke schmerzten unter der unnatürlichen Belastung, doch es kümmerte sie nicht. Ihr war nur wichtig, dass die spitze Nadel nicht versehentlich in ihre Haut eindrang und ihre tödliche Wirkung entfaltete. Erneut erhöhte sie den Druck, sodass die Kabelbinder in ihre Fußgelenke schnitten, aber sie musste weiter durchhalten. Als die Spritze schließlich auf dem Boden landete, klang es wie Musik in ihren Ohren.

Mit den Zehenspitzen bewegte sie den Holzstuhl, an den sie gefesselt war. In Millimeterarbeit schob sie sich Richtung Maike Reinhardt. Baro war es unmöglich, sich an den erschütternden Anblick zu gewöhnen. Das Folteropfer glich mehr einer Horror-Schaufensterpuppe als einem Menschen.

Nach einer gefühlten Ewigkeit erreichte sie ihr Ziel. Sie lehnte sich mit dem Oberkörper nach vorn, griff nach Maikes linker Schulter und kippte sie Zentimeter für Zentimeter nach unten. Da steckte es. Noch immer tief in ihrem Rücken. Das blutrote Messer, das Maike Reinhardt den Tod gebracht hatte, war nun ein Symbol der Hoffnung für Johanna Baro. Heiße Tränen rannen ihre Wangen herab, als sie ihren Rettungsanker aus Maikes Rücken zog. Mit zitternden Händen führte sie die Klinge über die Kabelbinder, die ihre Beine fixierten. Mehrmals fiel das Messer zu Boden, als sie die Binder um ihre Handgelenke zerschnitt, doch sie gab nicht auf. Sie würde niemals aufgeben. Und als sie sich wenig später voll aufrichtete, wusste sie, ein Teil in ihr war zwar gestorben, aber sie würde leben …

Kapitel 58

Die Schritte der Ermittlerin verhallten in dem Baumarktgebäude. In Zeitlupe öffnete er ein Auge. Dann das andere. Er lächelte süffisant. Schnell steckte er seine vermeintliche Todesspritze ein. Sie sollte später nicht als Beweis dafür herhalten, dass er sich bloß isotonische Kochlösung injiziert hatte.

Simon Reinhardt richtete sich auf. Wie naiv musste Johanna Baro sein, wenn sie glaubte, dass er sich freiwillig ein Gift in die Adern jagte? Er schüttelte den Kopf. Nein, er wollte nicht in einem eiskalten Grab vermodern. Sein neues Leben hatte doch gerade erst begonnen.

Kurz nahm er sich Zeit, um die steifen Glieder zu recken. Die letzten Stunden hatten ihn körperlich mitgenommen, aber im Geiste klopfte er sich selbst dafür auf die Schulter, durchgehalten zu haben. Offensichtlich war er ein grandioser Meister der Täuschung. Wieso sonst hatte Johanna Baro nicht wenigstens seinen Puls überprüft, bevor sie das Gebäude verließ, um Hilfe zu holen? Eigentlich hatte er vorgehabt, ihr genau in diesem Moment eine versteckte Spritze in den Körper zu rammen. Innerhalb weniger Minuten hätte sie geschäumt wie ein tollwütiger Werwolf, wäre qualvoll verreckt. Schade, wäre sicher nett gewesen, aber dann musste er das Zeug eben an einer anderen Auserwählten ausprobieren.

Simon Reinhardt schlich in die Haupthalle. Versehentlich trat er gegen ein Stück Metall, das am Boden lag, und erzeugte dadurch ein verräterisches Echo. Kurz fuhr die Anspannung durch seinen Körper. Zu übel wäre es, wenn er jetzt durch seine eigene Tollpatschigkeit verriet, dass er noch unter den Lebenden wandelte. Aber nein! Die Ermittlerin verließ genau in diesem Augenblick durch den Haupteingang das Gebäude. Wie dämlich sie doch war, aber die Schadenfreude musste er auf später verschieben. Jetzt galt es, seinen Kram zusammenzupacken.

Er rannte wieder zurück in den hinteren Gebäudeteil und steckte alles ein, was sein Rucksack fasste. Sicher hätte er sich diese ganze Inszenierung auch sparen können, aber es hatte ihn einfach brennend interessiert, wie die Ermittlerin reagierte. Sie hätte flennen können wie ein Weichling oder sich aus lauter Verzweiflung die Spritze mit der Kochsalzlösung setzen können. Der Anblick, wie sie unter Babygeheul vergeblich auf ihren Tod wartete, wäre sicher lustig gewesen. Aber gut, wenigstens hatte er diese Art von Spaß heute bereits mit seinem Tantchen durchleben können.

Zugegeben, die Idee, dass Baro letztlich das Messer aus Maikes Rücken ziehen würde, war ihm nicht in den Sinn gekommen. Umso interessanter bewertete er jetzt das Ergebnis seines kleinen Experiments. Und nun läutete er bereits das nächste ein. Welche Richtung würden die Ermittlungen einschlagen, wenn der tote Mörder plötzlich verschwunden war? Zwangsläufig musste man von einem weiteren Komplizen ausgehen. Ein falscher Hinweis, der diese Idioten sicher ein Weilchen im Kreis herumrennen ließ. Gespannt würde er das Treiben der Kripo in den nächsten Wochen verfolgen.

Jeden Moment kann die Verstärkung eintreffen, maßregelte er sich zur Konzentration. Er öffnete die Hintertür und lief zu seiner Mutter. Mit seiner Kamera schoss er ein paar Aufnahmen für sein Notizbuch. Erstaunt stellte er fest, dass seine Mutter noch atmete.

Wie auch immer – hievte er das wimmernde Stück Fleisch eben über seinen Rücken, um es mitzunehmen.

»Wir haben noch eine schöne Zeit vor uns, Mami«, sagte er und grinste. Mit schwerfälligen Schritten ging er los.

Johanna Baro war gut. Gleiches galt offensichtlich auch für ihren Ermittlungspartner Stefan Dresner. Lange würde er den beiden sicher nicht entkommen. Bis dahin aber würde er jede Minute mit seiner Erzeugerin auskosten ...

Meter für Meter schleppte er das blutige Paket über das Baumarktgelände Richtung Auto. Verflucht, war seine Alte schwer. Fressen, Rauchen und Saufen – zu mehr war das dumme Ding nicht in der Lage.

Undefinierbare Geräusche gelangten an sein Ohr. Er blieb stehen, versuchte zu fassen, aus welcher Richtung sie kamen.

Von hinten.

So rasch er konnte, drehte er sich um.

Locken. Grüne Augen.

Eine Hand. Gehärteter Stahl.

Eine Schlampe. Johanna Baro.

Magensäure kroch ihm die Kehle hinauf.

»Du hast da was im Flur vergessen«, sagte sie furchtlos und richtete den Lauf ihrer Pistole auf ihn.

FUCK!

Nachwort

Liebe Leserin, lieber Leser,

ich bedanke mich ganz herzlich dafür, dass Sie meinen Psychothriller gekauft und gelesen haben. Wenn mein Buch einer breiten Leserschaft gefällt, wird „Totgespritzt“ der Auftakt zu einer Reihe rund um das Ermittlerduo Johanna Baro und Stefan Dresner.
Ich hoffe also sehr, dass ich Ihnen spannende Lesestunden bereiten konnte. Wenn dies der Fall ist, würde ich mich sehr über eine kurze Rezension bei dem Verkaufsportal freuen, auf dem Sie mein Buch erworben haben. Ein oder zwei Sätze sind schon ausreichend, um anderen die Kaufentscheidung zu erleichtern. Denn leider ist es so, dass mein Buch nur weitere Leserinnen und Leser finden wird, wenn es eine höhere Anzahl an Bewertungen dafür gibt.
Gerade als neue Autorin, wird mein Buch ansonsten auf den Verkaufsportalen nahezu unsichtbar werden. Bitte unterstützen Sie mich dabei, dies zu verhindern.

Ihre Bewertung zählt! Also vielen Dank dafür!

Ihre Sophie Scarlett

Sophie Scarlett

Sophie Scarlett, geb. 1988 in Bremen, hat Soziologie und Pädagogik in Bremen und Osnabrück studiert. Neben ihrer Tätigkeit als sozialpädagogische Fachkraft, absolvierte sie Weiterbildungen zur systemischen Familienberaterin und Traumapädagogin. Ihre beruflichen Kenntnisse, die Liebe für die Sprache und ausgeprägte Vorstellungskraft gipfelten schließlich in ihrem Debütroman. Aber Achtung – ihr Psychothriller ist nichts für zarte Gemüter.

Printed in Poland
by Amazon Fulfillment
Poland Sp. z o.o., Wrocław

35095218R00194